Knaur

Von Joe Coomer sind außerdem erschienen:
Amerikanisches Frühstück oder Wir sind hier nicht im Kino
Der Papagei, das Telefon und die Bibliothekarin
Rosiante oder Die Liebe zum Meer

Über den Autor:

Joe Coomer wurde 1958 auf der Carswell Air Force Base in Forth Worth, Texas, geboren. Nach seinem Studium arbeitete er im Holzhandel und ist heute Besitzer verschiedener Antiquitätenläden.

Joe Coomer

Badewannen und der Sinn des Lebens

Roman

Aus dem Amerikanischen von
Barbara Heller

Knaur

Die amerikanische Originalausgabe erschien unter dem Titel
»Apologizing to Dogs« bei Scribner, New York.

Besuchen Sie uns im Internet:
www.knaur.de

Vollständige Taschenbuchausgabe 2002
Droemersche Verlagsanstalt Th. Knaur Nachf., München

Umschlaggestaltung: ZERO Werbeagentur, München
Umschlagabbildung: Bilderberg, Hamburg
Satz: Apple Macintosh, QuarkXPress im Verlag
Druck und Bindung: Nørhaven Paperback A/S
Printed in Denmark
ISBN 3-426-62090-1

5 4 3 2 1

Für meine Schwester Sally,
die alles Alte liebt,
auch alte Menschen

... diese grassierende Wanderlust
aus: Samuel Johnson
»A Journey to the Western Islands«

TARRANT COUNTY
HISTORISCHER DISTRIKT

Die zwölf Gebäude mit ineinander übergehenden Zimmern in der Worth Row sind die letzten noch erhaltenen von sechzig 1887 für die Angestellten der Prothetischen Werke Fort Worth erbauten Wohnhäusern. Die Fabrik belieferte Sears & Roebuck, Montgomery Ward und viele andere Versandfirmen der damaligen Zeit. Anfang des zwanzigsten Jahrhunderts ging das Geschäft infolge von Alter und Tod der Verwundeten des Sezessionskrieges zurück. Die Hoffnung auf ein Wiederaufleben bei Ausbruch des Ersten Weltkrieges zerschlug sich, als das Werk und zahlreiche der Wohnhäuser 1917 im Gefolge eines Tornados abbrannten. In späteren Jahren hat sich die Straße durch ihre Antiquitätenläden einen Namen gemacht. Die Gebäude, die sich genau gleichen, sind insofern ungewöhnlich, als sie vollständig aus Zypressenholz erbaut sind, dem Material der in dem Werk angefertigten Prothesen.

DIE TÖCHTER DER TEXANISCHEN REPUBLIK
15. Mai 1955

Worth-Row-Antiquitäten

Öffnungszeiten i. d. R. Mo.–Sa. 9–17 Uhr
Antiquitäten in historischer Umgebung

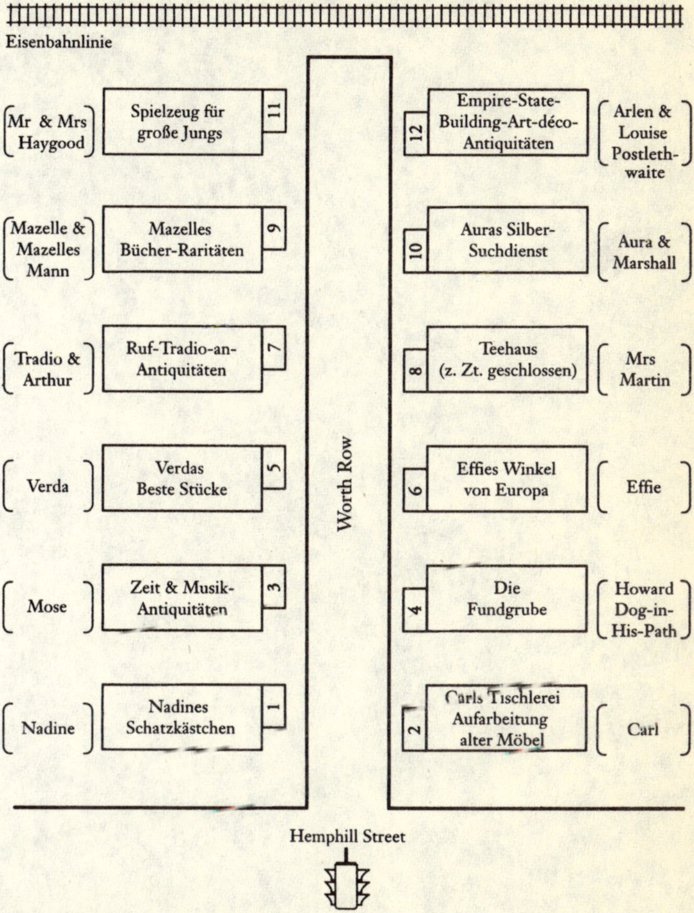

FREITAG, 3. OKTOBER

8.17 Verda holt in ihren engen Hosen die Zeitung herein. Sie hat die Angewohnheit, sich jedes Mal, wenn sie von einem Stuhl aufsteht, das Kleid aus der Pofalte zu ziehen. Mit ihren Hosen macht sie es genauso, wie ich gesehen habe, nachdem sie sich nach der Zeitung gebückt hatte. Ich war gerade auf der Vorderveranda und habe meine Topfpflanzen gegossen.

Es war kühl in der Bar an diesem Tag, und er hatte Durst, und das war alles, woran er dachte, das und ob er nicht vergessen hatte, die Klammer am Kondenswasserabfluss von Gerät Nummer vier anzuziehen. Aber sie würden schon anrufen, wenn der Abfluss undicht war. Oder nein, das konnte er nicht machen. Gleich morgen früh würde er noch einmal hingehen und nachsehen. Er hatte den Tag über in einem neuen Geschäft an der Hulen Street sechs Klimageräte installiert. Seine Ellenbogen ruhten auf der Theke, und seine beiden vorderen Schneidezähne saßen auf der Unterlippe wie Waschmaschine und Wäschetrockner, wobei die Waschmaschine beim Schleudern ein Stückchen weggewackelt war, so dass zwischen den Zähnen ein rosa Mullstück hervorsah, seine Zunge. Nach jedem Schluck Bier schob er es mit dem Flügelknochen eines Huhns wieder zurück. Er lutschte Hühnerknochen, seit er denken konnte, so lange schon, dass manche ihn nicht Marshall, sondern Knochen nannten. Aber das störte ihn nicht. Er hatte versucht, von den Knochen loszukommen, aber es war ihm nicht gelungen. Die Knochen waren stärker als er. Und es war auch gar keine so schlechte Angewohnheit. Hühnerflügel waren billig, und seine Zähne waren weiß wie Hundezähne. Allerdings schreckte der Knochen die Frauen ab, das wusste er. Sie starrten ihn an und zuckten zusammen, als hätten sie den Knochen selbst im Mund. Und so mied Marshall die Menschen, installierte Klimaanlagen und Wärmepumpen, legte Rohrleitungen und bezog so viel Trost und Aroma wie nur möglich aus seinem Knochen. Dieses Leben führte er, seit er vor siebzehn Jahren die Highschool abgeschlossen hatte. In seinem letzten Spiel an der Northside High hatte er achtzehn Punkte beim Basketball erzielt. Er war ein zwei Meter drei langer, zweiundsiebzig Kilo schwerer Reserve-Center gewesen, und als einer der Spieler sich zu Beginn der zweiten Halbzeit den Knöchel brach, biss Marshall seinen Knochen durch und sprang für ihn ein. Er erinnerte sich an jeden einzelnen seiner neun Körbe, redete aber nie darüber. Viele glaubten, ehe sie den Knochen sahen, er werde seiner schlanken Figur wegen Knochen genannt. Der Knochen, den er an diesem Abend lutschte, war noch relativ frisch. Durch das Gelenkstück hindurch schmeckte man noch das Mark.

Das Erste, was er von Aura bemerkte, war ihr Drink. Am anderen Ende der Theke stand ein niedriges, breites Glas mit einer aquamarinblauen, von einem Schirmchen beschützten Flüssigkeit darin. Es sah aus, als hätte man eine blaue Tiefkühlkompresse aufgeschnitten und in das Glas geleert. Im Schatten hinter dem Glas fing irgendetwas das Licht ein. Ein zweites und ein drittes Mal blitzte es auf, als würde sich dort ein Fünfcentstück in der Luft drehen. Einen Moment lang vergaß Marshall seinen Knochen, so dass er ihm zwischen den Vorderzähnen durchrutschte, von seiner Unterlippe glitt und auf die Theke hüpfte. So behutsam, als setzte er sich ein Glasauge ein, schob er ihn wieder in den Mund.

Eine Hand tauchte aus dem Schatten auf, umschloss das Glas und verschwand wieder. Er erschauerte. Die Hand bestand fast nur aus Handfläche, die Finger ragten kaum über das dicke Kürbisschalenfleisch hinaus. Marshall senkte seine eigenen Hände unter die Theke und schlang sie ineinander. Wieder das Aufblitzen. Fast wusste er schon, was es war. Er schob den Knochen von einer Backe in die andere und fasste sich an den Mützenschirm. Ein ganz seltsames Gefühl überkam ihn, als würde sich im nächsten Moment jemand den Knöchel brechen. Er nahm sein Bier und ging mit drei großen Schritten um die Theke herum. Seine langen Beine trugen ihn stets schneller zu Orten und Ereignissen, als seine Augen sie zu deuten wussten.

»Setzen Sie sich zu uns«, sagte sie. Sie wollte auf den Hocker neben sich klopfen, aber ihr Arm war zu kurz. Im Dämmerlicht der Bar sah sie aus wie ein Malzbonbon, rund und dunkel. Ihre Haut war ungewöhnlich braun gebrannt für eine so dicke Frau. Der Spalt zwischen ihren Brüsten verschmolz mit der Kerbe in ihrem Kinn. Sie trug ein leichtes T-Shirt-Kleid, auf dem das verzerrte Gesicht Felix' des Katers an ihren Brüsten sog.

»Setzen Sie sich doch, Mr. Lennox«, sagte sie.

»Nein, nein, ich heiße Marshall. Ich installiere nur Lennox-Klimaanlagen.« Seine Knie stießen an die Theke, als er Platz nahm.

»Irgendwann«, sagte Aura, »schaff ich's vielleicht, Sie Marshall zu nennen, ohne dass ich mir wie Festus Haggen in *Rauchende Colts* vorkomme.«

Einen Moment war er verwirrt, dann begriff er, dass sie ihn mit Matt Dillon verglich, einer Figur, die er akzeptieren konnte.

»Hallo«, sagte er.

Sie rollte einen Pfefferminzbonbon über ihre Zunge. Wieder das Aufblitzen.

»Jetzt wissen wir nichts zu reden«, sagte sie. Der Bonbon klickte gegen ihre Zähne, und in diesem Augenblick sah Marshall, dass es kein Bonbon war, sondern ein weißer Ring, ein Stück von einem Schinkenknochen. Die durchsichtige Markscheibe, die er einmal umschlossen hatte, haftete noch als glänzender Film an ihren Porzellanzähnen.

»Heiß heute, was?«, fragte sie.

»Ich könnte es Ihnen schön kühl machen«, sagte Marshall. »Ich installiere Klimaanlagen.« Er schob den Hühnerknochen zwischen die Backenzähne, um ihn dort festzuklemmen.

»Hoffen wir, dass Sie hier nicht mehr finden, als Sie brauchen«, flüsterte Aura.

Er schnupperte ihren Knochenatem.

»Wir sollten uns da beide mit einbeziehen«, sagte sie.

Marshall nahm ihre Fingerspitzen in seine; er fürchtete, in seinen Händen könnte sie schmelzen. Ihr Körper strahlte eine enorme Hitze ab. Doch er wusste, dass nur ein so scharf geschnittenes Gesicht wie seines ihre tief eingebetteten Lippen erreichen konnte.

Er beugte sich weiter hinab, fiel in den Schatten ihrer Sonnenbräune und berührte ihren Mund, erst mit dem Hühnerknochen, dann mit den Zähnen und schließlich mit den Lippen. Sie überließ sich ihm mit dem gummiartigen Widerstreben und Nachgeben einer Kühlschranktür. Es war, als würde die ganze Welt verschluckt. Der Knochenring schob sich über den Knochen, und Marshall fühlte sich zum ersten Mal in seinem Leben einbezogen, umschlossen.

8.29 Ich vergaß zu erwähnen, dass Mose gestern, als er seinen Wagen gewaschen hat, das Nummernschild *absichtlich schmutzig* gelassen hat.

8.34 Aura und Marshall haben ihr Auto so geparkt, dass ich nur vom Garten aus sehen kann, was sie aus- und einladen.

8.42 Weißer Plymouth – Kennzeichen 458-HCJ – immer noch vor Nadines Haus. *Schon den zweiten Tag.* Aufkleber: Reagan/Bush '84 und Hurra, ich bin Cheerleader.

8.44 Tradio und sein Männerfreund sitzen auf ihrer Vorderveranda wie zwei GEIER, die darauf lauern, was sie noch alles von Effie kriegen können.

Mose stellte den Staubsauger ab, bückte sich und versetzte der Walze einen kräftigen Schlag mit der Zange, die er stets in der Gesäßtasche hatte. Ein Schräubchen von einem alten Radio fiel heraus, das er seit einer Woche vermisste. Er musste es aus dem Laden ins Schlafzimmer gekickt haben. Mose verkaufte und reparierte alte Radios, Ventilatoren, Telefone, Uhren, nahezu alles Elektrische, doch seine wahre Leidenschaft galt der Suche nach der Idee, der Erfindung, die ihn reich machen würde. Er hob die Schraube auf, saugte noch in der Ecke, in der er sie gefunden hatte, und trat dann zurück, um den sauberen Teppich zu betrachten. Die vielen Linien, die der Staubsauger hinterlassen hatte, waren deutlich zu sehen. Konnte man nicht einen Teppich mit einem Muster aus Staubsaugerspuren entwerfen? Ein solcher Teppich würde immer frisch gesaugt aussehen. Er würde Nadine von nebenan die Idee vortragen.

8.47 Mr Haygood geht einkaufen. Er hat *gelacht,* als er an meinem Haus vorbeigegangen ist, und unwillkürlich hergeschaut, obwohl er versucht hat, es nicht zu tun.

»Eine schöne Idee, Mose, aber dein Teppich wäre ja trotzdem schmutzig, nicht wahr, auch wenn er sauber aussähe.«
»Na ja, schon, aber es geht um die Idee, um den schönen Gedanken, Nadine, Liebes.«
»Das ist aber nicht sehr ehrenwert, Mose, nicht sehr gentlemanlike, eine Erfindung, die am Ende doch nur eine Täuschung ist.«
Mose vergrub die Hände in den Taschen. Ein Dichtungsring, ein Kabelbinder und eine Pennymünze waren darin.
»So hab ich das noch gar nicht gesehen, Nadine.«
»Tut mir Leid, Mose, mein Lieber, aber dir wird schon noch etwas einfallen. Sag mal, hast du dir schon einmal die simple Tatsache klar gemacht, dass man nur den ersten Vokal in deinem Namen auszutauschen bräuchte und du würdest statt Mose Muse heißen? So einfach ist das! Warum hat deine Mutter bloß nicht daran gedacht? Sie hätte doch neun Monate Zeit dazu gehabt, und ich hab nur ein Weilchen überlegt, und schon ist es mir eingefallen.«

»Na, ich weiß nicht, Nadine ...«
»Ich mag Vokale. Schade, dass es nicht mehr davon gibt. Man huscht beim Sprechen so über sie hinweg und würdigt sie gar nicht gebührend, und man hat nicht mal ein schlechtes Gewissen dabei. Es müsste ein Gesetz geben, dass alle Vokale mindestens drei Silben lang sein müssen, findest du nicht auch?«
»Du sprichst so schön, Nadine.«
»Das hab ich von meiner Mutter, Mose.«
»Sie war eine so gute Frau.«
»Ich mag jetzt nicht an sie denken, Mose, ich ertrag's nicht. Es bricht mir das Herz, wenn ich mir vorstelle, wie schön sie war, wie ein Schmetterling, der am Kühlergrill eines Autos sein Leben gelassen hat.«
»Denk nicht mehr an sie, Nadine.«
»Darf ich dich ›Muse‹ nennen, Mose? Machst du mir die Freude?«
»Aber Nadine, ich lebe jetzt seit achtundsiebzig Jahren mit dem Namen Mose, ich würde mich gar nicht angesprochen fühlen, wenn du mich anders nennen würdest.«
»Na gut, dann bleibt es eben bei Mose. Es ist ja auch ein schöner, respektabler Name.«
»Nadine?«
»Ja, Mose?«
»Wie wär's mit essbaren Gummibändern, mit denen man dicke Sandwiches zusammenhält? Hast du schon mal aus Versehen auf so einen verzierten Zahnstocher gebissen?«
»Würdest du mir einen Gefallen tun, Mose, mein Lieber? Könntest du die Unterschriftenliste hier in alle Häuser an der Allee bringen?«
»An welcher Allee?«
»An unserer.«
»Der Worth Row?«
»Ich nenne sie eben so, Mose. Ich möchte, dass jeder hier

freitagabends seinen Rasen mäht, damit am Samstag, wenn wir die meiste Kundschaft haben, alles ordentlich aussieht.«

»Ist gut, Nadine. Soll ich die Liste auch in die Häuser bringen, in denen keine Antiquitätenläden sind?«

»Ja.«

»Und was ist mit Mrs Martins Haus?«

»Das kannst du natürlich auslassen, Mose, es gehört ja jetzt der Bank. Ich hab ihnen schon geschrieben, ob sie nicht meinen, dass es in ihrem eigenen Interesse wäre, ihr Eigentum instand zu halten.«

»Mr Haygood wird nicht gerade begeistert sein, wenn ich komme.«

»Mr Haygood ist Geschäftsmann, Mose, er wird den Nutzen, den wir davon haben, schon sehen. Wir sitzen schließlich alle im gleichen Boot. Wir müssen stolz auf unsere Straße sein, dann kommen unsere Kunden auch wieder.«

»Mr Haygood denkt daran, einen Stand in diesem neuen Antikmarkt zu mieten.«

»Dieser Verräter! Allein schon die Idee! Da fehlt doch jegliche Atmosphäre, das ganze Flair, das die Gegend hier hat, alles Historische. Wie soll ein Kunde Vertrauen zu einem Händler fassen, der seine Ware in einen Großmarkt wirft und sie von einem anonymen Angestellten verkaufen lässt?«

»Ich behalte meine Sachen gern im Auge«, sagte Mose.

»Eben. Und jetzt geh. Ich möchte Unterschriften, keine Versprechungen. Und sammel bitte auch die Beiträge für die Anzeige im *Star Telegram* für diesen Monat ein. Hundertzwölf fünfzig pro Kopf und keine Ausreden.«

»Ist gut, Nadine.«

8.51 Mose kommt mit einem Klemmbrett in der Hand aus Nadines Haus. Wetten, das hat etwas mit mir zu tun. Ich weiß noch nicht, wer hier Lügen über mich verbreitet. Wieder dieses infernalische Gehämmer aus der Tischlerei. Ich glaube, er baut Särge.

Mose klopfte dreimal an Verdas Tür, doch Verda kam nicht, denn sie starb auf dem Zypressenboden ihres Ladens, starb inmitten von Dutzenden zerbrochener Figuren: zerschmetterten Hummel-Figuren, Heubach-Porzellan in Scherben, gliederlosen Klavierschmuck-Babys, Tänzerinnen ohne Füße, Hunden ohne Schwanz, einem New-Martinsville-Eichhörnchen, das jetzt statt an einer Kristalleichel an der Nase eines Kolonialsoldaten aus Biskuitporzellan knabberte. Im Fallen hatte Verda ein Bord voll weißer Salz- und Pfefferstreuer leer gefegt, eine kleine Vitrine mit Occupied-Japan-Ware umgestoßen, sie war gegen das Schränkchen mit den Figuren gesunken und schließlich selbst im Friedhof ihres Ausstellungsraums gelandet, eine Hand in die Brust gekrallt, in der anderen einen Stengl-Vogel, den sie aus der Luft aufgefangen hatte. Sie stöhnte leise, als sie merkte, dass ihr die scharfen Kanten von einem Dutzend Nippes ins Fleisch schnitten, dann versuchte sie sich den Namen Jesu in Erinnerung zu rufen, und dann verlor sie das Bewusstsein. Auf der anderen Seite des Raumes nickte eine französische Ährenleserin aus Porzellan bei jedem Klopfen an der Tür ein *Oui*.

9.02 Mazelles Mann mäht seinen Vorgarten. Als ich mein Geöffnet-Schild umgedreht habe, haben Tradio und sein

Männerfreund so getan, als gäbe es mich gar nicht. Aber es gibt mich.

9.08 Wetter – ziemlich mild.

9.10 Mr Postlethwaite gießt seine Blumen.

9.11 Mose, immer noch mit seinem großmächtigen Klemmbrett, steht in Mazelles Vorgarten und unterhält sich mit ihrem Mann. Ich habe genau gesehen, wie sie zu mir herübergeschaut haben. Ich bin mir sicher, dass es Mazelle war, die gestern ins Telefon geatmet hat, als ich nach dem ersten Läuten abgenommen habe und niemand sich gemeldet hat. Da habe ich gesagt, meine Leitung wird abgehört, bleiben Sie dran, damit wir Sie erwischen, und irgendjemand hat okay gesagt. Bestimmt Mazelle.

9.16 Auto kam die Straße herauf, sehr schnell, hat am Ende gewendet und ist wieder verschwunden, ohne bei *irgendwem* zu halten.

9.18 Dieser Große Indianer hat Wäsche aufgehängt. Macht kein Geheimnis aus seinen Unterhosen. Mit Flecken und allem Drum und Dran.

9.22 Ich stand gerade am Fenster. Ich habe nicht hingeschaut, aber er (Tradios Männerfreund) war einfach nicht zu übersehen, als er auf seine Kühlerhaube gesprungen ist und die Arme zu mir herübergeschwenkt hat. Schade, dass ich meinen Fotoapparat nicht dahatte.

9.25 Dauernd schaut Mrs Haygood aus dem Fenster, damit ihr ja nichts entgeht, was ich mache.

9.26 Aura scheint Kundschaft zu haben. Niemand, den ich kenne. Zu mir wird sie die Frau wohl kaum herunterschicken. Sie weiß, dass ich bessere Sachen habe.

Mazelle führte das Geschäft, und Mazelles Mann, der inzwischen im Ruhestand war, kümmerte sich um den Garten. Er trug sich in Nadines Liste ein, weil er den Rasen sowieso jeden Tag mähte. Das Sainte-Augustine-Gras musste im Zaum gehalten werden. Nach vierzig Jahren als Fahrer für drei verschiedene Fleischereibetriebe war das fast seine einzige Beschäftigung. Er hatte im Laufe seines Berufslebens drei Millionen Kilo Steaks, Koteletts, Hamburger und Hackfleisch zu den Restaurants von Fort Worth gefahren. Er wusste, welche von ihnen nur kontrolliertes Fleisch von Angusrindern und welche Knorpel und Sehnen nahmen. Nicht ein einziges Mal hatte er auch nur einen Hamburgerbelag mitgehen lassen, nur hie und da hatte er sich ein paar Pfund Fleisch für seine hungrigen Kinder ausgeliehen. Vier Kinder – die Jüngste machte gerade ihren Magister an der University of Texas. Ihre Mutter hatte eine Bibliothekarin aus ihr gemacht. Bücher, Bücher, Bücher. All die Jahre hatte er Fleisch geschleppt, und jetzt schleppte er seit zehn Jahren Bücherkisten. Seine Frau verkaufte Bücher, er trug sie vom Auto ins Haus, von einem Raum in den anderen. Die Registrierkasse bediente er nie, Fragen von Kunden beantwortete er selten. Ihm waren die schweren Dinge im Leben vorbehalten. Vier Kinder. Brave Kinder, aber aufreibend. Nie ein richtiger Urlaub, nie ein anständiges Auto, nie Steaks zum Mittagessen. Er und Mazelle wohnten in der Küche, dem hintersten Raum in dem Dreizimmerhaus. Wo die meisten ihrer Nachbarn einen Küchentisch und einen Schrank hatten,

standen bei ihnen ein schmales Bett und ein Nachttisch. In den beiden anderen Räumen wohnten die Bücher.
Als er fertig war, schob er den Rasenmäher wieder in den Schuppen hinter dem Haus. Auch hier stand alles voller Bücher. Eine Ecke aber gehörte ihm, für seine Gartengeräte, einen Karton mit Schildmützen von verschiedenen Restaurants und seine Sammlung. Mazelles Bücherleidenschaft oder auch das begeisterte Sammeln von Porzellanaffen, alten Uhren und Sektquirlen, von dem die Straße lebte, waren ihm schwer verständlich. Was ihn mit Stolz erfüllte, war seine Sammlung von vier Kindern, jedes anders, jedes einzig in seiner Art. Sie kamen oft zu Besuch und ließen das Telefon nicht stillstehen. Hier aber, in seiner Schuppenecke, hatte er noch eine andere Sammlung. Vom ersten Tag seiner Tätigkeit als Fahrer an hatte Mazelles Mann jeden Gegenstand aufbewahrt, der ihm einen platten Reifen beschert hatte: jeden Nagel, Mesquitedorn und Kaninchenknochen, jede Reißzwecke, Schraube und Niete. Er hatte sie alle mit einem Tropfen Gummilösung auf einem Brett befestigt, eine Ansammlung von Zufällen, jenen seltenen Momenten, wenn sich ein spitzer Gegenstand in einen runden bohrte und alles zum Stillstand brachte. Es war eine Sammlung, zu der er nichts aus eigenem Willen hinzufügen konnte. Jeder Gegenstand stellte sich bei hundert Stundenkilometern und mit dem Druck und Kitzel potenziellen Unfalls oder Todes ein. Einmal war er mit dem Vorderrad über eine Gürtelschnalle gefahren und von der Straße abgekommen. Der Laster hatte sich überschlagen, und zwölf Schweinerümpfe hatten sich durch die Ladeklappe davongemacht. Wenn seine Reifenpannen gottgewollt waren, so dachte Mazelles Mann, dann konnte Gott nicht viel zu tun haben – aber man wusste ja nie, was andere glücklich machte. Wie beim Klang von Musik, die sich zu einem Höhepunkt aufschwingt, lief

ihm ein kalter Schauder über den Rücken, wenn ein Mechaniker den schimmernden Eindringling mit der Spitzzange aus der Umklammerung des heißen Gummis zog. Fünfundachtzig Reifenpannen in fünfzig Jahren – er wusste genau, wo und wann jede passiert war, als wären es seine Kinder.

Seine Stimmung änderte sich schlagartig, als Mrs Haygood im Garten erschien (sie hieß Dorothy, doch Mr Haygood bestand darauf, dass Mazelles Mann sie Mrs Haygood nannte). Die Grundstücke in der Worth Row waren klein, und die Häuser standen keine vier Meter voneinander entfernt. Um einen ertragreichen Garten anlegen zu können, hatten Mrs Haygood und Mazelles Mann den Zaun zwischen ihren Grundstücken entfernt. Sie waren seit vierunddreißig Jahren Nachbarn und hatten ihren Garten dreiunddreißigmal mit Erfolg bestellt. Anfangs hatten Mazelle und Mr Haygood sich noch daran beteiligt, doch in den letzten dreißig Jahren hatten sich Mazelles Mann und Mrs Haygood allein um das Gemüse und die schmückende Blumeneinfassung gekümmert. Sorgfältige Planung und harte Arbeit versetzten sie in die Lage, nicht nur die eigene Familie, sondern auch die meisten ihrer Nachbarn mit Nahrung zu versorgen. Der Boden war erstaunlich fruchtbar, und sie hatten nicht an Humus und Dünger gespart, um seine Produktivität zu erhalten. Der Garten war ihre größte Freude.

Mazelles Mann hob eine Gurke auf und hielt sie wie ein Kind in den Händen. »Sehen Sie mal, Mrs Haygood«, sagte er.

Sie stieg über eine Reihe Bohnen hinweg, bereits die zweite Kultur dieses Jahres, und bog zwei Hibiskussträucher auseinander, um sich neben ihm niederzukauern. »Nanu, vor drei Tagen war sie noch nicht größer als eine Maus!« Sie legte die Hand auf die knotige dunkelgrüne Haut und spürte deren Wärme und Elastizität. Ihr Handgelenk ruhte auf seinem. Er blickte auf den Boden zu Mrs Haygoods nackten Füßen. Erde quoll zwischen ihren braunen Zehen durch. Da sah er etwas. Er nahm eine Hand von der Gurke und fasste unter ihr Baumwollkleid. Mrs Haygood schloss die Augen. Mazelles Mann beugte sich tiefer herab, blinzelte. Eine Murmel? Zwischen Mrs Haygoods Füßen. Nein, es war ein Auge, das ihr unter den Rock sah.

»Rücken Sie mal ein Stück zur Seite, Mrs Haygood.«

»Bitte?«

»Da steckt was in der Erde.«

Mazelles Mann schob einen Erdklumpen beiseite, bohrte den Finger in den Boden und schnippte das Glasauge heraus.

»Sehen Sie sich das an«, sagte er.

»Das ist ja schrecklich!«, flüsterte Mrs Haygood.

»Es hat einen Sprung am Rand. Ein blaues Auge. Ob das jemand verloren hat? Hinten ist es konkav. Ich dachte immer, die sind rund. Mein Gott, Mrs Haygood, wenn wir sehen könnten, was dieses Auge alles gesehen hat!«

»Es hat gar nichts gesehen«, erklärte Mrs Haygood lakonisch.

»Ich mach es sauber und zeig es Mazelle.«

»Ich gieße inzwischen weiter.«

Mazelles Mann trug das Glasauge in die Küche und spülte es ab. Dann ging er mit dem Auge auf der offenen Handfläche in den Buchladen. »Sieh mal, was ich im Garten gefunden hab.«

Mazelle schaute auf seine Hand hinab, sah das blaue Auge, das fleckige Weiße, die feinen roten Äderchen. Sie wankte, konnte sich aber an einem der Regale festhalten.

»Warum zeigst du mir das?«, fragte sie.

»Nur so. Ich hab's gerade gefunden.«

»Tu das weg. Ich weiß nicht, warum du mir so etwas zeigst.« Und sie rollte davon, schob sich auf einer fahrbaren Leiter die Regale entlang.
Mazelles Mann blickte selbst in das Auge und sah in der dunklen Pupille sein Spiegelbild. Er drehte das Auge zwischen den Fingern, damit sich auch das Spiegelbild drehte, doch es rührte sich nicht von der Stelle. Da wackelte er mit dem Kopf und fand auf diese Weise, was er gesucht hatte.

9.35 Mrs Haygood und Mazelles Mann wieder im Garten zugange. Schamlos. Ich kenne ihre Lebensgewohnheiten so gut, dass mir nichts von dem, was sie tun, entgeht.

9.40 Aus dem hinteren Fenster sehe ich, dass bei Marshall und Aura eine Latte von dem Zaun, den sie gezogen haben, um ihr Treiben vor mir zu verbergen, abgefallen ist.

9.42 Ich habe Tradio und seinen Männerfreund auf ihrer Vorderveranda fotografiert.

9.44 Auras Kundin ist wieder weg. Sie hatte alte Jeans und eine billige Bluse an. Sah aus wie jemand, den ich lieber gar nicht erst kennen lernen möchte.

9.49 Seit sie die Zeitung geholt hat, war Verda den ganzen Morgen nicht mehr draußen. Wahrscheinlich sind ihre Hosen zu eng.

9.51 Dieser Große Indianer fegt seine Veranda und den Bürgersteig. Jetzt hat er endlich sein Geöffnet-Schild umgedreht. Es geht schon auf zehn zu.

9.59 Mose wollte mit seinem großmächtigen Klemmbrett schon an meinem Haus vorbei, aber ich habe ihn auf mein Grundstück gerufen. Was will Nadine denn jetzt wieder, habe ich ihn höflich gefragt. Nichts, hat er gesagt (das sagt er immer), sie möchte nur, dass freitags alle ihren Rasen mähen, damit die Straße am Samstagvormittag ordentlich aussieht. Ich habe mir das Klemmbrett zeigen lassen, und tatsächlich: Er hat ausnahmsweise einmal die Wahrheit gesagt. Ich habe ihn rundheraus gefragt, ob sie aus irgendeinem Grund wollen, dass ich da nicht mitmache. Nein, nein, Effie, sagt er, als würde ich mich sofort in ihn verlieben, wenn er bloß meinen Namen ausspricht. Ich wollte gerade zu Ihnen, sagt er. Ich wollte nur nicht auf Ihren Rasen treten. Ich wollte erst an Ihrem Weg abbiegen. Bevor er mir noch mehr Lügen auftischen konnte, habe ich ihm den Stift aus der Hand genommen und unterschrieben. Nur weil ich hier das beste Grundstück habe und nur weil ich bessere Qualität verkaufe, braucht Nadine noch lange keine Geheimnisse vor mir zu haben, das können Sie ihr ruhig sagen, habe ich zu ihm gesagt. Er fing an zu winseln und sagte, Nadine will Sie doch gar nicht von irgendetwas ausschließen, Effie. Ich soll außerdem Ihren Anteil an der *Star Telegram*-Rechnung für diesen Monat kassieren. Ich wollte nicht an Ihrem Haus vorbei. Aber an Mrs Martins Haus sind Sie vorbei, habe ich gesagt, ich hab's genau gesehen. Das konnte er nicht abstreiten, und er antwortete: Aber da wohnt doch niemand, Effie. Da sagte ich ihm, dass die Bank sich meiner Meinung nach an den Anzeigenkosten beteiligen sollte. Aber die haben doch da kein Antiquitätengeschäft, hat er gesagt. Er macht mich ganz krank. Das Anwesen behält doch nur durch unsere Läden seinen Wert, habe ich ihm erklärt, als hätte ich es mit einem Schwachsinnigen zu tun. Er hat gezittert, weil ich dabei mit dem Fuß aufgestampft habe. Dieser Feigling. Dann sagte er, kann ich jetzt das Geld für die Anzeige haben, Effie? Ich dachte schon, er fängt gleich an zu weinen. Ich zahle, wenn die Bank ihren Anteil zahlt, das habe ich ihm ein für alle Mal klar gemacht. Er darauf: Wenn Nadine Ihren Anteil nicht bekommt, nimmt sie Ihr Geschäft nächsten Monat aus der Anzeige raus. Ich schreibe das hier auf, damit die Polizei Bescheid weiß, wenn ich tot aufgefunden werde. Als Mose weg war, habe ich bei der Polizei angerufen und darum gebeten, mein Haus heute Nacht unbedingt zu bewachen. Das Ganze war schließlich keine »Halluzination« von mir. Ich schreibe es genauso auf, wie es gewesen ist.

10.14 Die Postlethwaites in Jogginganzügen mit dem Auto zum Einkaufszentrum. Ich möchte wissen, wie sie es schafft, dass ihre Turnschuhe so weiß bleiben, aber danach fragen würde ich sie nicht für alles Wedgwood der Welt. Sie machen ihren Laden fast nie mehr auf. Ich schicke meine guten Kunden nicht mehr hin.

Die Postlethwaites, Louise und Arlen, besitzen und betreiben das Geschäft Empire-State-Building-Art-déco-Antiquitäten, verbringen neuerdings jedoch mehr Zeit in der Ridgmar and Hulen Mall als in ihrem Laden. Sie sind suchtig nach den Entwicklungsmaschinen im Schaufenster des Schnellservice-Fotogeschäfts. Stunde um Stunde sitzen sie davor und schauen zu, wie sich die Fotos wildfremder Familien aus den Maschinen schieben: Geburtstage, Hochzeitsfeiern, Ferien, Büropartys, Bilder von Autos, Katzen, Wohnungen, Babys. Beide Postlethwaites sind bereits über siebzig, aber diese Vielfalt des Lebens anderer Leute, dieser Hauch von weiter Welt nimmt sie völlig gefangen. Sie deuten mit dem Finger, sie lächeln – sie können gar nicht anders. Sie bleiben sitzen, bis die Fotos von einem Dutzend Filmen aus der Maschine geglitten sind, dann gehen sie im Imbissbereich des Einkaufszentrums essen, kommen zurück und sehen sich noch ein paar Dutzend Filme an. Sie wissen nie, wohin sie reisen, wen sie sehen, zu welcher Familie sie, und sei es noch so flüchtig, gehören werden. Der einzige Nachteil ist, dass die Bilder verkehrt herum herauskommen. Manches muss umgedeutet werden: Ein Stirnrunzeln ist in Wirklichkeit ein Lächeln, der Himmel ist normalerweise nicht grasgrün.

10.16 Tradio und sein Männerfreund sind wieder hineingegangen. Ich bin nach wie vor überzeugt, dass der Schuss, von dem das Loch in meinem vorderen Fenster stammt, von ihrer Veranda kam. Die Polizei sagt, das kann bei dem Winkel nicht sein. Ich weiß nur, dass ich die Kugel direkt zwischen die Augen bekommen hätte, wenn die Vorhänge sie nicht abgefangen hätten. Die Polizei hat gemeint, ich kann von Glück sagen, dass es nur eine Luftgewehrkugel war.

10.19 Gerade hat Tradio oder sein Männerfreund durch das Rollo zu mir herübergeschaut. Die Lücke zwischen den Lamellen sah genau wie ein Auge aus. Die großen Geheimagenten. Ich sollte Tradio mal nach der Unterwäsche fragen, die ich ihm damals zu Weihnachten geschenkt habe.

10.21 Mr Haygood hat eine Menge Einkäufe gemacht. Nadine hat natürlich alles genau registriert. Ich habe zufällig in dem Moment hinausgeschaut. Nadine informiert Mr Haygood über alles, was ich mache, und erfindet noch einiges dazu.

10.24 Das leer stehende Haus nebenan lädt streunende Hunde geradezu ein. Einer, ein riesengroßer, liegt gerade im Vorgarten.

Er hoffte, die Post würde kommen, bevor er zur Arbeit musste. Er kannte keinen süßeren Genuss in seinem Leben als zum Briefkasten an der Straße zu gehen, direkt in Effies Blickfeld, die Umschläge zu öffnen, während er langsam zurückschlenderte, und dann beim Lesen eines der Briefe einen Schrei auszustoßen, sich ans Gesicht zu fassen, sich ein- oder zweimal um die eigene Achse zu drehen und, immer noch schreiend, ins Haus zu stürmen. Ob es sich bei dem Brief um eine Mahnung, um Werbung oder um die Mitteilung eines Lotteriegewinns handelte, spielte dabei keine Rolle. Es ging ihm um die Vorstellung, wie Effie mit weit aufgerissenen Augen hinter ihrem Rollo stand und sich in wilden Spekulationen erging, wie sich ihr der Hals zuschnürte, weil sie nichts begriff. Doch die Post war nicht rechtzeitig gekommen. Er würde mit seiner Vorstellung bis zum Abend warten müssen.
Er forderte Arthur auf, schon in den Lastwagen zu steigen, und ging die Postkarten holen, die er letzte Woche aus der Gegend um Cleburne bekommen hatte. Er setzte seine RUF-TRADIO-AN-MÜTZE auf, zog sie sich nach Jagdfliegerart in die Stirn und sprang in den Wagen. Arthur war nicht darin. Er sah im Rückspiegel zu Effies Haus hinüber. Sie stand auf der Vorderveranda und goss zum fünften Mal an diesem Morgen ihre Blumen. Er drückte auf die Hupe. Warum konnte ein Mann von fünfzig Jahren nicht einfach in einen Lastwagen steigen, wenn man es ihm sagte? Er hupte noch einmal.
»Ich komm ja schon!«, rief Arthur. Er hatte sich ein frisches

Hemd angezogen und seinen Cowboyhut aufgesetzt. »Hör auf zu hupen, das ist ja schrecklich peinlich.«
»Was hast du denn so lange gemacht?«
»Ich hab mich nur ein bisschen gewaschen, Tradio. Die Leute mögen's nicht, wenn man dreckig wie ein Schwein bei ihnen aufkreuzt.«
»Siehst richtig nett aus.«
»Danke.«
»Siehst aus wie eine französische Nutte.«
»Ach, das sagst du doch nur so.«
»Nein, Arthur, jetzt mal im Ernst, du siehst wirklich gut aus.«
»Man tut, was man kann, Tradio. Schau jetzt nicht zu ihr rüber, wenn wir aus der Einfahrt rausfahren.«
»Was?«
»Schau einfach nicht hin, das macht dich bloß wieder wütend.«
»Du warst doch derjenige, der auf der Kühlerhaube herumgehüpft ist und zu ihr rübergefuchtelt hat.«
»Na ja, ich hab gedacht, sie schämt sich vielleicht, weil sie uns dauernd beobachtet.«
»Die kennt nicht mal das Wort schämen, Arthur. Ich muss einfach hinschauen, ich kann nicht anders.«
»Nein!«
»Verflucht, da ist sie. An der Seite vom Haus, sie zupft an ihrem Rosenstrauch herum.«
»Ich hab dir doch gesagt, du sollst nicht hinschauen. Darauf hat sie doch bloß gewartet. Jetzt kann sie ja zufrieden sein.«
»Wir ziehen um. Ich halt das nicht mehr aus.«
»Das sag ich dir schon seit zwei Jahren.«
»Die Augen von der durchbohren einen richtig.«
»Irgendwie tut sie mir Leid«, sagte Arthur. »Michael besucht sie nie. Wie würdest du dich da fühlen?«

»Reden wir von was anderem.«
»Okay, okay. Hast du gesehen, dass ich die Postkarten in der Reihenfolge geordnet hab, wie wir hinkommen?«
»Sehr schön, Arthur.«
»Tradio, ich nenn dich immer bei deinem Spitznamen. Ich weiß, dass du das magst. Warum nennst du mich nie Pastetenvögelchen?«
»Du bist ein Mann von fünfzig Jahren, Arthur.«
»Ja, ich weiß.«
»Nicht böse sein, Pastetenvögelchen.«
»Mich kann man mit so wenig glücklich machen.«
»Ich weiß.«

10.25 Tradio und sein Männerfreund sind zur Arbeit. Im Wegfahren haben sie beide *direkt* zu mir herübergeschaut. Als ich gerade mit meinen Rosen beschäftigt war, kam dieser Große Indianer angeschlichen und hat sich ein Hallo abgerungen, ein ganz besonders liebenswürdiges und übertrieben höfliches. Er will etwas von mir, aber er kriegt es nicht. Er fing wieder davon an, wie schön es in Oklahoma sei, und damit er aufhört, habe ich einfach gesagt, ich sei nie dort gewesen und würde auch nie hinfahren. Dann bin ich in meinen Vorgarten und habe mich um meine eigenen Angelegenheiten gekümmert.

Mr Haygood kaufte, verkaufte und tauschte Spielzeug, ungeachtet des Schildes mit der Aufschrift UNARTIGE KINDER WERDEN GEFRESSEN in seinem Schaufenster. Seine Spezialität waren Schmiedeeisen-, Pressstahl- und Blechfahrzeuge zum Aufziehen aus der ersten Jahrhunderthälfte, dem goldenen Zeitalter. Seine Regale waren mit Bing-, Märklin-, Ives-, Arcade- und Marx-Raritäten angefüllt, viele in der Originalverpackung, Spielzeug, mit dem selten, wenn überhaupt je, gespielt worden war.

Mrs Haygood lehnte am Türpfosten des vorderen Zimmers, das als Laden diente, und seufzte.

»Weißt du, was mit dir los ist, Mrs Haygood? Du leidest an *Opticum rectius*, einer Wucherung, die den Sehnerv mit dem Rektum verbindet, daher deine permanent beschissene Weltsicht«, sagte Mr Haygood. Er ölte gerade das Getriebe eines blauen Blechpanzers.

»Ich wollte dir nur sagen, dass Mose mit einer Unterschriftenliste hier war. Ich habe unterschrieben.«

»Wieso denn das?« Er knallte das Ölkännchen auf die Glastheke.

»Du weißt doch noch gar nicht, um was es geht.«

»Das brauch ich auch nicht zu wissen.«

»Nadine möchte, dass jeder freitags seinen Rasen mäht, damit die Straße für die Wochenendkundschaft ordentlich aussieht. Sie will erreichen, dass wir alle an einem Strang ziehen.«

»Ohne uns. Dauernd will sie hier alles bestimmen. Ich wohne auf meinem eigenen Grund und Boden und mähe den Rasen, wann es mir passt. Unterschreib so was nie wieder.«

»Seit wann mähst du den Rasen? Ich mähe ihn. Dich interessiert das doch überhaupt nicht.«

»Das hier ist mein Haus und mein Geschäft, also betrifft es mich auch. Und jetzt geh mir aus dem Weg, ich muss mal für kleine Jungs.«

Mrs Haygood trat mit verschränkten Armen zur Seite und ließ Mr Haygood vorbei. Kurz vor der Badezimmertür, den dunklen Penis bereits in der Hand, drehte er sich noch einmal zu ihr um und rief: »Was fällt dir wohl noch alles ein, Frau?« Dann wandte er sich wieder um und knallte die Tür zu.

Mrs Haygood durchquerte langsam den Raum und wischte zwei Öltropfen weg, die auf die Theke gefallen waren. Sie tat das unbefugt, denn Mr Haygood hatte ihr verboten, den Laden zu betreten, wenn er nicht da war. Aber sie kannte sein Geheimnis. Vor vielen Jahren schon hatte sie es gelüftet: die Falltür unter seinem Hocker, die steile Treppe zu dem Tunnel unten, die dunkle Kammer unter ihrem Garten.

10.39 Ich saß gerade auf der Veranda, als zwei Kunden, ein Junge und ein Mädchen, den Weg heraufkamen. Das Mädchen hatte eine große schwarze Tasche dabei, also folgte ich ihnen in den Laden, um sie im Auge zu behalten. Sie sahen höchst verdächtig aus. Ich wusste gleich, die sind nicht der Typ, der etwas kauft, und sagte deshalb auch nicht: Willkommen in Effies Winkel von Europa, wie ich es bei gut angezogenen Kunden mache. Sie sahen sich alles an, besonders die Sachen in den Vitrinen. Als das Mädchen ein Kammetui auf die Theke legte, sagte ich: Da hat jemand das Preisschild ausgetauscht. Sie war ganz entsetzt, dass ich meine Ware so genau kenne. Ich war's nicht, sagte sie. Sie haben doch gesehen, wie ich das Etui genommen und auf die Theke gelegt habe. Ich sagte, ich sage ja nicht, dass Sie's waren, Schätzchen, aber es kostet fünf Dollar mehr. Es ist aus Schildpatt. Der Junge (seine Jeans hatten ein Loch im Knie und die Haare hingen ihm bis über die Ohren – wahrscheinlich einer von der Texas Christian University, nur nicht so gut angezogen wie die meisten von denen) nahm das Kästchen, sah sich das Preisschild an und sagte: Okay, Baby, ich zahl die fünf Dollar Aufpreis. Da sagte das Mädchen: Nein, das geht nicht, und sie stolzierten hinaus, ohne auch nur ein Danke, dass wir uns umsehen durften. Widerlich, wie viele Leute glauben, ein Antiquitätengeschäft sei ein Museum und nur zu ihrem Vergnügen da. Oh, meine Mutter hatte auch so eins, oder: Wenn ich gewusst hätte, wie viel das wert ist, hätte ich's nicht weggeworfen – wie oft ich das schon gehört habe! Ich habe die Beschreibung der beiden, für den Fall dass sie noch einmal wiederkommen. Verda hat heute nicht einmal ihr Geöffnet-Schild umgedreht. Das Kammetui ist gut und gern fünf Dollar mehr wert, als auf dem Preisschild steht.

Das Leben von Howard Dog-in-His-Path hinterließ eine gewundene gelbe Spur wie ein Wasserschlauch, der zu lange im Gras gelegen hat. Howard stand auf seinem eigenen Schatten, als wäre er ein roher Hühnerhals. Seine nervöse Energie wirkte bei einem so großen Mann fehl am Platz. Die Leute scheuten vor ihm zurück. Kratzte er sich die Stirn, ging alles um ihn herum in Deckung. Hunde duckten sich, wenn er die Richtung wechselte. In seiner Kindheit hatte sich nicht einmal seine eigene Familie allzu nahe an ihn herangewagt, denn er konnte ja plötzlich sein Portemonnaie hervorziehen oder beschließen, sich zu kämmen. Jeden Morgen flammte von neuem die Nervosität in ihm auf. Es war, als würden Elritzen durch seine Adern schießen. Er konnte diesen Energiestrom nur dadurch bändigen, dass er ihn aufbrauchte, dass er sich schnell bewegte, schwere Sachen hob, aß. Meist riss er ganze Häuser ab. Er führte die Brechstange wie ein Skalpell und stemmte jedes Brett einzeln von dem zum Tode verurteilten Gebäude, zog die Nägel heraus und verkaufte die Holzstapel an Leute, die Restaurants einrichteten, an Dekorateure oder Handwerker. Einzelne Teile wie Eichenkommoden, Buntglasfenster, gedrechselte Pfosten und Türknäufe aus Messing nahm er mit in die Worth Row und verkaufte sie als Antiquitäten. Sein Vorgarten stand voll von Badewannen mit Klauenfüßen, Waschtischen und Resten von schmiedeeisernen Zäunen, zu denen sich hie und da ein Schornsteinaufsatz gesellte. Seine Kunden trafen ihre Wahl rasch, zahlten und gingen wieder. Howard lud die schweren Wannen ganz allein auf ihre Lastwagen, und sie fuhren schleunigst davon.

Zu einer Frau konnte er nur abends gehen, wenn er völlig erschöpft war. Die Frauen aber wollten tanzen. »Ich hab heute zu viele Badewannen geschleppt«, sagte er dann. Worte, Gefühle, Kränkungen, und in ganz Texas gab es nicht genug Bier, um einen Mann von seiner Größe betrunken zu machen. So ging er nach Hause und legte sich schlafen, und im Laufe der Nacht stieg die Energie wieder in ihm auf, von neuem begannen seine Hände zu flattern, die Füße zuckten, als ginge er über heißen Boden, seine Augäpfel schossen hin und her wie in einer Flasche gefangene Wespen.

An diesem Morgen aber fühlte sich Howard Dog-in-His-Path nur ängstlich, nur schwermütig, nur alt. Ihm war, als sei er kleiner als am Tag zuvor. Die Spur, die er hinterlassen hatte, war zu schmal gewesen, zu trügerisch, als dass ihr jemand hätte folgen können. Und die Ladung nasser Kleider aus der Waschmaschine erschien ihm übermäßig schwer.

10.55 Mrs Haygood saß auf ihrer Vorderveranda, aber als ich auf meine eigene Vorderveranda hinausging, verschwand sie im Haus. Als ob draußen nicht genug Platz für uns beide wäre. Das macht das schlechte Gewissen, davon bekommt man Angst vor anderen Leuten.

10.57 Penetranter Marihuanageruch von diesem Großen Indianer. Ich glaube, eine von seinen Badewannen schiebt sich klammheimlich über meine Grundstücksgrenze.

10.59 Die Lügnerin und Klatschtante Verda muss weggefahren sein, aber ich habe nicht gesehen, dass ihre Tochter sie abgeholt hätte. Die andere Tochter kommt überhaupt nie, höchstens alle drei bis vier Wochen.

11.02 Mose und Nadine sitzen auf Nadines Veranda, *ganz nah beieinander,* ungelogen, es sieht aus, als würden sie etwas furchtbar Wichtiges lesen. Eine Schande ist das, wie er sie anstiert, dabei ist er fast achtzig, und sie geht auf die sechzig zu. (Im Gegensatz zu anderen Leuten merke ich mir nicht, wie alt jemand genau ist.)

11.06 Mr Haygood kam aus dem Haus, um die Zeitung zu holen. Dann stand er in seinem Vorgarten und sah in alle Richtungen, als hätte er sich verlaufen, aber zu mir hat er nicht herübergeschaut, obwohl ich gerade meine Topfpflanzen gegossen habe. Ich habe ihm zugerufen: Sie sind zu Hause, Sie Idiot. Da hat er hergeschaut und ein böses Gesicht gemacht.

11.10 Das Telefon hat ein einziges Mal geklingelt, aber es war niemand dran. Da will mich sicher jemand vom Laden weglocken, um ihn dann auszuräumen.

3.10.86

Bank of Fort Worth
An: Jack Besso, Direktor
Von: Steven Giles
Betr.: Worth Row 8

Jack, wir versuchen das Gebäude jetzt seit über zwei Jahren zu verkaufen, aber die Aussichten sind gleich null. Das alte Haus ist nur noch ein Rattennest. Die Hintertür ist eingetreten. Als ich letztes Mal dort war, hatten sich zwei herrenlose Hunde unter der Veranda eingenistet. Wir sollten überlegen, ob wir's nicht abreißen lassen, um Steuern und Haftpflichtversicherung zu sparen. Oder wir stiften die Bruchbude einer gemeinnützigen Organisation, dann können wir sie abschreiben. Die Gegend ist ziemlich heruntergekommen, und ich hab Angst, eine Gasleitung könnte undicht werden, Kinder könnten hineingehen und sich verletzen, oder jemand wird von den Hunden gebissen etc. etc. Dieses eine Mal sollten wir den Verlust in Kauf nehmen.

Antwort: Steve, lass uns heute Nachmittag rasch rüberfahren und uns das Haus ansehen. Meine Eltern haben in der Straße ihre Möbel gekauft, als ich klein war.

Jack

11.15 Die Post ist gekommen, und ich habe dem neuen Briefträger gesagt, dass ich ihm dankbar wäre, wenn er die Klappe an meinem Briefkasten ganz zumachen würde. Das macht er nämlich nie. Der Tischler hat einen Brief bekommen, der ihn anscheinend ziemlich beunruhigt hat.

Als er zu seinem Briefkasten ging, ist Nadine zu ihrem und hat ihm zugewinkt. Es sah aus, als hätte sie keine Strümpfe an. Ich bin über die Straße, um nachzusehen, ob die Klappe an Verdas und Tradios Kasten richtig zu ist. Bei Verda lagen die Wasserrechnung und ein handgeschriebener Brief aus Weatherford darin, wahrscheinlich von ihrer Freundin, die beinahe das Opalarmband bei mir gekauft hätte. In Tradios Kasten waren fünf oder sechs Postkarten, von Leuten, die in seiner Sendung etwas verkaufen wollen. Eins war ein Service aus Meißener Porzellan; die Karte habe ich mitgenommen, weil Tradio und sein Männerfreund sowieso nicht mit besseren Sachen handeln.

Der herrenlose Hund, der unter der Veranda von Nummer acht wohnte, wusste nicht, dass er ein herrenloser Hund war. Er pinkelte gern. Er hob sich gern eine kleine Portion für die nächste Stelle auf. Er wusste, dass in dem Autoreifen hinten im Garten nach einem Regen wochenlang das Wasser stand. Er wusste insbesondere, dass die Erde wie ein Ballon davongeschwebt wäre, hätte er sie nicht festgehalten, indem er auf ihr ging oder lag. Er versuchte deshalb, so wenig wie möglich hochzuspringen, denn frühere Experimente hatten damit geendet, dass der Boden von unten gegen seinen Körper schlug. Da niemand ihm einen Namen gegeben hatte, nannte er sich Selber, das nicht von jedem Gedanken Getrennte, doch wenn er die Worte »HAU AB« hörte, wurde er unruhig, als wären sie ein Teil von ihm, sein Fuß zum Beispiel. Gab es ein größeres Vergnügen als zu buddeln, so dass die Schnauze sich mit frischer Erde überzog? Vor allem, wenn man sich vorher satt gefressen hatte. Jeden Morgen gönnte er sich einen Appetithappen aus den winzigen Näpfen von Beißdie und Jatutsie von gegenüber. Ihr Wasser war im Nu aufgeschlabbert. Auch im Sägemehlhaus bekam man immer etwas, und montags und freitags stand der Müll an den Einfahrten. Insekten gab es praktisch das ganze Jahr über. Selber war seit zwei Jahren auf der Welt, aber es schien ihm, als sei er schon immer da gewesen. Die meiste Zeit hatte er unter der Veranda gewohnt. Früher waren noch mehr da gewesen. Andere. In seinem ersten Lebensjahr war das Loch im Gitter von Tag zu Tag kleiner geworden, in letzter Zeit aber war es gleich geblieben. Selber wog, was er wog, hörte, was er hörte, fraß, was er fraß, pinkelte, wenn er pinkelte, schiss, wenn keine Menschen in der Nähe waren, und war jetzt, jetzt, jetzt hungrig. Schmerz war Schmerz, Schlaf unter der Veranda war nicht Angst. Die Leute in Selbers Straße bewegten sich langsamer als die Menschen in anderen Straßen. Die alte Frau nebenan warf Steine auf sein Haus, wenn sie wusste, dass er da war. Jetzt musste er zum Sägemehlhaus und sich etwas zu fressen holen, aber schnell, denn bald würde überall, außer unter der Veranda, Wasser sein. Selber bildete sich nichts darauf ein, dass er schon Stunden vor den Menschen wusste, dass es regnen würde. Selber wusste es einfach.

11.25 Dieser Große Indianer wandert einfach so in seinem Garten herum. Sehr merkwürdig, dass er das an einem Freitag tut. Wahrscheinlich steht er unter Drogen.

Hunde kamen von Sägemehl bedeckt aus Carls Tischlerei, und deshalb betrat Nadine sie nicht. Doch Carl war stur. Er wollte ihr nicht sagen, was darin war, er wollte es ihr zeigen. Einmal hatte sie ihn gefragt, ob ihn ein Leben so voller Staub, so voller scharfkantiger leerer Schränke denn befriedige. Es war vor anderthalb Jahren gewesen. Er hatte auf ihrer Veranda gesessen und gesagt, im Gegensatz zu frisch gesägter Eiche rieche Sägemehl süß. Von dem Projekt aber, dem er sich damals schon verschrieben hatte, wagte er nichts zu sagen. Es befand sich ohnehin noch im Anfangsstadium. Sie liebte ihre Straße und die alten Häuser so sehr. Carl aber dachte an das Ende, und so war er zur Tat geschritten. Und schon bevor er anfing, wusste er, dass er für Nadine baute.

Er hatte das alte Haus in der Worth Row gekauft, weil er im hinteren Zimmer wohnen konnte und in den beiden anderen mehr als genug Platz zum Tischlern hatte. Anfangs hatte Nadine ihm gegrollt, weil er kein Antiquitätenhändler war, doch als er ihr eine Vitrine nach Maß gebaut und mit einer zusätzlichen Zeile auf seinem Ladenschild kundgetan hatte, dass er auch alte Möbel aufarbeite, hatte sie ihm verziehen. Es kam zwar nie dazu – er verlangte horrende Preise –, doch das Schild hielt Nadine bei Laune. Und er mochte eine Nadine, die bei Laune war. Jeden Tag schaute er aus dem vorderen Fenster, um zu sehen, was sie anhatte, stets etwas Altes, etwas aus hauchdünnen Stofflagen, etwas Fließendes. Er sehnte sich nach ihr, wie er sich nach der Maserung von Holz sehnte, mit der er am liebsten verschmolzen wäre.

Eine Woche nachdem er eingezogen war, riss er den Linoleumbelag im vorderen Zimmer heraus, um seine Fräsmaschine am Boden festschrauben zu können, und entdeckte dabei das Zypressenholz. Je mehr Linoleum er abhob, desto mehr Zypressenholz kam darunter zum Vorschein, ohne Astknoten und Risse, trocken und gesund, praktisch gegen Fäulnis gefeit. Er stieg auf den Dachboden und sah, dass das Dach mit durchschnittlich fünfunddreißig Zentimeter breiten und unglaublichen acht Meter langen Brettern verschalt war, Holz von erstklassiger Qualität. Da erkannte er die Chance seines Lebens. Er hatte fast nichts für das alte Haus bezahlt. Er begann es von innen nach außen abzubauen, erst die Wände, dann Böden und Decken, bis nur noch ein Gerippe aus Pfosten übrig war, die die Außenwände und das Dach stützten. An einem Wochenende, an dem Nadine krank war, deckte er das ganze Dach neu, nahm die langen Zypressenbretter ab und ersetzte sie durch dünnes Sperrholz und billige Dachpappeziegel. Ohne die Dielen wurden auch keine Balken und Stützen mehr gebraucht, und so riss er auch sie heraus. Das Haus war jetzt eine leere Hülse mit einem Boden aus Erde, nur in zwei Ecken hatte er Dielen für Toilette, Badewanne, Herd, Kühlschrank und Spülbecken übrig gelassen. Im Laufe der Monate stieg sein Bedarf an Zypressenholz, und so entfernte er die Schindeln von der Hauswand, nahm die Zypressenverschalung heraus und befestigte die dünnen Schindeln dann einfach an den nackten Pfosten.

Während dieser ganzen Zeit hielt Carl seine Rollos geschlossen. Er schlief auf einem zwischen der Bandsäge und der Tischbohrmaschine an die Wand gerückten Sofa. Der Schuppen, der einst sein Haus gewesen war, bot ihm mit seinen elf Metern Länge, fünf Metern Breite und sechs Metern maximaler Höhe mehr als genug Raum, um neben seiner Tischlerarbeit abends und an den Wochenenden aus dem erbeuteten Zypressenholz den Rumpf einer Zehnmeterschaluppe zu bauen. Es gab keine scharfen Kanten an Bord, nur Rundungen, die zu denen Nadines passten. In jeder Linie sah er den Schwung ihrer Hüften, das Schwellen ihrer Brust, die Andeutung einer Verbindung zwischen ihm und ihr. Die Welt sah im Gegensatz zu den Hunden, die er fütterte, von seinem Boot nur die prallen

Sägemehlsäcke, die er zweimal in der Woche zur Straßenecke trug.

11.29 Als ich auf der Toilette saß und aus dem Badezimmerfenster schaute, sah ich, wie sich Mazelle aus der Haustür stahl und in Mr Haygoods Laden hinüberging. Sie hatte nichts in den Händen. Ich brauche mehr Medikamente. Der Arzt hat mich nicht richtig untersucht. Es ging mir nicht gut, und ich musste zweimal spülen, bevor ich aufstand, weil der Gestank so schlimm war. Dann musste ich noch einmal zurück, weil ich vergessen hatte zu pinkeln.

11.33 Kleiner hellgrauer Wagen vor Postlethwaites Haus. Kann das Nummernschild nicht lesen. Ich mache mir ziemliche Sorgen wegen Autobomben; in Israel sind erst letzte Woche wieder zwei explodiert.

»Ich weiß nicht, was ich noch machen soll, Mose. Sieh dir die Straße an. Schlaglöcher überall, die alten Ziegel schauen schon heraus. Ich habe Brief um Brief an die Stadt geschrieben. Wär's nicht schön, wenn sie den ganzen grauen Asphalt wegmachen würden, so dass wir wieder eine Ziegelstraße hätten wie in alten Zeiten«, flüsterte Nadine.
»Die waren aber ziemlich holprig«, sagte Mose.
»Und sieh dir die Häuser an. Niemand streicht sie mehr, geschweige denn, dass jemand renoviert. Merkt denn außer mir niemand, wie hier alles verfällt? Da haben wir wieder den ganzen Süden. Aura interessiert sich nur noch fürs Schwangerwerden, Mr Haygood mietet einen Stand

in diesem Antikmarkt, Carl hat im Grunde keinerlei Sinn für schöne alte Dinge, die Postlethwaites machen ihren Laden kaum noch auf. Wenn du und ich und Verda und Mazelle nicht wären, ich weiß nicht, wie die Allee dann aussehen würde.«

»Und gut, dass wir Effie und Howard haben, die jagen den Kunden einen solchen Schrecken ein, dass sie alle auf unsere Straßenseite rüberkommen.«

»Ach Mose, wie schön wäre es, wenn es eine Zahl gäbe, die mit P anfängt, findest du nicht? Ich schon.«

»Nadine, was würdest du davon halten, wenn man diese neue Klettverschluss-Technik auch auf andere Dinge anwenden würde? Zahnprothesen, Hörgeräte oder Toupets mit Klettband und dergleichen?«

»Würden Hörgeräte mit Klettband nicht einen fürchterlichen Lärm machen, wenn man sie herausnimmt? Und würde das nicht wehtun?«

»Wahrscheinlich schon.«

»Und wie würde man das Klettband am Ohr oder am Gaumen befestigen?«

»Das weiß ich auch nicht. Da müsste ich etwas erfinden, eine Art organischen Klettband-auf-Haut-Kleber.«

»Dir wird schon etwas einfallen, lieber Mose. Jetzt geh mal wieder in deinen Laden, ich muss zu dieser Verrückten rüber und das Geld kassieren. Irgendwann kriegt sie von mir eine solche Ohrfeige, dass sie wieder zu Verstand kommt, das schwör ich dir.«

»Sei vorsichtig, Nadine, Liebes.«

»Momma fehlt mir, Mose. Als sie noch bei uns war, hatten wir solche Probleme nicht. Aber die Zeiten sind vorbei.«

»Sie war eine so schöne Frau«, sagte Mose und begann seine Finger zu zählen.

»Sag mir, wie ich in diesem Kleid aussehe, Mose.«

»Schön, Nadine.«

»Es ist aus den dreißiger Jahren. Eigentlich ist es ein Sommerkleid, aber heute ist ein so schöner Tag, da dachte ich, ich kann's riskieren.«

»Es passt zu deinem Hut und deinen Handschuhen.«

»Sieh mal, das Sägemehl, das Carl hier hereinträgt, wenn er mich besucht. Der ganze Mann besteht aus Sägemehl. Wenn er nur nicht so viel arbeiten würde.«

»Er ist in dich vernarrt, Nadine.«

»Ich weiß, Mose, aber was soll ich machen?«

»Weißt du, dass ich deine Mutter mal geküsst habe, Nadine?«

»Nein, das wusste ich nicht, Mose.«

»Sie saß genau da, wo du jetzt sitzt, und ich hab mich zu ihr hinuntergebeugt und sie mitten auf den Mund geküsst.«

»Das glaub ich dir nicht.«

»Wenn ich's doch sage.«

»Und wie hat sie reagiert?«

»Ich soll das nie wieder tun, hat sie gesagt.«

»Armer Mose.«

»Ich hätte so gern etwas erfunden, was sie in mich verliebt macht, aber mir ist nichts eingefallen. Ich war nicht schlau genug.«

»Ihre einzige Liebe war Daddy, Mose. Schade, dass du ihn nicht mehr gekannt hast. Er war nur so kurze Zeit bei uns.«

»Er ist so früh gestorben, und dann war deine Mutter allein, und die ganzen Jahre war sie noch so hübsch.«

»Wie alt war sie, als du sie geküsst hast?«

»Dreiundsechzig.«

»Vielleicht hast du zu lange gewartet, Mose.«

»Ach, Nadine, ich mag gar nicht dran denken.«

»Wahrscheinlich war's auch gar nicht so, Mose. Momma war für die meisten einfach zu gut.«

»Ja, das stimmt. Ich habe mich geehrt gefühlt, als sie mich zurückgewiesen hat.«
»Das konnte keiner so gut wie sie.« »Eine wunderbare Frau.« »Eine wunderbare Frau.«

11.35 Ein Lastwagenfahrer wollte etwas bei Tradio abliefern, konnte aber nicht, weil niemand da war. BSQ-36L, Aufkleber »Na, wie fahre ich?« mit einer Telefonnummer, die ich nicht lesen konnte. *Fishing for compliments* – typisch Lastwagenfahrer. Das sind Profis, die *müssen* gut fahren können.

11.39 Alle schauen sie dauernd zu mir herüber.

11.42 Habe meinen Anwalt angerufen, aber seine Sekretärin hat gesagt, er sei nicht zu sprechen, da habe ich ihm ausrichten lassen, er soll mich zurückrufen, ich hätte ihm etwas Wichtiges in meiner Angelegenheit zu sagen. Dass Tradio mir das Tanzen beigebracht und mir gesagt hat, wie hübsch ich aussehe, habe ich ihm, glaube ich, nicht erzählt.

Von dem Augenblick an, da Aura und Marshall sich kennen lernten, sagte sie nie mehr *ich*, nur noch wir, nur noch uns, nie mehr *mir* oder *mich.* »Hunger haben wir nicht, aber lass uns trotzdem essen.« Marshall fühlte sich stets mit einbezogen, und auch Aura ging davon aus, dass es so war, dass sie es so meinte. Sie versuchten ein Kind zu zeugen und hofften, ihrer beider Extreme würden eine Schönheit hervorbringen. Marshall war dünn, Aura dick, Marshall hatte einen Überbiss, Aura einen Unterbiss, Marshall hatte für alles einen Platz, Aura ließ alles seinen Platz selbst finden, Marshall leckte Suppenflecken auf seinem Hemd auf, Aura verschüttete niemals einen Tropfen. Ihr Kind, so sagten sie, würde die Chance haben, sich in der Mitte zu bewegen, vollkommen zu sein. Ihr Kind würde nicht das Bedürfnis haben, am Daumen zu lutschen, geschweige denn an einem Knochen.

Doch bisher zeigten sich keine Anzeichen einer Schwangerschaft, und Aura hatte seit der Hochzeit vierzehn Kilo zugenommen, trotz der zwei Runden Liebe täglich, trotz der drei Stunden, die sie jeden Nachmittag im Bikini in der Sonne lag. Immer war ihr warm, doch nie brach ihr der Schweiß aus. Ihr Gewicht stand ihr gut, sie wurde runder, fester, wie ein bis an die Grenze aufgeblasener Ballon. Sie konstatierte, dass sie nicht zu jenen Dicken gehörte, deren Haut Falten wirft und wabbelt. Manchmal stellte sie sich mit dem Rücken vor einen Spiegel und klatschte sich auf die Pobacken, um zu sehen, ob sie wackelten, aber es schwebte nur das Echo des Klatschens in der Luft. Nichts hing, nichts schwabbelte, kein Wulst zog sich von einer Wange zur anderen. Ihre Brüste waren wie große steinerne Pfeiler am Eingang eines Landguts, ihr Bauch war straff und braun wie ein Bohnentopf, ihr ganzer Körper frei von Furchen und Falten, die Marshall vorbehaltene Stelle ausgenommen.

Marshall hatte Auras zwei Fensterklimageräte ausgebaut und in dem 64-Quadratmeter-Haus eine 12-Tonnen-Anlage installiert, die die Raumtemperatur bei sieben bis acht Grad hielt, wie Aura es mochte.

»Du solltest nicht so viel draußen liegen, Aura«, sagte er. »Da du nicht schwitzt, staut sich der ganze Sonnenschein in dir wie in einem Treibhaus.«

»Das macht uns nichts aus«, sagte Aura.

Marshall lebte in Texas, weil er leicht fror, und am liebsten hätte er im Innern von Auras Körper gelebt. Jeden Abend, wenn er nach Hause kam, zog er seinen Daunenparka an, der an einem Haken neben der Hintertür hing, straffte sich und betrat das Haus, in dem Aura ihn im Negligé erwartete, die Brustwarzen wie Kaminböcke unter der kühlen Seide. Trotz der Kälte fing Marshalls Penis an, die Zähne des Reißverschlusses zu zählen.

»Empfängst du deine Kunden immer so?«, fragte Marshall.

»Nur wenn sie dein Muster haben und aus reinem Silber sind.«

Auras Geschäft bestand im Ergänzen von Silbersachen und versilbertem Besteck. Ihr Laden war angefüllt mit Tausenden von einzelnen Messern, Gabeln und Löffeln, mit Sahnekännchen ohne Zuckerdosen, Pfefferstreuern ohne Salzstreuer, heimatlosen Olivengabeln. Ihre Spezialität war das Vervollständigen von Garnituren. So viele traurige Geschichten hatte sie gehört, von Löffeln, die in Gärten verloren gegangen waren, von Gabeln, die sich in Abflüssen verfangen hatten, von zwölfteiligen Bestecken, die unter sechs boshaften Töchtern aufgeteilt worden waren (Letzteres war schier unerträglich). In den Winkeln des Ladens roch es nach Silberpolitur, Filz und Kokossonnenöl. Bei der niedrigen Temperatur gelierten die Gerüche und verwandelten sich, so dass die Kunden sich vorkamen wie in einer Kugellagerfabrik, die viele Jahre lang geschlossen war. Aura ging hinter ihren Vitrinen hin und her, in denen es kaum noch ein freies Fleckchen gab. An einer Schnur um den Hals trug sie eine Lupe, die jedoch stets auf ihrem Busen ruhte, so dass die Schnur schlaff herabhing und nur dann in Aktion trat, wenn Aura sich vorbeugte. Beschrieb ein Kunde ein Muster, das eine Großtante einst besessen hatte, oder packte jemand einen letzten überlebenden Löffel aus, dann streckte Aura mitleidig die

Hand mit dem Poliertuch aus. »Das wird schon wieder«, sagte sie. »Wir machen wieder eine Familie draus.«
Aura und Marshall liebten sich in ihrem riesigen Bett, Aura gegen das Kopfteil gequetscht, während Marshalls Knie unbequem gegen das Fußende stießen. Sein langer, schlaksiger Körper war so elastisch, dass er sich ihren kompakten Kurven anschmiegte wie eine Weinrebe, die sich um eine Melone schlingt. Oft waren Auras Schreie die ganze Straße hinab zu hören. Sie stieß ein lang gezogenes, sich überschlagendes *uiiiiii* aus, Marshall dagegen gurgelte nur Konsonanten hervor, Stiefel, die eine Treppe hinunterfallen. Seine Rippen strichen mit einem melodischen Ticken wie von krabbelnden Käfern über Auras Brustwarzen. Schließlich keuchte Aura: »Weiter geht's nicht mehr«, und Marshall stellte seine Versuche, in sie hineinzukriechen, ein und fügte der gewaltigen aufgestauten Wärme in ihrem Innern noch mehr Wärme hinzu. »Das sind wir, wir vermehren uns«, sagte Aura dann.
Sie sind jetzt ein Jahr verheiratet, und Aura ist schwanger, aber sie weiß es noch nicht, denn sie hat in ihrem ganzen Leben keine erkennbare Periode gehabt. Sie ist im neunten Monat. Sie isst für zwei.

11.45 Betrug – Täuschung, Schwindel, Mogelei, und das ist nur das, was im Wörterbuch steht.

11.47 In dem Rest Fisch, den Verda mir gestern gebracht hat, war eine Gräte. Eben habe ich ihn gegessen. Ich weiß, dass sie froh wäre, wenn es mich nicht mehr gäbe.

Als Verda wieder zu sich kam, war ihr erster Gedanke, dass es im Himmel genauso aussah wie in ihrem Antiquitätenladen. Das hatte sie immer gehofft. Ihr zweiter Gedanke war, dass ihre Hosenbeine unangenehm hochgerutscht waren. Als sie den Arm bewegte, um sie herunterzuziehen, merkte sie, dass sie noch nicht gestorben war, dass sie immer noch starb. Sie hatte starke Schmerzen in der Brust, und es kam ihr vor, als hätten sich große Hunde auf ihr breit gemacht. Sie versuchte ganz still zu liegen.

Die abgebrochenen Arme und Köpfe ihrer Figuren lagen auf Augenhöhe über den Holzboden verstreut. Verda war einen Moment lang traurig, aber dann fiel ihr wieder ein, dass sie ja starb. Sie hatte die Figuren eigentlich gar nicht verkaufen wollen. Nadine und Nadines Mutter hatten immer gesagt, im Grunde ihres Herzens sei sie Sammlerin und keine Händlerin. Sie hasste es, kostbare Stücke aus der Hand zu geben. Doch der Laden bot ihr die Möglichkeit, ihrer Leidenschaft zu frönen. Sie konnte verkaufen, was sie doppelt hatte, und sie tätigte gute Käufe. Einen Händler hielt niemand für süchtig.

Jetzt würden ihre Töchter die Sachen bekommen. Orene würde ihr Erbe wahrscheinlich auf den Müll werfen. Alma nicht. Alma wusste die Figuren zu schätzen. Alma wusste, dass Kaminsimse die Gesellschaft zusammenhielten. Verda kam der Gedanke, dass sie es sein würde, die ihren steifen, beschmutzten Leichnam zwischen den Nippes finden würde. Sie glaubte Jesu Stimme zu hören, die ihr sagte, sie solle diese irdischen Gedanken fahren lassen. Das Ende der Welt war gekommen. Jetzt konnte sie demütig sein. Ein kleiner Teil ihrer selbst hatte geglaubt, es würde immer so weitergehen, aber jetzt wusste sie, dass sie ihr Leben nicht überleben würde. Trotzdem war es unsagbar traurig, dass sich die Welt ohne sie weiterdrehen würde.

Ihre Sammlung würde aufgelöst, ihre Hunde von anderen Händen gefüttert werden.
Wo waren sie überhaupt? Verda öffnete den Mund, um sie zu rufen, aber es kam kein Ton heraus. Wo waren ihre beiden Süßen? Nicht ein einziges Mal hatten sie eine Figur zerbrochen. Der Lärm und das Splittern von Glas mussten sie erschreckt haben. Bestimmt waren sie unterm Bett, ihre Pekinesen Beißdie und Jatutsie, zwei Fleisch gewordene Porzellanfiguren, eine männlich, die andere weiblich. Wer würde sich jetzt um sie kümmern? Wieder stockte ihr Herzschlag, ihr Arm fuhr zu dem Schmerz hoch, und sie verlor von neuem das Bewusstsein.

11.50 Mrs Haygood arbeitet wieder im Garten. Immer noch im *Kleid*.

11.52 Dieser Große Indianer probiert die ganzen Badewannen in seinem Vorgarten aus. Es sind bestimmt zwanzig, und er steigt in jede hinein und legt sich hin. Ich frage mich, warum er nicht zur Arbeit ist, erwarte aber keine Antwort.

11.57 Da mir Auras Gewohnheiten so vertraut sind, bin ich mir ziemlich sicher, dass sie mit Leuten telefoniert, die ich nicht kenne.

»Warum kommt es niemandem in den Sinn, dass Rosen wasserdicht sind? Manche Leute sind dazu geboren, Dienstboten zu haben, und ich glaube, ich auch. Aber ich hege keinen Groll. Beim nächsten Windstoß, das schwöre ich, werde ich explodieren und mich fortwehen lassen.«

11.58 Nadine auf der Vorderveranda. Sie fegt die Stufen, hält ihre tägliche Zwiesprache mit dem Besen. Bestimmt über mich.

Mazelle hatte angefangen, Bücher zu kaufen, weil sie gern las, doch im Laufe der Jahre und Jahrzehnte hatte sie begriffen, dass Bücher nichts anderes waren als Gegenstände, die man kaufte und verkaufte. Bücher waren zu klein, um ein ganzes Leben aufzunehmen, sie versprachen stets mehr, als sie hielten. Ihr eigenes Leben war das beste Beispiel dafür. Welches Buch reichte an seine Kühnheit heran, seine Dimensionen, seine verborgene Größe, seine Komplexität, seine Gefühlstiefe, seine Sündhaftigkeit? Keines, und keines würde es je tun. Ein Leben in einem Buch zu suchen war, als wollte man in einem Schlüsselloch ein Haus suchen. Sie hatte aufgehört zu lesen und sich der Pflege ihrer Kinder zugewandt. Bücher waren nur für Leute von Wert, die die Dinge noch nicht so sahen, und sie waren nur dann von Wert, wenn sie noch nicht gelesen waren. Die Leute verkauften ihre ausgelesenen Bücher billig und kauften sich für teures Geld solche, die sie noch nicht gelesen hatten. Mazelle hatte sich ihren Platz dazwischen geschaffen. Sie betrachtete ihren Beruf als den eines Dealers, der Süchtige beliefert. Sie wusste, dass ihre Kunden wiederkommen würden. Nur solche Leser, deren Leben über die Literatur hinauswuchs, konnten den Kreislauf durchbrechen. In den letzten Jahren allerdings war das Geschäft zurückgegangen. Mr Haygood hatte ihr geraten, einen Stand im Antikmarkt zu mieten. Er hatte dort fünfundsiebzig Kunden in zwei Stunden gezählt, mehr als man in der Worth Row in einer ganzen Woche sah. Doch sie wusste, dass sie es mit den ersten Auswirkungen des Computers zu tun hatte. Manche ihrer Kunden kauften Bücher als Antiquitäten, des schönen Einbandes oder der farbigen Abbildungen wegen, andere sammelten Erstausgaben, die meisten aber wollten nur etwas zu lesen, suchten Zerstreuung. Und diese Zerstreuung, so glaubte Mazelle, fanden sie jetzt auf dem Bildschirm, Millionen Bücher in gleicher Aufmachung. Doch mit dem Geschäft waren auch ihre Bedürfnisse zurückgegangen. Ihr jüngstes Kind war auf dem College, das Haus war abbezahlt, ihr Mann bezog eine kleine Rente. Es gab auch noch die Sozialhilfe, und sie hatte ihre vier Kinder. Die würden sie schon nicht verhungern lassen. Seltsamerweise lasen sie alle gern. Sie waren zwischen Büchern aufgewachsen, und schon das hatte genügt, um sie süchtig zu machen, noch ehe sich ihr Leben voll entfaltet hatte. Ihre Kinder waren ihre besten Kunden. Ihre Erfahrung, ihr Leben war so klein. Es amüsierte Mazelle, wenn sie zu ihren Freunden sagten: »Mom liest nicht.« – »Zu viel Arbeit«, erklärte sie dann gespielt schüchtern, denn die Wahrheit zu sagen wäre lächerlich gewesen: »Mein Leben ist zu ausgefüllt.« Es wäre unbescheiden gewesen.

Als ihr Mann ihr das Auge gezeigt hatte, das blaue Auge zwischen den schmutzigen Fingernägeln, hatte sie einen Moment lang geglaubt, er wolle sie zur Rede stellen, ihr Leben wieder klein machen, sie zwingen, zum Lesen zurückzukehren. Unklugerweise hatte sie ihn angefahren. Doch da hatte sie gemerkt, dass er von nichts wusste. Das Ganze war für ihn eine Nichtigkeit gewesen, nichts von Belang. Die Augen, die sie selbst im Garten gefunden hatte, hatten tiefer gelegen. Merkwürdiger- und beunruhigenderweise hatte sich dieses eine an die Oberfläche emporgearbeitet. Sie stellte sich vor, wie es im Garten gelegen und blicklos in die Sonne gestarrt hatte.

12.02 Ich war draußen, um nachzusehen, ob meine Fenstergitter in Ordnung sind, aber die Sonne schien mir in die Augen. Dieser Große Indianer schläft in einer von seinen Wannen. Bei seiner Hautfarbe frage ich mich, zu welchem Stamm er gehört.

Um den Film, den eine junge Frau gerade abgegeben hatte, nicht zu verpassen, hatten sie sich Essen zum Mitnehmen bestellt, ein Sandwich von Arby's für Louise und ein Stück Salamipizza für Arlen, und waren dann zu der niedrigen Bank zwischen den Pflanztrögen vor der Entwicklungsmaschine zurückgeeilt. Mittagspause zu machen war eine riskante Sache, denn manchmal war die Bank besetzt, wenn sie zurückkamen, und sie mussten im Gang stehen, bis ihre Plätze wieder frei wurden. Heute hatten sie Glück. Die Bank war nur einen knappen Meter von der Schaufensterscheibe entfernt, und die Maschine stand direkt davor. Wenn sie saßen, spiegelte das Glas auch nicht, wie es der Fall war, wenn sie stehen mussten.
Nachdem sie sich gesetzt und ihr Essen ausgepackt hatten, stieß Arlen Louise an und sagte: »Gleich geht's los.« Es war aufregender als jeder Film, denn hier konnten ihnen keine Kritik und keine Vorschau die Spannung verderben. Der einzige Hinweis auf den Inhalt war die Person, die den Film brachte. Meist war es der Fotograf selbst, denn er war selten auf den Bildern zu sehen. Arlen lächelte und winkte Janice zu, der jungen Frau, die die Maschine be-

diente. Sie winkte zurück. Oft unterhielten sie sich darüber, was für einen interessanten Job sie habe. Ihre Hände steckten in kurzen weißen Zaubererhandschuhen.
»Wenn man sich überlegt, was Janice so alles zu sehen bekommt!«, sagte Arlen zu Louise.
»Sie sieht gut aus in dem weißen Kittel«, sagte Louise. »Richtig professionell. Der grüne steht ihr nicht.«
Die Fotos glitten aus der Maschine. Louises und Arlens Essen verharrte einen Moment lang in der Luft, und sie vergaßen zu kauen. Offenbar war der ganze Film bei einem John-Deere-Traktorhändler aufgenommen worden, sechsunddreißig Bilder von landwirtschaftlichen Traktoren, aus unterschiedlicher Perspektive fotografiert.
»Traktoren«, sagte Louise.
Arlen dachte nach. »Keine Ahnung, wo das Geschäft ist.«
»Sie hat gar nicht ausgesehen wie jemand, der Traktoren fotografiert. Die Bilder sind ja schön bunt, aber sie war nicht der Typ für Traktoren.«
»Man weiß nie«, sagte Arlen.
»Man weiß nie«, sagte Louise.
Eine fünfminütige Pause trat ein, in der die Angestellte den Staub von den Abzügen pustete und die Qualität kontrollierte. Arlen und Louise beendeten ihre Mahlzeit.
»Gut war das«, sagte Arlen.
»Du hast ein Stück Paprika zwischen den Zähnen«, flüsterte Louise.
»Wo?« Arlen bleckte wie ein wütender Dackel die Zähne.
»Da.« Louises Zeigefinger blieb kurz vor seinem Mund stehen.
Arlen schob den Fingernagel zwischen die vorderen Schneidezähne. »Da?«
»Nein, einen weiter.«
»Da?«
»Ja.«

»Wieso flüsterst du denn? Ist es weg?«
»Nein.«
»Jetzt?«
»Immer noch nicht.«
»Jetzt?«
»Jetzt hast du's noch weiter reingedrückt.«
»Ach, verdammt.«
»Warte, bis wir zu Hause sind. Nimm den Finger aus dem Mund.«
»Aber so kann ich's doch nicht lassen. Das sieht man doch.«
»Na gut, dann zieh ich einen Faden raus.« Louise bog den Saum ihres Sweatshirts hoch, zog ein loses Fädchen weiter heraus, riss es ab und gab es Arlen. »Benutz es wie Zahnseide.«
»Wie bist du denn darauf gekommen?«, fragte Arlen.
»Ich komm auf viel.«
»Ist es raus?« Er bleckte von neuem die Zähne.
»Jetzt steckt es nicht mehr dazwischen, jetzt sitzt es vorn auf dem Zahn.«
Arlen berührte den Zahn mit der Fingerspitze, und das Paprikastück blieb daran kleben. »Da«, sagte er lächelnd.
Louise strich ihm über den Rücken. »Na, also.«
»Als wär nie was gewesen«, sagte Arlen.
»Natürlich ist was gewesen.«
»Ich sag ja nicht, dass nichts gewesen ist«, erklärte Arlen.
»Ich hab gesagt, als wär nie was gewesen.«
»Ach, lass doch. Was soll die Haarspalterei? Genau wie Margaret. Alles müsst ihr zergliedern, alles müsst ihr aufbauschen, indem ihr's auseinander nehmt.«
»Was hat denn Margaret damit zu tun?«
»Sie ist deine Tochter.«
»Deine auch.«
»Da, schon wieder. Warum kann ich nicht einfach sagen,

sie ist deine Tochter, und du lässt es dabei? Sagst einfach nichts mehr?«
»Fangen wir nicht wieder an, Louise, bitte.«
»Okay, tut mir Leid.«
»Mir auch.«
»Okay.«
»Sieh mal, die Bilder sind vor dem Will Rogers Coliseum aufgenommen. Eine asiatische Familie. Drei Kinder.«
»Die sind bestimmt in Ferien hier.«
»Aber schau dir mal die Autos im Hintergrund an. Der Film muss mindestens fünfzehn Jahre alt sein«, sagte Arlen.
»Auf dem Transparent da steht ›1972‹.«
»Was meinst du, warum die den Film so lange nicht haben entwickeln lassen?«
»Manche Leute fotografieren eben wenig. Wann haben wir zuletzt einen Film zum Entwickeln gebracht?«
»Das weiß ich schon gar nicht mehr.«
»Das war, als Margaret uns noch besucht hat«, sagte Louise.
»Ja, könnte sein.«
»Wir müssten mal selbst Fotos machen und den Film zum Entwickeln bringen.«
»Fotos wovon?«, fragte Arlen.
»Weiß ich auch nicht.«
»Aber ich. Wir könnten uns gegenseitig fotografieren.«
»Ja, das machen wir«, sagte Louise.

12.05 Straße leer bis auf diesen Großen Indianer, der in seiner Badewanne schläft. Da ich ihre Gewohnheiten so gut kenne, kann ich sagen, dass die meisten von ihnen jetzt beim Mittagessen sitzen. Verdas Tochter hat am Muttertag Hamburger für Verda gemacht – ein großartiges Festessen.

12.07 Durch die Lücke im Zaun sehe ich Aura wie einen toten Büffel auf ihrer Liege in der Sonne liegen. Sie ist fetter denn je. Beim ersten Sonnenstrahl ist sie draußen. Widerlich, sich genau da hinzulegen, wo ich sie sehen kann.

12.13 Mose mäht seinen Vorgarten. Er hat seine Mütze auf, damit er unter dem Schirm vorspitzen kann.

12.15 Mazelle hat ihren Teppich auf der Vorderveranda ausgeschüttelt und natürlich wieder zu mir herübergeschaut. Es gefällt mir nicht, wie sie die Haare jetzt hat, ganz weiß und hinten zusammengefasst, als wäre sie was Besseres als alle anderen in der Straße.

Tradio macht seine Anruf-Radiosendung fünfmal in der Woche von fünf verschiedenen Lokalsendern aus. Leute, die etwas zu verkaufen, zu tauschen oder zu verschenken haben, rufen während der Sendung an. Wer Angst hat, seine Stimme im Radio zu hören, schreibt eine Postkarte. Was Tradio als Rundfunksprecher verdient, ist kaum der Rede wert, aber von den Postkarten kann er ganz gut leben. Mit der Karte als Einladung und Aufhänger besucht er die Leute zu Hause oder auf ihrer Farm und bietet ihnen an, nicht nur den Gegenstand zu kaufen, den diese schüchternen Menschen verkaufen wollen, sondern auch alles, was sie sonst noch in der Scheune oder auf dem Dachboden haben.
Er steht in ihrem Wohnzimmer und sagt: »Wissen Sie, dass mir das Büffet hier hundert Dollar wert wäre? Ich würde hundert Dollar dafür zahlen.« Er sagt es ganz nebenbei, und es kommt selten vor, dass jemand deswegen beleidigt

ist. Er ist eine Rundfunkberühmtheit. Mit seiner Mütze auf dem Kopf verteilt er gratis Autoaufkleber. Nach ein paar Stunden Herumfahren macht er beim Sender Halt – Cleburne, Weatherford, Mineral Wells, Stephenville oder Jacksboro – und nimmt eine halbe Stunde lang Anrufe entgegen.

»Hallo, sind Sie in der Leitung?«

»Ja.«

»Was möchten Sie kaufen, verkaufen oder tauschen?«

»Ich hab zwei neue VW-Trittbretter, originalverpackt, die verkauf ich für fünfundzwanzig Dollar. Meine Telefonnummer ist 555-5458.«

»Okay, danke. Zwei neue VW-Trittbretter, originalverpackt, die Nummer ist 555-5458.«

»Genau. Aber für weniger geb ich sie nicht her.«

»Also, wenn jemand zwei neue, originalverpackte VW-Trittbretter braucht: Die Nummer ist, schreiben Sie mit: 555-5458.«

»Hallo, hier Tradio.«

»Hallo, ich hab ein Paar neue Halbschuhe zu verkaufen. Wahrscheinlich hatte ich geschwollene Füße, als ich sie gekauft hab. Den Karton hab ich leider nicht mehr, meine Enkelin hat eine Sonnenfinsternisbrille draus gemacht.«

»Gut. Ihre Telefonnummer?«

»555-2943«

»Wer ein Paar neue Halbschuhe braucht, Leute, die Nummer ist 555-2943. Die Größe haben wir, glaub ich, nicht. Übrigens, Leute, die Sachen müssen nicht originalverpackt sein. Sie können gebrauchte Sachen anbieten, alte Sachen, Sachen, die Sie doppelt haben, alles, nur keine jungen Hunde. Welpen werden bei Tradio nicht zum Verkauf angeboten. Ich wiederhole noch einmal die Regeln, für alle, die gerade erst eingeschaltet haben. Genannt werden können Dinge, die zu verkaufen, zu tauschen oder zu verschenken sind, und Dinge, die gesucht werden. Bitte nicht mehr als drei Gegenstände pro Anrufer. Okay, was haben Sie anzubieten?«

»Hallo, ich habe gestickte Kissenbezüge für drei Dollar, einen Quilt im Flying-Geese-Muster zu fünfunddreißig, Flanellbetttücher für fünf und eine rote Daunendecke für –«

»Ich muss Sie leider unterbrechen, das sind vier Posten.«

»Aber alles Bettzeug.«

»Ja, aber vier verschiedene Teile, und drei sind nur erlaubt, damit jeder die Chance hat, hier anzurufen.«

»Okay. Meine Nummer ist 555-8891, die Daunendecke kostet zwanzig Dollar.«

»Na, jetzt hat sie die Decke doch noch mit reingemogelt, aber wir einigen uns auf drei Gegenstände, okay? Der Nächste.«

»Der Typ, der immer die Videorekorder hat, soll mich anrufen, meine Nummer ist 555-3933, ich bin jetzt zu Hause.«

»Nächster Anrufer.«

»Ich suche immer noch eine Windfangtür. 555-1819.«

»Nächster Anrufer.«

»Zählt eine Wohnzimmergarnitur als fünf Gegenstände oder als einer?«

»Kommt drauf an, wie Sie sie verkaufen möchten.«

»Ich will fünfhundert Dollar dafür haben.«

»Dann ist es ein Gegenstand.«

»Oder hundert Dollar pro Stück.«

»Dann sind es fünf Gegenstände, also kann ich Ihre Nummer nicht nennen. Nächster Anrufer.«

»Ich hab ein 1500-Liter-Köderfischbecken, das ich loswerden muss. Meine Telefonnummer ist 555-5468, zwischen sechs und acht Uhr abends.«

»Nächster Anrufer.«

»Ich möchte ein Klinikbett verkaufen, nur vier Wochen gebraucht. 555-9423.«
»Nächster Anrufer.«
»Ich hab zehn Kubikmeter Ackerkrume mit ganz wenig Steinen drin und ein Wellensittichpärchen. 555-1118.«
»Nächster Anrufer.«
»Ich habe zwei Aluminiumkrücken, die ich nicht mehr brauche. Die würde ich gern an jemand Bedürftigen verschenken. Meine Nummer ist 555-1344. Die Krücken sind verstellbar.«
»Nächster Anrufer. Hallo, Sie sind auf Sendung.«
»Ich wollte Ihre Zuhörer nur daran erinnern, dass Jesus Christus für uns alle da ist. Mehr wollte ich gar nicht sagen.«
»Danke, das ist wichtig. Wir vergessen ja manchmal, was man alles nicht für Geld kaufen kann. Nächster Anrufer.«
»Ich habe einen dreiundsechziger Buick Riviera mit etwas über hundertsechzigtausend Kilometern, aber er läuft gut, und ich will zwölfhundertfünfzig dafür haben. An einer Tür ist ein bisschen Rost, aber das kriegt man sicher leicht hin. Meine Nummer ist 555-8765.«
»Sind Sie Händler oder verkaufen Sie privat? Hallo? Aufgehängt. Nächster Anrufer.«
»Hallo, ich möchte Vogelkäfige gegen irgendetwas Brauchbares tauschen. Meine Nummer ist 555-5921.«
»Vielen Dank. Tradiohörer, wenn Sie etwas haben, was Sie verkaufen oder verschenken möchten, und Sie haben einfach nicht die Zeit, hier anzurufen, dann schicken Sie eine Postkarte an Tradio, Worth Row 7, Fort Worth, Texas 76197, mit Namen, Adresse und Telefonnummer. Ich lese die Karte dann in der Sendung vor.«
Es war Arthur, der Tradio überredet hatte, keine Welpenangebote in der Sendung zuzulassen.

12.18 Ich habe meinem Anwalt mitgeteilt, dass mein Sohn nach dem Tod meines Mannes am dritten März 1969 bei mir eingebrochen und eine Reihe von Wertsachen mitgenommen hat, unter anderem den Odd-Fellows-Ring und die Militärorden seines Vaters. Dass ich ihn nie sehe, außer wenn er Geld braucht. Und dass er einfach nicht darüber hinwegkommt, dass sein Vater alles mir vermacht hat. Deshalb gibt er mir die Schuld an seiner »erregten Depression«.

12.22 Habe meine Topfpflanzen gegossen und gesehen, was ich sehen wollte.

Er hatte genug von Mrs Haygood, mehr war an einem Tag nicht zu ertragen. Es wurde Zeit, sie für ein, zwei Stunden aus dem Haus zu schicken. Mr Haygood, fünf Zentimeter kleiner als vor zwanzig Jahren, die Ohren abstehend, die Fingernägel dick, die Füße platt, hatte seit fast einer Woche keinen Orgasmus mehr gehabt.
»Da hast du Geld, Mrs Haygood, geh damit zu Payless Cashways und sag, sie sollen mir ein paar Bretter schneiden. Hier sind die Maße, die ich brauche. Such dir jemanden, der mit dem Zollstock umgehen kann, und achte darauf, dass keine Astknoten im Holz sind. Und lass dir eine Quittung geben.«
»Kann ich auch später gehen? Ich wollte gerade in den Garten.«
»Nein, geh jetzt gleich. Ich brauch die Bretter.«
»Du wirst dich bloß wieder aufregen, weil sie falsch geschnitten sind, weil ich's nicht richtig gesagt habe. Kannst du nicht selbst gehen?«
»Wenn ich's könnte, hätte ich ja wohl nichts gesagt.« Er löste den Autoschlüssel vom Ring und gab ihn ihr.

»Sperrst du mich auch nicht aus?«
»Wieso sollte ich dich aussperren, Frau?«
»Ich hab schon mal vor verschlossenen Türen gestanden, als ich zurückgekommen bin.«
»Das war doch bloß, weil ich den Laden nicht offen lassen kann, wenn ich länger auf dem Klo bin. Du weißt doch, wie lange ich für meinen Stuhlgang brauche.«
Mrs Haygood wollte sagen »Ich hab's so satt«, aber sie tat es nicht. Sie wollte sagen »Hast du's nicht selber satt?«, aber sie tat es nicht. Sie nahm den Autoschlüssel, den Zettel mit den Maßen und den Zwanzigdollarschein.
Mazelles Mann kam gerade in den Garten, als Mrs Haygood rückwärts aus der Einfahrt fuhr. Sie kurbelte das Fenster herunter. »Ich kann im Moment leider nicht helfen. Muss was besorgen«, erklärte sie.
»Kein Problem«, sagte er. »Ich will nur die Tomaten einsprühen und ein bisschen Unkraut jäten. Das Wetter ist so schön.«
»Lassen Sie mir was übrig.« Sie war in Tränen aufgelöst, als sie losfuhr. Er würde fertig sein, bevor sie zurückkam, die Gartenarbeit eines weiteren Tages würde getan sein, und dabei stand der Winter vor der Tür. Es machte sie rasend, dass so spät in ihrem Leben wieder ein Tag verloren war.
Der Junge bei Payless war mit der Säge ungewöhnlich schnell und akkurat. »Passen Sie auf Ihre Hände auf«, warnte sie ihn. Er hatte schon früher Bretter für Mr Haygood geschnitten und wusste, was für dessen Schaukästen benötigt wurde. Mrs Haygood fand ihn fast zu tüchtig, und so machte sie auf dem Rückweg noch bei Wal-Mart Halt. Von Mr Haygoods Geld konnte sie nichts ausgeben. Deshalb verlangte er ja Quittungen: um sicherzugehen, dass er das gesamte Wechselgeld bekam. Aber sie hatte sechs Dollar eigenes Geld in ihrem Portemonnaie, drei von

den Münzen, die sie im Waschsalon in den Maschinen gefunden hatte, zwei, die von einem Bell's-Gartencenter-Geschenkgutschein übrig waren, den sie von Mazelles Mann zum Geburtstag bekommen hatte, und einen, den ihr die alte Frau an der Kasse bei Albertson's zu viel herausgegeben hatte. Sie hatte ein schlechtes Gewissen deswegen. Als sie Mr Haygood das Wechselgeld gab, hatte sie den Extradollar gerade noch bemerkt und ihn in der Tasche ihres Kleides verschwinden lassen. Jetzt stand sie in der Kosmetikabteilung bei Wal-Mart und brachte dort die zehn Minuten zu, die der tüchtige junge Mann zu schnell gewesen war. Alles war so teuer. Sie beobachtete zwei Teenager beim Ausprobieren von Make-up. Sie benutzten nicht nur die Tester und Proben, sondern erbrachen auch die Siegel neuer Lippenstifte.

Da begriff Mrs Haygood, dass sie ihre sechs Dollar sparen konnte. Sie trug eine leichte Make-up-Grundlage auf, dann Buff-Naked-Lippenstift von L'Oréal, als Nächstes Maybelline-Great-Lash-Wimperntusche und schließlich einen Spritzer Obsession. Eines der Mädchen zeigte ihr, wie man einen neuen Eyeliner benutzte.

»Seine Pluspunkte betont man, die Minuspunkte kaschiert man«, erklärte das Mädchen.

»Aha«, sagte Mrs Haygood.

»Sie haben schöne Augen«, sagte das Mädchen.

»Ich komm gar nicht auf die Idee, dass man mir in die Augen schauen könnte, weil ich immer so damit beschäftigt bin, aus ihnen herauszuschauen«, sagte Mrs Haygood. »Jetzt hab ich ein bisschen ein schlechtes Gewissen, weil ich so viel Make-up benutzt hab.«

»Das macht nichts, die Sachen sind ohne Tierversuche hergestellt«, sagte das andere Mädchen.

»Ich hab gemeint, weil's ja nicht unsere sind«, flüsterte Mrs Haygood.

»O Mann, wir kommen immer hierher, bevor wir uns mit jemand treffen.«

12.25 Mrs Haygood ist weg, zu ihrer wöchentlichen Besorgung. Ihr Auto macht einen Höllenlärm, ich verstehe nicht, warum sie das nicht reparieren lassen. Wenn ich ein Auto hätte, ich würde es reparieren lassen. Mazelles Mann sprüht Chemikalien und schaut am Ende jeder Reihe zu mir herüber, als wäre ich Gemüse. In ein paar Minuten geht er wieder ins Haus.

12.28 Der Hund ist wieder nebenan, riesengroß liegt er im hohen Gras. Ich habe schon dreimal beim städtischen Hundezwinger angerufen, und er ist immer noch da. Ich traue mich kaum in den Garten, wenn er dort liegt, er könnte ja die Räude oder irgendwelche anderen grässlichen Krankheiten haben. Ich weiß nicht, was für eine Rasse das ist. Reinrassig ist er jedenfalls nicht, wie Verda es immer von ihren beiden Kötern behauptet.

12.31 Hämmer, hämmer, klopf, klopf. Als ich meine Veranda gefegt habe, hat man natürlich wieder diesen Tischler gehört. Als würde er gegen meine Hauswand schlagen. Solche industriellen Aktivitäten in einer Gegend mit lauter Einzelhandelsgeschäften gehören verboten. Ich werde mal im Rathaus anrufen.

12.33 Mose kommt auf mein Haus zu. Sieht aus, als hätte er sich extra meinetwegen gekämmt.

Mose trug eine Khakihose, ein Khakihemd, einen braunen Ledergürtel und schwarze Arbeitsschuhe. Grashalme bildeten einen verfallenen Lattenzaun um seine Fersen. Seine Haut glänzte von Schweiß. Er näherte sich der Badewanne mit Howard Dog-in-His-Path so vorsichtig, als wäre der alte Mann eine Schlange, die zusammengerollt in einem Korb liegt. Die Wanne war mit frisch gefallenen Blättern angefüllt, und Howard lag dazwischen, als wäre er selbst hineingefallen.

»Howard?«, sagte Mose leise.

Howards Augen öffneten sich unabhängig voneinander und zeitlich versetzt, Schatten eines Menschen, der in einem dunklen Haus langsam von Fenster zu Fenster geht.

»Haben Sie geraucht, Howard? Alles in Ordnung?«

»Jaja.«

»Ich wollte Ihnen nur sagen, dass ich Ihr Radio fast fertig habe. Ich warte nur noch auf eine Röhre aus Milwaukee, das war das Einzige, was defekt war.«

»Könnten Sie mir nicht beibringen, wie man ein Radio repariert?«, fragte Howard.

»Ja, schon. Wieso?«

»Ich hab noch nie was repariert.«

Mose wischte sich die Stirn. »Ist wirklich alles in Ordnung, Howard? Soll ich jemand rufen?«

»Ich wüsste nicht, wen. Nehmen Sie sich eine Wanne, alter Mann. Wir sind beide alte Männer, stimmt's? Sie schwitzen. Nehmen Sie die Wanne da neben mir. Das Porzellan ist kühl.«

»Wenn ich mich da reinlege, komm ich vielleicht nicht wieder raus«, sagte Mose.

»Bitte.« Howard schloss die Augen.

Es war ein so seltsames Wort, das da aus Howards Mund quoll. »Okay, okay.« Mose stieg vorsichtig über den Rand der Klauenfußwanne. Wo einst die Wasserhähne gewesen waren, war das Porzellan abgesplittert, und rings um die Wanne zog sich ein roter Streifen, so präzise, als wäre er mit dem Lineal gezogen worden. Moses Körper war unterhalb des Streifens, sein Kopf darüber. Er tauchte zwischen die Blätter. »Ah, das tut gut«, sagte er.

Howards Schultern erschienen über dem Wannenrand, und sein Arm fiel seitlich herab, so dass seine dicken Knöchel die Erde berührten. »Ich versuch den Leuten immer klar zu machen, dass nichts über eine alte Wanne geht. Tiefer, besserer Anlehnwinkel. Ich war schon beim Aufwachen müde, Mose.«

»Ich bin jeden Morgen beim Aufwachen müde.« Wasser sammelte sich in Moses Auge, und er musste es fortzwinkern.

»Bei mir war's das erste Mal. Wie ist das, wenn man Sachen reparieren kann?«

Mose blinzelte. Genauso gut hätte man ihn fragen können, wie es sei, wenn er sich die Zähne putzte. Er hatte sich nie als einen Mann mit besonderen Fähigkeiten betrachtet.

»Ich wollte immer was erfinden«, sagte er.

»Was?«

»Irgendwas. Was die Leute brauchen. Als Ersatz für etwas anderes.«

»Was meinen Sie, was einer, der Sachen erfindet, will?«, fragte Howard.

»Ich weiß nicht. So einer müsste doch alles haben.«

»Nein. Ich würde gern Sachen reparieren können, und Sie können's, aber für Sie scheint das nichts Besonderes zu sein.«

»Das deprimiert mich jetzt«, sagte Mose.

»Vielleicht will ein Erfinder ein Künstler sein.«

»Und was will ein Künstler?«

»Der will wahrscheinlich geliebt werden«, sagte Howard.

»Und einer, der geliebt wird, was will der?«

»Der will nicht verdrängt werden.« Howard klammerte sich mit beiden Händen an den Wannenrand, als wollte ihn jemand herausziehen. »Aber das denk ich mir jetzt alles nur so aus.«

»Meinen Sie, man kann die Zwischenstufen überspringen?«

»Wie – und gleich verdrängt werden?«

»Nein, nein, nur bis zum Geliebtwerden.«

»Ich hab von Leuten gehört, die das machen«, sagte Howard. »Aber vielleicht lügen die ja.«

»Und was passiert, wenn man nicht rechtzeitig stoppen kann, wenn man verdrängt wird?«

»Dann reißt man wahrscheinlich Häuser ab. Wissen Sie, was mein erster Job war, Mose? Das erraten Sie nie.«

»Der Trick ist also, dass man das Rad beim Geliebtwerden anhält«, sagte Mose. »Ich versuch das gerade zu verstehen. Wie macht man das? Ich hatte, glaube ich, überhaupt nie die Wahl.«

»Vielleicht muss man sterben«, sagte Howard.

»Was haben Sie gesagt?«

»Wenn man stirbt, während man geliebt wird, kann man auch nicht verdrängt werden. Dann ist man tot. Das heißt, verdrängt werden kann man natürlich schon, aber man weiß nichts mehr davon, oder es ist einem egal.«

»Nein, das vorher. Das mit dem Sterben hab ich gehört.«

»Ich wollte von meinem ersten Job erzählen. Ich war Grabräuber. Ich hab die Gräber von meinem Stamm geplündert.«

Mose wandte langsam den Kopf und spähte über den Wannenrand zu Howard hinüber. In die Augen des alten Indianers zu sehen war, als würde man nachts aus dem Fenster schauen: Man sah nichts als in Dunkel eingebettete Reflexe. Ihm fiel auf, wie sehr die alten Wannen Särgen und die Reihen der Toilettenspülkästen Grabsteinen glichen.

»Ich könnte uns Eistee holen«, sagte Mose.
»Ich warte hier.« Und so wie Howard die Augen aufgemacht hatte, so schloss er sie wieder, eines nach dem anderen.

12.38 Da geht Mazelles Mann mit seinem kleinen Einkaufswagen. Wahrscheinlich Lebensmittel kaufen. Er tut, als hätte er nichts zu verbergen.

12.40 Die glauben alle, ich weiß von nichts, aber ich sehe noch ganz gut. Ich kenne ihre Lebensgewohnheiten genau und weiß, wie wenig Freunde sie haben, und die kenne ich auch genau. Ich hatte mich für Moses Besuch bereitgemacht, aber er kam nicht, und als ich dann hinausgeschaut habe, lag er in der Badewanne neben diesem Großen Indianer, der ihn höchstwahrscheinlich abgefangen hat, um über mich zu tratschen. Er denkt ja, ich schulde ihm noch meine Provision, aber ich habe die zwanzig Prozent zu Recht behalten, als ich vor drei Jahren den Waschtisch an diese Kundin verkauft habe, die ihr Geld nur mir geben wollte, und vielleicht wäre der Waschtisch sonst sogar gestohlen worden, aber er ist nicht gestohlen worden, und *das ist mir zu verdanken,* aber er hat gar nicht daran gedacht, sich bei mir zu bedanken, und deshalb habe ich nie wieder etwas für ihn getan und werde auch nie wieder etwas für ihn tun. Um ein Geschäft muss man sich kümmern, und das tut er nicht. Sooft muss ich mich bei meinen Kunden dafür entschuldigen, wie es bei ihm aussieht.

12.48 Mose trägt zwei Gläser Eistee über die Straße zu diesem Großen Indianer! Und das zwischen den Mahlzeiten – so etwas Seltsames ist mir noch nie vorgekommen. Ein richtiges Picknick. Die Gläser sehen nach Fenton aus, mit Nuppen, blau opalisierend. Bestimmt weiß Mose gar nicht, was sie wert sind. Die paar Mal, die ich bei ihm drüben war, habe ich sie nicht gesehen. Wahrscheinlich ein Geschenk von seiner Schwester Novis, die kein Hehl aus ihren Gefühlen mir gegenüber macht.

12.51 Bei Mazelle klopft ein Kunde an die Tür, aber sie lässt ihn nicht herein. Er hält das Gesicht ganz nahe an die Scheibe. Ich sehe ihr »Komme gleich wieder«-Schild. Händler, die ihre Öffnungszeiten nicht einhalten: Durch so etwas verliert die Worth Row Kundschaft.

Seit dem Augenblick, da Carl Nadine kennen lernte, hatte er keine Vergangenheit mehr. Es gab nur noch die Gegenwart und eine mögliche Zukunft. Die Fähigkeiten, die man brauchte, um eine hölzerne Schaluppe zu bauen, tauchten plötzlich und mühelos in seinen Händen auf. Es war ein Geschenk, doch er erinnerte sich nicht, es erhalten zu haben. Jeden Morgen erwachte er mit einem Ernst und einer Zielstrebigkeit, die keine Schule ihm vermittelt, auf die keine Lebenserfahrung ihn vorbereitet hatte. Hindernisse wurden zu Sägemehl, streunende Hunde fraßen ihm aus der Hand, Briefe fanden den Weg in seinen Briefkasten. An diesem Morgen hatte er ein Schreiben von einem Bootsspediteur in Houston bekommen, der für den Transport seines Bootes über die Interstate 35 nach Corpus Christi einen Preis verlangte, den er sich leisten konnte. Dort würde ihn dann nur noch eine schmale Sandbank vom offenen Meer trennen. Carl war nie auf See gewesen und hatte nie ein Segelboot gesteuert, doch seine Vision von Nadine verlieh ihm uneingeschränktes Vertrauen in seine Fähigkeiten. Er rief den Spediteur an und vereinbarte einen Termin, der ihm noch eine Woche Zeit ließ, um die letzten Vorbereitungen zu treffen. Rumpf, Deck und Innenraum waren fertig, die Masten und Spieren warteten im Dock in Corpus Christi auf ihn. Drei Nächte hatte er schon in seinem Großsegel geschlafen. Wenn der Laster kam, würde er einfach die Veranda und die vordere Hauswand entfernen. Das Gestell, auf dem das Boot lag, ließ sich Stück für Stück um je einen Meter zwanzig verkürzen, so dass sich der Sattelauflieger rückwärts unter den Rumpf schieben konnte. Und dann würden sie losfahren. Carl wohnte bereits an Bord. Seine Kleider waren in den Backbordschapps verstaut, sein Werkzeug unter der Backbordkoje. Die Steuerbordschapps hatte er für Nadine reserviert. Er erreichte sein neues Quartier über eine Leiter aus Zypressenholz, die am Bootsrand lehnte. In den letzten Monaten, als die Arbeit am Boot nicht mehr so viel Zeit in Anspruch genommen hatte, war er oft aufs Vorderdeck geklettert und hatte es sich unter einem Sperrholzhimmel bequem gemacht. Die Astknoten erinnerten ihn an dunkle Monde, wogende Getreidefelder, windzerzauste Wolken. Das Sperrholz war so dünn, dass es bei jedem Windstoß, der über das Dach fegte, erzitterte. Da das Haus wertlos sein würde, wenn es nicht mehr als Bootsschuppen benutzt wurde, hatte er sein Eckgrundstück an Texaco verkauft. Eine kleine Tankstelle mit Laden würde hier entstehen. Nadine würde ihr Haus vermutlich behalten wollen. Sie war dort aufgewachsen, und ohnehin würden sie einen Ort brauchen, an den sie hin und wieder zurückkehren konnten. Vielleicht ein paar Wochen im Jahr, als eine Art Urlaub vom Boot. Er fragte sich, ob Nadine ihn überhaupt wieder erkennen würde, wenn er zum ersten Mal ins Meer tauchte. Ohne Sägemehl im Gesicht würde er wieder an die Oberfläche kommen.

In der Woche, die ihm noch blieb, brauchte er nur noch das Namensschild *(Nadine)* anzubringen, das Bugspriet zu montieren, die Schiffsaugen auszuschneiden und dann seine Tischlerausrüstung und die restlichen Möbel und Geräte zu verkaufen. Dann musste er es Nadine sagen. Er überlegte noch, ob er es tun sollte, bevor er die Fassade seines Hauses mit der Kettensäge herausschnitt oder danach. Er begann einen Meißel zu schleifen, doch da bellte an der Hintertür ein Hund.

12.53 Bei Nadine ist eine Kundin, die einen Cadillac fährt – PSW-410. Ich habe den Wagen hier noch nie gesehen. Er sieht so ähnlich aus wie der von dem Arzt im Krankenhaus. Den Mann hat die staatliche Gesundheitsfürsorge reich gemacht, von *meinen* Steuergeldern. Es war derselbe, der gesagt hat, ich sei verwirrt und man müsse mich schützen, und von jetzt an würde er alles in die Hand nehmen. Ich bat ihn, kurz telefonieren zu dürfen, und sagte ihm, mein Sohn sei nur hinter meinen Sachen und meinem Haus her. Dieser gefühllose Mensch, der mit dem Krankenwagen kam, hatte mir übel den Arm verrenkt und mir allerlei Grobheiten gesagt. Mein Anwalt hat nur zwei Stunden gebraucht, um meine Entlassung durchzusetzen. Er hat gedroht, nicht nur meinen Sohn, sondern auch den Arzt vor Gericht zu bringen, und seitdem – es war am achten Oktober vor drei Jahren – habe ich nicht mehr mit meinem Sohn gesprochen und er nicht mehr mit mir.

13.00 Gleich fängt meine Fernsehsendung an, hoffentlich kommen in der Zeit keine Kunden

»Wenn man gut Sachen reparieren kann, muss man fast froh sein, wenn etwas kaputtgeht«, sagte Mose. Er hielt Howard das Glas mit dem Eistee hin und Howards Hand glitt wie eine Schiebetür aus dem Ärmel hervor. »Man freut sich richtig drauf herauszufinden, was nicht in Ordnung ist oder was fehlt.«

»Früher konnte ich ohne weiteres ein Stück Wassermelone essen«, antwortete Howard, »aber jetzt nicht mehr. Ich vertrag's nicht mehr.«

»Und ich kann keine Oliven essen. Wie schmeckt Ihnen der Tee?« Mose ließ sich vorsichtig wieder in seine Wanne hinab.

»Gut. Am Ende eines langen Lebens kann ich sagen: Der Tee ist gut.«

»Und er wird auch nicht wässrig«, sagte Mose. »Der ist gut bis zum letzten Tropfen. Die Eiswürfel sind nämlich auch aus Eistee.«

Howard steckte zwei Finger in sein Glas und fischte einen Eiswürfel heraus. »Verflucht noch mal. Sind Sie da selbst drauf gekommen?«

»Kleine Erfindung von mir.«

»Da könnte man ja auch Coca-Cola- und Kaffee-Eiswürfel machen.«

»Hab ich alles schon ausprobiert. Aber Nadine sagt, das kann jeder, so etwas kann man nicht patentieren lassen. Ein Eisteewürfel bringt keinen Profit, von dem Genuss mal abgesehen.«

»Trotzdem, Mose, die Idee ist gut.«

»Na ja, schaun wir mal. Im Moment arbeite ich an einer Regenalarmanlage. Angenommen, man macht das Fenster auf, um frische Luft reinzulassen, und dann hält man ein Schläfchen. Es fängt an zu regnen. Ich hab eine elektrische Türklingel mit einem Schalter am Fenster verbunden.«

»Und woher weiß der Schalter, dass es regnet?«

»Das war genau das Problem. Ich hatte die beiden Kontakte, die den Stromkreis schließen sollten, und ich brauchte etwas dazwischen, was schmilzt, wenn es anfängt zu regnen. Edison hatte mit seiner Glühbirne ein ganz ähnliches Problem. Der hat ja Hunderte von verschiedenen Materialien ausprobiert, bis er einen Glühfaden fand, mit dem die Sache funktioniert hat. Ich hab's mit einem Tums probiert, diesen Tabletten gegen Sodbrennen, mit einem Alka-Seltzer, einem Stück Klopapier und sogar mit einem Zäpfchen, aber geklappt hat es erst mit einer dünnen Aspirinscheibe. Die ersten Regentropfen lösen das Aspirin auf, die Kontakte kommen zusammen, die Klingel weckt einen, und man macht das Fenster zu.«

»Davon werden Sie 1 Million verkaufen«, seufzte Howard.

»Ach, ich weiß nicht. Die Leute machen ihre Fenster heutzutage nicht mehr so oft auf wie früher. Und der Prozentsatz derjenigen, die ein Schläfchen halten, nachdem sie die Fenster aufgemacht haben, ist wahrscheinlich ziemlich gering. Elektrische Klingeln hört außerdem niemand gern. Bei mir hängt an jedem Fenster eine, aber ich kann's nicht testen, hier regnet's ja so gut wie nie.«

»Regen ist eine gute Sache, auch das kann ich sagen. Klingeln sollten losgehen, wenn es regnet.« Howard trank sein Glas aus und stellte es vorsichtig in das spröde Gras.

»Wenn Sie jetzt fünf Minuten warten«, sagte Mose, »bis die Eiswürfel geschmolzen sind, dann haben Sie noch mal einen Schluck Tee. Sie können das Eis auch lutschen.«

»Weit und breit keine Kundschaft in Sicht«, sagte Howard. Er zog die Arme in die Wanne zurück und verschränkte sie über seinem Gürtel.

»Nein.«

»Das ist alles nicht so, wie es hätte sein sollen, scheint mir.«

»Wir haben unsere besten Zeiten hinter uns, das stimmt«, sagte Mose. »Antiquitäten sind heute das große Geschäft.

Alles spielt sich jetzt in den großen Kaufhäusern an der Interstate ab, die Sachen werden containerweise aus England und Holland importiert. Der armen Nadine bricht es schier das Herz. Nur gut, dass ihre Mutter das nicht mehr erlebt hat.«

»Das war eine Frau«, sagte Howard.

»Eine, wie's nicht viele gibt. Nadine wird immer in ihrem Schatten stehen.«

»Da sollte sie mal raustreten«, seufzte Howard. »Die alte Frau hat's auch gemacht.«

Moses Nackenhaare sträubten sich. Und diesem Mann hatte er Tee gemacht. »Sie haben Gräber ausgeraubt?«, fragte er.

»Ja.«

»Indianergräber? Gräber von Ihren eigenen Leuten?«

»Ja, als Junge schon. Damals habe ich mit Henry Grubbs zusammengearbeitet, sein indianischer Name war Henry Spotted-Horse. Er war schon alt und konnte die Indianersprache, aber ich hab sie nicht gelernt. Keins von uns Kindern hat sie gelernt. Zuerst ließ er mich nur Pfeilspitzen aufheben. Wir gingen an Bächen entlang, bis wir Spuren von einem Lager oder einem Dorf fanden. Manchmal waren's nur ein paar Feuersteinsplitter oder Sandsteinbrocken, die sich im Feuer rosa verfärbt hatten. Henry hatte ein Maultier namens Sweetlips und einen einfachen Pflug, und wenn die Erde umgegraben war, haben wir nach Artefakten gesucht: Pfeilspitzen, Äxten, Bohrern, Manos, Metaten. Die hat er an Souvenirläden verkauft. Dann sind wir aus dem Reservat raus und weiter nach Arkansas und Osttexas.

Die Caddo haben ihre Toten in Grabhügeln bestattet. Die waren leicht zu finden. Sie hatten eine primitive Keramik. Einiges davon haben wir an Museen verkauft. Knochen und sonstige Überreste haben wir unter freiem Himmel liegen gelassen. Ich hab mir nichts dabei gedacht. Aber richtig Geld machen konnte man nur in New Mexico und Arizona. Henry wollte nicht aus Osttexas weg. Er mochte die Wüste nicht, die sei schlecht für die Haut und den Geist, hat er gemeint. Da bin ich allein los und habe gelernt, wie man die Anasazi-Kivas findet, die Ruinen der Pueblos. Sie glauben nicht, wie viele Schaufeln dabei draufgegangen sind. Aber schöne Sachen hab ich gefunden und mit hohem Profit verkauft. Vielleicht nicht so hoch wie bei Regen-Alarmanlagen, aber für einen Indianer hab ich gut verdient. Die Leute damals wussten, wie man Keramik macht. Geschnitzte kleine Fetische und Tierfiguren hatten sie auch. Südlich von Santa Fe fand ich in einem Häuptlingsgrab die Klinge einer spanischen Lanze. In einem anderen Grab fand ich ein Messer aus Obsidian. Einmal hab ich für eine einzige Schwarz-auf-Weiß-Schale zweihundert Dollar kassiert, und das schon neunzehnhundertvierunddreißig. Ein neuer Ford hat damals fünfhundert Dollar gekostet.«

»Ich weiß«, warf Mose ein, »ich bin genauso alt wie Sie. Ich weiß, was die Dinge damals gekostet haben.«

»Östlich von Pueblo Bonito hab ich in einer Höhle ein halbes Dutzend Körbe gefunden. Die Spreu, die noch drin war, hab ich in den Wind geschüttet. Das Getreide muss achthundert Jahre alt gewesen sein. Irgendjemand hatte es für achthundert Jahre aufbewahrt. Ich bin der Mann, der drei Gebetsstäbe gefunden hat, an denen die Federn noch mit Tierhaut festgebunden waren, in einem Steingefäß unter einer Steinplatte, unter einem zwei Meter langen Skelett. Niemand außer mir weiß davon. Muss ein mächtiger Mann gewesen sein. Ich hab die Gebetsstäbe an einen Sammler in Albuquerque verkauft. Die Indianer haben so einen Stab in den Boden gesteckt, und die Feder hat im Wind geflattert und einen Zauberspruch oder ein Gebet in die Gegend geschickt. So was findet man ganz selten. Türkisperlen hab ich in Massen gefunden. Dann eine Atlatl-Spitze in einem Büffelschädel. Hohokam-Lippenpflöcke. Haarschmuck, noch mit menschlichen Haaren dran. Totenschädel mit verzierten Zähnen. Eine Knochenflöte, die ich fast übersehen hätte, bis mir auffiel, dass das Skelett zu viele Ellen hatte. Zwischen den Fingerknochen eines Kindes hab ich einen steinernen Talisman herausgefischt, der wie ein Vogel geformt war. Vielleicht war's auch ein Spielzeug. Oder eher ein Heilmittel. Vielleicht hat es das Böse abgewehrt.«

»Sie hat es nicht abgewehrt«, sagte Mose.

»Nein.«

13.15 Warum verlässt Natasha Dirk nicht? Jeder durchschaut doch seine Lügen. Er geht aus Santa Barbara weg, um eine Affäre mit dieser männermordenden Lacey anzufangen. Aber vielleicht taucht er auch unter und forscht als Privatdetektiv ihr teuflisches Verlagsimperium aus. Trotzdem braucht er Natasha gegenüber nicht so geheimnisvoll zu tun. Sie ist doch nur um sein Wohl und seine Sicherheit besorgt. Wann sagt sie ihm endlich, dass sie ein Kind von ihm erwartet?

Nadines erste Kundin an diesem Tag suchte nach Seidentüchern. Sie fuhr einen Cadillac, aber das hatte heutzutage nichts mehr zu bedeuten. Das wurde Nadine klar, als sich die Frau beim Eintreten die Nase zuhielt. Leute mit Manieren ließen sich ihr Unbehagen nicht anmerken. Nadine hatte alles getan, um den Geruch der alten Kleider mit Hil-

fe von Kerzen und Potpourris zu überdecken. Ihr Laden war ein angenehmer, sauberer Ort.
»Kann ich Ihnen helfen?«
»Haben Sie alte Seidentücher?«
Wieso fragte jemand in einem Antiquitätengeschäft nach alten Sachen? »Bei mir ist alles alt«, antwortete Nadine. Sie führte die Frau zu einem Korb mit Schals und Tüchern. »Hier hätte ich einen schönen Paisley, noch mit dem Schild von Leonard Brothers im Zentrum von Fort Worth dran. Kaum zu glauben, dass sie nun doch ihre Pforten geschlossen haben. Als Kind hab ich so gern dort eingekauft.«
»Kann man den waschen?«
»Ja.«
»Ist das Ihr letztes Wort?« Die Frau hielt Nadine das Preisschild unter die Nase, als sei sie kurzsichtig.
»Ich könnte Ihnen zehn Prozent nachlassen«, sagte Nadine, doch sie fühlte sich innerlich leer dabei, als hätte sie sich gerade übergeben. Ihre Mutter hatte niemals Rabatt gewährt, Feilschen war für sie eine Missachtung der Ware gewesen, vonseiten des Händlers ebenso wie vonseiten des Kunden.
»Haben Sie sonst noch was?«
»An Tüchern?«
»Seidensachen.«
»Ein paar Seidenkleider sind da und natürlich etliche Herrenkrawatten.«
»Ich muss ein andermal wiederkommen, wenn ich mehr Zeit habe. Vielen Dank.« Sie ging.
Nadine sah ihr nach, wie sie den rissigen Bürgersteig überquerte, in ihr Auto stieg und abfuhr. Nadines Faust umschloss noch das Paisleytuch, und sie hob es an die Nase und atmete tief ein. Staub. Sie trat auf die Veranda hinaus, faltete das Tuch im Gehen und schlang es sich um die

Schultern. Der Himmel hatte das blasse Blau des Oktobers, von Südstaatenlicht durchsetzt. Der Mond sah vor diesem Kambrikhintergrund aus wie ein vor langer Zeit verloren gegangener silberner Ohrring. Wenn ich es heute durch den Tag schaffe, bin ich im Morgen, dachte Nadine. Ein paar Blätter flatterten die Verandastufen herauf, wirbelten hoch und landeten auf einem Haufen in der Ecke. Momma hätte den Besen geholt, dachte Nadine, sie hätte mit diesen Blättern getanzt. Ich hätte zu ihrer Zeit leben sollen. Ich bin zu spät geboren. Die Mode hat nichts Geheimnisvolles, nichts Reizvolles mehr. Sie betrachtete das alte Auto, das vor ihrem Haus parkte, und überlegte, ob sie durch die Fenster hineinschauen sollte, um zu sehen, ob sie irgendwo Adresse oder Telefonnummer des Besitzers entdecken konnte. Der Wagen stand schon den zweiten Tag da. Er hatte die gleiche Farbe wie die tote Maus, die sie einmal in einer ihrer Hutschachteln gefunden hatte: grau, stumpf.

Ein Reifen verlor Luft. Einen Moment lang wünschte Nadine sich, sie wüsste ein Geheimnis, und sie dachte, Nadine, du bist genauso verzweifelt wie der Wind. In diesem Augenblick wurde ihr klar, dass der Wagen vor ihrem Haus nicht einfach nur eine Panne hatte. Sein Besitzer hatte ihn aufgegeben.

Was für ein Gefühl war das? Etwas wertlos Gewordenes zurückzulassen, es einfach vor anderer Leute Haus stehen zu lassen? Ihre Mutter war im Vorgarten gestorben. Sie war vom Bürgersteig hereingetaumelt und auf den Sainte-Augustine-Rasen gestürzt. Ihr Kopf hatte über die Betoneinfassung gehangen. Sie mochte schon zehn Minuten dort gelegen haben, als Nadine sie sah und zu schreien anfing. Mose kam angerannt und Mazelles Mann, der gerade seinen Garten mähte, und gemeinsam trugen sie Nadines Mutter auf die Veranda, aber sie war schon tot. Der arme

Mose hatte geweint wie ein Kind, hatte mit untergeschlagenen Beinen dagesessen wie ein Kind. Das war jetzt zehn Jahre her.
Doch Nadines Mutter hatte sich nur für eines interessiert: das Geschäft. Zu ihren Lebzeiten hatte es in der Worth Row die ganze Woche über von Kunden nur so gewimmelt. Samstags hatte man einen Jungen angeheuert, der die Leute beim Parken einwies. Die alte Mrs Martin, die damals auch noch lebte, hatte im vorderen Raum von Nummer 8 Tee, Suppe und Sandwiches serviert. Die Leute gingen die eine Straßenseite hinauf, aßen etwas und kauften dann auf der anderen Straßenseite ein. Tradio hatte Eisenbetten in seinem Vorgarten ausgestellt, Mose hatte mit seinen alten Radios über einen Lautsprecher Musik gemacht. Die Postlethwaites waren stets gut angezogen gewesen, nie hatte man einen von ihnen im Jogginganzug gesehen. In dem Haus, in dem Carl jetzt wohnte, hatten Mr und Mrs Killebrew schönes Flechtwerk für Polstermöbel und Stühle angefertigt. Jetzt lebten beide schon seit acht Jahren in einem Pflegeheim. Mrs Killebrew wohnte auf einem Stockwerk, Mr Killebrew auf einem anderen. Sie erkannten einander nicht mehr, doch die Pflegerinnen setzten sie nach wie vor gemeinsam an den Esstisch. Nadines Mutter hatte alle bei der Stange gehalten, hatte dafür gesorgt, dass in der Straße alles reibungslos lief. Sie war von Tür zu Tür gegangen und hatte auf ihre Nachbarn eingeredet, hatte gedroht, gelacht, hatte der Straße kraft ihres Willens zum Erfolg verholfen. Sie hatte Verda dazu gebracht, ihre Preise zu senken, hatte Mr Haygood ins Gesicht hinein einen Esel genannt, als er einmal einem Zeitungsjungen einen Schreck eingejagt hatte, sie hatte Aura mit offenen Armen in der Straße aufgenommen, obwohl Aura überwiegend Versandhandel betrieb, sie hatte keine Miene verzogen, wenn Howard wie ein Erdbeben um sie

herumsprang, und irgendwie hatte sie bei der Stadtverwaltung durchgesetzt, dass am Eingang der Worth Row eine Ampel aufgestellt wurde, so dass man bei Rot in aller Ruhe ihr Ladenschild lesen konnte. Mose liebte sie, Mr Haygood hatte Angst vor ihr, Mazelle verstieß gegen ihre eigenen Regeln und lieh ihr Bücher. Von keinem Haus blätterte auch nur ein Fetzchen Farbe ab, ohne dass sie es beanstandet oder selbst in Ordnung gebracht hätte. Das Einzige, was sie beinahe umgeworfen hätte, war der Eisregen von neunzehnhundertsiebenundfünfzig gewesen, als die Worth Row zehn ihrer zwölf mächtigen Eichen verlor. Die Äste waren unter der Eislast abgebrochen und mit Donnergetöse auf die Straße gestürzt. Die Worth Row hatte kahl gewirkt, die Sonne allzu grell. Nadines Mutter war zwischen den Ästen und Eisbrocken umhergegangen, bis Nadine sie angefleht hatte, ins Haus zurückzukommen, ins Warme. Siebzig Jahre hatten die Eichen gebraucht, um so groß zu werden, und sie wusste, dass sie nie wieder solche Bäume in der Straße sehen würde.

Nadine betrachtete den Bürgersteig zwischen ihrem und Mazelles Haus. An den Wülsten in dem rissigen Asphalt sah man noch, wo jede der Eichen gestanden hatte. Die beiden, die den Eisregen überlebt hatten, waren in den siebziger Jahren eingegangen, und man hatte die Bäume durch ein Sammelsurium von Sträuchern, Gummibäumen, Pappeln und Rasen ersetzt. Die schattige Allee war dahin.

Nadine schaute nach gegenüber. Mose und Howard lagen in zwei von Howards Badewannen. Mose winkte ihr zu, aber es war kein einladendes Winken. Sie sahen aus wie zwei der alten Säufer unten bei den Schlachthöfen.

Nadines Mutter war eine Dame gewesen. Nadine wünschte, sie hätte zu ihrer Zeit gelebt, wäre gestorben, als sie starb. Es hatte Zeiten gegeben, da war auf Leute in einem

Cadillac Verlass gewesen. Sie hatten immer eine Kleinigkeit gekauft. Nadine spürte ein Jucken am Schienbein. Sie fasste hinunter und kratzte sich. Wie stopplig meine Beine sind, dachte sie. Ich darf keine Seidenkleider mehr tragen und schon gar nicht in die Nähe von Moses Klettbanderfindungen kommen. Sie wünschte, sie hätte ein Geheimnis, etwas aus der Vergangenheit, das sich in der Zukunft offenbaren würde, etwas, das die Gegenwart bewusst übersprang, etwas, das es zu bewahren lohnte.

13.20 Da ich ihre Angewohnheiten so genau kenne, merke ich es immer gleich, wenn Caroline Roberto etwas verheimlicht. Sie schaut dann weg und tippt sich mit ihrem langen Fingernagel an einen Zahn. Bestimmt denkt sie an ihre Vergangenheit als Prostituierte und fragt sich, ob Roberto irgendwann von ihrer früheren Tätigkeit und ihren Brustimplantaten erfahren wird.

Aura begann zu frieren. Es geschah immer gegen Mittag, nachdem sie den ganzen Vormittag im Haus verbracht hatte. Sie merkte, dass sie, wenn sie nicht schleunigst hinaus in die Sonne kam, in eine Trägheit verfallen würde, die zu Erfrierungen führen konnte. Dabei war ihr vor einer Minute noch so warm gewesen. Nur wenn sie draußen lag und so viel von ihrem Körper, wie die Gesetze in Fort Worth es zuließen, der Sonne aussetzte, wurde sie die Gänsehaut wieder los. Manchmal ärgerte es sie, dass ihr eigener Körper ihr ein solches Rätsel war. Ihre Blase ließ ihr selten mehr als ein paar Augenblicke Zeit zum Reagieren, und wenn sie furzte, kam es völlig überraschend für

sie, so als wäre noch eine andere Person im Raum. Sie brauchte Stunden, um in der Sonne warm zu werden, und Stunden, um sich vor einer von Marshalls Luftklappen wieder abzukühlen. Als Kind hatte man vermutet, sie sei an Lepra erkrankt, aber die Ärzte konnten das nicht bestätigen. Sie war ein Fall von verzögerter Nervenreaktion. Körperwahrnehmungen brauchten bei ihr einfach Zeit. Sie betraten die Bühne ihrer Sinne, erst Sekunden bevor der Vorhang aufging. Ihr Körper bewegte sich zwar so, wie sie es wollte, aber er tat es ohne Eile und verlor oft jeglichen Schwung, rollte wieder zurück wie eine Murmel in einer flachen Schale.
Aura schloss die Ladentür ab und drehte das Schild mit der Geschlossen-Seite nach außen. Sie wollte die Arme um ihren Oberkörper schlingen, aber sie ließen sich nicht abwinkeln. Sie fühlte sich hart wie ein Autoreifen an. Der Herd war noch eingeschaltet. Sie hatte sich gerade ein tiefgefrorenes Schinkenstück gebraten, als die Kälte sie überfiel. Auf dem Weg zur Hintertür fischte sie den markgefüllten Knochenring aus dem heißen Fett, beugte unter großer Anstrengung den Arm und legte sich die brutzelnde Scheibe auf die ausgestreckte Zunge. Dann war sie zur Tür hinaus, zog sich auf dem Weg zur Liege bis auf den geblümten Bikini aus und gab sich dann, alle viere von sich gestreckt, der Umarmung der Sonne hin. Sie spürte die Wärme noch nicht, aber sie glaubte daran, dass sie kommen würde, so wie sie all die Jahre daran geglaubt hatte, dass Marshall sie finden würde. Sie schlug das Oberteil und den Höschenbund noch einen halben Zentimeter weiter um. Die weißen Hautstreifen, die dabei zum Vorschein kamen, erinnerten sie an das noch nicht entfernte Fett an einem Steak im Supermarkt. Sie wusste, dass Effie sie beobachtete; eine umgefallene Zaunlatte verschaffte ihr freie Sicht. Aura dachte daran aufzustehen und die Lie-

ge woandershin zu stellen, doch dazu hätte sie den Bikini wieder hochziehen müssen. Sie war sich nicht sicher, aber es konnte sein, dass sie irgendwann anfangen würde, sich unwohl zu fühlen. Das konnte man natürlich erst wissen, wenn es so weit war, und so versuchte sie ihre Besorgnis zu vertreiben. Der Knochen half ihr dabei. Sie schob die heiße Markscheibe mit der Zungenspitze aus dem Ring und drückte sie am Gaumen flach, brach die Zellen auf, um ihren Mund mit deren süßen, flüssigen Kernen zu spülen.

Die Sonne stand tiefer am südlichen Himmel als am Tag zuvor. Gerade kam auch der Mond in Sicht. Aura mochte sie beide, ihre Fähigkeit, zu teilen, nebeneinander zu bestehen, gefiel ihr. Der Herbst, wenn Sommer und Winter sich zu gleichen Teilen mischten und vollkommene Tage hervorbrachten, war ihre liebste Jahreszeit. Sie schlief, ohne zu wissen, dass sie eingeschlafen war.

Und sie träumte von Rassenmischung, von Fremdbestäubung, von einer ergänzten Vorlegegabel mit Paul-Revere-Zinken und Chantilly-Griff, die sie einmal gesehen hatte, von einer aus zwei Originalteilen kombinierten Queen-Anne-Kommode, die Experten einem unbekannten Genie zuschrieben, und von Hybridmais. Als sie erwachte, hatten Sonne und Mond die Plätze getauscht. Wie ein Adler, der auf eine Forelle niederstößt, kam die Erkenntnis über sie, dass sie augenblicklich Blase und Darm entleeren und sich übergeben musste, und als sie, nach dem herabgerollten Höschenbund fassend, so dass sich die Finger in ihre Seite gruben, zur Hintertür stürzte, konnte sie nur eines denken: schlechtes Mark, schlechtes Mark.

13.30 Was jetzt? Armando schafft es nicht, den Teufelskreis der Sucht zu durchbrechen. Ich mache mir solche Sorgen um ihn und frage mich oft, was aus ihm werden soll. Bei Wal-Mart gibt es bis Samstag Velveta im Angebot, zwei Schachteln für $ 1,99, ich brauche nur meine Sendung und den Werbespot zu nennen.

Die Himmelstore flatterten rosa wie Flamingoflügel, doch dann waren sie nass und schlüpfrig wie die Zungen ihrer Hunde. Jatutsie leckte Verdas schlaffe Lider auf und kostete von dem Tränenfilm auf ihren Augäpfeln. Hinter ihr versuchte Beißdie das Gleiche mit Jatutsies wedelndem Hinterteil zu tun. »Böser Hund!«, schimpfte Verda, obwohl ihr dabei ein Stich ins Herz fuhr. »Entschuldige, Jesus«, flüsterte sie. »Bitte tu mir nicht mehr weh.«
Wo bleibt nur diese verdammte Effie? Sonst belästigt sie mich x-mal am Tag. Mit keinem Wort hat sie sich bedankt, als ich ihr den Fischrest von Luby's gebracht habe. Verda ließ ein Windchen streichen. Es war ein wahrer Segen. Wenn die Verdauung funktionierte, dann funktionierte auch der Rest. Sie seufzte. So viel Zeit war verstrichen, Minuten ohne Zahl, und noch immer war das Ende der Welt nicht gekommen. Sie fragte sich, ob ihr der Himmel deshalb verschlossen blieb, weil sie sich mit Effie eingelassen hatte. Effie war eine Klatschbase, wie es nur je eine gegeben hatte. Ein Verleumder verrät, was er heimlich weiß; aber wer getreuen Herzens ist, verbirgt es. Die Sprüche Salomos. Ihr halbes Leben hatte Verda versucht, Dinge vor Effie geheim zu halten. Gelungen war es ihr so gut wie nie, aber sie hoffte, dass es, wenn sie so lange wie nur irgend möglich durchhielt, nicht vergeblich sein würde. Sie hatte es immerhin versucht. Effie plauderte gnadenlos Geheim-

nisse aus, als hätte sie einen unerschöpflichen Vorrat davon, als nähme sie sie im Garten wie Unterhosen von der Wäscheleine. Verda hätte sich nicht mit ihr einlassen dürfen. Aber wo blieb sie jetzt?

Verda streckte vorsichtig den Arm aus und zog die Hunde über den Boden an ihre Brust. »Ja, ja, meine Süßen, ist ja gut.« Jatutsie versuchte an dem einzelnen langen Haar an ihrem Kinn zu zupfen. Verda bewegte ein wenig das Bein und schob den Kopf näher an die Hunde heran. An ihrem Bauch stand das Babygläschen mit den Glasaugen. Ihre Hunde hatten sie im Laufe der Jahre auf den Pfaden gefunden, die sie sich am Gartenzaun entlang getreten hatten. Sie hatten sie ihr zu Füßen gelegt, und Verda hatte jedes einzelne mit Visine-Augentropfen gereinigt. Manche waren gesprungen oder zerbrochen, einige zu stark glasiert, andere waren zu großer Hitze ausgesetzt gewesen, wieder andere hatten schiefe Pupillen. Der Deckel des Glases war aufgegangen. Verda nahm vorsichtig die rechte Hand von Beißdie, kippte das Glas und schüttete es aus. Die Augen kullerten über den Boden und blieben ohne Ausnahme so liegen, dass sie sie ansahen. Die Augen Gottes, dachte Verda. Vielleicht konnte sie ja in ihnen lesen, wie man in Knochen oder Karten las. Ich habe die Dinge zu sehr geliebt. Ich habe den Klatsch zu sehr geliebt. Ich habe nach Porzellanfiguren gegiert. Sie fragte sich, was ein Archäologe später einmal denken würde, wenn sie mit all ihren zerbrochenen Figuren begraben wurde. Würde er sie für Sklaven halten, die ihr im Jenseits dienen sollten? Wieder ein gotteslästerlicher Gedanke. Der Schmerz kehrte in ihre Brust zurück. Diesmal stand sie ihn durch. Vielleicht hatte sie Gott auf eine zu versteckte Art geliebt. Aber nur, weil sie geglaubt hatte, es sei eine unerwiderte Liebe. Sie wusste, dass diese Gedanken wie Blätter waren, die eines nach dem anderen vom Baum fielen. Wenn alle fort waren, würde nur noch der graue Stamm ihres Körpers übrig sein. Sie sah zur Haustür und dann zum Telefon, das auf der Theke stand. Was war näher?

13.35 Mose unterhält sich immer noch mit diesem Großen Indianer. Vermutlich über mich und meine Situation. Wir können uns nicht ausstehen, dieser Große Indianer und ich. Ich habe ihn zwar nie durch meine Fenster schauen sehen, aber ich bin sicher, er tut es, in der Hoffnung, etwas zu sehen, wofür er nicht bezahlt hat. Wenn er auf der Veranda seine Wäsche zusammenlegt, steht er immer *mit dem Gesicht zu meinem Haus.*

In all den Jahren war Mazelles Mann einige Male noch vor der Ecke wieder umgekehrt, weil er den Einkaufszettel oder sein Portemonnaie vergessen hatte. War er aber erst um die Ecke, blieb er mit Sicherheit mindestens eine Stunde weg. Mazelle sah ihm nach, wie er seinen Einkaufswagen die Straße entlangzog, sich vor der Tischlerei auf die Tasche klopfte und dann um die Ecke bog. Sie verschloss die Ladentür und hängte ein Schild mit der Aufschrift »Bin in zehn Minuten zurück« ins Fenster. Es war ein ramponiertes, wasserfleckiges Pappschild, aber sie liebte es, weil es ihr immer noch weitere zehn Minuten versprach. Es versprach ihr, dass sie nie zu spät kommen würde. Alles war so viel praktischer gewesen, als ihr Mann noch fünf Tage in der Woche gearbeitet hatte.
Das Telefon hatte geklingelt, ein einziges Mal nur, und das hatte sie unvorbereitet getroffen. Sie musste sich eine Besorgung für ihren Mann ausdenken. Aber er liebte Besor-

gungen, besonders seit er im Ruhestand war. Er ölte die Räder seines Einkaufswagens, als handelte es sich um ein getuntes Auto. Bevor er ging, küsste er sie mit gespitzten Lippen, die wie das Modell eines erloschenen Vulkans aussahen, die Hänge von tiefen Schluchten durchzogen.
Mazelle schob den Hocker hinter dem Ladentisch beiseite, schlug mit dem Fuß den Orientläufer um und hielt inne, um ihren Rock zu raffen und sich die Unterhose auszuziehen. Sie knüllte sie zusammen, schloss die Registrierkasse auf und schob sie ins Zehncentfach. Als sie die Falltür hochzog, fiel das Licht Stufe um Stufe die Treppe hinab. Der vertraute Kalksteingeruch schlug ihr entgegen. Sie stieg hinunter und hielt die schwere Klappe fest, bis sie das Geländer fassen und sie wieder herunterlassen konnte. Die Treppe war steil und schmal. Ohne das Licht aus dem Laden hatte Mazelle nur die Erinnerung an jede einzelne der Stufen, in achtundzwanzig Jahren angehäuftes Wissen. Die Stufen waren ausgetreten, und jede der Vertiefungen schmiegte sich ihrem Fuß an. Zehn Stufen führten zu dem kleinen Podest aus kurzen, glatten Brettern hinab. Sie war als Erste da. Es war stockdunkel in der Zisterne. Sie trat auf den rauen Kalksteinboden hinab und näherte sich der Mitte des Raumes, wo die Lichtschalterschnur herabhing, verfehlte sie jedoch und stieß gegen den Bettpfosten. Dann fand sie sich zurecht und machte Licht. Es war nach all den Jahren noch immer schwer, nicht in die nackte Glühbirne zu schauen. Sie legte einen Moment lang die Hand über die Augen und ließ das Licht durch ihre Finger sickern. Jedes Mal war sie darauf gefasst, die Wände feucht und den Boden fünf Zentimeter tief von kaltem Wasser bedeckt vorzufinden.
Es war ein kleiner Raum, neun Quadratmeter, mit einer ebenfalls aus Kalkstein bestehenden, bis zu zwei Meter hohen, gewölbten Decke. Ursprünglich dazu bestimmt,

von den Dächern der angrenzenden Häuser abgeleitetes Regenwasser aufzunehmen, sah der Raum aus, als wäre er nie benutzt worden. Der Mörtel war staubtrocken. Vielleicht hatte die Stadt kurz nach dem Bau der Häuser eine Wasserleitung gelegt, so dass die Zisterne nicht gebraucht worden war. Das Gewölbe lag sechzig Zentimeter tief unter dem Garten von Mazelles Mann. Nur zwei Möbelstücke standen in dem Raum, ein Nachttischchen aus Kiefernholz und das Bett, ein Mahagoni-Himmelbett, das Mazelle bei Howard Dog-in-His-Path gekauft hatte. Es hatte viel Mühe gekostet, das Bett und die Matratze die Treppe hinunterzuschleppen, aber es war das Mindeste gewesen, was sie hatte tun können, denn Charlie hatte die ganze Schwerarbeit geleistet, er hatte die Zugangstunnels gegraben und die Treppen gebaut. Entdeckt hatte er die Zisterne beim Ausgraben eines alten Weinstocks, damals, als sie noch zu viert im Garten arbeiteten. Er war allein gewesen und hatte mit einer Eisenstange die Decke durchstoßen und einen brennenden Lappen in die Öffnung geworfen, die er dann mit Zement rasch wieder verschlossen hatte. Über sechs Jahre hinweg hatte er nach und nach die beiden Tunnels gegraben und die Seitenwände der Zisterne durchbrochen. Der Aushub aus den Tunnels, den er im Garten verteilte, hatte die Erdschicht über dem Kalkstein um fünfzehn Zentimeter erhöht. Und all das war in freien Augenblicken geschehen, in gestohlenen Stunden, wenn seine Frau außer Haus war. Nie hatte sie ihm wegen der gelegentlichen Erdflecken an seinen Kleidern Fragen gestellt. Sechs Jahre lang hatte sich die Affäre, Mazelles und Mr Haygoods Affäre, oberirdisch abgespielt. Dann hatte sie sich achtundzanzig Jahre lang unterirdisch abgespielt.

Mazelle schlug die Bettdecke zurück. Ihre Hände zitterten. Jedes Mal wenn sie als Erste kam, fürchtete sie, einen Feh-

ler gemacht zu haben. Vielleicht hatte jemand eine falsche Nummer gewählt. Vielleicht war Mrs Haygood überraschend zurückgekommen. Sie versuchte, die Schritte ihres Mannes zu zählen, sich vorzustellen, wo er jetzt gerade war. Von fern hörte sie ein Telefon klingeln und fragte sich, ob es ihres war oder das der Haygoods. Die Geräusche waren durch die Gänge und den Kalkstein hindurch nur gedämpft zu hören. Einmal hatte sie, während Charlie sich in ihr auf und ab bewegte, ihren Mann oben in der Erde graben hören. Es war ein grausames, verkümmertes Geräusch gewesen, wie wenn jemand ein Messer in ein Kissen stößt. Sie hatte Charlie zur Eile angetrieben.
»Unmöglich, Mazelle, du kannst ihn gar nicht hören«, hatte er gesagt und weitergemacht.
Doch sie hatte ihn oft gehört, hatte gehört, wie er an Wurzeln zog, mit den Nägeln über den Mörtel schrammte. Oft war sie darauf gefasst gewesen, dass von der Decke herab Steine auf Charlies Rücken und ihr Gesicht fallen würden, gefolgt von einem Erdschauer, einem Sonnenstrahl, dem Blick ihres Mannes, der auf ihre Blöße hinabspähte.
»Er ist da, er ist früher zurückgekommen«, hatte sie Charlie hundertmal heiser ins Ohr geflüstert. »Er macht die Falltür auf.«
Doch das war nie geschehen. Nie waren sie ertappt worden. Noch immer besaß sie dieses eine geheiligte Geheimnis.
»Klopf, klopf«, sagte Mr Haygood
»Wer ist da?«, antwortete Mazelle. Sie setzte sich aufs Bett.
»Du hast mir gefehlt, Maisie, Schatz.«
Sie streckte die Arme aus. Mr Haygood begann wie immer damit, dass er ihre Bluse aufknöpfte, sie von ihren Schultern schob und an den Bettpfosten hängte. Dann streifte er ihr die BH-Träger ab, küsste sie kraftvoll und löste währenddessen den Verschluss in ihrem Rücken. Mit der

freien Hand hielt er den steifen BH fest und fing dann rasch Mazelles Prothese auf, bevor sie herunterfallen konnte. Er legte den BH und die Prothese (die er aus einer Vielzahl verschiedener Formen ausgewählt hatte) behutsam auf den Nachttisch und begann die lange Narbe ihrer fünfzehn Jahre zurückliegenden Brustamputation zu küssen.

»Es ist eine so traurige Narbe«, sagte er, »mit den herabgebogenen Enden.«

»Weil sie dich an die Brust von einst erinnert? Mehr als die, die noch da ist?«

»Red keinen Unsinn, Maisie.«

»Ich weiß genau, dass meine Narben das Einzige an straffer Haut sind, was ich noch habe.«

»Ich will dir doch nur helfen, Maisie. Ich will damit nur sagen, dass es mir nichts ausmacht.«

Sie umfasste seinen Kopf und zog ihn an sich.

13.41 Ein weißer Dodge hat vor meinem Haus gehalten. Der Mann darin, um die fünfundvierzig, fünfzig, würde ich sagen, hat einen Stadtplan auseinander gefaltet und eine ganze Weile hineingeschaut. Als ob er nicht *genau* wüsste, wo er ist! Ich würde ja gern eine große Schüssel Salat essen, wenn ich nicht wüsste, dass ich wieder irgendein Insekt darin finde. Die haben ja immer die gleiche Farbe wie der Kopfsalat.

13.44 Eben habe ich Verdas Nummer gewählt und es nur einmal klingeln lassen, damit sie weiß, dass sie mich nicht für dumm verkaufen kann. Ich glaube keine Sekunde, dass sie mit ihrer Tochter weggefahren ist, sie will mir nur die kalte Schulter zeigen. Na gut, das funktioniert in beiden Richtungen. Ich habe ihr nie gesagt, was ich von ihren abstoßenden Ellenbogen halte, die ihr wie leere Hodensäcke von den Armen hängen.

»Wenn man sich das mal vorstellt«, sagte Louise, »jemand aus Fort Worth, der an der Chinesischen Mauer war!«
Arlen schüttelte nicht minder aufgeregt den Kopf. Die noch warmen Fotos fielen eines nach dem anderen in den durchsichtigen Plastikkorb.
»Ob es bei den Chinesen auch eine Art-déco-Periode gegeben hat?«, fragte Arlen.
»Wohl kaum. Ich kann mir nicht vorstellen, dass man in dieser Kultur nackte Frauen akzeptiert hätte, die auf Mondsicheln reiten, Glühbirnen halten oder sich einem Aschenbecher anbieten.«
»Wie sind wir jetzt darauf gekommen?«
»Sieh dich doch mal in unserem Laden um, Arlen. Alles, was wir verkaufen, ist entweder nackt oder ein Phallussymbol.«
»Pssst«, machte Arlen. »So etwas kannst du doch hier nicht sagen.«
»Was?«
»Sei still. Du befindest dich hier an einem öffentlichen Ort.«
»Aber Arlen, uns alten Leuten hört doch sowieso niemand zu.«
»Du denkst, ich bin schwerhörig, und deswegen sprichst du zu laut.«
»Du *bist* schwerhörig.«
»Was wir verkaufen, stammt aus einer bestimmten Epoche: geometrische Formen, symmetrische Kurven, Stromlinienförmiges. Es sind genauso viele Flamingos und Wind-

hunde dabei wie nackte Menschen. Und Nackte sind in jeder Periode verbreitet, nicht nur im Art déco.«
»Schon gut, schon gut, ich mein ja nur. Du musst nicht gleich die Stacheln aufstellen. Mir gefallen die Nackten ja auch. Ich mag die Sachen in unserem Laden. So vieles hätte ich gern behalten.«
»Ich denke noch oft an diese Chromuhr mit den blauen Glaszeigern«, seufzte Arlen.
»Die haben wir viel zu billig verkauft.« Louise strich über Arlens verschrumpelten Handrücken. Tiefe Täler lagen zwischen den Sehnen.
»Damals war's ein reeller Preis.«
»Dem zeppelinförmigen Cocktailshaker trauere ich noch nach«, sagte Louise. Sie legte die Hände um einen imaginären Zeppelin und schüttelte ihn.
»An den erinnere ich mich gar nicht mehr.«
»Das ist auch viele Jahre her, dass wir den hatten. Ich hab immer geschaut, ob ich noch mal so einen finde.«
»Ich werd auch schauen«, sagte Arlen. »Man weiß ja nie, auf einmal taucht so etwas auf. Vielleicht sogar auf dem Flohmarkt bei den Cattle Barns.« Er legte ihr den Arm um die schmalen Schultern und zog sie an sich. Dann wandten beide ihre Aufmerksamkeit wieder dem Schlitz der Entwicklungsmaschine zu.
Die nächste Stunde wohnten sie einem Klassentreffen zum dreißigjährigen Highschool-Jubiläum bei, dem Fotoshooting eines sechzehnjährigen Möchtergern-Models in Westernkleidung, der Geburtstagsparty des elfjährigen Shawn, einem Polterabend und dem Betrieb in einer Art Autowaschservice. Sie unterhielten sich darüber, dass jetzt, da der Sommer vorbei war, kaum noch Urlaubsfotos gebracht wurden. Das nächste Mal würden sie erst nach Weihnachten wieder so viele nicht in Fort Worth aufgenommene Bilder zu sehen bekommen. Sie entschieden, in welcher Rich-

tung sie am Nachmittag ihren Schnellgang durchs Einkaufszentrum machen würden und wie viele Runden sie drehen würden, bevor sie nach Hause fuhren.

13.48 Tradio ist immer noch nicht zurück. Nicht dass mich das interessieren würde. Sein Laden ist reif für einen Einbruch. Man braucht ja nur Radio zu hören, und jeder Dieb weiß, dass er nicht da ist. Ich wollte einmal mit meinem Sohn darüber reden, aber er hat gemeint, das ginge mich nichts an. Da bin ich direkt zu meiner Schwiegertochter, die mir noch zuhört, und sie hat gesagt, sie wird Tradio warnen, weil sie ja weiß, dass ich nicht mehr mit ihm rede. Er kann von Glück sagen, dass ich automatisch mit auf sein Haus aufpasse, weil es schräg gegenüberliegt. Ich habe meiner Schwiegertochter gesagt, sie soll Tradio vorschlagen, seinen Laster nicht neben dem Haus zu parken, weil ich ihn da nicht sehen kann und nicht schuld sein will, wenn er aufgebrochen wird. Wenigstens weiß sie, wie stur er sein kann. Dass ihr Vater mit seinem Männerfreund zusammenlebt, scheint ihr allerdings egal zu sein. Ihre Mutter sei nun mal tot, sagt sie. Aber man merkt, dass sie seinen Lebensstil missbilligt, auch wenn sie ihn im Gegensatz zu meinem Sohn regelmäßig besucht. Von dem habe ich seit mehreren Jahren nicht mal mehr ein *Scher dich zum Teufel* gehört, und zwar deswegen, weil er mich aus meinem eigenen Garten hat entführen lassen, mit einem Krankenwagen, einem Sanitäter und einem Arzt mit Papieren, in denen stand, dass *sie* jetzt über mich bestimmen. Sie haben mir am Arm wehgetan. Von dem Sanitäter, der seinen Namen nicht sagen wollte, musste ich mir außerdem allerhand Grobheiten anhören. Meine Anwälte haben aber mit der Drohung, nicht nur meinen Sohn, sondern auch den

Arzt gerichtlich zu belangen, in nur zwei Stunden meine Entlassung durchgesetzt. Man hört wieder diesen infernalischen Tischler.

»Die ist nur neidisch auf unsere Beziehung und auf deine Beziehung zu deiner Tochter, Tradio. Ich glaube, sie ist immer noch bis über beide Ohren in dich verliebt. Du weißt ja, sie spricht nicht einmal meinen Namen aus. Mazelle sagt, sie nennt mich nur deinen ›Männerfreund‹.«

Tradio schaltete und bog auf den Highway 174 nach Cleburne ein.

»Ich hab sie nie ermutigt, Arthur. Es wird Zeit, dass wir von hier weggehen. Würdest du nicht auch gern woanders wohnen? Das Geschäft platzt aus allen Nähten.«

»Ja, aber ich hab hier so gute Freunde gefunden, Aura, Mazelle und Nadine. Und die Postlethwaites behandeln mich auch wie einen Menschen. Du verkaufst jetzt seit so vielen Jahren Antiquitäten in dieser Straße. Wenn wir uns woanders niederlassen, dauert es Jahre, bis uns alle gefunden haben. Unsere ganzen alten Kunden würden hilflos durch die Straßen irren.«

»Ich mag's nicht, wenn man mich beobachtet.«

»Weil du jetzt homosexuell bist?«

»Ich war immer homosexuell, mein Pastetenvögelchen.«

»Ja, schon, aber jetzt weiß es jeder.«

»Das hat nichts damit zu tun.«

»Für die Leute in der Straße warst du fünfundzwanzig Jahre lang Tradio, der Mann von Alice. Warum gibst du nicht einfach zu, dass dir nicht wohl dabei ist ...«

»Wohnst du nicht im selben Haus wie ich? Gehen wir nicht zusammen einkaufen, machen wir nicht die Gartenarbeit zusammen?«

»Aber du küsst mich nicht in der Öffentlichkeit.«
»Kein Mensch will sehen, wie sich zwei alte Knacker küssen.«
»In der Fernsehwerbung küssen sich auch alte Leute.«
»Aber wir nicht.«
»Kannst du dir denn nicht vorstellen, wie ich mich dabei fühle?«, fragte Arthur.
»Doch.« Tradio seufzte. »Alice hat sich genauso gefühlt.«
»Weißt du, wie Howard Alice genannt hat? Alice im Wunderland hat er sie genannt, mir ins Gesicht, und ich konnte nichts dagegen tun. Sie hat in einer Phantasiewelt gelebt, und das will ich nicht, Tradio. Sag mal, wie oft bist du nach Alice' Tod mit Effie ausgegangen?«
»Fünf- oder sechsmal. Ich weiß nicht mehr.«
»Wie lange nach der Beerdigung hat sie dir noch Kuchen gebacken und Essen rübergebracht?«
»Vielleicht ein Jahr.«
»Und du hast ihr das Tanzen beigebracht?«
»Ja.«
»Obwohl du wusstest, was mit dir los ist?«
»Ja. Aber das wusste ich auch, als ich noch mit Alice zusammen war. Eins solltest du wissen, Arthur: Ich bereue das mit Alice nicht.«
»Das sollst du auch gar nicht. Aber eifersüchtig bin ich trotzdem. Die Fotos in den Alben ... Alice hast du in der Öffentlichkeit geküsst, da hast du dich nicht geniert.«
»Nein. Bitte lass Alice aus dem Spiel.«
»Liebst du mich?«
»Das weißt du doch. Für einen alten Mann wie mich ist es ganz normal, dass er Zärtlichkeiten in der Öffentlichkeit scheut. Von den heterosexuellen Männern mögen viele auch keine Zärtlichkeiten in der Öffentlichkeit. Das hat nichts mit Genieren zu tun. Ich will mich einfach frei bewegen können, ohne dass ich beobachtet werde. Jedes Mal

wenn ich nach gegenüber schaue und diese augenförmige Öffnung in Effies Rollo sehe, falle ich in ein schwarzes Loch, und alle meine alten Zweifel und halben Lügen kommen wieder hoch. Aber das alles ist Vergangenheit. Ich will einfach nur Antiquitäten kaufen und verkaufen.«

»Das ist eine verrückte Alte, Tradio. Soll sie mit ihrer Verrücktheit glücklich werden. Wir kümmern uns um unsere eigenen Angelegenheiten.«

»Ich hätte sie nicht ermutigen dürfen.«

»Du warst eben einsam. Alice hat dir gefehlt.«

»Ich hab mich nicht getraut, dich anzusprechen. Ich wusste nicht, wie.«

»Wegziehen ist jedenfalls keine Lösung. Durch Michael wärst du trotzdem noch mit Effie verbunden.«

»Er hat keinen Kontakt mehr mit ihr.«

»Ich glaub, sie weiß das von den Kindern noch gar nicht.«

»Warum nennst du sie immer ›die Kinder‹? Du bist doch kaum fünf Jahre älter als Susie und Michael.« Tradio schüttelte den Kopf. »Ich bin mit einem Mann zusammen, der so alt ist wie meine Tochter.«

»Verführung Minderjähriger nennt man das«, neckte Arthur ihn.

Eine halbe Stunde später bogen sie in die Worth Row ein und fuhren langsam die leichte Steigung hinauf, wichen den offenen Wunden im Asphalt aus, aus denen rote Ziegel bluteten. Mose und Howard winkten ihnen aus ihren Badewannen zu.

»Was glaubst du, was das soll?«, fragte Arthur.

»Das ist erste Mal, dass ich diesen alten Indianer mit jemand anderem als einem Kunden reden sehe.«

»Sieh mal, Effie ist weder im Garten noch auf der Veranda, und durch die Rollos linst sie auch nicht.«

»Vielleicht ist sie tot.«

»Ach, Tradio.«

»Vielleicht sollte ich sie umbringen.«
»Jetzt hör aber auf.«
Tradio fuhr den Laster in die Einfahrt und zog die Handbremse an. Arthur sprang vom Beifahrersitz und traf an der Ladeklappe mit seinem Geliebten zusammen.
»Wie wär's mit einer Umarmung?«, fragte er. »Hier, vor Mose und Howard. Fürs Erste.«
»Solange es nicht mit einer Knutscherei an einem Samstagabend in den Water Gardens endet ...«
»Ach, was. Es endet damit, dass du dich bei Effie entschuldigst und dich nie mehr genierst und dass wir dann mit der Erinnerung an alle, die wir geliebt haben, noch lange glücklich und zufrieden leben.«
»Gott, Arthur, musst du denn immer alles aussprechen?«
»Nur eine Umarmung.«

14.00 Verda immer noch nicht zurück. Ich habe beschlossen, sie aus meiner Erinnerung zu streichen. Ich rechne jeden Moment damit, dass das Telefon klingelt und jemand flüstert: *Wenn Sie wissen, was gut für Sie ist, verlassen Sie die Stadt.*

14.08 Roter Wagen – DZQ-888 – hat rote Ampel an der Kreuzung überfahren. Nummernschild schwer zu lesen. Mose und dieser Große Indianer waren Zeugen.

14.09 Der Zug, der jeden Tag um zwei vorbeigefahren ist, ist heute nicht gekommen und die letzten fünf Jahre auch nicht. Von der Bahn verlangt Nadine bestimmt nicht, dass sie den Rasen mäht.

14.13 Tradio und sein Männerfreund von der »Arbeit« zurück. Zwei gesunde Männer wie sie sollten etwas schaffen und sich wie Männer benehmen und nicht wie Frauen. Tradio hat ihn umarmt wie eine Frau. Wenn Alice ihn jetzt sehen könnte! Ich wünschte, ich hätte eine Möglichkeit, es ihr zu sagen. Sie haben mich nicht gesehen, weil ich im Garten war und durch das Guckloch im Zaun geschaut habe.

14.16 Nadine steht auf ihrer Vorderveranda und schaut zu diesem Tischler hinüber. Warum hebt sie nicht gleich ihren Rock und deutet auf die Stelle? Ich bin auf die Veranda, um mein Schild gerade zu rücken, und Nadine, Mose, dieser Große Indianer und Tradio haben alle zu mir herübergesehen, als wäre ich der *Messias.* Wenn mein Leben sie so brennend interessiert, warum sagen sie's nicht? So gute Ware wie ich verkauft schließlich nicht jeder. Ich habe BUH! gemacht, und alle haben sich wieder ihren eigenen vorhandenen oder nicht vorhandenen Angelegenheiten zugewandt.

Wenn er in ihr war, konnte niemand ihn finden, und es gab kein Geheimnis, um das er nicht gewusst, nichts, was er nicht mitbekommen hätte. »Keine Sorge«, sagte er zu Mazelle. »Ich werde den Auspuff nie reparieren; dein Mann wird immer der Dumme sein.« Mazelle war ein Quecksilberstrom unter ihm. Ihre Haut haftete zwar nicht mehr an den Muskeln, aber er genoss die Jagd. Im Dämmerlicht der Zisterne kam er zu ihr wie zu einer vor einer Woche stehen gelassenen und noch warmen Tasse Kaffee. Er bewunderte ihre Spannkraft, ihre radikale Begierde. Jede Woche lebten sie kurze Zeit unter der Erde, um einer simplen Vereinigung willen, die nie zur Gewohnheit geworden war. Sie war jedes Mal neu und stürmisch, dank der Bitterkeit, die damit verbunden war, und der überwältigenden Lust des Schuldgefühls.

»Es ist so schön, dass du nichts unterm Rock anhast«, sagte er.

»Mach mir einen Abdruck von deinen Zähnen innen am Schenkel«, flüsterte Mazelle. »So fest, dass er die ganze Woche hält. Ich lass ihn da nicht ran. Hörst du ihn?«

»Nein, du hast doch abgeschlossen.« Mr Haygood biss zu, brachte aber mit seiner Zahnprothese nicht genug Druck zustande. Er war auf diese Bitte nicht gefasst gewesen. Er musste sich neue Haftcreme besorgen. Ihre Haut rollte zwischen seinen Zähnen weg. Er sah durch das niedrige graue Gestrüpp zu Mazelles erwartungsvollem Gesicht auf.

»Habt ihr diesen Monat den Beitrag bezahlt?«, fragte er.

»Ja, haben wir.«

»Irgendwann bring ich ihn um.«

»Er hat Wort gehalten. Komm wieder rauf. Denk nicht mehr an ihn. Wir haben nur noch ein paar Minuten.«

»Das ist, als müsste ich dafür bezahlen, wenn ich dich sehen will.«

»Wir zahlen füreinander, und das war's uns auch immer wert. Komm wieder rauf. Du hast die Tunnels für mich gegraben. Ich bin's wert. Hier gibt es keine Bücher, kein Spielzeug, keine Ehemänner oder -frauen, nur unser Geheimnis.«

»Irgendwann bring ich ihn um.«

»Bring mich um, jetzt«, sagte Mazelle.

Mr Haygood schob sich auf ihr nach oben und nahm dabei ihren Schenkel mit.

»So«, sagte sie, »jetzt mach.«

Um dieses Privilegs willen hatte er über sechs Jahre hinweg die beiden Tunnels gegraben. Mit einer Handspitzhacke und einer großen Folgers-Kaffeedose hatte er sich durch die Erde gewühlt, die zuletzt ein Jahrhundert zuvor beim Bau der Zisterne bewegt worden war. Er hatte die Tunnels mit Brettern abgestützt und die Erde jeweils in einer dünnen Schicht über den Garten verteilt. Während der Arbeit hatte er eine Hand voll Augen gesammelt, die in den Tunnelwänden oder zwischen seinen Füßen aufgetaucht waren, immer unerwartet. Anfangs hatte er geglaubt, Mrs Haygood habe sie dort deponiert, und eine Zeit lang hatte er Angst vor ihr gehabt, doch bald wusste er, dass ihm niemand auf die Schliche gekommen war, dass er nicht beobachtet wurde. Außer den Augen hatte er einen mit einem Scharnier versehenen rostigen Haken gefunden, ein Kugelgelenk aus Messing, ein Ohr aus rosa Speckstein. Die Augen waren misslungene Exemplare, gesprungene, zu stark glasierte oder solche, deren Pupille nicht in der Mitte saß, Ausschuss der Prothetischen Werke Fort Worth. Die Häuser waren über der Müllkippe der Fabrik erbaut worden. Die Worth Row lag über einem ausgedehnten Gelände voller Prothesen und blickloser Augen, alles zweite Wahl. Als Mr Haygood das bewusst wurde, begann er schneller zu graben, und wenn er auf ein Auge stieß, ließ er es rasch in der Kaffeedose oder in seiner Tasche verschwinden. Er wollte nicht, dass es hinter ihm auf den Stufen saß und ihn beobachtete. Alle Augen, die er gefunden hatte, lagen jetzt in einer Tasse in der Nachttischschublade neben dem Bett. Manchmal reihte Mazelle sie auf dem fast zwei Zentimeter dicken Kopfteil auf, alle mit Blick auf die Matratze und ihren Liebesakt. Wenn sie sich dann langsam auf ihm auf und ab bewegte, sah sie nicht ihn an, sondern die Augen, erwiderte deren starren, interessierten Blick, bis ihre Bewegungen sie eines nach dem anderen auf die Matratze oder den Boden hinabwarfen. Es störte Mr Haygood, wenn sie rings um seinen Kopf auf dem Kissen aufschlugen, aber das Bild, das Mazelle mit den Händen im Haar und dem glasigen Blick bot, war die Sache wert.

Mazelle wollte ihren Mann nicht verlassen. Da waren die Kinder, und er hatte ein Leben lang hart gearbeitet. Oft genug hatte sie Mr Haygood auch gesagt, dass er der Typ Mann sei, der seine Frau schlecht behandelt. Und natürlich hätte es dann kein Geheimnis mehr gegeben. Sie hätte ein ganz normales Leben geführt, mit einer Affäre, einer Scheidung. Und die Zisterne, in die Mr Haygood so viel Arbeit gesteckt hatte, wäre nicht mehr benutzt worden.

Mrs Haygood ging Mr Haygood zwar auf die Nerven, aber sie war verlässlich. Manchmal vergingen Tage, ohne dass er sie überhaupt bemerkte. Sie war damit einverstanden gewesen, keine Kinder zu bekommen, und so hatte er eine Menge Geld gespart und war viel gereist, um Ware einzukaufen. Seine Spielzeugsammlung hatte in Fort Worth nicht ihresgleichen. Einmal war einer der Bass Brothers in seinem Laden gewesen, und er besaß eine Eisenbahn, mit der einst Amon Carter gespielt hatte. In der ersten Zeit hatte Mazelle einmal seine Schubstange mit Lippenstift bemalt.

Als sie auf der Bettkante saßen und sich die Schuhe zuschnürten, flüsterte Mazelle: »Hörst du ihn?«

»Willst du, dass ich ihn höre?«, fragte Mr Haygood zurück.

»Ich möchte mein Geheimnis mit ins Grab nehmen, Charlie«, sagte sie. »Ich will mein Leben leben und mein Geheimnis haben.«

»Ich hör ihn nicht.«

»Hilf mir das Bett machen.«

14.20 Mazelles Mann zieht seinen Einkaufswagen, voll mit *Gott weiß was*, den Bürgersteig hinauf.

14.21 Mose und dieser Große Indianer scheinen in ihren Badewannen eingeschlafen zu sein. Was ist nur aus unserer Straße geworden? Bestimmt haben sie alle Gemeinheiten ausgetauscht, die sie kennen, und das mitten an der Straße, egal ob man sie hört oder sieht. Ich weiß so vieles und kann nicht darüber reden, weil ich sonst um mein Leben fürchten müsste. Ich werde das FBI anrufen und sie über die Gefahr informieren, die mir hier Tag für Tag droht, aber ich weiß nur zu gut, dass sie machtlos sind und auch keine Möglichkeit haben, mir zu helfen. Ich schreibe das hier alles auf. Wer immer es liest – bei einer gründlichen Durchsuchung meines Hauses werden meine Notizblöcke zum Vorschein kommen, chronologisch geordnet, vom 3. November 1958 an. (Sie sind auf dem Dachboden, in den Kartons mit der Aufschrift »Prospekte«, um Diebe abzuschrecken.) Ich schreibe diesen Bericht, damit für den Fall, dass mir etwas zustößt, die Gerechtigkeit siegt.

»Sind Sie wach, alter Junge?«
»Ich bin gerade aufgewacht«, sagte Mose. »Wenn ich nicht so alt wäre, würde ich mich viel mehr bewegen. Ich steh jetzt auf und geh nach Hause.«
»Sie denken, ich bin ein schlechter Mensch«, sagte Howard.
»Was interessiert es Sie, was ich denke?«
»Stimmt. Aber ich möchte, dass Sie mir zuhören. Schlafen Sie nicht wieder ein. Als ich vom Erdeschaufeln genug hatte, fing ich an, die Artefakte selbst zu kaufen und zu verkaufen. Ich bin in die Reservate, die Pueblos, und hab sie gegen Teppiche, Töpferwaren oder alte Häute ge-

tauscht. Keramikjägern habe ich Sachen abgekauft, die sie illegal auf staatlichem Gelände ausgegraben hatten.«
»Und was ist mit dem Krieg? Waren Sie im Krieg?«
»Zu jung für den Ersten Weltkrieg und zu alt für den Zweiten. Versuchen Sie nicht, mich reinzuwaschen. Wenn ich's recht sehe, verkaufen Sie die Grabbeigaben von Weißen.«
»Ich hab noch nie gehört, dass jemand sein Radio mit ins Grab nimmt«, sagte Mose.
»Die Museen auf der ganzen Welt sind voll von gestohlenen Grabbeigaben. Ich hab auch an Museen verkauft, und nie hat mich jemand gefragt, woher die Sachen stammen. Das Britische Museum ist voll von Diebesgut aus ägyptischen Gräbern. Wenn die Welt etwas gegen Grabräuberei hat, warum räumt man dann nicht die Museen aus und bringt die Sachen dahin zurück, wo sie herkommen? Man weiß doch, dass die Pharaonen ohne Diener und ohne Nahrung in der Vorhölle umherirren. Ich habe wenigstens mein eigenes Volk ausgeplündert und bin nicht um die halbe Welt gereist, um das zu rechtfertigen. Ich hab's auch nicht aus wissenschaftlichem Interesse getan. Ich hatte einfach Hunger. Die Wissenschaftler meinen, wenn sie alles auf Millimeterpapier aufzeichnen, ist die Sache in Ordnung. Sie wollen Karriere machen und sich einen Ruf erwerben. Aber in Ordnung sollte es dann sein, wenn man es tut, weil man Hunger hat.«
»Und warum haben Sie aufgehört?«, fragte Mose.
»Ich sag doch, ich hatte das Erdeschaufeln satt.«
»Ich dachte, Sie werden nicht müde. Sie haben gesagt, Sie seien heute Morgen schon müde aufgewacht und das sei das erste Mal gewesen. Warum lügen Sie jetzt?«
»Ich könnte Sie in den Blättern ertränken«, sagte Howard.
»Dann würde man Sie ertrunken in einer Badewanne voll trockener Blätter finden.«

»Könnten Sie nicht«, sagte Mose. »Sie sind doch müde, schon vergessen?«
»Denken Sie, was Sie wollen.«
»Vielleicht haben Sie ja Schluss gemacht, nachdem sie dem Kind den Fetisch weggenommen hatten.«
»Kinder lassen mich kalt. Das Kind war seit langem tot. Die Katastrophe war längst passiert.«
»Dann haben Sie sich vielleicht etwas noch Schlimmeres einfallen lassen, womit Sie Ihr Geld verdienen konnten. Etwas besser Bezahltes.«
»Sie sollten Menschen erfinden«, sagte Howard lächelnd. »Vielleicht hätten Sie damit mehr Erfolg als mit Klingeln und Rädern.«
»Deswegen brauchen Sie mich nicht gleich zu beleidigen.«
»Sollte keine Beleidigung sein. Sie haben ja Recht. Ich kannte jeden Pueblo, jedes Dorf, jedes Reservat von Arkansas bis Kalifornien. Eines Tages hat sich ein Weißer mit mir zusammengetan, dem die Indianer nicht trauten. Der hat mir beigebracht, wie man Versicherungen verkauft.«
»Was für Versicherungen?«
»Solche, die nichts taugen. Ein paar Pennys jeden Monat von tausend Indianern – erstaunlich, was da zusammenkommt. Wahrscheinlich versuchen manche heute noch, Geld von der Versicherung zu kriegen. Dreißig Jahre oder so haben sie geglaubt, sie ist was wert, und wenn sie sie brauchen, merken sie, dass sie drei Jahrzehnte zuvor geleimt worden sind. Vielleicht passiert das gerade heute einem von ihnen. Ein alter Mann stirbt, seine Witwe denkt, sie hat den Extratausender für die Beerdigung, und dabei existiert die Versicherungsgesellschaft gar nicht mehr. Das ging drei, vier Jahre gut, dann war ich in den Reservaten auch nicht mehr gern gesehen. Da bin ich hierher gekommen.«
»Sie leben jetzt seit fast vierzig Jahren hier. Den Rest weiß ich.«

»Sie wissen gar nichts.«
»Eine Zeit lang haben Sie indianische Raritäten verkauft. Alte Gewehre. Sättel. Dann haben Sie angefangen, alte Häuser abzureißen.«
»Sie wissen gar nichts. Sie sitzen in Ihrem Haus und reparieren Radios und Grammophone. Ihr Kopf steckt ständig in irgendeiner Kiste. Sie kennen ja nicht mal ihre eigenen Nachbarn, von mir ganz zu schweigen. Wie viele Haustiere sind in den Gärten hier begraben?«
»Bitte?«
»Ich wohne jetzt seit siebenunddreißig Jahren hier; nach meiner Zählung sind es achtundsiebzig. Kaum zu glauben, was? Wie sich die Dinge ansammeln. Hunde, Katzen, Vögel, alle begraben und vergessen. Man muss aufpassen.«

14.29 Mrs Haygood ist in ihrem Auto vorbeigefahren, das mit seinem Lärm Tote aufwecken könnte. Natürlich hat sie hergeschaut – bestimmt um meine Lalique-Sachen im Fenster zu sehen.

14.34 Ich habe einen Hund jaulen gehört, und als ich hinausgeschaut habe, ist dieser Streuner unter die Veranda nebenan gekrochen. Mazelles Mann stand in seinem Garten, noch mit erhobenem Stock. Ich werfe mit Steinen nach dem Hund, aber ich schlage ihn nicht mit einem Stock. Ich werfe mit Steinen, weil ich weiß, dass ich nicht treffe. Ich war so wütend. Am liebsten würde ich Mazelles Mann selbst mit einem Stock schlagen, dann würde man ja sehen, wie ihm das gefällt.

Der Hund Selber sprang über die Schwelle in das Sägemehlhaus, und die Erde sprang ihm entgegen. Keine Ruhe, dachte er, keine Ruhe. Er schüttelte sich, und die umherfliegenden Späne und das Sägemehl zeigten, wie weit seine Wirkung auf die Welt reichte. Er ließ den Mann bis auf ein paar Zentimeter herankommen und wich dann zurück. Die Hand des Mannes öffnete sich. Dann lief er über die Straße, im Mund noch das gummiartige Gefühl von der Mortadella, und sprang über den niedrigen Zaun, hinter dem Beißdie und Jatutsie eingesperrt waren. Er kam ein halbes Dutzend Mal am Tag in diesen Garten, schnupperte an den feuchten Hundehaufen und fraß die Näpfe der Pekinesen leer. Kein großer Unterschied zwischen den beiden. Wenn er es darauf anlegte, wurden ihre Näpfe ständig nachgefüllt. Heute aber hatte es nur den Morgenhappen gegeben und dann nichts mehr. Er sah, dass die Näpfe leer waren, traute seinen Augen jedoch nicht und forschte noch einmal mit Nase und Zunge nach. Die Näpfe schabten über den Zementboden. Hinter der Fensterscheibe standen die Pekinesen auf dem Küchentisch, die Vorderpfoten in rasender, blutleerer Wut an das Glas gepresst. Er sah sie einen Moment an, verstand ihr Kläffen aber nicht und hörte darin nur das eindringliche Meins, Meins, Meins.

Über den Zaun zurück, und wieder sprang die Erde hoch, rüttelte ihn bis auf die Knochen durch. Den Bürgersteig hinauf, zwischen den Häusern durch, und dann ... Er hielt inne. Da. Die Erde unter seinen Füßen schwankte vor Spannung. Seine Schnauze tauchte hinein. Erst glaubte er, er müsse nur seinen Darm entleeren, aber es war viel mehr. Hier war es, das eine, das ihn schon so lange gefangen hielt, die Quelle in der Erde. Er sprang hoch, drehte sich um sich selbst und schnappte in die Luft. Dann hielt er von neuem inne, lauschte.

Er konnte ihn sogar hören, den rhythmischen Wechsel von Pressen und Nachgeben. Er sprang von neuem hoch. Ja, die Erde drängte hier mit Macht nach oben. Seine Pfoten sanken in sie ein. Gelang es ihm, die Quelle auszugraben, würde er frei sein von aller Verantwortung, frei von der Erde.

Wenn er sprang, würde es keine Vergangenheit mehr geben, nur das Springen, nur das Entkommen. Aller Sorgen ledig, würde er in den Bäumen fressen, in den Himmel pinkeln, auf einer Wolke schlafen können. Er begann genau im Mittelpunkt der Quelle zu buddeln und hielt ab und zu inne, um sicherzugehen, dass er sich sicher war. Das Erdreich brach seltsam locker und krümelig fort, ohne den Duft von Unkraut.

Selber grub dreißig Zentimeter in die Tiefe, fünfundvierzig Zentimeter, bis nur noch sein Hinterteil über dem Rand des Kraters zu sehen war. Als seine Krallen über die Hülle dessen kratzten, was er suchte, als der Höhepunkt seiner Erlösung greifbar nahe war, erfüllte ein mächtiger Schrei die Grube.

Angst sammelte sich in jeder seiner Poren. Er kauerte sich an die warme Erde und entsann sich plötzlich wieder, wie sehr er sie liebte. Wieder der Schrei, näher jetzt, und dann über ihm der Stock, den Mazelles Mann auf ihn niedersausen ließ.

14.37 Mrs Haygood und Mazelles Mann sind schon wieder zusammen im Garten. Das hat ja nicht lange gedauert! Merken ihr Mann und seine Frau denn nicht, dass sie immer gleichzeitig kommen und gehen? Ich rieche es an ihr, wenn sie in meinen Laden kommt. Es geht mich ja nichts an, aber wenn es ihnen egal ist, was die Leute über sie denken, dann können sie's ja gleich im Garten treiben, bei den Erbsen vor aller Augen.

Als Jack und Steve vor Nummer acht hielten, duckte Selber sich unter die Veranda und knurrte, ohne zu wissen, dass er ein für Menschen hörbares Geräusch von sich gab. Er rollte sich eng zusammen, darauf gefasst, von neuem den Stock zu spüren. Die beiden Männer stiegen die Stufen hinauf, und während der ganzen Zeit, die sie im Haus waren, konnte Selber nicht aufhören zu zittern und ein unerbittliches Meins, Meins, Meins zu denken.

»Sie sehen, was ich gemeint habe«, sagte Steve.

»Aber sind das hier nicht historische Gebäude? Gibt es da nicht Auflagen, die eingehalten werden müssen? Und niemand will das Haus haben?«

»Doch, nein und nein.«

»Wie alt ist es, so um die hundert Jahre?«, fragte Jack.

»Neunundneunzig. Sie sehen ja, wie die Gegend aussieht.«

»Meine Eltern haben ihren Esstisch und die Stühle hier in der Straße gekauft. Meine Mutter hat immer gesagt: ›Ich geh in die Row‹, und mein Vater ist mitgegangen. Der Mann, der Teile aus abgerissenen Häusern verkauft, war in meiner Kindheit auch schon da. Sehen Sie mal, hier, das müssen sechs Schichten Tapete sein. Vielleicht verlangen wir zu viel für das Haus.«

»Ich hab's erst für dreißig angeboten, dann für zwanzig und dann für zwölf. Die Strom- und Wasserleitungen sind hinüber, und man sieht auch, dass das Dach undicht ist. Der letzte Immobilienmakler, der mit einem Interessenten hier war, will nicht mehr kommen, wegen der Hundehaufen auf dem Boden.«

»Was ist mit den Nachbarn? Vielleicht wäre da jemand interessiert. Meine Mutter hat so an dem Tisch gehangen. Mein Vater hat für Radios geschwärmt. Einmal bin ich auf den Tisch gestiegen, und da hat meine Mutter mich windelweich geschlagen.«

»Ja?«

»Wie viel Geld haben wir in das Haus gesteckt?«

»Vierzehntausend hat uns der Vorbesitzer noch geschuldet, achthundert haben wir in den letzten beiden Jahren an Steuern hineingesteckt, plus vierhundert für den Installateur uns fürs Rasenmähen. Die Steuer ist im Januar wieder fällig.«

»Wer war damals für die Kreditvergabe zuständig, Steve?«

»Ich selbst. Vor acht Jahren. Bevor ich in die Abteilung Zwangsvollstreckungen versetzt wurde. Das Haus hat einer alten Dame gehört, die hier ein kleines Café betrieb.«

»Ist das Risiko durch unsere Versicherung abgedeckt?«

»Zu achtzig Prozent.«

»Wir hätten dann immer noch das Grundstück.«

»Ich versteh nicht.«

»Wir bekämen an die elftausend von der Versicherung und hätten immer noch das Grundstück, wenn das Haus nicht mehr da ist.«

»Ja.«

»Sieht aus, als hätten wir keine andere Wahl.«

»Tja. Aber das alte Haus, Sir. Wir könnten es doch einfach verschenken. Und abschreiben. Ich hab nicht gemeint, dass wir ...«

»Und ich hab nichts dergleichen vorgeschlagen. Fahren wir ins Büro zurück.«

14.39 Kennzeichen BSZ-367. Schwarzer deutscher Wagen nebenan. Zwei Männer in guten Anzügen und Krawatten haben sich mit einem Schlüssel Zutritt zu Mrs Martins Haus verschafft. Keine Aufschrift von einem Immobilienmakler an dem Wagen. Ich habe die Männer noch nie gesehen und habe sie deshalb fotografiert. Vielleicht sind sie von der Bank. Ich gehe später hinüber, um nachzusehen, ob sie die Tür wieder abgeschlossen haben.

Als er zu bauen begann, hatte er gewusst, dass das alte Haus nicht das ganze Boot aufnehmen konnte. Vorne und achtern waren zwar noch dreißig Zentimeter Platz, aber das Bugspriet war fast drei Meter lang. Ihm fehlten zwei Meter fünfzig. Eine Zeit lang hatte er daran gedacht, die Vorderveranda zu vergrößern und zuzumachen, aber bald hatten seine Messungen ergeben, dass eine Öffnung zwischen dem Verandadach und dem Giebel genügen würde. Nachdem er dem herrenlosen Hund mehrere Stücke Mortadella gegeben hatte, nahm er das Hauptprojekt des Tages in Angriff. Der Scherlinie folgend, berechnete er die Bugsprietneigung, den Winkel des Bugspriets zum Horizont, und zeichnete ein X zwischen zwei Wandpfeiler. Er maß den Abstand von der Basis des Bugspriets bis zu der Stelle, wo es durch die Wand musste, und wusste damit, dass die Öffnung einen Durchmesser von zwanzig Zentimetern haben musste. Er bohrte ein kleines Loch, und da Nadines Haus direkt gegenüberlag, konnte er nicht widerstehen und legte sein sägemehlbewimpertes Auge daran. Nadine saß in ihrer Verandaschaukel und strich sich das Kleid über den Schenkeln glatt. Rasch nahm er die Stichsäge und vergrößerte das Loch. Nadine wandte den Kopf, als die ausgesägte Holzscheibe auf sein Verandadach fiel

und in den Vorgarten rollte. Er hielt das Gesicht an die Öffnung und lächelte ihr zu. Und dann, als sie aufstand, die Hände in die Seiten stemmte und zu ihm herübersah, schob er die knapp drei Meter lange, glänzende Fichtenholzstange im Winkel von genau 25 Grad durch das Loch. Nadine fuhr zurück, als sei er ihr zu nahe getreten. Carl fixierte das Spriet mit einer Klampe und rannte hinaus. Nadine war bereits halb über die Straße.
»Was um alles in der Welt ...?«, fragte sie.
»Was glauben Sie?«, erwiderte Carl. Das Spriet war so stark lackiert, dass es aussah, als wäre es nass. Er wartete ihre Antwort nicht ab, sondern lief zum Haus zurück und stieg auf einer Leiter zum Verandadach hinauf. Er zog ein zusammengefaltetes Tuch aus seinem Hemd, verwandelte das Spriet mit ein paar Schlägen in einen Fahnenmast und trat dann zurück, damit Nadine das Sternenbanner besser sehen konnte. Er stand neben dem aufgerichteten Schaft und tätschelte ihn wie ein auf der Hüfte aufgestütztes Gewehr.
»Der ist viel zu groß«, rief Nadine vom Bürgersteig her.
»Er soll auch lange halten«, rief Carl zurück.
»Das ist abscheulich, Carl. Vor lauter Flaggenmast sieht man ja kaum noch die Flagge.«
»Wenn es Ihnen in einer Woche immer noch nicht gefällt, nehm ich ihn wieder ab.«
»Dann hätten Sie sich eine Menge Arbeit umsonst gemacht. Kommen Sie zu einer Tasse Tee auf meine Veranda herüber, aber putzen Sie sich vorher ab.«
Carl kletterte wieder hinunter und klopfte sich in einem Sonnenstreifen, der durch eine Lücke im Astwerk einer Pappel fiel, die Hose ab. Bald war er in eine leuchtende Wolke von Fichtenholzstaub gehüllt, die sich, als er den Sonnenfleck verließ, schnell wieder auf ihn herabsenkte.
Nachdem Nadine Carl Tasse und Untertasse gereicht hatte

und seine Hände beschäftigt wusste, streifte sie ihm einen Sägespan, so dünn, dass er durchsichtig war, von der Wimper.
»Würden Sie manchmal gern woandershin, Nadine?«, flüsterte Carl.
»Sie brauchen nicht zu flüstern, mein lieber Carl. Wir sind allein.« Sie flüsterte ebenfalls. »Wussten Sie, dass ich mein viertes Highschool-Jahr in Paris verbracht habe, Carl? Das Leben dort war so reich. Es war nie dürftig, so wie hier. Kommt Ihnen Ihr Leben manchmal nicht auch dürftig vor? Ist es nicht schlimm, dass ein solches Wort überhaupt erfunden werden musste? Als ich aus Paris zurückkam, dachten alle meine Freunde, ich hätte dort ein Kind bekommen. Mein Name war in aller Mund, aber ich hatte mit solchem Klatsch und Tratsch gerechnet und das ganze Jahr über Fotos von mir machen lassen. Mutter wollte, dass ich mehr von der Welt sehe als nur Forth Worth. Ich war so dumm, dass ich dachte, die ganze Welt kommt jedes Jahr zur Viehschau nach Fort Worth. Ich weiß sogar noch ein paar französische Wörter, obwohl das jetzt über dreißig Jahre her ist. Möchten Sie Fotos von mir in Paris sehen?«
»Nein, ich seh Sie gern so, wie Sie jetzt sind, Nadine. Haben Sie gewusst, dass es in der Karibik Inseln gibt, auf denen Französisch gesprochen wird?«
»Ich habe fast mein ganzes Französisch vergessen, Carl. Es gibt so vieles, trinken Sie Ihren Tee, was ich einmal wusste, aber woran ich mich nicht mehr erinnern kann. Aber ich weiß, dass ich es einmal wusste. Ich wusste zum Beispiel, wie dieser Film mit Jimmy Stewart hieß und dieser Häkelstich, bei dem man den Faden zweimal durchzieht und dann dreht und was dann? Was mir so zu schaffen macht, ist die Frage, wie viel ich schon vergessen habe, eben auch vergessen, dass ich es einmal wusste. Ich werde es nie er-

fahren. Wie viel habe ich schon vergessen, ohne zu wissen, dass ich es vergessen habe? Es ist ein doppeltes Vergessen, das kein Erinnern ergibt. Und das ist dann das eigentliche Vergessen. Das geht so weit, dass ich mich manchmal am liebsten bei irgendwelchen Fremden auf der Straße entschuldigen würde, weil sie vielleicht gar keine Fremden sind. Es könnten ja frühere Liebhaber sein. Haben wir einander einmal mehr bedeutet als jetzt, Carl?«

Carl blickte auf den Grund seiner Teetasse. Er flüsterte immer noch. »Denken Sie nicht mehr an die Vergangenheit, Nadine. Denken Sie an die Zukunft. Sogar die streunenden Hunde hier denken an das, was als Nächstes kommt, und nicht an das, was vorbei ist.«

»Vielleicht habe ich gar nicht den Wunsch, ein streunender Hund zu werden, Carl. Jedenfalls möchte ich nicht mit einem verglichen werden.«

»Ich wollte nicht –«

»Wir denken da ganz unterschiedlich, Carl. Die Vergangenheit ist kostbarer als die Zukunft. Sie ist reicher, weiser, älter. Meine Mutter hat in der Vergangenheit gelebt. In der Vergangenheit war ich in Paris. In der Vergangenheit war ich schön. Die Zukunft spielt sich immer nur einen winzig kleinen Moment lang ab. Die Vergangenheit ist so groß wie alles, woran ich mich erinnere.«

»Aber Sie sind jetzt schön«, sagte Carl. »Sie sind jetzt schön.«

»In der Zukunft werde ich's nicht mehr sein.«

»Sie müssen weg von hier, weg von diesen alten Kleidern.«

»Ich liebe diese Straße, Carl. Ich gehöre hierher. Aber mein Urlaub ist zu Ende. Es ist wie ein Urlaub für mich, wenn ich hier herauskomme und mich mit Ihnen unterhalte. Sie müssen wieder an die Arbeit. Ich will Sie nicht länger aufhalten. Sie müssen Schränke bauen, und ich muss Kleider flicken. Ich wusste gar nicht, dass Sie so ein Patriot sind. Sie haben eine romantische Ader, Carl, das merkt man.«

14.50 Dieser Schreiner geht mit den Händen in den Hosentaschen vor Nadines Veranda zu seinem Haus zurück. Bestimmt denkt er noch an sie.

14.51 Mazelles Mann und Mrs Haygood sind wieder im Garten, sie stehen einen Meter voneinander entfernt und streiten sich erbittert. Er droht ihr offensichtlich, sie mit dem Stock zu schlagen, wenn sie ihr Geheimnis preisgibt.

Bei seiner Rückkehr vom Einkaufen sah Mazelles Mann einen Hund im Garten buddeln. Er schlug ihm mit einem abgebrochenen Hackengriff auf den Rücken und hob den Stock von neuem, aber da war der Hund schon wie von der Tarantel gestochen aus der Grube gesprungen. Zwei Reihen Gemüse waren auf fast zwei Meter Länge herausgerissen oder verschüttet. Die Grube reichte in der Mitte mindestens sechzig Zentimeter tief hinab. Was mochte ein Tier bewegen, so viel Energie aufzuwenden? Der Hund hatte so wild gebuddelt, dass ein Mensch sich ihm unbemerkt hatte nähern können. Mazelles Mann stieg in das Loch hinunter und hob einen halben Salatkopf auf. Darunter war behauener Stein. Mazelles Mann fegte die lose Erde beiseite. Die versteinerte Spur eines Wurms kam zum Vorschein. Er fegte noch mehr Erde fort und folgte der Spur, die so gewunden war, dass sie an vielen Stellen im Kreis zurückführte und sich selbst kreuzte, so dass sich kleine Kalksteininseln gebildet hatten. Noch während er sich fragte, weshalb so tief in seinem Garten ein behauener Stein vergraben war, gelangte er an dessen Rand und entdeckte den Mörtel. Mit beiden Händen schaufelte er an den Seiten der Grube noch mehr Erde fort, so angestrengt, dass er Mrs Haygood nicht bemerkte.

»Was machen Sie denn da?«, flüsterte sie rau.

Adrenalin schoss durch seinen Körper, und er sprang auf.

»Um Gottes willen, Mrs Haygood, haben Sie mich erschreckt!« Er legte die Hand auf die Brust. »Das war ein Hund, acht bis zehn Salatköpfe sind hin, aber da ist was drunter. Etwas Künstliches.«

»Ein Stein«, sagte sie.

»Nein, nein, sehen Sie ...« Er beugte sich vor, um es ihr zu zeigen. »Da sind noch mehr Steine, mit Mörtel dazwischen.«

»Ach, das ist nichts. Ein altes Fundament wahrscheinlich.«

»Na, das werden wir gleich sehen. Ich hol eine Schaufel.« Er wandte sich zum Schuppen um.

»Für mich auch eine«, flüsterte sie. Als sie nach Hause kam, war der Laden verschlossen gewesen. Durchs Schlafzimmerfenster hatte sie gesehen, dass ihr Mann auf dem Bett eingeschlafen war. An der Hintertür war in einem Spalt in den Zementstufen ein Reserveschlüssel versteckt, den sie vor Jahren einmal hatte anfertigen lassen. Von dort aus hatte sie Mazelles Mann graben sehen.

Er kam nicht mit der Schaufel zurück, sondern mit einer langen Eisenstange und einem Vorschlaghammer. Zwei Meter von der Grube entfernt trieb er die Stange in die Erde. Als sie auf den Stein traf, blickte er zu Mazelle auf. Er zog sie wieder heraus, gingen ein paar Schritte seitwärts und schlug sie dort von neuem ein. Wieder stieß sie einen halben Meter unter der Oberfläche auf Stein.

»Da ist was unter unserem Garten, Mrs Haygood.«

Sie schaute zu ihrem Schlafzimmerfenster hinüber, um zu sehen, ob der Lärm ihren Mann geweckt hatte, und wand-

te sich dann nach den leeren Fenstern in Mazelles Haus um.
»Deswegen hatten unsere Obstbäume nie gute Erträge«, sagte Mazelles Mann. »Sie haben versucht, in dem harten Stein Wurzeln zu schlagen. Was kann das sein?«
»Ein Grab«, sagte Mrs Haygood. »Ein Gewölbe. Lassen wir's lieber in Ruhe. Es geht uns nichts an.«
Er stieg mit Hammer und Stange wieder in die Grube hinab und schlug auf den freiliegenden Stein. Es hallte wider.
»Ich glaube, Sie haben Recht. Es ist hohl. Aber für ein Grab ist es zu groß. Wenn wir das Loch größer machen, könnte ich die Decke durchbrechen und wir könnten sehen, was darunter ist.«
»Aber damit zerstören Sie unseren Garten. Das ist ein Frevel. Ich mach nicht mit, wenn ein Grab aufgebrochen wird.«
»Wenn wir sehen, dass es ein Grab ist, hören wir auf«, sagte er.
»Sehen Sie nicht, dass ich Make-up im Gesicht habe? Sind Sie blind?«
Er stutzte, trat dann zu ihr und legte ihr die Hand auf den Arm. Mit dem Rücken zu Mr Haygoods Haus sagte er: »Dorothy, ich warte, bis Sie's abgemacht haben. Ohne Sie fang ich nicht an.«
Sie zog ihren Arm mit einem Ruck fort. »Bitte tun Sie's nicht. Füllen wir die Grube einfach wieder auf und retten wir von dem Gemüse, was zu retten ist.« Sie nahm eine Bewegung hinter sich wahr und drehte sich zu Mazelles Schlafzimmerfenster um. Vielleicht waren es nur die Vorhänge gewesen. Als sie sich wieder zurückwandte, war Mazelles Mann auf dem Weg zum Schuppen.
»Ich rühr schon nichts Geweihtes an«, sagte er.
»Ich mach da nicht mit«, gab sie zurück und stolzierte davon.
Mit den ersten Schaufeln Erde kehrte der alte Schmerz von den schweren Fleischlasten wieder, und als das Metall über den Kalkstein scharrte, verspürte er das gleiche Un-

behagen wie bei jeder seiner Reifenpannen: als sei er irgendwie schuld daran. Er hatte etwas überfahren, das er hätte sehen, auf das er hätte achten müssen. Er kam zu dem Schluss, dass es das Geräusch der Schaufel auf dem Stein war, was dieses Gefühl hervorrief, das Geräusch und Mrs Haygoods Gefühlsausbruch wegen des ruinierten Salats. Die gleiche Unnachgiebigkeit hatte sie an den Tag gelegt, als er eine automatische Bewässerungsanlage im Garten hatte installieren wollen, um ihnen beiden das ständige Gießkannenschleppen zu ersparen. Hartnäckig hatte sie erklärt, das Gießen sei eine der wenigen Freuden im Leben. Am Ende hatte er ihr zugestimmt. Er grub und fragte sich, weshalb Mrs Haygood Make-up trug. War heute ein besonderer Tag? Als er sechs Steinplatten freigelegt hatte, richtete er sich auf und presste die geballten Fäuste ins Kreuz. Schwere Arbeit hat mich noch nie abgeschreckt, dachte er. Wenn ich sterbe, werden mich meine Kinder als einen Schwerarbeiter in Erinnerung behalten. Er drehte sich zu seinem Haus um. Mazelle stand zwischen den zur Seite geschobenen, dünnen Gardinen am Fenster, die Handflächen weiß gegen die Scheibe gepresst. Sie sah ihn an, als würde sie ihn nicht erkennen, und dann war sie fort. Er legte die Schaufel hin und wählte eine Steinplatte von einem Quadratmeter Größe aus. Dann schlug er die Erde mit einem großen Hammer.

14.54 Mazelles Mann gräbt mitten in seinem Garten ein großes Loch. Sieht aus, als wollte er sich nach China durchgraben.

»Dinge, die ich nicht weiß, sind mir nicht wichtig«, sagte Mose.
»Das kann nicht sein. Woher wollen Sie das wissen?«, fragte Howard. »Wissen macht erfinderisch.«
»Nein, macht es nicht« gab Mose beleidigt zurück. »Not macht erfinderisch.«
»Ich habe mein Leben erfunden«, sagte Howard.
»Was ist davon wahr, und was ist erfunden?«
»Alles ist wahr, und ich hab's erfunden?«
»Ein Leben wird nicht erfunden. Es wird gelebt. Oder vielleicht auch gestohlen wie in Ihrem Fall.«
»Ich glaube nicht, dass schon mal irgendjemand ein Leben wie meins gelebt hat. Ich bin neu. Man könnte mich patentieren.«
»Ich weiß nicht, ob ich Ihnen irgendetwas glauben soll.«
»Sie werden's glauben.«
»Was halten Sie davon, Howard: in die Schuhsohlen eingebaute Metalldektoren. Man könnte damit riesige Flächen nach alten Münzen absuchen oder nach Röhren oder elektrischen Leitungen.«
»Eine Erfindung, die ich nicht brauche.«
»Das ist der Unterschied zwischen uns. Ich denke darüber nach, was andere wollen oder brauchen könnten, Sie denken nur an sich.«
»Da ich jetzt müde bin, habe ich mir überlegt, dass meine letzte Tat darin bestehen könnte, mein eigenes Haus abzureißen.«

14.57 Ich halte es hier fest. Als meine Schwester Freddis Opal letzten Sommer aus Ohio zu Besuch war, habe ich sie bei mehreren meiner so genannten Nachbarn anrufen und durch die Blume nach ihrer Meinung über mich fragen lassen. Ich habe am zweiten Hörer mitgehört. Freddis Opal kennt meine Situation natürlich. Um ehrliche Antworten zu bekommen, hat sie so getan, als würde sie aus Ohio anrufen und sich Sorgen um meine Gesundheit machen. Ein sehr geschicktes Vorgehen, gegen das absolut nichts einzuwenden ist. Aura hat gesagt, ich täte ihr Leid, ich müsse sehr »einsam« sein. Tradio hat die Partei meines Sohnes ergriffen und gesagt, *ich gehöre definitiv in eine Anstalt.* (Die Hervorhebung stammt von mir.) Verda hat angeboten, Freddis Opal zu informieren, wenn meine »Symptome« wieder auftreten sollten. Ich hatte noch elf Leute auf meiner Liste, aber Freddis Opal hat sich geweigert, noch weitere Telefonate zu führen. Es kann sein, dass ich das schon in einem anderen Notizblock erwähnt habe.

15.05 Ich habe bei der Telefongesellschaft angerufen und sie aufgefordert, zu überprüfen, ob meine beiden Telefone abgehört werden. Sie wollen morgen Nachmittag kommen oder auch früher. Bis dahin muss ich aufpassen, was ich sage.

15.10 Tradio und sein Männerfreund laden ein Buffet von ihrem Lastwagen ab. Davor haben sie Kisten abgeladen, in die ich nicht hineinsehen konnte, die aber offensichtlich schwer waren. Tradio musste sich damals für die Hochzeit seiner Tochter gute Schuhe und einen anständigen Anzug leihen. Das hat mir eine meiner Einkäuferinnen erzählt, Hilman Davis, die bei der Hochzeit dabei war. Sie sagte, mein Sohn hätte einen taubenblauen Smoking getragen und sehr glücklich ausgesehen. Vielleicht habe ich das schon erwähnt.

15.15 Tradios Männerfreund, Mazelle und Marshall haben wie die Idioten verstohlen zu mir hinübergeschaut, als ich mein Ladenschild kontrolliert habe. Mazelle kam auf die Veranda heraus, hat mit den Händen gewedelt, als wären es Staubtücher, und ist dann wieder hineingegangen. Wenn das kein Signal ist, dann weiß ich nicht, was ein Signal ist.

Nadine zog ein in den frühen sechziger Jahren bei Neiman Marcus gekauftes leichtes Wollkostüm an, dazu kurze weiße Handschuhe, ein Pillboxhütchen und flache graue Pumps, die ihr eine Nummer zu klein waren. Bevor sie das Haus verließ, entfernte sie von allen diesen Kleidungsstücken das Preisschild. Sie wollte zu Effie, um deren Anteil an der *Star-Telegram*-Rechnung zu kassieren. Geschäftsmäßiges Aussehen war geboten.

Seit einer Woche schon hatte sie, wenn sie aus ihrer Haustür trat, das Gefühl, als sei die Worth Row irgendwie geschrumpft. Die Straße selbst wirkte schmaler und seltsam gebogen, die Häuser kleiner und näher beieinander, als sei die ganze Gegend in den konvexen Überwachungsspiegel eines Kaufhauses gezwängt. Die Blätter, die von den Bäumen fielen, waren winzig, der Kies, der sich im Rinnstein angesammelt hatte, sah aus wie die Satellitenaufnahme eines Flussdeltas. Nadine blieb stehen, um durch die Scheibe des verlassenen Autos vor ihrem Haus zu spähen. Wie konnte man nur einen so verdreckten Wagen fahren? Als sie sich wieder aufrichtete, spiegelten sich Carls und Howards Haus in dem Glas wie Geier, die über ihren Schultern schwebten. Mose und Howard lagen noch immer in ihren Badewannen. Es wäre unhöflich gewesen, sie nicht zu grüßen, aber ihr kam der Gedanke, dass es das erste Mal in ihrem Leben sein würde, dass sie mit einem Mann in einer Badewanne sprach und dann gleich mit zweien auf einmal.

»Gibt es denn einen besseren Ort für Ihr Gespräch, meine Herren?«, fragte sie.
»Nehmen Sie sich eine Wanne, Nadine«, forderte Howard sie auf.
»Howard, verdammt noch mal!«, sagte Mose.
»Danke nein. Ich muss zu Effie. Momma hätte so eine Ausdrucksweise bestimmt nicht gutgeheißen, Mose.«
»Tut mir Leid, Nadine. Schönes Kleid haben Sie an.«
»Nehmen Sie sich in Acht vor Effie«, sagte Howard. »Mit dieser verfluchten Alten ist nicht gut Kirschen essen. Ich hab mich lange über diese so genannte Provision aufgeregt, die sie einbehalten hat, aber jetzt bin ich drüber weg, das können Sie ihr sagen. Sie kann das Geld behalten.«
»Nun ja, Howard, jetzt bin ich es, der sie Geld schuldet, und das ist eine andere Geschichte.«
Howard trommelte auf den Rand seiner Wanne. »Sie sind nicht Ihre Mutter, Nadine. Ich hab Ihre Mutter gekannt. Es wäre Effie nicht im Traum eingefallen, Ihrer Mutter Geld schuldig zu bleiben.«
»Verdammt noch mal, Howard, wissen Sie was? Sie sind auch nicht meine Mutter. Und Mose ist auch nicht meine Mutter. Carl ist nicht meine Mutter, und Tradio ist auch nicht meine Mutter.«
Nadine wandte sich ab und ging davon, aber sie hörte noch, wie sich der alte Indianer in seiner Wanne herumwälzte und Mose zuflüsterte: »Die würd ich gern flachlegen, Sie nicht? Schön feste Schenkel hat sie noch.« Ganz gegen ihren Willen senkte sich ihre behandschuhte Hand auf ihre Hüfte. Entschlossen griff sie nach Effies Türknauf und drehte ihn. Die Tür war abgeschlossen. Sie klopfte an die Scheibe.
»Effie, ich muss Sie sprechen, jetzt sofort.« Sie wandte den Kopf nach links und sah Effies Fingerspitzen zwischen den Lamellen des geschlossenen Rollos verschwinden, als

wäre sie gebissen worden. »Effie, wenn Sie nicht sofort aufmachen, rufe ich meine Mutter aus dem Grab, und dann können Sie was erleben!«

»Ich hab zu tun«, rief Effie zurück.

»Auf der Stelle!« Man hörte den Riegel klicken, und dann öffnete Effie die Tür. »Danke«, sagte Nadine.

»Nichts zu danken, Nadine. Kommen Sie doch herein. Wie hübsch Sie heute aussehen!«

»Hundertzwölf fünfzig, Effie. Ich nehme auch einen Scheck. Wenn Sie nächsten Monat nicht mit in die Anzeige möchten, sagen Sie's, aber für diesen Monat müssen Sie zahlen; die Zeitung ist bereits erschienen.«

»Ich war gerade auf der Toilette, Nadine. Sie bekommen den Scheck natürlich sofort.«

»Wenn er nicht gedeckt ist, dann platzt mir der Kragen, Effie, das ist Ihnen doch hoffentlich klar.«

»So etwas würde ich nie tun, Nadine. Ich weiß doch, dass Sie die einzige Freundin sind, die ich hier in der Straße habe. Wir müssen aufeinander Acht geben. Hier gehen ja merkwürdige Dinge vor, und ich hoffe nur, Sie haben ein Auge darauf. Das Geschäft geht in letzter Zeit gar nicht gut bei mir.«

»Weil Sie die Kunden vergraulen, Effie. Sie behandeln sie wie Diebe und nicht wie Käufer.«

»Ich hatte gewisse Schwierigkeiten, ich weiß, aber jetzt nehme ich regelmäßig meine Medikamente, und es geht mir wieder bestens. Hier ist der Scheck, er ist hundertprozentig in Ordnung.«

»Sie müssen ihn noch unterschreiben, hier unten.«

»Ach so, ja.«

»Danke, Effie.«

»Ihre Mutter wäre stolz auf Sie, Nadine. Wie Sie das alles hinkriegen! Sie fehlt mir so. Gott weiß, dass niemand sie so gern gehabt hat wie ich. Sie hat so viel Trauriges erlebt, ich weiß, aber jetzt ruht sie in Frieden. Ich habe jedes Geheimnis, das sie mir anvertraut hat, für mich behalten.«

»Ja, Effie. Ich muss jetzt in meinen Laden zurück.«

»Aber sicher. Geben Sie Acht, das Gras wächst so schnell. Sie können sich auf mich verlassen.«

15.22 Scheck Nr. 1022 über $ 112,50 für *Star Telegram*-Anzeige September an Nadine. Voller Betrag. Habe sie vor den Vorgängen hier gewarnt. Meinen Rat, vorsichtig zu sein, hat sie, glaube ich, angenommen. Ein Haar stand ihr aus der Nase, steif wie eine Borste. Keiner will zugeben, dass ich am längsten von allen hier bin. Erst war ich da, dann kamen Nadine und ihre Mutter und dieser Große Indianer und dann die Haygoods und Mazelle mit ihrem Mann. Später dann Mrs Martin, aber die ist ja inzwischen tot. Das Eckhaus war das von Mr und Mrs Killebrew, die jetzt beide im Panther-City-Pflegeheim sind. Dann Mose. Die Postlethwaites kamen als Nächste, dann Verda und Havis, Tradio und Alice, und Jahre später Aura und jetzt dieser Tischler. Genau in dieser Reihenfolge. Sie wissen, was ich weiß, und ich weiß noch mehr.

Als Aura auf der Toilette anlangte, ließ der Krampf nach. Sie pinkelte laut plätschernd, ließ einen Wirbel von Winden streichen und kam zu dem Schluss, dass ein schönes, langes Bad jetzt genau das Richtige sei. Das heiße und das kalte Wasser strömten aus getrennten Hähnen in die alte Wanne, flossen ineinander, wurden zu etwas dazwischen, etwas Durchschnittlichem, etwas Annehmbarem. Aura

dachte daran, Marshall anzupiepen und ihm von ihren Schmerzen zu berichten, aber dann machte sie sich klar, dass sie, wenn sie nicht gleich in die Wanne stieg, den richtigen Moment, die perfekte Temperatur, verpassen würde. Das Wasser umfing ihren Körper wie ein Liebhaber. Sie fühlte sich sinnlich, kitzlig. Nur ihr Gesicht und die großen pfirsichfarbenen Thermometer ihrer Brustwarzen ragten aus dem Wasser auf. Sie bewegte die Zehen, fasste nach unten und spreizte ihre Pobacken, damit das Wasser auch dorthin gelangen konnte. Ich bleibe hier, bis Marshall heute Abend kommt, dachte sie. Sie zog die Arme unter sich hervor und legte sie auf ihren Bauch, erst den einen, dann den anderen, denn die Wanne war in letzter Zeit ziemlich eng geworden. Und so, die Hände über dem vortretenden Nabel gefaltet, einen Zentimeter über dem Boden der Wanne schwebend, schloss sie die Augen und schaukelte auf und ab.
Ihre Eltern waren beide Sportler gewesen, ihre Mutter Tennisspielerin, ihr Vater ein Sprintstar, beide elegant, geschmeidig, braun gebrannt. Das Einzige, was sie von ihnen geerbt hatte, so hatte sie geglaubt, war ihre Farbe und deren Fähigkeit, sich zu dehnen und in der Sonne Farbe anzunehmen. Doch als sie achtzehn war, hatten sie ihr eröffnet, dass sie sie adoptiert, sie als Baby aus dem Edna-Gladney-Heim geholt hatten, und so hatte sie auch ihre Haut verloren. Ihre Eltern schienen nach dieser Enthüllung sehr erleichtert, als hätten sie ihr Training all die Jahre unter einer schweren Last absolviert. »Wir werden es von jetzt an nicht mehr verheimlichen, Aura«, hatten sie gesagt. »Wir sind stolz darauf, dass wir dich adoptiert haben. Jetzt weißt du auch, warum wir dich nicht in den Sport gedrängt haben. Unser Lebensstil war dir nicht in die Wiege gelegt, das haben wir begriffen.« Sie hatte ihre Eltern geliebt, und als sie, beide noch keine vierzig, inner-

halb eines halben Jahre starben, ihre Mutter an Brustkrebs und ihr Vater an einem Herzinfarkt, war sie fast froh darüber gewesen, ein Adoptivkind zu sein. Ihre Eltern konnten nichts für sie, und sie konnte nichts für ihre Eltern. Sie hatten ihr genug Geld hinterlassen, um das Geschäft aufzumachen und sich ein neues Auto zu kaufen. Jahre später schickte ihr der Anwalt ihrer Eltern die Übertragungsurkunde des Hauses in der Worth Row. Er nannte es eine »Fehlinvestition« und entschuldigte sich dafür. Und so war sie in das alte Haus eingezogen. Im Sommer war es darin zu warm, im Winter zu kalt, aber eine bessere Geschäftslage konnte man sich damals als Antiquitätenhändler in Fort Worth kaum wünschen. Und sie wurde in eine größere Familie aufgenommen, ein zweites Mal adoptiert. Nadines Mutter brachte alle Nachbarn zu ihr, einen nach dem anderen, damit sie sich mit ihr bekannt machten, sogar Howard, den alten Indianer, der selten redete und auch dann nur in einer Sprache murmelte, die sich anhörte, als schlüge ein windgeschüttelter Ast gegen eine Hauswand.

Er hatte auf ihrem Sofa gesessen, den Hut wie ein totes zahmes Eichhörnchen in den Händen, und danach hatte sie nie wieder mit ihm gesprochen. Verda aber war eine gute Freundin geworden, Mrs Haygood war ein Schatz, und die Postlethwaites luden sie jedes Mal ein, mit ihnen ins Einkaufszentrum zu kommen. Alle ihre Nachbarn waren alt, und sie stellte sich gern vor, dass sie zwölf Eltern in der Straße hatte, obgleich sie wusste, dass sie alle selbst Kinder hatten, mit denen sie es nie würde aufnehmen können.

Sie hatte zehn, fünfzehn Minuten dem Abkühlen des Wassers gelauscht, als sie ein kaum wahrnehmbares Reißen spürte, und dann, als wären es Marshalls große Hände, die über die Innenseiten ihrer Schenkel strichen, strömte es warm an ihnen entlang, und ihr Körper begann unter dem Wärmeverlust heftig zu zittern.

15.27 Eben habe ich die Channel 5 News angerufen und ihnen gesagt, dass sie mit einer großen Story auf der Südseite der Worth Row rechnen können. Als sie Näheres wissen wollten, habe ich mich als Verda ausgegeben, ein anderer Name ist mir in dem Moment nicht eingefallen. Sie sagten, ich solle unbedingt Bescheid geben, wenn sich die Dinge zuspitzen. Verda ist immer noch nicht zurück. Wahrscheinlich ist sie mit ihrer Tochter weg und redet wieder mit Jesus. Dauernd gibt sie mir zu verstehen, dass Jesus sich auch um mich kümmern wird, aber ich sage immer wieder, das müsste Er erst mal beweisen, bevor ich da viel Zeit investiere. Das Sterben macht mir weniger Sorgen als die Frage, wer dann meine Sachen bekommt. Einmal habe ich zu Verda gesagt, es sei doch recht merkwürdig, dass Jesus so viel mehr mit ihr redet als ihr Mann damals, und da sagte sie, sie hätte mir schon vor Jahren verziehen, und ich sagte, ich wollte eigentlich nicht wieder davon anfangen, und sie sagte, doch, so sei es aber, und damit hatte sie das Thema Verzeihen aufs Tapet gebracht. Ich sagte, es gebe nichts zu verzeihen, denn ich hätte nicht einen einzigen schuldigen Knochen im Leib, und ihr Gewissen scheine sie zu plagen, und sie sagte, wie können Sie so etwas sagen, Sie Schlampe, ich habe Sie doch mit dem Piephahn von meinem Mann im Mund erwischt, und ich sagte, aber nur das eine Mal. Das ist jetzt Jahre her, und inzwischen sind wir wieder Freundinnen und tauschen oft Antiquitäten aus. Aber ich weiß, dass sie mich immer noch auf dem Kieker hat. Ihr Verzeihen hängt mir zum Hals heraus, ich weiß doch, dass es ihr mehr nützt als mir.

15.36 Ich glaube, Mazelles Mann hebt mitten in seinem Garten einen Swimmingpool aus. Das bedeutet weniger Gemüse für uns.

Verda verstand nicht, warum ihr Mann und ihre Töchter nicht kamen. Wie lange lag sie schon hier auf dem Boden? Ihre Hunde beschnupperten die zerbrochenen Figuren. General Washingtons Kopf lag abgeschlagen da. Martha, seine Frau, lag auf der Seite und sah den Kopf ihres Mannes zustimmend an. Ach ja: Havis war seit zehn Jahren tot wie der Präsident. Orene lebte in San Francisco und Alma am anderen Ende der Stadt, aber heute nähte sie ein weißes Baumwollkleid. Vielleicht schenkt sie es mir zu meiner Beerdigung, dachte Verda. Ich würde gern in einem weißen Kleid in den Himmel kommen. Ihr Herzschlag wurde unregelmäßig wie Autoreifen, die über die schwarzen Risse in einer alten Straße holpern. Es tat weh. Sie versuchte möglichst still zu liegen, doch der Schmerz schien nichts mit dem Stillhalten zu tun zu haben und übrigens auch nichts mit Ruhe, Güte oder Glauben. Sie wusste, dass Gott eine eiserne Faust hatte, aber warum schlug er sie damit? Ich hätte mit dem Auto an einen Baum fahren sollen, dachte sie, anstatt mich an die Zeit zu klammern.

Sie winkelte den Arm ab und senkte Unterarm und Handfläche auf den glatten Zypressenboden. Die Tür war näher. Wenn sie sie öffnete, und sei es nur einen Spaltbreit, würde Effie es bemerken und nachsehen kommen. Verda fegte Martha und zwei Augen beiseite und zog sich mit aufgestützten Händen ein paar Zentimeter über den Boden. Vor Schmerz fiel ihr der Atem wie in Klumpen aus dem Mund.

Ich bitte um nichts, Jesus, dachte sie. Ich werde nicht ein-

mal an dich denken. Ich weiß, dass ich kein wertvoller Mensch bin. Sie ruhte aus.
Ihr Mann war mit den Händen seiner Töchter in den seinen gestorben. Schön musste das gewesen sein. Er hatte es verdient, dachte Verda. Bald werde ich Havis wieder sehen. Bei ihrem ersten Rendezvous hatten sie zusammen einen Hershey-Schokoladenriegel verzehrt. Sie hatte sich den in Silberpapier verpackten Riegel im dunklen Kino zwischen die Schenkel geschoben und ihn dort während der ersten Hälfte des Films festgehalten. Als er sich erwärmt hatte und weich geworden war, hatte sie ihn so, dass Havis es sehen konnte, unter ihrem Rock hervorgeholt, langsam das Papier auseinander gefaltet und Havis' Finger in die glatte geschmolzene Schokoladenmasse geführt. Abwechselnd hatten sie den Finger hineingetaucht und in den Mund gesteckt, das Süße unter ihren Nägeln hervorgesogen, bis sie das Salz ihrer Haut schmeckten.
Verda zog sich über den Boden vorwärts.

15.37 Seit über zwei Stunden hat das Telefon nicht mehr geklingelt. Mein Sohn hat einmal gesagt, ich hätte seine Geduld mit mir nie zu würdigen gewusst. Was immer das heißen mag.

15.39 Als ich aus dem Schlafzimmer in den Laden zurückkam, waren meine Rollos geschlossen. Ich weiß, dass ich sie offen gelassen hatte. Ich habe gründlich hinter allen meinen Vitrinen nachgesehen, aber niemanden gefunden. Wieder so ein Fall, wo Gegenstände ohne meine Erlaubnis von der Stelle bewegt werden. Schon oft habe ich Ware nicht mehr dort vorgefunden, wo ich sie ganz bewusst hingetan hatte.

15.42 Es ist die Tageszeit, zu der Schatten zwischen die Häuser an der Row fallen, so dass ich Dinge zu sehen glaube, die vielleicht gar nicht existieren, da es ja nur Schatten sind. Wäre ich ein hinterhältiger Mensch, würde ich mir genau diese Zeit aussuchen, um zwischen den Häusern herumzuschleichen. Die Dinge passieren immer, wenn ich sie am wenigsten erwarte. Zum Beispiel habe ich zu meinem Entsetzen gerade entdeckt, dass sich eine Staubschicht auf meinen guten Sachen gebildet hat, ohne dass ich es bemerkt habe.

15.47 Man sollte meinen, Mose und dieser Große Indianer wären allmählich mit dem Thema Effie durch, aber es sieht nicht so aus!

Die Postlethwaites wärmten sich vor der Entwicklungsmaschine gerade für ihren Schnellgang auf, als fünf Vögel auf den Boden herabsegelten, dann geschlossen wieder aufflogen und sich ein paar Schritte entfernt in einem Baum niederließen.

»Sie sind noch da«, sagte Arlen, setzte sich auf das Mäuerchen und führte die durchgestreckten Finger zu den ebenso sehnsüchtigen Zehen hinab. »Hoffentlich werden sie nicht erwischt.«

Seit über zwei Jahren versuchte das Wartungspersonal des Einkaufszentrums die Spatzenfamilie zu fangen, doch Janice, die Frau in dem Fotogeschäft, hatte Louise erzählt, dass man es mehr oder weniger aufgegeben habe. »Die Vögel sind gewitzt«, hatte Janice gesagt. »Die kennen das Einkaufszentrum besser als irgendjemand sonst.« Trotzdem fand Louise es unnatürlich – Vögel in einem Gebäude, von den Bäumen gar nicht zu reden.

»Ich finde, sie sollten sie fangen«, sagte sie zu Arlen. »Das ist doch nicht in Ordnung. Man sollte nicht sein ganzes Leben am selben Ort verbringen. Weißt du, was Janice mir gesagt hat? Dass die Vögel im Winter zu Neiman Marcus ans Südende des Gebäudes ziehen. Das ist das Traurigste, was ich je gehört habe.«

»Aber es ist warm hier«, tröstete Arlen sie. »Und bei den Imbisslokalen können sie sich die ganzen Krümel holen. Es gibt keine Räuber.«

»Janice sagt, einmal hat man vor der Schaufensterscheibe von The Gap ein Vogeljunges gefunden. Es war direkt dagegen geflogen. Das arme Ding! Es muss sofort tot gewesen sein.«

»Das hätte überall passieren können.«

»Arlen, man kann doch nicht sein ganzes Leben immer bei derselben Temperatur verbringen, Tag und Nacht!«, herrschte Louise ihn an.

»Aber deswegen kommen wir doch hierher. Weil es hier immer gleich ist. Mach deine Stretching-Übungen, Louise.«

»Ich würde mir gern noch den Film ansehen, den der Mann vor ein paar Minuten abgegeben hat. Dann können wir los. Er hat ausgesehen, als wäre er verreist gewesen. Ich glaube, Janice hat sich gerade drangemacht.«

»Okay. Ich hab überlegt, ob ich mir noch eine Brezel hole, bevor wir gehen.«

»Was nützt das Gehen, wenn du dir vorher noch Brezeln genehmigst?«

»Ich wollte dir die Hälfte abgeben.«

»Na, da hast du dich ja wieder geschickt aus der Affäre gezogen. Jetzt sei still, da kommen die Bilder.«

Die ersten Fotos zeigten ein Dutzend Luftballons, die aus einem blauen Himmel herabschwebten.

»Wieder eine Geburtstagsparty«, sagte Arlen.

»Aber nicht raten, was am Ende kommt. Versuch nicht dran zu denken.«

Zwei Bilder von einem älteren Mann neben einem Grabstein. Seine Hand lag auf dem braunen Granit. Das Foto eines schnittigen Rennbootes hinter einem Laster von gleicher Farbe. Drei kleine Mädchen beugten sich über einen Kuchen mit fünf brennenden Kerzen. Auf dem Kuchen stand MARCY.

»Was hab ich gesagt?«, fragte Arlen.

Es folgten zwei weitere Bilder von einem der kleinen Mädchen. Auf dem einen saß sie in der Badewanne, bis zu den Ellenbogen im Wasser, auf dem Kopf noch einen Partyhut. Sie lachte. Auf dem anderen stand sie bei gedämpftem Licht auf einem kleinen Bett, nackt, die Hände über ihre Scham gelegt. Sie sah direkt in die Kamera. Ihr Gesicht ließ keine Gemütsbewegung erkennen. Als Letztes kam noch einmal ein Bild von einem Boot.

»Okay, gehen wir«, sagte Louise.

»Hier entlang, Louise.«

»Nein, ich will nach Hause.«

»Jetzt nimm dir das doch bitte nicht so zu Herzen.«

»Ich bin alt genug, um für mich selbst zu entscheiden. Ich will nach Hause. Ich will nicht mehr trainieren. Ich will nur noch nach Hause.«

»Wir können ja auf dem Weg zum Auto schnell gehen«, sagte Arlen. »Dann haben wir noch was davon.«

»Ich geh in meinem eigenen Tempo«, sagte Louise.

15.54 Eben hat eine Frau angerufen (ich habe beim dritten Mal Läuten abgenommen), Anfang vierzig, würde ich sagen. Sie wollte wissen, ob ich Fostoria-Glas im amerikanischen Muster habe. Ich habe Nein gesagt, weil solche Leute nur darauf hoffen, dass man Ja sagt, und dann kommen sie und stehlen die Sachen. Ich schneide mich doch nicht ins eigene Fleisch.

Liebes Tagebuch,
Tradio und ich haben heute Nachmittag Sachen vom Lastwagen abgeladen, nur ein Buffet, einen Tisch und Stühle, ein paar Kisten mit Glassachen und eine Truhe, aber er hat wieder so schwer geschnauft. Die zwanzig Jahre Altersunterschied zwischen uns machen sich allmählich doch bemerkbar. Ich mache mir jetzt ständig Sorgen um ihn. Er hat in einer einzigen Woche zweimal vergessen, sein Cholesterin-Medikament zu nehmen, so dass ich jetzt eine Flasche davon und auch das Nitroglyzerin in den Laster getan habe, damit wir es immer parat haben. Im Moment hält er ein Schläfchen.
Heute habe ich mit ihm übers Umarmen geredet, nicht im Haus, sondern draußen im Vorgarten und auch wenn seine alten Nachbarn herschauen. Ich weiß, es war nicht leicht für ihn, aber es ist ein großer Schritt vorwärts für seine emotionale Gesundheit. Mir macht das nichts aus, aber wer bin ich schon? Tradio ist unter Antiquitätenhändlern allgemein bekannt, und ich weiß, dass ihm unsere Beziehung zu schaffen macht, obwohl wir schon seit vier Jahren kein Geheimnis mehr daraus machen. Auch durch den Rundfunk ist er eine bekannte Figur, so dass er ein öffentliches Image zu wahren hat. Aber das ist es nicht allein. Er hat das Gefühl, er hat dadurch, dass er sich treu geblieben ist, Alice betrogen. Angeblich hat sie nichts gewusst, aber das kann ich nicht recht glauben. Er sagt, es hätte nicht immer körperliche Zärtlichkeit zwischen ihnen gegeben, jedenfalls nicht so wie zwischen uns. Das war ein kleiner

Triumph für mich, aber dann fiel mir wieder ein, dass Alice ja tot ist, an Krebs gestorben, und da kam ich mir ein bisschen oberflächlich vor, ein bisschen flittchenhaft. Ich weiß, dass ich immer die zweite Geige spielen werde. Man kann nichts ändern an dem, was vorher war. Er entschuldigt sich nicht dafür, dass er Alice geliebt hat, und das erwarte ich auch nicht von ihm. Ich habe ihm nur gesagt, dass er ein riesengroßes Herz hat. Er hat es geschafft, mit einer Frau zusammenzuleben und sie zu lieben, von der er sich sexuell nicht angezogen fühlte. Ich habe gesagt, das ist genauso, wie wenn ein heterosexueller Mann mit einem Schwulen zusammenlebt und ihn liebt. Aber er sieht da einen Unterschied, obwohl er nichts zu leugnen versucht. Ich glaube, er könnte mit der Erinnerung an Alice ganz gut leben, wenn ihm nicht die Erinnerung an Effie in die Quere käme. Sie verkörpert alles Schlechte, was Alice auch an sich hätte haben können, und vor allem auch das, worauf Alice ein Recht gehabt hätte. Er ist immer noch überzeugt, er hätte ihr ein Leben gestohlen, sie als Tarnung benutzt. Er ist zu streng mit sich. Ich wünschte, ich hätte ihn Jahre früher kennen gelernt, dann wären wir jetzt so viel weiter.

Ich habe Susie angerufen und sie gebeten, ihren alten Daddy zu besuchen, und sie hat es versprochen. Ich habe sie so diskret wie möglich gefragt, wie es zwischen ihr und Michael steht. Es ist jetzt alles geregelt. Immer wenn Michael hier war, hat er von seiner Mutter geredet und dauernd zu ihr hinübergeschaut. Man hätte meinen können, sie machen sich gegenseitig blind mit ihren verstohlenen Blicken. Das Verhältnis zwischen den beiden ist mir ein völliges Rätsel. Ich bitte Tradio auch nicht mehr, mit Effie darüber zu sprechen. Ich glaube, sie weiß noch nichts, sie und Michael reden ja nicht mehr miteinander. Ich bin so froh, dass Susie die Wendung im Leben ihres Vaters ak-

zeptiert hat. Es wäre so viel schwerer für ihn gewesen, wenn er auch sie verloren hätte. Dieser Mann liebt seine Tochter und seinen Enkel.
Ich habe Nadine angerufen und sie gefragt, ob sie nicht herüberkommen und sich diese Truhe mit alten Kleidern ansehen will, die wir heute in Cleburne gekauft haben. Meiner Schätzung nach können wir damit leicht das Doppelte von dem verdienen, was wir dafür bezahlt haben. Ganz unten in der Truhe war eine Pralinenschachtel mit vier oder fünf alten versilberten Besteckteilen. Die werde ich wahrscheinlich Aura schenken. Sie versucht ihre Schwangerschaft geheim zu halten, wie ich dir schon gesagt habe, liebes Tagebuch, aber ich sehe es.
Zum Abendessen mache ich Cäsar-Salat mit harten Eiern und dazu Knoblauchtoast. Puls: 65. Im Augenblick bin ich genau fünfzig Jahre, drei Monate, zwei Tage und vierzehn Stunden alt. Nächste Woche vor zwei Jahren ist mein Vater gestorben. Das Oktoberheft von *Antiques* ist immer noch nicht gekommen. Wir haben $ 11 462,58 Ersparnisse, Gott sei's gepriesen. Temperatur: 17 Grad.

16.09 Straße sehr ruhig. Ganz ungewöhnlich.

Mrs Haygood hatte gewusst, dass es einmal so kommen würde. Mit Geschick und einigem Glück war es ihr gelungen, den Zeitpunkt vierunddreißig Jahre lang hinauszuschieben. Die Arme um den Oberkörper geschlungen, stand sie genau in der Mitte ihrer Küche und lauschte dem Scharren der Schaufel, die sich ihr ins eigene Fleisch zu graben schien. Sie schlich auf Zehenspitzen zur Schlafzimmertür, und obwohl sie keinerlei Geräusch machte, legte sie noch zusätzlich die Hand auf den Mund. Ihr Mann schlief tief und fest, mit offenem Mund und geballten Fäusten. Auf seiner Hose war ein runder Fleck, der sich ganz langsam ausbreitete. Sie hätte ihm eine Flasche Clorox-Reiniger in den Mund schütten können. Die Küchenuhr tickte zu laut. Sie trat ans Fenster und sah über den Garten hinweg zu Mazelle hinüber, die ebenfalls am Fenster stand und ihren Mann beobachtete, der in einem Bombenkrater zu stehen schien. Mrs Haygood wusste, dass er in den Trümmern ihres Gartens stand. Als sie wieder zum Nachbarhaus hinüberschaute, war Mazelle fort. Sie sahen einander niemals in die Augen. Mazelles Mann schlug mehrere Male auf die Erde. Mrs Haygood stellte sich vor, wie ihm der warme Steinstaub in die Nase stieg und ihn anspornte. Sie überlegte, ob sie anfangen sollte zu packen, aber dann fiel ihr ein, dass ihre Sachen und ihre Tasche im Schlafzimmer waren und sie dann Mr Haygood aufgeweckt hätte.

Plötzlich, jenseits des Hammers, der auf den Stein niedersause, sah sie Mazelle mit schnellen Schritten über den gepflegten Sainte-Auguste-Rasen davongehen. Sie hat es eilig, dachte Mrs Haygood. Sie will nicht damit konfrontiert werden. Die Hammerschläge verstummen. Mrs Haygood wandte sich von der entschwindenden Mazelle wieder dem Krater zu, der jetzt leer war.

16.10 Mazelles Mann ist beim Graben in seinem Garten in die Hölle hinabgestürzt. Ich hab's gewusst, ich hab's gewusst. Eben war er noch da, im nächsten Moment ist er weg, und Mazelle *rennt* die Straße hinunter (wobei nur ihre eine Brust hüpft – die Arme). Na, wer sagt's denn! Ich lief hinaus und rief: Wo brennt's Mazelle? Aber sie ist weitergehastet. Vor Nadines Haus ist sie zu schnell um die Ecke und direkt gegen einen Baum geprallt, die Beine in der Luft gespreizt, den Rock überm Kopf. Das letzte Mal, als sie ihren Briefkasten so weit aufgemacht hat, kamen Motten herausgeflogen! Mose und dieser Große Indianer haben das Ganze natürlich mitbekommen. Beide haben sich in ihren Wannen aufgesetzt.

16.16 Die Postlethwaites sind zurück. Die müssen ja ziemlich reich sein, wenn sie ihren Laden an einem Freitag schließen und sich den ganzen Tag freinehmen können. Irgendwann kommt ihre Tochter zurück, und sie sind im Einkaufszentrum und werden nie erfahren, dass sie versucht hat, wieder mit ihnen Kontakt aufzunehmen. Schrecklich, wenn man in einer Familie nicht mehr miteinander spricht. Ich frage mich, ob ihre Tochter nur darauf wartet, dass sie sterben, so wie mein Sohn, der die Minuten bis zu meinem Tod und seiner Erbschaft zählt.

Seit einer Stunde redet Howard jetzt davon, dachte Mose. Seit einer Stunde erzählt er mir, wie er sein Haus abreißen wird, wo er anfangen und wo er aufhören will. Aber jetzt kommt er zur Sache, und ich kann endlich aus dieser Badewanne raus. Ich werde dabei wohl Hilfe brauchen.
»Ich war in Häusern«, sagte Howard, »von denen ich wusste, dass es darin spukt. Und ich wusste, dass die Gespenster kein Zuhause mehr haben, wenn ich die Häuser abreiße. Jeder Nagel hat sich ans Leben geklammert und geschrien, wenn ich ihn aus dem Holz gezogen habe.«
Während Howard redete, kam Mose die Idee zu einem neuartigen Rührstäbchen, speziell für Eistee in Restau-

rants. Am oberen Ende müsste es ein kleines Schild mit der Aufschrift »Bitte nicht nachschenken, die Zuckermenge stimmt genau« haben. Man könnte die Stäbchen aus Plastik herstellen und en gros an Cafeterias verkaufen. Die Frau mit dem Teewagen bräuchte dann keine Gespräche mehr zu unterbrechen, um zu fragen, ob man noch Tee will. Ich mach mir gleich in die Hose wegen diesem Glas Eistee, dachte er. Er redet immer noch. Ich glaube ihm kein Wort.

»Ein Haus ist ein lebendiges Wesen«, sagte Howard. »Es atmet. Es hat eine Vergangenheit. Ich gehe hinein, und da stehen Telefonnummern an der Wand, um eine freie Stelle herum, an der das Telefon gehangen hat. Ich bin der Letzte, der die Nummern sieht. Was glauben Sie, wie ich mich dabei fühle? Wie ein Henker. Zahlen am Türrahmen und daneben die Namen der Kinder, die da gemessen wurden: Bobby, Theresa, Juan. Und dann schiebe ich mein Brecheisen hinter das Brett, und es zersplittert in lauter Speere. Die tiefen Kratzer unten an einer Tür, von einem Hund oder einer Katze. Sie wollten nur eins: hinein. Lasst mich rein. Abgenutzte Stellen im Linoleum vor dem alten Herd. Wie viele Paar Schuhe hat sie abgetragen, während sie dort Eier gebraten und Hafergrütze gekocht hat? Die Abdrücke der Füße einer Frau. Blutflecken auf einem Holzboden, Erbrochenes in den Ritzen, der süßliche Geruch von altem Urin, der tief in die Nasenlöcher dringt und sich dort festsetzt. Den ganzen Tag läuft man dann mit anderer Leute Pisse in der Nase herum. Dellen im Wandputz, wo hüpfende Kinder das Kopfende eines Bettes dagegen geschlagen haben. Es ist eine schwierige Arbeit, ein Haus abzureißen. Sie glauben nicht, wie sich da alles aneinander klammert.«

»Warum tun Sie's dann?«

»Mit irgendwas muss man ja sein Geld verdienen.«

»Aber wieso wollen Sie Ihr eigenes Haus abreißen?«
»Um die Dinge zu Ende zu bringen. Um sie abzurunden. Ich hab's verdient. Warum sollten andere sehen, wie es bei mir aussieht, wenn ich nicht mehr da bin?«
»Sie tun so, als wäre das ein Privileg, etwas ganz Besonderes.«
»So habe ich es bei den Häusern anderer Leute auch immer empfunden. Es ist eine solche Freude, in so einem Haus herumzugehen und es auseinander zu nehmen.«
»Sie haben doch gesagt, Sie kommen sich dabei wie ein Henker vor.«
»Ja.«
Mose runzelte die Stirn. »War's das jetzt? Ich glaube, Sie müssen mir hier raushelfen. Meine Knie sind eingerostet.«
Sie hörten Mazelles Absätze über den rissigen Bürgersteig auf der anderen Straßenseite klappern, folgten ihr mit den Blicken und drehten dabei langsam ihre Köpfe.
»Wo brennt's, Mazelle?«, rief Effie.
Sie schauten zu Effie hinüber und dann wieder zu Mazelle und sahen sie an der Ecke stürzen.
»Alles in Ordnung, Mazelle?«, rief Mose.
Sie hob die Hand, eine knappe Aufforderung zu bleiben, wo sie waren, dann sammelte sie ihre Handtasche und fünf oder sechs Becher auf, die sie unterm Arm gehabt hatte, bog um die Ecke und lief weiter die Hemphill Street hinab.
»Das war noch nicht alles«, nahm Howard den Faden wieder auf. »Ich hab ein Geschenk für Sie. Ein Geschäft, das mir nichts mehr nützt, wenn ich tot bin. Ich möchte, dass Sie's bekommen. Ich habe Haygood und Mazelle erpresst. Sie zahlen mir fünfzehn Dollar im Monat für mein Schweigen, sieben fünfzig pro Nase, cash, jeden Monat, hier in den Briefkasten.«
»Was?«

»Das ist heute nicht mehr viel, ich weiß, aber vor dreißig Jahren war es gutes Geld, eine gute Bezahlung dafür, dass ich einfach nur den Mund halte. Sie haben mich damals gefragt, wie lange sie zahlen müssen, und ich hab gesagt, so lange, wie ihr Mann und seine Frau nichts erfahren sollen. Wer hätte gedacht, dass sie ihr Geheimnis so lange hüten würden? Ein echter Glücksfall war das.«

»Aber was haben sie denn getan?«

»Sie haben den Acker des anderen bestellt.«

»Aber wieso sollten sie so lange für etwas zahlen, was sie vor dreißig Jahren getan haben?«

»Zum Teil deshalb, weil sie nicht wollten, dass irgendjemand davon weiß. Es ist ein Geheimnis. Und zum Teil, weil sie's immer noch tun.«

»Und woher wissen Sie das?«, fragte Mose.

»Sehen Sie, Sie haben nicht aufgepasst. Ich hab's einfach gemerkt. Ich werde Mazelle und Haygood sagen, dass sie nach meinem Tod den üblichen Betrag an Sie weiterzahlen sollen. Jetzt wissen Sie's. Ich glaube nicht, dass sie Schwierigkeiten machen werden. Ich glaube, sie zahlen gern. Es ist ja heutzutage so wenig Geld. Jedes Mal wenn sie meinen Briefkasten aufmachen und ihre Umschläge hineinlegen, ein Fünfer, zwei Einer und zwei Vierteldollarmünzen in jedem, ist es wie ein kleiner Sexualakt, als hätten sie auch mit mir Sex.«

»Das ist ja widerlich«, sagte Mose. »Da will ich nichts damit zu tun haben. Ich will das Geld nicht. Ich will nicht mit Mazelle und Mr Haygood Sex haben.«

»Und wenn ich mehr verlangen würde? Vielleicht würden sie auf zehn Dollar raufgehen, vielleicht auch auf zwölf fünfzig pro Nase. Allerdings sind sie jetzt beide ihm Ruhestand. Mit einem bestimmten Einkommen. Sie haben nicht viel.«

»Nein, nein, nein«, sagte Mose. »Lassen Sie mich damit in Ruhe. Ich will nichts damit zu tun haben.«

»Es hat Zeiten gegeben, da konnte ich fünfzehn Dollar extra sehr gut gebrauchen. Sie sollten nicht so überheblich sein.«
»Ich will nichts mehr davon hören.«
»Aber das war noch nicht alles.«

16.22 Ich war gerade draußen, um noch einmal im Briefkasten nachzuschauen, für den Fall, dass ich heute Morgen etwas übersehen habe, und da habe ich gehört, wie dieser Große Indianer das Wort *erpressen* ausgesprochen hat und wie Mose nach Luft geschnappt hat, und dann waren sie still, weil sie mich gesehen haben, als ich ganz langsam wieder ins Haus zurückging. Als ich drin war, habe ich vor Angst gezittert. Aber wir werden ja sehen, was sie aus mir herausholen können!

16.24 Ein blaues Auto mit Rostflecken hat in Auras Einfahrt gewendet und ist wieder aus der Straße hinausgefahren, ohne an einem von den Läden zu halten. Könnte ein Mann oder eine Frau gewesen sein.

Der Hund Selber streckte sich unter der Veranda aus, hielt den Boden mit so viel Gewicht und Körperoberfläche fest, wie es ihm möglich war. Dann wälzte er sich auf den Rücken und spürte, wie sich die Erde zwischen den einzelnen Knochen emporarbeitete. Arbeit, Mühe ohne Ende. Er hielt die Nase in die Luft, und in seinem Hinterkopf sammelte sich wieder das Wissen um den nahenden Regen, während durch seine Kehle ein leises Knurren lief. Er wälzte sich noch ein Stück weiter herum und leckte sich die Spitze seines glühenden Penis, leckte eine juckende rosa Stelle an seinem Hinterbein, an der einmal eine Zehe gewesen war, leckte die kühle Erde unter seiner Schnauze. All das war tröstlich. Seine Zunge war eines der wenigen Dinge, die ihn an seine Mutter erinnerten. Zwischen seinen Pfoten humpelte auf fünf Beinen eine Ameise entlang. Die Ohren nach vorn gestellt, beobachtete er sie, und als sie fast an der Pfote angelangt war, schnappte er zu. Er schob den Panzer zwischen zwei Zähnen hin und her und schluckte ihn dann hinunter. Die Stimmen der Männer in den Badewannen beunruhigten ihn ein wenig, als stünden die beiden im Begriff, ihn wegzujagen. Ein Auto fuhr auf der Straße vorbei, hypnotisierende Radkappen, das Geräusch von Gummi auf Asphalt, genau wie die Angstlaute eines Eichhörnchens. Aber er wusste, dass es nicht dasselbe war. Bevor es ihm klar wurde, jaulte er das grundlose Jaulen, die abgrundtiefe Angst, unter der Veranda allein zu sein. Er bellte. Er sah Mazelles Mann beim Graben zu, sah ihn dort, dort, dort, nicht mehr dort, sah, wie er durch die Erde fiel, und empfand dann das gleiche Unbehagen, wie wenn er einen anderen, größeren Hund beim Ausbuddeln eines Knochens beobachtete, den er besser hätte verstecken müssen. Es war sein Knochen.

16.26 Ich war als Erste da. Die anderen sind Fremde.

16.27 Was Verda braucht, ist eine Vorrichtung, die verhindert, dass ihr die Hose in die Gesäßfalte rutscht, eine Art Pobügel. Ich werde Mose sagen, er soll sich etwas einfallen lassen. So eine Erfindung braucht die Welt. Als ich einmal in ihrem Badezimmer war, lag auf dem Spülkasten ein riesendicker religiöser Roman. Man sah noch, dass sie die

Seiten an den Ecken umgeknickt hatte. Man sah, dass sie in dem Buch gelesen hatte, während sie auf der Toilette saß, und an der Zahl der gelesenen Seiten sah man, wie lange die Sitzungen jeweils gedauert hatten. Einmal waren vierzig Seiten lang keine Kniffe zu sehen – das muss eine besonders unangenehme Episode gewesen sein! Das Buch war so dick, dass eine Verstopfung nötig sein wird, um es zu Ende zu lesen.

16.31 Der Wind weht ums Haus.

16.32 Womöglich ist Mazelles Mann mit einem Herzinfarkt im Garten zusammengebrochen, denn er ist immer noch nicht wieder aufgetaucht. Geschieht ihm recht. Ich sollte die 911 anrufen. Bis Mazelle den Krankenwagen zu Fuß geholt hat, kann es ewig dauern.

Das Boot ist Nadines Körper: Der Kiel ihr festes Rückgrat, die Spanten ihre Rippen, der Heckspiegel ihr Gesäß unter dem Stoff, die weißen Segel ihre Brüste, die lackierten Spieren ihre sonnengebräunten Arme, und im Schergang des Vorstevens meißelte Carl ihre Augen aus. Mit einem löffelförmigen Messer grub er geschickt die Augenhöhle in die Zypressenplanke, hielt von Zeit zu Zeit inne, um das Auge einzupassen, und drückte es schließlich mit dem Daumen tief hinein.
Die Augen – vom gleichen Haselnussbraun wie Nadines Augen – hatte er in der Erde unter den Dielen gefunden. Und er hatte entdeckt, dass mehrere der Stützen unter den Dielenbalken menschliche Schenkel aus hohlem Zypressenholz waren, einer sogar noch mit den Ledergurten und Messingschnallen daran. Beim Ausheben der Grube für

den Bleikiel war er auf eine Reihe von Bolzen, Kabeln und D-Ringen gestoßen, die ihm merkwürdig bekannt vorkamen, weil sie an Schiffsbeschläge erinnerten. Erst hatte er geglaubt, schon früher einmal sei hier ein Boot gebaut worden, doch als er die Augen und Teile eines künstlichen Gebisses aus Elfenbein fand, war ihm klar geworden, dass er Reste von Prothesen zutage förderte. Da war er zu der Tafel gegangen, die die Töchter der Texanischen Republik auf Nadines Grundstück angebracht hatten, und hatte sie zum ersten Mal gelesen. Doch sein Haus war zu diesem Zeitpunkt bereits zerstört oder – wie er es rationalisierte – umgewandelt gewesen.

Er hatte nicht geahnt, dass er Historisches auseinander nahm. Hätte er es jedoch gewusst, hätte er nicht anders gehandelt. Er hätte sich das Haus, die Tischlerei, den Platz und das Holz für den Bootsbau niemals einzeln leisten können. Und niemals wäre Nadine einfach über die Straße in ein Haus gezogen, das ihrem aufs Haar glich und von dem aus man ihres sehen konnte. Der Bruch musste radikal und traumatisch sein.

Mit einem Klümpchen West-Marine-Kunstharz fixierte Carl Nadines neue Augen mit dem Blick nach vorn in ihren Zypressenhöhlen. Und dann küsste er sie.

Das Einzige, was noch aus der Vergangenheit stammte, war seine Liebe zu dieser Frau. Es war das Einzige aus dem Gestern, woran er sich erinnerte. Alles andere war neu, stand bevor, kam näher. Nadine würde für immer ihm gehören. Er lebte sein Leben in der Erwartung, der Spannung und der Herrlichkeit des noch nicht ganz eingetretenen Jetzt. Er war ein Mann mit einem 6-Zahlen-Lottoschein. Die ersten fünf Zahlen stimmten, und in der Zeitspanne zwischen der vorletzten Zahl und der Bekanntgabe der letzten erkannte er, dass die Spannung angenehmer, leichter zu ertragen war als der Lohn der Mühen,

dass sie womöglich sogar aufregender war. Trotzdem begann er, nachdem er die Augen eingesetzt hatte (der Kunstharz wurde fast augenblicklich fest, so dass keine Zeit blieb, sie noch zurechtzurücken), die Zwingen und Bolzen zu lockern, die die vier dünnen Wände seines Hauses mit dem Dach verbanden. Er wollte bereit sein, wenn der Bootsspediteur kam. Er hatte beschlossen, Nadine eine Stunde Bedenkzeit zu geben, dann musste sie ihre Entscheidung fällen: gehen oder bleiben. Da er den Bootsbau vor jedermann geheim gehalten hatte, würde diese Entscheidung nicht von den Ratschlägen anderer belastet sein. Er hatte ein Einsiedlerdasein geführt, um Nadine aus ihrem Einsiedlerdasein herauszuholen, seine Vergangenheit gegen ihre Zukunft einzutauschen. Sie hat alles aufbewahrt, dachte er, ihre Kleider, ihre Mutter, ihre Erinnerungen; für etwas anderes ist kein Platz, es sei denn, sie wirft alles in einem einzigen reinigenden Moment, im Akzeptieren des Vergessens, über Bord.
Carl konnte sich gar nicht mehr erinnern, Nadine je nicht geliebt zu haben.

16.33 Nadine, in einem anderen Kleid als heute Vormittag, hat ihren Laden früh zugemacht und ist zu Tradio. Sie müsste doch allmählich mitbekommen haben, dass er sich nicht für unsereins interessiert. Dass er uns allenfalls das Tanzen beibringt. Sie ist nicht ihre Mutter.

16.35 Ich habe 911 gewählt, aber sie sagten, sie legen meine Meldung zu den Akten und ich könne wegen Falschmeldung belangt werden, meine Adresse erscheine bei ihnen auf dem Display, wenn ich anrufe, und letzten Monat hätte ich neunmal angerufen, aber ich sagte, das seien alles dringende Notfälle gewesen und sie seien verantwortlich, wenn Mazelles Mann an einem Herzinfarkt stirbt. Ich habe meine Pflicht getan und werde mich jetzt anderen Dingen zuwenden.

16.39 Mose und dieser Große Indianer reden in ihren Badewannen immer noch über mich. Vielleicht legen sie ja Hand an sich, denn ich kann sie nur bis zu den Schultern sehen. Gerade ist mir der Gedanke gekommen, dass Nadine und Tradio etwas mit Effie vorhaben und in diesem Moment ihre Pläne besprechen. Nadine weiß nichts von dem Geheimnis, das ich für ihre Mutter hüte. Effie vergisst nicht. Effie schreibt alles auf.

16.45 Vorhin bin ich nach nebenan, um nachzusehen, ob Mrs Martins Haustür abgeschlossen ist, aber sie war es keineswegs – eine ständige Einladung an Diebe. Ich ging hinein, aber das Haus ist wie erwartet völlig leer. Da es mir wenig sinnvoll erschien, die Glühbirnen Steine werfenden Vandalen zu überlassen, habe ich sicherheitshalber alle, an die ich herankam, herausgeschraubt. Mose hat mich auf dem ganzen Weg zurück beobachtet, weil ich den Rock heben musste, um die Glühbirnen darin zu verstauen, so dass man meine Knie sehen konnte. Er hat sich wie ein Gentleman verhalten, denn dieser Große Indianer hat sich nicht nach mir umgedreht.

Mose wandte sich Howard zu. Der alte Indianer zerdrückte verwelkte Blätter zwischen den Fingern, wusch sich damit die Hände, strich sich Blätter wie Seifenschaum über die Arme bis hinauf zu den Schultern und dem faltigen Hals und ließ sie dann auf die breite Brust fallen. Dann sah

Mose jenseits der Wanne und des alten Mannes Effie aus Mrs Martins leerem Haus watscheln, den Rock gerafft und hochgehalten, so dass die gegeneinander scheuernden Schenkel, ihre Uhrwerksknie und ihre Plastikunterwäsche um seine Aufmerksamkeit wetteiferten. Mehrere Minuten war er außerstande, Howard zuzuhören, doch schließlich entrann er seiner Verlegenheit dadurch, dass er über die technischen Erfordernisse einer Hose nachdachte, deren Reißverschluss vom Schritt noch weiter bis zur hinteren Gürtelschlaufe reichte. Man brauchte sie dann für große Geschäfte nicht herunterzuziehen. Dazu müsste es die entsprechenden Unterhosen mit Reißverschluss geben. Man würde sie im Set verkaufen, Hose und Unterhose zusammen. Wer wollte, konnte auch zwei verschiedene Hosen miteinander kombinieren. Daran würden vor allem Kinder ihren Spaß haben. Leute, die sich ein Bein brachen und einen Gips tragen mussten, brauchten nicht ihre guten Hosen zu zerschneiden. Das erinnerte Mose an eine andere Idee, mit der er sich bei Nadine und ihrer Mutter einmal Vorwürfe eingehandelt hatte: den falschen Gips. An der Innenseite des Beines befanden sich Scharniere, an der Außenseite des Oberschenkels und an der Wade Druckknöpfe und Schnallen. Jeder Gips musste Maßarbeit sein, doch nach den Anfangskosten besaß der Träger einen Gips fürs Leben, vorausgesetzt natürlich, er nahm nicht zu. Mit einem solchen Gips bekam man im Flugzeug einen Platz mit Beinfreiheit, bei einem Boxkampf einen Platz direkt am Ring, einen besonderen Platz im Konzert. Und wenn der Gips nicht mehr gebraucht wurde, konnte man ihn als Koffer benutzen. Nadine und ihre Mutter hatten die Moral dieser Erfindung angezweifelt, und so hatte Mose nur das eine Arbeitsmodell gebaut.

Er konnte sich gar nicht vorstellen, wo er ohne den Einfluss von Nadines Mutter jetzt wäre. Im Gefängnis wahrscheinlich, einer Erfindung oder eines Vorgehens wegen, dessen moralische Implikationen ihm nicht bis ins Letzte bewusst gewesen waren. Im Grunde war er nicht besser als Howard, nur hatte er sich vertrauensvoll der Führung einer guten Frau überlassen. Einen Moment lang vermisste er Nadines Mutter so heftig, als sei sie seine eigene Mutter und nicht die große Liebe seines Lebens gewesen. So alt er war, grübelte er noch immer darüber nach, ob seine Erinnerungen an sie der Realität entsprachen oder ob es sterile, im Vakuum seines Radioröhrenkopfes entstandene Konstrukte waren. Er konnte sich an keine Verunreinigungen in ihrer chemischen Zusammensetzung erinnern.

Howard berührte ihn am Arm, und Mose zog den Arm mechanisch weg.

»Was ist?«, fragte er.

»Sie sind mal wieder ganz woanders.«

»Tut mir Leid«, sagte Mose. Howards Gesicht, dachte er, ist ein Gesicht, das von der Nase aus in alle Himmelsrichtungen strebt. Die Mundwinkel waren nach unten gebogen, die Brauen saßen wie Akzente über den Augen, die ihrerseits im Begriff schienen, aus den Höhlen zu springen. Sogar die gestutzten Haare von Schnurrbart und Bart liefen strahlenförmig von den Nasenlöchern weg, scheinbare Spuren eines orkanartigen Niesens. Die Nase selbst, die Ausgestoßene, wirkte irgendwie hochmütig und stolz, als sei sie sich zu gut für das Gesicht, das sich von ihr zurückziehen wollte.

»Sie sehen mein Gesicht an, als hätte ich's gestohlen«, sagte Howard.

»Ich mache Ihnen keinen Vorwurf.«

»Es ist mein Gesicht.«

»Okay.«

»Ich lebe seit dreiundachtzig Jahren damit, und ich finde es ganz in Ordnung.«

»Sie sind damit geboren. Sie brauchen sich nicht dafür zu entschuldigen.«
»Ich entschuldige mich nicht.«
Mose zog den Kopf ein. Howards Stimme schien vom Himmel zu fallen wie Kies, der auf ein Blechdach trommelt, sich in stählernen Dachrinnen sammelt, durch Kupferregenrohre hinabgurgelt und unten einen Zinkeimer höhlt. »Und weil man damit geboren ist«, fuhr Mose vorsichtig fort, »kann man sich auch nichts auf sein Gesicht einbilden. Man hat ja nichts dazu getan. Ich sage das nur, weil es Leute gibt, die sich etwas auf ihr Gesicht einbilden.«
»Ich will nur, dass Sie aufhören, mich anzustarren. Hören Sie auf, mich auseinander zu nehmen.«
»Ich will gar nicht wissen, woraus Sie bestehen«, sagte Mose.
»Natürlich wollen Sie's wissen. Ich bin der Mann, durch den Nadines Mutter die Sprache verloren hat. Ihre Brüste haben gefurzt, haben uns Schweiß ins Gesicht gespuckt.
Dann wurde sie dick, und ich habe nachts die Tür abgesperrt. Sie lag auf meiner Veranda und hat geweint, eine Stunde, zwei Stunden, bis es hell wurde, dann ist sie zurück über die Straße, weil sie Angst hatte, Nadine könnte aufwachen und sie vermissen. Ich denke jetzt oft an sie und daran, was sie mir alles Schönes geboten hat, Dinge, auf die ich nie gekommen wäre. Das war natürlich nach dem Tod von Nadines Vater. Ich darf von mir sagen, dass ich nie die Frau eines anderen gevögelt habe, mich nie in eine so riskante Lage begeben habe. Es wäre mir schrecklich gewesen, mein erpresstes Geld an einen anderen Erpresser weitergeben zu müssen.«
In diesem Augenblick stürzte sich Mose über den Rand seiner Wanne. Er musste sich von den Knien hochrappeln, bevor er sich in Howards Wanne fallen lassen konnte. Er

fiel und schlug um sich, sein erster Schwinger ging daneben und landete am Porzellan, sein Knie aber landete in Howards Magengrube, so dass heiße Dämpfe aus dem offenen Mund des Indianers strömten. Mose atmete sie ein, sog die Luft ein, die einst in Nadines Mutter gewesen war. Howard wehrte ihn ab, umklammerte mit seinen großen Händen Moses Handgelenke und sagte: »Sehr gut, sehr gut, jetzt sind Sie endlich ganz da.«
Mose fing an zu weinen und versuchte sich loszumachen, doch dann sank er auf die breite Brust unter ihm, lag dort wie einst Nadines Mutter und keuchte durch die zusammengebissenen Zähne: »Das ging zu weit.«
»Nein«, sagte Howard, »es geht noch weiter.«

16.51 Tradio hat Effie gegen einen Mann eingetauscht.

16.52 Aura hat ein Gesicht wie eine Herdklappe, eine, hinter der offensichtlich nichts bäckt. Mein Ladenschild muss gerade gerückt werden. Sie hat einen Löffel, den ich gern mein Eigen nennen würde. Marshall würde ihn mir vielleicht schenken, wenn ich ihn darum bitte. Wenn Aura nicht in der Nähe ist. Bestimmt gefällt sie sich in ihrer Rolle als *Liebling* der ganzen Nachbarschaft, als jedermanns spezielle Freundin. Der Laster, den Marshall fährt, gehört der Firma, bei der er arbeitet, nicht ihm. In ihrem Haus sieht es aus wie am Grund eines Brunnens, der ideale Lebensraum für ein Walross. Ich habe gesehen, wie sie und Marshall es getrieben haben, und ich hätte noch mehr gesehen, wenn ich nicht einen Krampf im Fuß bekommen hätte. Das hat uns hier gerade noch gefehlt, ein kleines Kind, das von Tür zu Tür geht und die Leute anbettelt.

17.00 Zeit für die Nachrichten.

17.02 Während der Werbepause habe ich rein zufällig gesehen, wie Mose aus der Badewanne von diesem Großen Indianer gestiegen ist, und dieser Große Indianer war noch drin! Die Männerfreundekrankheit scheint ansteckend zu sein! Ich weiß gar nicht, wen ich anrufen soll, und ich mag auch kaum noch fernsehen. Direkt an der Straße! Hoffentlich wird Mose da nicht unter Druck gesetzt. Ich sollte hinausgehen und in die Hände klatschen, dann kriegen sie einen Schreck. Ich muss die Hand vor den offenen Mund halten, ich kann nicht anders. Oh, oh, oh! Dass ich so etwas hier festhalten muss! Ich habe das Bedürfnis, ein Bad zu nehmen!

Nadine trug ein blassgrünes, ärmelloses, bis zu den Knien reichendes Zwanziger-Jahre-Kleid mit goldenen Pailletten um die Mitte, ein Pariser Modell. Ihr Stirnband war mit Strass besetzt, und über ihrer nackten Schulter hing an einer langen Kette eine schwere Metallperlen-Handtasche. Sie nahm Mazelles Parfümduft wahr, der noch in der Luft hing, als sie den Bürgersteig entlangging, und noch einen anderen, schwereren Geruch, den sie nicht identifizieren konnte.
Arthur empfing sie an der Fliegentür. »Wo haben Sie die Sachen her? Sie sehen aus wie eine Göttin.«
»Eine Kundin hat sie gestern gebracht. Sie hatte sie von einem Flohmarkt in Ridglea. Ich werde sie behalten.« Nadine zupfte am Saum des Kleides und zog ihn an beiden Seiten straff.
»Natürlich werden Sie sie behalten, das müssen Sie einfach. Wer könnte darin besser aussehen? Niemand. Kom-

men Sie rein, aber seien Sie leise, Tradio schläft. Er hat heute so schwer gearbeitet.«
»Wie geht's ihm denn?«, flüsterte Nadine.
»Müde, müde. Sie wissen ja. Es strengt ihn an, zu jedermann nett sein zu müssen, als bekannte Persönlichkeit ständig im Rampenlicht zu stehen. Er wird allmählich zu alt dafür.«
»Ein Glück, dass er Sie hat, Arthur.«
»Nein. Ein Glück, dass ich ihn habe.«
»So ist es mir mit Momma auch gegangen.«
Das ist nicht ganz dasselbe, dachte Arthur, aber was soll's. Ich weiß, wie sie's meint. »Schade, dass ich so spät in die Worth Row gekommen bin und sie nicht mehr kennen gelernt habe, Nadine.«
»Sie hätten sie vergöttert. Alle haben sie vergöttert. Aber sehen Sie mal hier.« Sie ließ ihre Handtasche aufschnappen. »Sehen Sie, was ich Ihnen mitgebracht habe.« Sie hielt eine kleine Porzellanamsel mit zurückgebogenem Kopf und himmelwärts schmetterndem Schnabel hoch.
»Ein Pastetenvogel!«, japste Arthur. Er konnte nicht an sich halten und nahm Nadine den Vogel aus der Hand.
»Er hat Momma gehört. Ich wollte, dass Sie ihn bekommen. Der Rand hier war für den Blätterteig. Als Kind hab ich immer vor der Herdklappe gesessen und zugeschaut, wie es aus dem Schnabel dampft. Pastetenschornstein hat Momma ihn genannt. Momma konnte so herrliche Pasteten backen! Ihr Schokoladenpastetenrezept wollte sie mir nie verraten. Ich hab sie immer wieder zu überreden versucht, dass sie es aufschreibt und an einem sicheren Ort verwahrt, aber da war nichts zu machen. Ich glaube, sie hat einen Schuss Mandelextrakt hineingetan.«
»Oh, Nadine, danke, das freut mich riesig.«
»Wie viele sind es jetzt?«
»Hundertachtundachtzig. Man denkt, man hat alle, aber

dann tauchen immer wieder welche auf, wie dieser kleine Kerl jetzt. Sehen Sie sich nur das gelbe Schnäbelchen an. Frühe zwanziger Jahre, würde ich sagen. Heute hat niemand mehr Angst, dass die Pastete überläuft. Wieso eigentlich nicht?«

»Alufolie.«

Arthur presste die Lippen zusammen und schwieg einen Moment. »So hab ich das noch gar nicht gesehen. Sie haben Recht. Ist das nicht traurig? Weil es jetzt Alufolie gibt, werden keine Pastetenvögel mehr hergestellt. Als ob das ein angemessener Ersatz wäre. Ach Gott, warum heben wir alte Sachen auf, Nadine? Warum sammeln wir diese wertvollen alten Sachen?«

»Das kann ich Ihnen nicht in zwei Sätzen beantworten, Arthur.«

Arthur brachte den Vogel ins Schlafzimmer, und Nadine folgte ihm wie eine Schülerin ihrem Lehrer. Er stellte ihn zu den hundertsiebenundachtzig anderen Pastetenvögeln, ein stummer Dampfabzugschor, ein ganzer Vogelschwarm, der auf Fütterung wartete.

»So«, sagte Arthur leise. »Hier ist er gut aufgehoben.«

»Irgendwie entmutigend«, flüsterte Nadine, »die vielen aufgesperrten Schnäbel.«

Tradio lag ausgestreckt und mit offenem Mund auf dem ungemachten Bett, den Arm über den Augen. Nadine konnte die Plomben in den gelblichen Zähnen zählen und dachte daran, wie unangenehm es für Tradio sein musste, auf ein Stück Alufolie zu beißen.

Arthur winkte Nadine mit dem Finger heran und führte sie in den Laden zurück. »Könnten Sie mir mal kurz helfen?«, flüsterte er. Sie trugen die Truhe auf die Vorderveranda hinaus und setzten sie zwischen zwei Pressstahlstühlen ab. »Die haben wir heute Vormittag auf einer Farm bei Joshua gekauft. Für die Truhe können wir wahrscheinlich

mehr als das Doppelte des Kaufpreises bekommen, und da dachte ich, vielleicht könnten Sie den Inhalt verkaufen und Tradio und mir fünfundzwanzig Prozent abgeben?«
Arthur öffnete den gewölbten Deckel. Die Truhe war voll gestopft mit zerknitterter, nach Staub riechender, fünfzig Jahre alter Weiß- und Unterwäsche einer Frau mittleren Alters. Nadine hatte abgelegte Kleider aus so vielen Nachlässen gesehen, dass sie aus ihnen nicht nur auf das Alter der Menschen, die sie getragen hatten, sondern auch auf ihre Gemütsverfassung schließen zu können glaubte. Welche Frau hätte eine solche Bluse angezogen, wenn nicht eine, die irgendwie verzweifelt war? Hätte ein Mann eine solche Krawatte getragen, wenn er sich nicht unzulänglich gefühlt hätte?
»Das muss natürlich alles gewaschen und gebügelt werden«, sagte Arthur. »Die Tischdecke hier muss ungefähr zweieinhalb Meter lang und einen Meter zwanzig breit sein. Aber an einem Ende ist ein Fleck.«
»Wein vielleicht«, sagte Nadine.
»Mehr ist von dem Fest nicht übrig«, meinte Arthur.
»Sehen Sie sich diese Stoffservietten an, jede mit Stickerei in den Ecken.«
»Ja, die sind schön, aber es sind nur drei davon da.«
Nadine zog einen langen Unterrock an den Trägern hervor und richtete sich dabei auf, so dass es aussah, als tauchte sie selbst aus der Truhe auf. »Ich liebe diese alten Sachen. Damals war Seide noch etwas Besonderes.«
»Oh, da ist ein Fleck drin, Nadine.« Der Unterrock wellte sich im Wind und sank wieder herab. Auf halber Höhe war noch schwach ein alter Blutfleck zu sehen. Nadine hielt den Unterrock höher und drehte ihn dem Abendlicht zu.
»Von Flecken versteh ich was«, sagte sie. Sie legte sich den Unterrock über den Arm, schwang ihn hoch, fing ihn mit der anderen Hand auf, faltete ihn ein zweites und ein drit-

tes Mal und legte ihn beiseite. Jetzt sah man den Fleck nicht mehr. Es war ein wenig peinlich.
»Und hier«, sagte Arthur, »fünfzig Jahre alte Geschirrtücher.«
»Momma hatte genau solche, nur in Rot. Ich hatte furchtbare Angst davor.«
»Wieso hatten Sie Angst vor Geschirrtüchern?«
»Haben Sie nie Geschirrtuchhaue bekommen?«
»Nein.« Arthurs Hände verfingen sich einen Moment lang in den Wolken loser Tücher. »Was ist Geschirrtuchhaue?«
»Meine Mutter und die Mütter von allen anderen auch, soweit ich mich erinnere, haben beim Kochen und bei der Hausarbeit immer mindestens ein Geschirrtuch über der Schulter gehabt, manchmal auch zwei. Wenn ich sie geärgert habe, hat sie das Tuch genommen, das manchmal noch feucht war, und mich damit geschlagen. Das hat vielleicht gebrannt! Wenn ich zu weit weg war, hat sie es zusammengeknüllt und nach mir geworfen. Sie hat mich um den Tisch gejagt und mit dem Tuch geknallt, und die Tropfen sind davon weggespritzt. Die letzten Geschirrtuchhiebe hab ich mit siebzehn bekommen. Momma hatte mich für ein Jahr in einer Schule in Paris angemeldet, und ich hab ihr klipp und klar gesagt, ich geh da nicht hin. Und ob du da hingehst, hat sie gesagt, und dann sind mir die Geschirrtücher nur so um die Ohren geknallt. Ich bin dann doch nach Paris. Es war zwecklos, mit Momma zu streiten. Als ich dort war, fand ich es natürlich herrlich.«
»Ich war noch nie in Paris«, seufzte Arthur.
»Falls Sie sich je entschließen sollten hinzufahren – ich hab noch die ganzen Stadtpläne und Prospekte und Broschüren von damals, die kann ich Ihnen dann gern leihen. Sie sind jetzt über dreißig Jahre alt, aber so stark wird sich Paris ja wohl nicht verändert haben. Notre-Dame oder die Seine kann man ja schlecht woandershin versetzen. Manche Dinge ändern sich nicht.«

Nadine blickte von den alten Sachen auf und schaute auf die Straße. Arthur sah, wie ihre Augen glasig und ihre Finger schlaff wurden. Sie ist eine so hübsche Frau, dachte er. Die Haut an ihrem Kinn ist noch straff, ihre Lippen sind noch nicht verwittert. Aber sie hat zu viel Make-up um die Augen. Wahrscheinlich will sie etwas verbergen.

»Was ist in Nadines Schatzkästchen?«, fragte er leise.

»Wie bitte?«

»Woran denken Sie?«

»Ach, ich weiß auch nicht. Wenn ich überhaupt einmal einen Kunden in der Row sehe, dann kommt er mir vor wie ein Außerirdischer.«

»Tradio möchte, dass wir das Geschäft anderswo neu eröffnen, Nadine.«

»Oh, hoffentlich gehen Sie nicht weg. Sie würden mir schrecklich fehlen.«

»Ich hab versucht, es ihm auszureden, und wir haben einen Kompromiss geschlossen. Zweimal im Monat laden wir jetzt den Wagen voll und stellen uns auf den Flohmarkt in Canton und Grapevine. Dann sind wir zwei Wochenenden im Monat weg. Es heißt, man kann dort gute Geschäfte machen.«

»Aber das ganze Aufladen und Abladen, die viele Arbeit, und das bei jedem Wetter!«

»Ja, schon, aber wir sind zu zweit, da geht es.«

»Ja, wahrscheinlich.«

»Nadine, warum tun Sie sich nicht mit Carl zusammen? Jeder sieht doch, dass er Sie anbetet.«

»Arthur, Sie sind der einzige Mann auf der Welt, der so etwas zu mir sagen darf.«

»Ich bin Ihr Freund, Nadine.«

»Seit Momma tot ist, habe ich nie mehr mit jemandem zusammengelebt. Ich weiß gar nicht, ob ich das noch wollte. Carl ist ein Schatz, er liebt mich viel mehr als ich mich selbst. Aber er ist maßlos. Sehen Sie sich nur diesen Flaggenmast an, den er heute angebracht hat. Keinerlei Sinn für Proportionen. Die Linien passen überhaupt nicht zum Haus. Und mit so viel Sägemehl könnte ich auch nicht leben.«

»Die Liebe nimmt Widersprüche hin, Nadine. Sie glauben nicht, was ich alles in Kauf nehmen muss. Tradio ist ein Mensch, der keine Zärtlichkeit zeigen kann. Sie wissen ja, wie viel ich fürs Umarmen übrig habe. Meine Tante Marfa sagt, ich bin der beste Umarmer in der Familie. Aber Tradio weiß nicht mal, was das Wort bedeutet. Er umarmt einen wie eine Zange.«

»Ich umarme Sie, Arthur.«

»Ja, ich weiß, liebe Nadine, aber das ist nicht das Gleiche, wenn Sie verstehen, was ich meine.«

»Ach, Arthur, ich würde heute so gern ein halbes Dutzend Briefe bekommen, die alle mit ›Anbei übersenden wir Ihnen‹ anfangen. Ich liebe diese Worte. Sie müssen so alt sein wie Fort Worth. Es müsste gar nicht unbedingt Geld sein, was da übersandt wird. Vielleicht etwas, was ich verloren habe, oder eine gepresste Blume oder ein Schlüssel zu einem Zimmer in einer Stadt, von der ich noch nie gehört habe.« Die Post ist heute schon gekommen, Nadine, dachte Arthur.

17.05 Tradios Männerfreund hat Nadine die Tür aufgemacht. Es ist schon mehrere Jahre her, seit ich bei Tradio drüben war. Ich möchte nicht wissen, was aus Alice' schönen Dekorationen geworden ist.

17.05 Nadine und Tradios Männerfreund wühlen in einer Truhe. Ich kann nicht hören, was sie sagen, aber man sieht sogar von hier aus, dass Nadine zu viel Augen-Make-up und Lippenstift aufgetragen hat. Dadurch wirkt ihre Nase wie ein Fremdkörper in ihrem Gesicht. Mit Make-up richtet sie bei Tradios Männerfreund nichts aus, das hätte ich ihr gleich sagen können.

17.05 Eben hat mich eine Frau angerufen und gesagt, sie sei vor einer Woche in meinem Laden gewesen und hätte meine Wedgwood-Puderdose gesehen. Sie wollte wissen, ob mein Festpreis wirklich ein fester Preis sei, mit anderen Worten, ob ich ihr die Dose auch für weniger geben würde. Ich habe ihr gesagt, fest sei fest, genau so hätte ich's auch gemeint, und ob sie schlecht höre. Da hat sie aufgelegt, einen Sekundenbruchteil vor mir.

17.05 Meine Uhr ist kaputt.

17.16 Jeder weiß, dass ich eine Perücke trage.

Aura wehrte sich gegen die Erkenntnis der Schwangerschaft. Sie konnte den Klumpen von Schleim und blassrosa Blut, der reglos in ihrem Badewasser schwebte, nicht einordnen und dachte an Krebs, Seekrankheit, Nierenversagen, eine kranke Gallenblase, einen durchbrechenden Blinddarm. Sie ließ ihre Telefonnummer an Marshalls Hüfte baumeln. Ihre Lippen formten den ovalen Laut des Namens ihrer Mutter, aber instinktiv wusste sie, dass ihre Mutter hier nicht helfen konnte, dass sie so etwas nie erlebt hatte. Sie schlitterte den Steilabfall jenseits einer neuen Schmerzwelle hinunter und tupfte dann sich selbst und das Telefon trocken. Die Bettlaken waren so kalt. Nichts schien mehr zusammenzupassen. Jeder ihrer Atemzüge klang, als stammte er von einer anderen Person. Auch ihre dicken Beine passten nicht mehr zusammen. Sie strich sich mit den schweißnassen Handflächen über den glatten Bauch und stellte fest, dass er nicht mehr symmetrisch war, sondern unförmig, klumpig wie eine Honigmelone, die unter dem Gewicht von tausend anderen Honigmelonen am Boden einer Kiste liegt. Ihr Nabel war nicht mehr leicht vorgewölbt, sondern knubbelig wie eine Samenkapsel kurz vor dem Aufplatzen. Sie stellte sich vor, wie ein dicker grüner Stängel aus ihrem Bauch spross. Als von neuem ein Schmerz in ihr wuchs, sich um ihr ganzes Rückgrat rankte und sich durch die engen Passagen ihrer Eingeweide seinen Weg ans Licht suchte, da begriff Aura, dass etwas aus ihr herauswollte. Sie versuchte es mit aller Macht zurückzuhalten. Sie hielt den Atem an, verschränkte fest die Beine, hörte, spürte und schmeckte nichts mehr. Ohne ihre Mitwirkung konnte es nicht geschehen. Sie versuchte den Schmerz mit ihrer Ahnungslosigkeit in Einklang zu bringen. Es gelang nicht. Tränen traten ihr in die Augen, als die Wehe ihre Knie ergebnislos bis zum Kinn hochzog. Was kalt in ihr war, wälzte sich herum und wurde zu Wärme. Ihre Einstellung vollzog eine Kehrtwendung um hundertachtzig Grad: Jetzt wollte sie es draußen haben. Aber es kam nicht. Sie presste, spannte jeden Muskel an, der ihrem Willen gehorchte, und schrie. Als der Schmerz nachließ und die Wärme in ein Frösteln überging, hörte Aura das zögernde Klopfen eines Kunden an der Ladentür. Jemand ist gekommen, um passende Besteckteile zu einem Silberlöffel zu finden, dachte sie. Und dann war es ihr klar: Jemand will herein, etwas will hinaus – ein Austausch. Sie brauchte nur die Tür zu öffnen.

17.17 Mr Postlethwaite wässert seinen Vorgarten. Macht einen deprimierten Eindruck. Wieder ist ein Tag vergangen, ohne dass seine Tochter zurückgekommen ist, und jeder weiß warum.

17.19 Auto immer noch vor Nadines Haus, jetzt schon drei Tage. Ich werde mein Bestes tun, ihr nicht die Genugtuung zu bereiten und nachzufragen.

17.25 Harold Taft sagt Regen voraus. Er muss es ja wissen.

17.26 Kein Polizeiwagen weit und breit, den ganzen Tag nicht. Unsere Straße ist völlig ungeschützt. In drei Minuten drehe ich mein Schild um, egal wie viele Kunden dann gerade den Weg heraufkommen. Öffnungszeiten sind nun mal Öffnungszeiten. Ich habe schließlich auch noch ein Privatleben. Manche Kunden verstehen nicht, dass wir ja in unseren Läden wohnen und deshalb Zeit für uns selbst brauchen.

17.29 Tradios Männerfreund und Nadine reden auf Tradios Vorderveranda immer noch über mich. Alle paar Minuten werfen sie höchst verdächtige Blicke zu mir herüber. Es ist kaum noch zu ertragen. Möglicherweise haben sie ein Komplott geschmiedet und Tradio umgebracht, um an seine Sachen zu kommen, ich habe ihn nämlich, seit er zurück ist, noch nicht wieder gesehen. Normalerweise holt er dann gleich die Post aus dem Kasten, und das hat er bis jetzt nicht getan.

Alle zehn bis fünfzehn Minuten nahm Verda ihre ganze Kraft zusammen und zog sich ein kleines Stück weiter zur

Tür hin. Es war jetzt nur noch ein knapper Meter. Das Blut an ihrer Schläfe war eingetrocknet, aber der Schmerz in Brust und Schulter war noch flüssig und schwappte beißend durch sie hindurch, wenn sie über den Boden robbte. In den Tälern zwischen den Schmerzgipfeln hörte sie Schritte an ihrem Laden vorübergehen. Das erste Mal war es das Dahingleiten einer Eidechse, das zweite Mal ein bedächtiger, maßvoller Schritt, eine Lektion Gottes. Beide Male rief sie laut, doch das Bellen ihrer Hunde erstickte ihre Schreie. Aber sie konnte ihren Lieblingen verzeihen. Sie wollten sie ja nur beschützen.
Wie schmutzig der Boden war. Ihr flacher Atem wehte den Staub ein paar Zentimeter von ihrem Gesicht fort. Merkwürdig, dieses Trudeln. Sie hatte es noch nie bemerkt. An der Unterkante der Tür lag das Bein einer Porzellanballerina, der rosa Fuß noch durchgestreckt. Es erinnerte sie an ihren Mann. Ich werde sterben, dachte sie, und Effie wird den Teller, auf dem ich ihr den Fisch gebracht habe, nicht mehr zurückgeben. Ich werde sterben, und sie wird meinen Teller behalten. Sie wird die Alufolie, in die der Fisch eingewickelt war, wegwerfen, obwohl sie weiß, dass ich Alufolie aufhebe. Sie ist so teuer. Verda überlegte, ob sie eine Nachricht für ihre Töchter in den Staub schreiben sollte. EFFIE UND EUER VATER. Aber sie hatten es nicht verdient, dieses Geheimnis zu erfahren. Sie hatten diesen alten Schmerz nicht verdient. Er hatte nichts mit ihnen zu tun. Und auch ihr Vater hatte dieses Erbe nicht verdient. Jesus würde alles ausgleichen. Und was Effie anbelangte, so war es schwer, einem Menschen immer weiter wegen etwas böse zu sein, was er vor fünfzehn Jahren im Mund gehabt hatte, auch wenn es der Penis des eigenen Ehemannes war. Trotzdem, sie weiß genau, dass ich Alufolie aufhebe. Aber wenn ich es bis zur Tür schaffe, wird sie diejenige sein, die mich rettet. Wäre ich nur nicht so habgierig gewe-

sen. Hätte ich nur meine Preise stärker gesenkt, wie Nadine und ihre Mutter es mir geraten haben. Dann wären alle diese zerbrochenen Schätze längst verkauft. Wäre ich nicht so habgierig gewesen, hätte ich ihnen ihr kleines Leben gerettet. Ich hätte Havis mehr Freiheit lassen sollen. Orene würde jetzt nicht in Kalifornien leben, wenn ich sie nicht zu halten versucht hätte. Und Alma würde nicht behaupten, dass es einen ganzen Tag dauert, ein weißes Kleid zu nähen. Auch Jesus gegenüber bin ich selbstsüchtig. Ich sage Ihm immer wieder, wie sehr ich Ihn liebe, aber Er hält sich fern. Durchs Fenster kommt eine Art Licht.

17.33 Ich weiß, dass Verda mich eifersüchtig machen will, wenn sie den ganzen Tag mit ihrer Tochter unterwegs ist. Als ich mein Schild umgedreht habe, haben mich ihre grässlichen Hunde durchs Fenster angebellt. Ich habe oft daran gedacht, ihnen beiden mit dem Fuß auf ihr jämmerliches Genick zu stampfen. Wenn ich etwas hasse, dann sind es Hunde, die kläffen, ohne dass sie etwas zu sagen haben.

17.36 Habe meine Kassenschublade in ihr Versteck gebracht, das nur mein Notizblock und ich kennen (unter Brett in Wandschrank).

17.37 Nadine mit dem Arm voll schmutziger Wäsche auf dem Weg nach Hause. Was eine Frau für männliche Gesellschaft jeglicher Art nicht alles tut!

Nach ihrem Sturz besah sich Mazelle den Riss im Bürgersteig und erkannte, dass dort vor dreißig Jahren ein Baum gestanden hatte. Den Baum gab es längst nicht mehr, aber der Höcker und der Sprung im Bürgersteig waren noch da. Die Wurzel eines seit langem toten Baumes hatte sie zu Fall gebracht. Das war nicht fair. Sie schaute auf ihr Knie hinab. Aus einer kreisförmigen Schramme quollen Blut und eine farblose Flüssigkeit. Es erinnerte sie an die Pausenbrote ihrer Kinder. Sie hatten sich beklagt, dass die Äpfel und Orangen den ganzen Vormittag auf ihre Erdnussbutter- und Marmeladenbrote drückten, so dass die Marmelade bis zur Mittagspause durch das Brot drang und einen Fleck bildete, und so hatte sie beiden eine unterteilte Lunchbox aus Metall gekauft. Ihr Knie sah aus wie ein solcher Marmeladenfleck. Was würden ihre Kinder denken? Sie würden denken, dass sie wieder einmal etwas falsch gemacht hatte.

Als sie ihren Mann über der Zisterne graben, seine Neugierde und Entschlossenheit angesichts des Steins sah, da war ihr klar geworden, dass ihre Welt zusammenbrach. Sie hatte sich diesen Augenblick so viele Jahre ausgemalt, dass es ihr ungerecht erschien, ihn jetzt wirklich erleben zu müssen. Sie hatte sich vom Fenster abgewandt, war zur Vordertür gegangen und auf die Veranda hinausgetreten. Und plötzlich schienen ihre Hände abzuheben, das Nest zu verlassen wie flügge gewordene Vögel. Ihre Finger flatterten durch die Luft, gerieten außer Rand und Band und griffen dann nach einem Luftzug, der die Stufen heraufwehte. Ich brauche etwas in den Händen, dachte sie. Sie ging zum Fenster zurück und presste die Handflächen an die Scheibe. Er grub noch immer. Sie wollte nicht mit einem Mann zusammenleben, vor dem sie nichts zu verbergen hatte. Sie wollte nicht wie Mrs Haygood leben, die das Nassgewicht ihrer Ehe wie ein über den Wasserhahn ge-

hängtes Geschirrtuch trug. Mazelle stand in der Mitte ihres Ladens, von Büchern umgeben. So viele waren ungelesen. Jedes hatte ein Geheimnis, nur sie nicht. Auf ihrem Weg zurück zur Haustür nahm sie einen Arm voll Bücher mit. Jetzt, da sie kein Geheimnis mehr hatte, jetzt, da nichts mehr sie mit ihrem Mann verband, würde sie wieder etwas zu lesen brauchen.
Effie rief ihr etwas zu, als sie weglief. Verdas Hunde bellten. Als sie auf den Asphaltwulst stürzte, der ihrem Knie den Marmeladenfleck verpasste, rief Mose ihren Namen. Zwei Blocks weiter fiel ihr ein, dass sie ihr Auto vergessen hatte. Inzwischen flatterte ihr ganzer Körper wie ein zerschlissener Papierfetzen, der sich von der Welt losreißt. Sie drehte sich um und versuchte festzustellen, woher sie gekommen war, aber keine der Richtungen kam ihr bekannt vor. Wieso hörte man dort eine Schaufel über Stein schrammen? In ihren Händen waren Bücher: ein Geographiebuch, zwei Romane mit den Namen von Staaten als Titel, ein Diät-Handbuch.

17.39 Ich kann nichts für das, was ich weiß, und ich will nun mal alles wissen. Als Mrs Postlethwaite mich mit dem Stock geschlagen hat. Mein Anwalt hat damals gesagt, wenn es nicht in ihrem Garten passiert wäre, hätte ich sie anzeigen können. Sie hat den Stock nur kurze Zeit gebraucht und die Gelegenheit benutzt, ihn als Waffe gegen mich einzusetzen. Ich war schwer verletzt. Siehe meinen Bericht vom 25. Juli oder um diese Zeit herum, 1977. Die meisten glauben mir nicht, weil ich alt bin, aber die Wahrheit kann man nicht austauschen, egal wer sie sagt. Mein Oberschenkel war ernstlich verletzt. Siehe meinen Bericht. Genau wie Ihr Mann, habe ich zu ihr gesagt. Da hat sie den Stock noch einmal gehoben, und ich habe es vorgezogen zu gehen. Unnötig zu sagen, dass in jüngster Vergangenheit nicht allzu viele Worte zwischen uns gewechselt werden.

17.45 Kaum Bewegung bei Mazelle.

Nachdem Mr Postlethwaite den Garten gewässert hatte, klopfte er an Auras Tür, aber sie machte nicht auf. Er wartete noch etwas, zögerte den Moment, da er zurückmusste, hinaus. Mrs Postlethwaite würde noch mindestens eine Stunde in gedrückter Stimmung sein, und es gab nichts, was er sagen konnte, um sie da herauszuholen. Aber er konnte nicht anders: Er würde es trotzdem versuchen. Er ging durch den Garten zur Haustür, durchquerte den dunklen Laden und betrat das Schlafzimmer. Sie saß wie zuvor in ihrem Lehnstuhl, wo sie mit ihren gekreuzten Beinen, den erhobenen Armen und den um die Oberkante der Lehne geschlungenen Fingern die Pose einer Art-déco-Figur eingenommen hatte. Er konnte es sich nicht verkneifen, sie anzusprechen.

»Vielleicht ist unsere Ehe dadurch, dass wir Margaret verloren haben, stabiler geworden, so wie der eine Arm stärker wird, wenn man den anderen verliert, oder das Gehör schärfer, wenn man erblindet.«

»Was für ein Unsinn«, sagte sie. »Ich kann kaum glauben, dass es jetzt schon zwölf Jahre sind.«

»Musst du denn wieder davon anfangen? Kannst du's nicht auf sich beruhen lassen?«

»Arlen, wir versuchen jetzt seit zwanzig Jahren zu entscheiden, ob wir Sprossenfenster wollen oder nicht, ob wir die Welt in einem oder in vier oder zwölf Teilen sehen wollen. Wieso sollte es da nicht zwölf Jahre dauern, bis wir merken, dass unsere einzige Tochter, unser einziges Kind nicht mehr da ist? Wir haben etwas verloren, das nicht zu ersetzen ist.«

»In welchem Alter hätte ich denn aufhören sollen, sie anzufassen? Ich hab sie doch gebadet, seit sie aus der Klinik nach Hause gekommen ist, oder nicht?«

»Ich mach dir ja keinen Vorwurf. Ich bin ja dageblieben. Ich will nur eben trauern. Ich will sagen können, dass es unfair war, mich zwischen meinem Mann und meiner Tochter entscheiden zu müssen. Wenn ich hinausschaue, sieht die Straße so leer aus.«

»Margaret hat dir die Entscheidung aufgezwungen, nicht ich.«

»Ich mach dir ja keinen Vorwurf.«

»Und trotzdem streite ich es ab. Weil du mir das Gefühl gibst, dass ich das muss.« Er trat an das sprossenlose Fenster. »Ja, ich hab sie ins Bett gebracht. Ja, ich hab mit ihr auf dem Bett gesessen. Ich hab ihr gute Nacht gesagt. Ich hab ihr Geschichten erzählt. Ich hab ihr gesagt, dass ich sie lieb habe. Aber nie, nie hab ich die Hand auf ihre Geschlechtsteile gelegt. Und wenn sie es tausendmal sagt – ich werde es tausendmal abstreiten.«

»Sie sagt es ja gar nicht mehr. Schon lange nicht mehr. Sie sagt überhaupt nichts mehr.«

»Das war doch von vornherein absurd, Louise: Mit fünfundzwanzig erinnert sie sich plötzlich an etwas, was ein- oder zweimal passiert sein soll, als sie fünf Jahre alt war.«

»Es war eben verdrängt. Sie wollte nicht daran denken. Heute versteh ich das. Ich will auch nicht dran denken.«

»Sie war doch diejenige, die gesagt hat, du musst entweder ihr glauben oder mir. Sie war diejenige, die gesagt hat, dass es nichts dazwischen gibt, keinen Kompromiss, dass ich ein Kinderschänder sei und dass du, wenn du bei mir bleibst, die Handlungsweise eines Kinderschänders billigst. Sie war diejenige, die uns von sich gestoßen hat.«

»Wieso hätte sie das tun sollen, wenn sie sich nicht sicher war?«

»Wahrscheinlich weil sie das, woran sie sich erinnert, glaubt. Aber sie irrt sich in dem, woran sie sich erinnert, und in dem, was sie glaubt. Sie hat den furchtbaren Fehler begangen, sich von ihren Eltern loszusagen. Sie konnte mir nicht verzeihen, und ich habe kein Interesse mehr daran, ihr zu verzeihen.«

»Red nicht so!«, rief Louise. »Ich hab mich doch für dich entschieden!«

»Du wirst nie wissen, ob ich sie angerührt habe oder nicht, Louise.«

»Doch, ich weiß es. Ich glaube dir.«

»Ich kann's nicht fassen, dass ich immer noch unter etwas zu leiden habe, was ich angeblich vor über dreißig Jahren getan habe.«

»Ich glaube dir. Aber ab und zu musst du mich einfach trauern lassen.« Sie senkte die Arme und wischte sich die Tränen vom Gesicht.

»Sie hat uns viel mehr wehgetan, als wir ihr je hätten wehtun können.«

»Bevor sie gegangen ist, als sie noch auf meine Entscheidung gewartet hat, da hat sie gesagt, dass sie niemandem mehr trauen kann wegen ihrer Erinnerungen. Und als ich mich dann entschlossen habe, bei dir zu bleiben, hat sich diese Überzeugung wohl noch verfestigt. Sie hat auch gelitten. Wir beide haben wenigstens einander.«

»Wahrscheinlich ist sie inzwischen verheiratet, Louise. Wahrscheinlich hat sie selbst ein Kind. Vielleicht macht sie's besser. Sie ist nicht allein. Deswegen kommt sie wohl auch nie mehr nach Hause. Weil sie mich nicht mit ihrer Familie zusammenbringen will.«

»Das ist widerlich. Du bist ein guter Mensch.«
»Ich habe sie nie auf diese Art angerührt, Louise. Aber ich fühle mich die ganze Zeit schmutzig, weil sie gesagt hat, ich hätte es getan. Ich habe meine kleine Tochter geliebt. Ich bekomme Schuldgefühle, wenn mich ein Enkelkind von irgendwelchen Nachbarn grüßt. Einfach deshalb, weil ich unter Anklage stehe. Ich könnte nie aus dieser Straße wegziehen, weil das ein Schuldeingeständnis wäre. Und so stehe ich draußen und gieße den Rasen, und die Nachbarschaft beobachtet mich, und ich weiß, dass sie denken, ich bin entweder schuldig oder nicht schuldig. So einfach ist das. Ich bin entweder schuldig oder nicht schuldig. Was ich selbst denke, darauf kommt es kaum noch an. Wichtiger ist, was du denkst, was Effie denkt, was Mose denkt.«
»Ich will nur noch ein Weilchen hier im Sessel sitzen, Arlen«, sagte Louise.

17.47 Stuhlgang. Nichts Besonderes.

17.49 Da kommt Tradio. Er glaubt, ich hätte keine Pistole.

Wie kann das sein, dass man jemandem etwas schuldet, mit dem man seit vier Jahren nicht mehr geredet hat, dass man ihm nicht nur etwas schuldet, sondern sich auch noch entschuldigen muss, weil andere denken, das tut einem gut. Ihr Verhältnis zu ihrem Sohn geht mich nichts an.
Tradio klopfte an Effies Tür.
Auch wenn er meine Tochter geheiratet hat. Ich kann schließlich nichts dafür, dass er nicht mehr mit ihr redet und ihren Enkel nicht mit ihr reden lässt, auch wenn das

nicht in Ordnung ist. Aber jetzt ist schon eine Woche vergangen, und sie weiß es immer noch nicht, und da stehe ich nun. Sie wird denken, ich will ihr den Hof machen, aber das geschieht mir recht.
Effie strich sich das Haar hinter die Ohren und öffnete die Tür.
»Hallo, Effie, ich bin's.«
»Lange nicht mehr gesehen.«
»Du hast wohl bei Howard Sprechunterricht genommen«, sagte Tradio, und seine Lippen verharrten auf der Grenze zwischen Lächeln und Entschuldigung.
Effie lehnte die Wange an die Tür. In der Hand hielt sie noch einen ungespitzten Bleistift. »Du hast mich unterbrochen«, sagte sie.
»Oh, das tut mir Leid. Soll ich ein andermal wiederkommen? Telefonierst du gerade?«
»Ich hätte nie gedacht, dass du jemals wieder hier über die Straße kommst. Ich hab mir so meine Gedanken gemacht, und dabei hast du mich unterbrochen.«
»Also, Effie, ich muss dir etwas sagen, etwas, das du wissen solltest. Kommst du raus, und wir setzen uns hier auf die Veranda?«
»Da sieht uns doch jeder.«
»Das macht nichts.«
Sie nahmen in den weißen Korbstühlen Platz. In diesen Stühlen hab ich schon einmal gesessen, dachte Tradio. Er ächzte, als er sich niederließ.
»Wir werden alt«, sagte Effie.
»Ich weiß nicht, wie's bei dir ist, aber ich hab mich längst damit abgefunden.«
»Ich hab dich heute im Radio gehört. Ich hör die Sendung täglich außer mittwochs. Weatherford krieg ich nicht rein.«
»Das hab ich gar nicht gewusst, Effie.«

»Na, ich bin doch auch in dem Geschäft. Könnte ja sein, dass ich was kaufen will.«
»Effie, Arthur meint, ich sollte mich entschuldigen ...«
»Wer ist Arthur?«
Tradio schwieg einen Moment. Er nahm die Hände aus den Hosentaschen und schlang sie ineinander. »Das ist der Mann, der mit mir zusammen gegenüber wohnt. Seit vier Jahren. Tut mir Leid, dass du seinen Namen noch nicht gehört hast.«
»Ich hab in meinem Leben viel gehört«, sagte sie und strich sich das Haar hinter die Ohren. »So viel, dass ich schon seit einer ganzen Weile keinen Platz mehr für etwas Neues habe.«
»Arthur ist ein anständiger Kerl, Effie. Er könnte dein bester Freund sein, wenn du nur wolltest. Er ist mit jedermann gut Freund.«
»So wie Alice und ich?«
»Du sagst das, um mich zu kränken, ich weiß, aber es stimmt. Er wäre dir ein genauso guter Freund wie Alice.«
»Es hätte nichts ausgemacht, dass mein Sohn mit deiner Tochter verheiratet ist. Wir hätten heiraten können. Wir sind nicht blutsverwandt.«
»Das war's nicht, Effie.«
»Dass es Spannungen gegeben hätte, ist mir klar.«
»Das war's nicht. Ich war nicht in dich verliebt, Effie. Du hättest doch keinen Mann gewollt, der nicht in dich verliebt ist.«
»Aber du hast mir das Tanzen beigebracht.«
»Ich weiß.«
»Das war unfair.«
»Das weiß ich heute auch. Ich bin gekommen, um mich zu entschuldigen.«
»Wie kann man nur so dumm sein, jemandem das Tanzen beizubringen?«

»Ich war nicht dumm, Effie. Ich war einsam und ängstlich.«
»Du hast mich gegen einen kleinen Mann eingetauscht.«
»Ich hab dich benutzt, Effie, das ist eine Tatsache. Und ich bin gekommen, um mich zu entschuldigen.«
»Und wer entschuldigt sich bei Alice? Wie oft ist sie in Tränen aufgelöst zu mir gekommen, weil sie einfach nicht verstanden hat, was mit dir los war! Sie hätte ein richtiges Leben mit einem richtigen Mann führen können.«
»Ich habe Alice geliebt, und das hat sie gewusst.«
»Du hast einen Menschen sein ganzes Leben lang getäuscht.«
»Damit muss ich leben, das brauchst du mir nicht vorzurechnen. Ich bin über die Straße gekommen, um einen Fehler wieder gutzumachen. Wir waren doch nur die paar Monate zusammen. Ich will, dass du mich in Ruhe lässt, dass du aufhörst, mich ständig zu beobachten, mir ständig nachzuspionieren.«
»Das bin nicht nur ich«, sagte Effie. »Als Alice gestorben ist, hat sie mir ihre Augen gegeben.«
Tradio sank zurück, und der alte Korbstuhl gab gerade genug nach, um die Bewegung aufzufangen. Er ließ die Augen zufallen, ließ die Luft aus dem Mund entweichen. Nächster Anrufer. Was haben Sie zu verkaufen? Er zog die verschrumpelten Lider wieder hoch.
»Effie, du weißt es noch nicht, und ich bin gekommen, um es dir zu sagen: Michael und Susie leben seit sechs Monaten getrennt, und seit letzter Woche sind sie geschieden. David bleibt bei Susie. Sie wird ihn bestimmt zu dir lassen, jetzt, wo dein Sohn kein Mitspracherecht mehr hat. Das wollte ich dir sagen.«
»Geschieden, weil du mir Unrecht getan hast? Geschieden, weil du einen Männerfreund hast?«
Effie sagte es teilnahmslos, als wäre es der letzte Ort im

Haus, an dem sie etwas Verlorengegangenes suchen würde.

»Es hatte nur mit den beiden zu tun, Effie. Ich habe für meine Tochter Partei ergriffen, weil sie nun mal meine Tochter ist.«

»Warum ist er nicht nach Hause gekommen?«

»Wer?«, fragte Tradio.

»Mein Sohn.«

»Er kommt nicht mehr nach Hause, Effie. Aber du wirst jetzt David sehen können. Er ist ein lieber Junge, ich mag ihn sehr. Wir beide sind seine Großeltern, wir müssen ihn uns teilen.«

»Bis zum Tod meines Mannes musste ich nie allein leben«, sagte Effie. »Wir hätten uns nie scheiden lassen.«

Tradio sah die Schatten, die sich in den Falten in Effies Gesicht sammelten, den erbarmungslosen Angriff des Abends. Für mehrere Minuten verschmolzen sie beide mit der Stille der Verandastühle. Ich weiß nicht, was ich tun soll, wenn wir uns nicht entschuldigen und noch einmal von vorn anfangen können, dachte Tradio. Für Zeit bleibt keine Zeit mehr. Sie ist die alte Freundin meiner Frau. Inzwischen sehen sich die beiden sogar ähnlich.

»Ich hab gedacht, ich könnte vielleicht rüberkommen und dir den Rasen mähen«, dachte er und merkte dann, dass er es laut gesagt hatte.

18.09

18.13

Mrs Haygood konnte sich nicht bezähmen. Als Mazelles Mann von der Erdoberfläche verschwand, schrie sie auf. Ihr Mann schniefte im Schlaf und legte schützend die Hand über sein Geschlecht. Sie huschte mit angehaltenem Atem am Bett vorbei und langte im Laden an, als sei sie zufällig hereingeschneit. Schnell sah sie sich um, überzeugt, Mr Haygood müsse bereits da sein, obwohl sie ihn eben noch im Schlafzimmer gesehen hatte. Der Läufer hinter dem Ladentisch war über dem Griff der Falltür abgewetzt. Der bronzene D-Ring glänzte vom jahrzehntelangen regelmäßigen Gebrauch. Sie zog die schwere Klappe hoch, lehnte sie behutsam an den Ladentisch und eilte die Stufen hinunter. Ein Lichtstrahl drang schräg in die Zisterne. Mazelles Mann lag im Halbschatten seltsam verrenkt auf dem Bett. Was Mrs Haygood im ersten Moment für Zierkissen gehalten hatte, waren Kalksteinbrocken. Sie waren auf die Matratze gefallen, und er lag dazwischen. Sie hörte ein Winseln, sah zu der hellen Öffnung im Dunkel auf und erblickte den Hund.

»Ist ja gut«, flüsterte sie.

Sie hob einen Stein von der Brust des Mannes, und er hustete. Sie zog einen zweiten Stein unter seinem Schenkel hervor. Sein Gesicht war von Erde und Steinstaub bedeckt, und sie pustete ihm leicht über Augenlider und Lippen.

»Sie sind heruntergefallen«, sagte sie, »die Decke ist eingestürzt.«

»O Gott.«

»Meinen Sie, Sie haben sich etwas gebrochen?« Sie strich ihm über die Arme. »Können Sie mich verstehen? Sie sind heruntergefallen.«

»Ja. Wo bin ich denn hineingefallen?« Er hob den Kopf. Sie antwortete nicht. »Wie sind Sie hier heruntergekommen?« Er sah zu dem blassblauen Himmel auf, zu dem Staub, der noch immer herabgewirbelt kam, zum Kopf des Hundes.

Noch nie hatte ihn ein Hund so interessiert angesehen.
»Mrs Haygood?«
»Über die Treppe.«
»Welche Treppe?«
»Die Treppe, die von Mr Haygoods Spielzeugladen hier herunterführt.«
»Warum haben Sie mir nicht gesagt, dass Sie einen Keller haben? Dann wäre ich nicht eingebrochen.«
»Setzen Sie sich auf.«
Er rollte sich herum und setzte sich auf Mrs Haygoods Seite des Bettes. »Wozu haben Sie denn ein Bett hier unten? Warum haben Sie mir nicht gesagt, dass Sie unter dem Garten einen Keller haben? Wir hätten hier doch Kartoffeln lagern können.«
»Weil ich es nicht wissen soll. Ist alles in Ordnung?«
»Ja, ja, mir geht's gut. Ich glaube, ich war einen Moment bewusstlos. Was hat das alles zu bedeuten, Mrs Haygood?«
»Mr Haygood hat den Raum hier für eine Affäre benutzt.«
Die Gedanken im Kopf von Mazelles Mann kreuzten sich.
»Das tut mir Leid«, sagte er. Etwas anderes fiel ihm nicht ein.
»Hätten Sie nur nicht so hartnäckig gegraben.«
»Wenn ich das gewusst hätte, hätte ich das Loch wieder zugeschüttet«, flüsterte er. »Ich hatte ja keine Ahnung. Wie lange ist das her?«
»Was?«
»Die Affäre.«
»Ein paar Stunden.«
»Was?«
»Ein paar Stunden früher, und Sie wären bei den beiden im Bett gelandet.«
»Und wo sind sie jetzt?«
»Mr Haygood schläft. Das macht er danach immer. Und sie ist weg.«

»Kennen Sie sie?«
»Ja.«
»Sie wussten von der Sache und haben nichts dagegen unternommen?«
»Genau.«
»Wie lange geht das schon?«
»Fast fünfunddreißig Jahre.«
Mazelles Mann legte die Hand über seine untere Gesichtshälfte. Er stand auf und ging durch den Lichtstrahl zum Fuß der Treppe, die zu Mr Haygoods Laden hinaufführte. Dann drehte er sich zu Mrs Haygood um. Der Lichtzylinder mit dem Umriss des Hundekopfes am oberen Ende tauchte die andere Seite des Raumes in Dunkelheit. Mazelles Mann ging durch das Licht zurück, spürte die Wärme und trat ins Dunkel. Er wartete einen Moment, bis seine Augen sich daran gewöhnt hatten. Zu seinen Füßen erkannte er die unteren Stufen einer zweiten Treppe. Sie führten in noch tiefere Dunkelheit.
»Ich bin hinter Ihnen«, sagte Mrs Haygood und umklammerte mit beiden Händen seinen Oberarm.
»Wo geht es da hin?«
»Ich war nie oben«, lautete die einzig wahrheitsgemäße Antwort, die sie geben wollte.
»Lassen Sie mich los.« Er kroch auf allen vieren die Holztreppe hinauf und schwenkte die Hand über dem Kopf, bis er an die Falltür stieß. Er schob. Sein Arm fühlte sich kraftlos an. Er schob noch einmal und hörte etwas umfallen, schob kräftiger und konnte die Klappe mitsamt dem Läufer, der darüber lag, ein kleines Stück anheben. Sein Blick fiel auf die unterste Bücherreihe in einem der Regale hinter Mazelles Ladentisch. Langsam und leise ließ er die Klappe wieder herab, als hätte er sich in der Wohnungstür geirrt. Dann saß er gekrümmt im Dunkeln und nahm nur noch das Dunkel und den Geruch nach Kalkstein wahr.

»Bitte kommen Sie wieder herunter«, sagte Mrs Haygood. »Bleiben Sie nicht da oben.«

Er kroch die Stufen wieder hinab, und sie zog seinen schweren Körper ins Licht, half ihm, sich an die Zisternenwand zu setzen. Der Schatten der heraushängenden Hundezunge fiel auf seinen Schoß.

»Ich muss ihm einen platten Reifen verpassen«, sagte er. »Ich muss ihm einen Nagel in den Schädel treiben.«

»Ich helf Ihnen dabei.«

»Wenn Sie's die ganze Zeit gewusst haben, warum haben Sie sich dann nicht scheiden lassen, Mrs Haygood? Warum haben Sie mir nichts gesagt?«

»Nicht weil ich Angst hatte, ihn zu verlieren. Ich hatte Angst, Sie zu verlieren. Es hat mir genügt, dass wir Nachbarn waren. Ich wollte den Garten nicht aufs Spiel setzen.«

»Ich muss zu Mazelle.«

»Sie ist weg. Ich hab sie weglaufen sehen. Sie wusste, was Sie hier vorfinden würden. Wir beide könnten auch weg. Mr Haygood schläft noch.«

»Ich kann nicht einfach weg. Die Kinder. Unsere Kinder. Sie ist die Mutter meiner Kinder.«

»Genau das habe ich befürchtet. Dass Sie bei ihr bleiben. Soll ich den Satz sagen, der Sie überzeugen wird? Ich tu's. Sie ist nicht die Mutter Ihrer Kinder. Sie ist die Mutter von Mr Haygoods Kindern. Sie haben sich abgerackert, um *seine* Kinder großzuziehen, nicht Ihre. Er hat zugesehen, wie Sie sie ernährt und gekleidet und zur Schule geschickt haben. Und während Sie bei der Arbeit waren, ist er in Ihre Frau hineingeschlüpft und hat wieder ein Kind gezeugt. Und das haben Sie ebenfalls großgezogen, wie eine irregeleitete Ente, die ein paar Hühnereier ausbrütet.«

»Es sind meine Kinder. Auch wenn sie ... mit ihm. Wir haben's auch getan.«

»Als Sie hierher kamen, hatten Sie noch keine Kinder, und

da waren Sie schon fünf Jahre verheiratet. Die Kinder sehen Ihnen auch nicht ähnlich. Wahrscheinlich sind Sie der Letzte in Ihrer Linie. Vielleicht war es falsch von mir, dass ich nicht schon früher etwas gesagt habe.«

18.16 Sehr schlau von ihm, mich auf die Veranda hinauszubitten, wo es Zeugen gibt und ich sein Geständnis nicht auf Kassette aufnehmen kann. Am liebsten hätte ich ihm meinen Bleistift ins Fleisch gebohrt, aber er war nicht gespitzt. Er ist so alt geworden, dass man einen Farbeimer an sein vorspringendes Kinn hängen könnte.

18.18 Auto immer noch vor Nadines Haus. Steht jetzt den dritten Tag da. Möglicherweise Bombe.

18.19 Jeder weiß, dass ich mir als allein stehende Dame meinen Lebensunterhalt selbst verdient habe.

Mose kletterte in seine eigene Wanne zurück, vergrub sich im Tarnnetz des trockenen Laubes. Tränen hingen noch in den Falten unter seinen Augen.

»Nehmen Sie's nicht so tragisch«, sagte Howard. »Sie hat Sie hingehalten.«

»Nein«, gestand Mose. »Ich hab immer gewusst, dass sie nichts für mich empfindet. Aber ich dachte, nach dem Tod ihres Mannes hätte sie sich auch für niemand anderen mehr interessiert. Ein unerträglicher Gedanke, dass sie einen anderen Mann lieben konnte und dann auch noch ausgerechnet Sie. Sagen Sie denn überhaupt die Wahrheit?«

»Die Sache hat mir nie so viel bedeutet, dass ich deswegen lügen müsste.«
»Sie war ein so wertvoller Mensch, aber das haben Sie nicht zu schätzen gewusst.« Mose wischte sich die Wangen mit einem Blatt ab, das dabei zerkrümelte.
»Seltsam, seltsam«, sagte Howard. »Als Sie vorhin so wütend auf mich waren, hab ich mich schlecht gefühlt. Was glauben Sie wohl warum?«
»Ach, scheren Sie sich zum Teufel. Ich sollte jetzt aufstehen und nach Hause gehen.«
»Das kann ich leider nicht zulassen«, sagte Howard. »Sie müssen noch eine Weile bleiben.«
»Hören Sie auf. Sagen Sie mir, wie's war.«
»Ich versteh nicht.«
»Sagen Sie mir, wie es war, von ihr geküsst zu werden.«
»Das wollen Sie doch nicht im Ernst von mir hören.«
»Ihr Mann ist tot, also sind nur noch Sie übrig. Sie sind meine letzte Chance.«
»Ihr Mund war breit. Er hat nach klein gehacktem, rohen Gemüse geschmeckt, das seit einer Woche im Kühlschrank steht. Am Anfang fand ich es schön, dass ihr Kinn so schlaff und ihre Lippen so weich waren. Ich konnte sie mit meinem Mund formen. Ihre Muskeln haben sich meinen so vollständig angepasst, dass ich fast vergessen habe, dass sie überhaupt da war. Manchmal habe ich aus Versehen zugebissen, und sie hat geblutet. Sie ist mit einer Narbe auf der Zunge von einem halben Zentimeter Länge in die Grube gefahren. Ich wollte mich dafür entschuldigen, aber sie wollte nichts davon wissen. Die Narbe war eine Art Trophäe für sie. Dabei war ich's, der sie ihr beigebracht hatte. Es war meine Narbe. Sooft wollte ich sie zurückholen, aber ihre Zunge hatte sich verhärtet. Ihr ganzer Mund verlor an Elastizität, bot mehr Widerstand. Statt nachzugeben, rührte sie sich nicht mehr von der Stelle. Es

war, als würde ich mein eigenes Spiegelbild küssen. Ihr Speichel begann nach Kupfer zu schmecken. Ihre Zähne stießen gegen meine. Ihre Geschmacksknospen schabten über die Innenseiten meiner Wangen. Ich musste sie mit den Händen von mir wegschieben. Sie war wie ein Vogel, der sich in meinen Mund drängen will.« Howard hielt inne und wandte sich Mose zu. »Es war eine Laune der Natur, dass sie sich zu mir hingezogen fühlte. Jeder weiß, dass Sie ein besserer Mensch sind als ich, sogar ich selbst. Wer hätte so etwas erfinden können?«

»Aber sie war doch stark. Warum war sie so schwach?«

»Ich war weder da, um zu verstehen noch um zu erklären. Ich war da, um auszunutzen.«

»Sie war besser als Sie«, sagte Mose. »Sie hatte etwas Besseres verdient als Sie.«

»Sie hat bekommen, was sie verdient hat.«

»Sie war stark.«

»Sie war schwach und nachgiebig. Sie hat die Sache zu wichtig genommen. Man kann jemanden nur dann erobern, wenn man ihn nicht so wichtig nimmt. Sie wollte erreichen, dass ich das Kind wichtig nehme, aber das hat bei mir auch nicht verfangen.«

»Welches Kind?«

»Ach so, manchmal vergesse ich, wer was weiß, wer seit wann hier wohnt. Das war, ein oder zwei Jahre bevor Sie hierher gekommen sind. In dem Jahr, als Nadine nach Paris geschickt wurde. Da bekam sie das Kind.«

18.20 Äußerst merkwürdig, dass Verda einen ganzen Tag nicht auf ihrem Beobachtungsposten erscheint. Sie fehlt mir direkt. Jedes Mal, wenn ich mein Schild gerade rücke, schiebt sie die Vorhänge zurück und schaut zu mir herüber. Das ist sehr unhöflich, ja geradezu vulgär, aber ich habe mich an ihre Marotten gewöhnt. Zwei- oder dreimal in der Woche bringt sie jemandem in der Row eine große Schüssel mit *weiß Gott was* darin, um sich einzuschmeicheln und die Erste zu sein, die den neuesten Klatsch über Effie erfährt. Wenn sie heute Abend nach Hause kommt, laufen garantiert die Telefonleitungen heiß. Dass sie dem Schauplatz solch hochinteressanter Vorgänge einen ganzen Tag fernbleiben kann, macht ihrer Willenskraft alle Ehre. Morgen früh steht sie bestimmt strahlend vor meiner Tür, und die Neuigkeiten von ihrer Tochter triefen ihr nur so aus der Zahnprothese.

18.25 Verda sagt, sie isst nicht mehr, als ihr Gott ihr sagt. Dass Gott Donuts verkauft, höre ich zum ersten Mal.

Er wusste, dass es einen Gott gab, denn manchmal krümmte er sich ohne jeden Grund vor Angst. Doch genauso schnell vergaß er es wieder. Der Erdwall rings um die Grube im Garten war kühl, aber unerbittlich. Er verlagerte sich. Selber hörte Stimmen. Die lose Erde zog ihn zu der Öffnung hin, und er konnte nicht widerstehen, über ihren Rand zu spähen. Etwas Herrliches stieg aus ihr auf. Er jaulte vor Beklommenheit und Spannung. Jeden Moment konnte der Mann ihn wieder schlagen. Die Erde erstarrte unter seinen Pfoten, während er sich wie eine Roulettekugel die Höhlung hinabbewegte. An der Öffnung angelangt, jede seiner Zehen noch immer vor Angst zitternd, tauchte er den Kopf ins Dunkel. Der Bau war riesig. Es roch nach Angst darin, doch Selber wusste nicht, ob es seine eigene war oder die eines anderen. Er jaulte noch einmal, und die Frau in dem Loch antwortete. Seine Hinterpfoten waren in der Unterströmung lockerer Erde gefangen. Der Himmel selbst schien ängstlich über die Öffnung hinwegzuziehen, so als könnte er in sie eingesogen werden. Wieder sah Selber hinab. Im Schoß des Mannes ruhte der Kopf eines anderen Hundes. Das war unverzeihlich. Hier war nichts weiter als ein Loch. Es war nicht jene Kraft, zu der seine vier Pfoten eine gleich starke Gegenkraft bildeten, die die Erdoberfläche an ihrem Platz hielt. Er ließ die lange Zunge aus dem Maul hängen, in der Gewissheit, sie wieder einholen zu können.

18.26 Wenn sie von mir erwartet, dass ich ihren Sohn für sie großziehe, dann hat sie sich geirrt. Ich bin schon einmal diese Straße hinuntergefahren und musste zu Fuß zurück. Das hätte sie sich früher überlegen sollen, bevor sie sich hat scheiden lassen. Ich habe schließlich ein Geschäft zu führen. Ein Jugendlicher hier würde die ganze Kundschaft vergraulen. Ich kenne den Jungen ja gar nicht.

18.28 Marshalls Firmen-LKW steht vor dem Haus dieses Tischlers.

Als Marshall am Ende seines Arbeitstages in den Laster stieg, sah er Auras Telefonnummer auf seinem Piepser, aber da er bereits unterwegs war, ging er nicht noch einmal ins Büro zurück, um sie anzurufen. In ein paar Minuten würde er ohnehin zu Hause sein. Doch als er in die Row einbog, dachte er an Carls schwangeren Laden und hielt vor dem Haus des Tischlers an. Zwei Säcke voll Sägemehl standen wie große verschimmelte Orangen am Straßenrand. Seit acht oder neun Monaten hatte Marshall den Eindruck, als gelangte mehr Material in das Haus hinein als heraus. Das weckte seine berufliche Neugier. Er schob den Flügelknochen von einer Seite des Mundes in die andere. Beim Aussteigen wurde ihm jäh bewusst, dass ein Herbstwochenende vor ihm lag, und er seufzte. In den nächsten Tagen würde wohl kaum jemand seine Klimaanlage oder Heizung benötigen. Wenn er Glück hatte, kam überhaupt kein Anruf. Er schaute zu seinem Haus hinauf und sah, dass er am Abend den Rasen würde mähen müssen. Das würde Aura freuen. Er winkte Mose und Howard in ihren Badewannen zu und dachte, wenn ich das in dreißig Jahren auch kann, bin ich ein glücklicher Mensch. Dann werde ich den ganzen Tag in einer Badewanne liegen. Die Fahne an Carls neuem Flaggenmast flatterte im Wind. Es machte Marshall immer noch nervös, auf andere zuzugehen. Er war so groß. Die Leute sahen auf seinen Knochen. Doch er lernte von Aura und versuchte, sich in die Welt einzubeziehen. Er hatte festgestellt, dass es mehr Leute gab, die Fragen beantworteten, als solche, die es nicht taten. Wenn man sich für ihre Arbeit interessierte, wenn man sich dümmer stellte, als man war, dann waren sie im Allgemeinen freundlich. Marshall spürte, dass es in dieser Tischlerei noch etwas anderes gab als Schränke, genauso wie er Aura erkannt hatte, wie er gewusst hatte, dass sie mehr war als nur die Oberfläche ihrer Haut. Er konnte abschätzen, wie viel Zeit und Material nötig waren, um ein paar Schränke zu bauen, so wie er den Bedarf an Leitungen und Röhren abschätzen konnte. Für all den Lärm, für all das Licht, das nachts aus den Fenstern drang, für all das Sägemehl in den Säcken am Bordstein waren zu wenig Schränke da. Schnell und leise ging er auf das Haus zu und betrat die Veranda. Ich bin schon da, dachte er. Er hielt sich am Türpfosten fest und beugte sich, auf einem

Bein balancierend, vor, um am gewellten gelben Rand des Springrollos vorbeizuspähen. Nur ein schmaler Streifen Dunkelheit war zu sehen. Er klopfte nicht gleich an, sondern ging in die Knie und schaute durchs Schlüsselloch. Wie von einem Messerstich getroffen fuhr er zurück und fiel aufs Gesäß und die fuchtelnden Hände. Der Hühnerknochen blieb ihm im Hals stecken. Von der anderen Seite des Schlüssellochs hatte Carls Lidschlag ihm aus nächster Nähe Sägemehl ins Auge gestäubt.

»Was wollen Sie?«, fragte Carl durch die Tür.

»Sie haben mich zu Tode erschreckt«, sagte Marshall.

»Was wollen Sie?«

»Warum haben Sie kein Guckloch in der Tür? Dann müssten Sie nicht durchs Schlüsselloch schauen.«

»Können Sie nicht anklopfen? Dann müssten *Sie* nicht durchs Schlüsselloch schauen. Gehen Sie auf den Bürgersteig zurück.« Marshall stand auf und trat zwei große Schritte zurück. Carl öffnete die Tür, stieg aus seinem Haus heraus und schloss die Tür wieder. »Was kann ich für Sie tun?«

»Ich wohne da oben.« Carl nickte. »Ich bin mit Aura verheiratet.« Carl nickte. »Ich bin Klimaanlagen- und Heizungsinstallateur.« Carl nickte nicht. »Aber das tut eigentlich nichts zur Sache. Ich habe durch Ihr Schlüsselloch geschaut, weil ich wissen wollte, was hier außer Küchenschränken sonst noch gemacht wird, aber das geht mich nun wirklich nichts an, und es tut mir Leid.«

Carl sah zu Nadines Laden, zu ihrem handgeschriebenen Geschlossen-Schild auf der anderen Straßenseite hinüber. Dann betrachtete er den Knochen in Marshalls Mund. »Sie haben einen Knochen im Mund«, sagte er.

»Ja, Sir, ich weiß.«

»Sie heißen Marshall?«

»Ja, Sir.«

»Das wusste ich. Jawohl. Marshall, ich bin mit meinem Latein am Ende.«
»Das kann jedem passieren«, sagte Marshall. »Und wenn ich dazu beigetragen habe, tut es mir Leid.«
»Nein, nein, mit Ihnen hat das nichts zu tun.« Carl schob die Hände in die Hosentaschen und fand darin einen kleinen Bohreinsatz und eine bronzierte Achter-Holzschraube.
»Mit Werkzeug kenn ich mich aus, falls Sie mal Hilfe brauchen.«
»Sie sind in Ihre Frau verliebt, nicht wahr?«, fragte Carl.
»Ja.«
»Muss schön sein, ich meine, zusammen im selben Haus zu wohnen.«
»Na ja, sie hat's gern ziemlich kalt, und ich muss meistens eine Jacke anziehen. Es ist ein Geben und Nehmen. Ich mag nicht damit prahlen, weil ich weiß, dass ich glücklich bin. Kommen Sie doch mal auf einen Happen zu uns rauf. Wir essen wirklich gut. Ich wüsste natürlich gern, was Sie da drin machen, aber das geht mich nichts an, ich weiß.«
»Ich habe eine hochseetaugliche Zehnmeterschaluppe gebaut. Ein Segelboot. Für das Baumaterial habe ich mein Haus von innen her zerlegt, alles in der Hoffnung, dass eine Frau mit mir kommt.«
»Geschieht mir recht«, sagte Marshall.
Carl zuckte die Schultern. »Ich habe niemandem davon erzählt – es könnte ja sein, dass sie Nein sagt. Das ginge gegen meinen Stolz.«
»Ich wollte Sie nicht kränken.«
Carl sah über Marshalls Schulter hinweg. »Wollen Sie mal sehen?«, fragte er.

18.30 Ich kann nicht sehen, was Marshall mit dem Tischler redet, wegen der Hecke. Diese Hecke versperrt mir im

Frühling, im Sommer und im Winter ständig die Sicht. Etwas Wurzelgift diesen Winter und der Fall ist erledigt.

18.32 Tradios Männerfreund *Arthur* Knuddelschätzchen füllt Benzin in den Rasenmäher. Sie haben sich erboten, meinen Rasen zu mähen, ohne Bezahlung, aber ich bin sicher, dass ich langfristig doch dafür werde zahlen müssen.

18.34 Abendbrotzeit, aber ich habe keinen Hunger. Bin zu aufgewühlt durch meine Nachbarn. Stress, für den ich nicht verantwortlich bin, den ich aber aushalten muss. Bestimmt kichern sie über mich.

»Das glaub ich nicht«, sagte Mose.
»Mir egal.«
»Nadine hat nie etwas von einem Kind gesagt.«
»Nadine ist weggeschickt worden, damit sie's nicht erfährt.«
»Das glaub ich nicht.«
»Fragen Sie Effie, die weiß es. Die war damals schon hier.«
»Wieso sollte Effie so ein Geheimnis die ganzen Jahre hüten?«
»Weil Nadines Mutter auch eins für sie gehütet hat.«
»Was für eins?«
»Das wollte sie mir nicht sagen. Sie hatte Angst, ich erpresse die alte Hexe.«
»Und wo ist das Kind jetzt? Was ist aus ihm geworden?«
»Sie wollte das Kind bekommen, weil sie gehofft hat, damit kriegt sie mich herum. Aber es hat mich nur noch weiter von ihr entfernt. Ich war damals achtundvierzig. Was sollte ich mit einem Baby? Als es geboren war, als Nadine zurückerwartet wurde und ich keinerlei Interesse an dem

Kind gezeigt habe, da hat sie aufgegeben. Sie dachte, wenigstens das würde mich umstimmen, aber wer genug hat, der hat nun mal genug. Man nimmt jeden Tag das gleiche Sandwich mit zur Arbeit, und irgendwann kriegt man keinen Bissen mehr davon hinunter. Ich war nur ehrlich mit ihr.«

»Das heißt also, Nadine hat irgendwo einen Bruder oder eine Schwester, von deren Existenz sie gar nichts weiß?«

»Irgendwo würde ich nicht sagen. Ich glaube, es ist Aura.«

Mose setzte sich nicht auf, wandte sich Howard nicht zu. Der Himmel zwischen den Ästen über ihm war von einem sehr blassen Blau, ein Stück verwaschener Himmelsstoff, scheinbar so dünn wie das Glas einer Vakuumröhre. Ganz wenig nur trennte die Welt von einer Leere, die bestrebt war, sich auszudehnen. Wenn Howard nur aufhören würde zu reden, dachte Mose. Ich bin nicht zum Aufdecken in die Welt gesetzt worden, sondern zum Erfinden. Das ist etwas anderes. Es gibt Dinge, die muss ich nicht wissen. Es geht mir besser, wenn ich sie nicht weiß. Die Moleküle eines Geheimnisses zerstreuen sich, wenn man es ausplaudert. Die Welt wird dadurch irgendwie weniger. Das ist Aufdecken. Erfinden ist ein Aufsammeln umherschweifender Moleküle. Aber wir sind so oder so zu Geheimnis und Wissen verurteilt. Wir werden immer erst nicht wissen und dann wissen. Wir sind zum Verstehen verurteilt. Weshalb sonst taucht das Wort »offensichtlich« nie vor dem Wissen auf, sondern immer erst danach? Es ist so offensichtlich. Natürlich ist Aura Nadines Halbschwester. Wie könnte es anders sein? Kein Grund, sich unwissend zu fühlen. Es geht hier nicht um eine neue Methode, Rollos hochzuziehen oder die Toilettenspülung zu betätigen, nicht einmal um ein Perpetuum mobile. Es ist etwas, das schon immer da war, das ein unabhängiges Dasein geführt hat, und jetzt ist es noch weniger als vorher, weil es ans Licht gekommen ist. Es hat nicht mehr die Autorität oder das Überschäumende des Geheimen. Jetzt ist es nur noch etwas, das ich weiß. Jetzt kann es nicht mehr geleugnet werden. Jetzt ist es bei weitem nicht mehr so wichtig.

»Sie hat Ähnlichkeit mit Nadines Mutter, finden Sie nicht?«, sagte Howard. »Mit Nadine selbst weniger. Das Alter würde auch stimmen. Und sie ist ein Kind aus dem Edna-Gladney-Waisenhaus. Ich hab's nicht nachgeprüft, aber es hätte Nadines Mutter ähnlich gesehen, sie hier in der Row unterzubringen. Das Haus ist verkauft worden und hat ein Jahr lang leer gestanden, bevor Aura eingezogen ist. So hat ihre Mutter es geschafft, sie zwei Häuser von mir entfernt einzuquartieren. Aus lauter Groll.«

»Und Aura will nichts mit Ihnen zu tun haben?«

»Sie weiß gar nicht, dass ich ihr Vater bin. Sie weiß nicht, wer ihre Mutter war. Sie weiß nicht, dass Nadine ihre Schwester ist.«

»Sie glaubt, ihre Eltern hätten ihr das alte Haus hinterlassen.«

»Haben sie auch. Das heißt, ihre Mutter. Finden Sie nicht auch, dass sie Nadines Mutter ähnlich sieht? Dick wie eine Bleichmittelflasche, eine Haut wie dünner Edelstahl. Immer wenn ich einen von diesen bauchigen Windabweisern an einem Sattelschlepper sehe, muss ich an Nadines Mutter denken.«

»Warum sind Sie so hart mit den Menschen? Warum sagen Sie mir das alles?«, fragte Mose, als spräche er mit den Blättern, zwischen denen er lag.

»Weil man auch immer hart zu mir war. Ich erwarte nicht, dass Sie mich verstehen, ich will nur, dass Sie zuhören. Es interessiert mich nicht mehr, ob man mich versteht. Ihnen begegnen die Leute anders als mir. Ich behandle sie nur so, wie sie mich behandeln. Ich füge anderen zu, was sie mir tun. Nadines Mutter hat nie mit Ihnen gevögelt, aber sie hat Sie wie einen Menschen behandelt.«

»Wer sagt, dass sie's nie getan hat?«
»Ach Gott, alter Knabe, lassen Sie's gut sein. Es gibt jede Menge Frauen, mit denen ich nie zusammen war. Wenn Sie sie so gekannt hätten wie ich, dann hätten Sie jetzt weniger, als Sie haben.«
»Ich frage Sie nicht, warum Sie nicht auf Aura zugegangen sind. Sie sagen ja, sie bedeutet Ihnen nicht mehr als jeder andere von den Nachbarn auch. Aber warum soll man den beiden, Aura und Nadine, warum soll man ihnen nicht sagen, dass sie Schwestern sind? Nadine ist so einsam, seit ihre Mutter gestorben ist.«
»Erstens geht mich das nichts an. Zweitens, wer sagt, dass sie überhaupt eine Schwester haben wollen? Drittens würden dann beide etwas von mir erwarten. Und viertens war das ein zwanzig Jahre alter, schon fast vergessener Schlamassel, den Nadines Mutter wieder aufgerührt hat. So lange hat sich ihr Groll gehalten. So eine war sie. Jetzt kennen Sie meine Seite der Sache.«
»Vielleicht ging es ihr überhaupt nicht um Sie. Vielleicht wollte sie Aura nach dem Tod ihrer Eltern etwas geben, sie absichern, bevor sie selbst stirbt. Vielleicht hat sie dabei gar nicht an Sie gedacht.«
»Sie wollte ihr helfen, ohne ihr zu sagen, dass sie ihre Mutter ist? Das kann ich mir beim besten Willen nicht vorstellen.«
»Sie hat sich geschämt.«
»Sie war schamlos. Nadine sollte nicht wissen, dass sie je die Beherrschung verloren hat. Und sie wollte ihren Einfluss auf Nadine, diese Anbetung nicht verlieren. So, jetzt tragen Sie die Last. Sie glauben, das sei leicht. Nur zu, klären Sie Nadine über ihre Mutter auf, wenn Sie's für richtig halten. Ich habe die Last an Sie weitergegeben. Haben sich Ihre Gefühle für Nadines Mutter in den letzten Minuten verändert? Werden sich Nadines Gefühle verändern? Wol-

len Sie ihr ihre Illusionen nehmen? Der allmächtige Geheimniserzähler Mose.«
»Ich hab nicht gesagt, dass ich's ihr sage.«
»Sie können's doch kaum erwarten, zu ihr rüberzugehen.«
»Das stimmt nicht. Ich verspüre keinerlei Bedürfnis, aus dieser Wanne herauszusteigen. Ich bin müde und alt und schmutzig. Ich weiß zu viel.«
»Jetzt geht's Ihnen wie mir. Sie haben in meinem Wasser gebadet.«
»Warum haben Sie mir das angetan?«, fragte Mose.
»Aus Neid. Weil ich heute Morgen beim Aufstehen dachte, ich sterbe. Und als ich Sie beim Rasenmähen sah, wusste ich, dass Sie nicht sterben.«
»Natürlich sterbe ich.«
»Ich meine damit, dass ich vor Ihnen sterben werde. Ich hasse jeden, der weiterlebt, wenn ich tot bin.«
»Dann müssen Sie aber viele Leute hassen. Fast alle.«
»Je älter ich werde, desto zorniger werde ich. Wirklich. Ein Letztes müssen Sie sich noch anhören.«
»Ich will's aber nicht hören.«
»Ich konnte damals nicht anders, und ich kann auch jetzt nicht anders.«
»Nehmen Sie's mit ins Grab.«

18.38 An meinem vorderen Fenster versucht eine Ameise auf jede nur denkbare Weise, in mein Haus zu gelangen.

Nadine beendete ihre kalorienarme Tiefkühlmahlzeit und spülte ihre Gabel ab. Im verdunkelten Laden warteten Arthurs Kleider auf sie. Sie durchquerte das hell erleuchtete

Schlafzimmer, vorbei an ihrem und dem Bett ihrer Mutter mit den zusammenpassenden rosa Chenille-Überwürfen. Die Schubladen der beiden Kommoden waren voll. Im Laden öffnete sie die Jalousien einen Spalt, um durch die schmalen Lamellen auf die dunkelnde Straße hinaussehen zu können, während sie die Sachen anprobierte. Es war so aufregend, sich in der Abenddämmerung im halböffentlichen Raum des geschlossenen Ladens umzuziehen. Carl stand in seinem Vorgarten und unterhielt sich mit Marshall, doch Nadine war sicher, nicht gesehen zu werden. Die Lust, die es ihr bereitete, nackt drinnen zu stehen und nach draußen zu schauen, erschien ihr außerordentlich pervers. Sie kannte dieses Gefühl erst seit dem Tod ihrer Mutter, was die überaus angenehme Empfindung des Lasterhaften noch verstärkte. Sie schlängelte sich aus dem Zwanziger-Jahre-Kleid heraus, legte es über einen Stuhl und ließ dann die Hände seitlich am Körper hinabgleiten und auf der sanften Rundung der Hüften verharren. Sie hatte nie so zugenommen wie ihre Mutter mit vierzig, fünfzig Jahren. Sie zog einen schwarzen BH an, dessen Stützkonstruktion aus einer dünnen Kupferdrahtspirale bestand, die die Brüste zu spitzen Kegeln formte. Er stammte aus derselben Epoche wie das erste Ensemble, das sie anprobierte, ein Wollkostüm aus den frühen vierziger Jahren mit riesigen Schulterpolstern und taillierter Jacke. Sie knöpfte Rock und Jacke zu, strich sich über die wollstoffbedeckten Schenkel und begann sich langsam zu drehen. Einen Spiegel brauchte sie nicht. Sie wusste genau, wie sie aussah, konnte sich eine ganze Litanei kritischer Kommentare ihrer Mutter vergegenwärtigen. Jetzt folgte Marshall Carl ins Haus. Noch nie hatte sie jemand anderen als Carl selbst das Haus betreten sehen. Er hatte sie nie hereingebeten, und sie wäre der Bitte auch nicht nachgekommen. All das Sägemehl. Sie schlossen die Tür, machten aber kein Licht. Um Carls Rollos herum blieb es dunkel. Sie knöpfte die Jacke wieder auf, hielt sich mit einer Hand am Stuhl fest und stieg aus dem Rock. Als Nächstes probierte sie ein langes seidenes Nachthemd an. Sie schob mit den Daumen ihr Höschen hinunter, hakte den BH auf und warf sich dann mit elegantem Schwung das Nachthemd über den Kopf, so dass es über ihre nackten Schultern herabfiel. Es war schmaler geschnitten, als sie gedacht hatte, und blieb an ihrem linken Ohr hängen. Auf Taillenhöhe war es gerafft und über der Brust gefältelt, mit einem stoffüberzogenen Knopf in der Mitte. Wie konnte je eine Frau in so etwas geschlafen haben? Nadine fragte sich, wie viele von den Kleidern Arthur schon anprobiert hatte. Bestimmt sah er darin nicht annähernd so gut aus wie sie, er konnte ja die Fältelung nicht ausfüllen. Die Ärmel und die untere Hälfte des Nachthemdes waren unverziert. Als sie sich endlich darin zurechtgerückt hatte, ließ sie die Hände über den Stoff wandern. Es war kein Nachthemd, in dem man schlief, es war ein Nachthemd, das man langsam auszog, bevor man sich der Liebe hingab. Und es war fast fünfzig Jahre alt. Nadine beugte sich zur Jalousie vor, die Hände um die Brüste gelegt, damit sie nicht durch die Lamellen fielen. In Effies Küche brannte Licht. Mose und Howard lagen noch immer in ihren Wannen. Plötzlich sah Nadine Aura von ihrer Vorderveranda taumeln und auf den Rasen stürzen wie von einem Wäschetrockner ausgespuckt.

18.40 Tradios Männerfreund lässt sich Zeit.

»Ich mein's ernst.« Carl drehte sich um und stieß mit dem Fuß seine Haustür auf. »Kommen Sie rein.«
Marshall zögerte. Er würde den Kopf einziehen müssen, wenn er durch die Tür ging, und einen Moment lang im Nachteil sein. Im Innern war es dunkel. Der ganze Fußboden war weg. Carl wollte nicht länger warten, trat an die Schwelle und hüpfte darüber, als würde er von einem fahrenden Laster springen. Das war zu viel für Marshall. Er folgte ihm und hielt die Hände über den gefährdeten Kopf, als er auf den Boden aus festgestampfter Erde hinabstieg. Das Boot ragte vor ihm auf wie ein aus dem Wasser auftauchender Wal. Drei Leuchtstofflampen erhellten das gesamte Innere des Hauses. Das Boot füllte den leeren Raum aus. Noch ehe Marshall sehen konnte, wie lang der Rumpf war, erlosch das Licht. Er hielt weiter die Hände über den Kopf, darauf gefasst, dass ein schwerer Stock auf ihn niedersausen würde, und biss so fest auf seinen Hühnerknochen, dass er zersplitterte.
»Hierher«, flüsterte Carl heiser.
»Wo sind Sie?«
»Hier, am Fenster.«
Marshall ging der Stimme nach. Nachdem seine Augen sich an die Dunkelheit gewöhnt hatten, sah er den Tischler auf einem Sägebock am Fenster kauern. Er hatte das Rollo zur Seite geschoben und blickte auf die Straße hinaus. Marshall kroch unter dem Schiffsrumpf durch und war sich dabei bewusst, welch ungeheures Gewicht er über sich hatte.
»Sie haben die Wahrheit gesagt«, sagte er. »Es ist tatsächlich ein Boot.«
»Das war's nicht, was ich Ihnen zeigen wollte. Sehen Sie, hier.«
Carl schob das Rollo ein wenig weiter zur Seite und winkte Marshall heran. Marshall ließ die Hände sinken und

beugte sich über den Sägebock, lehnte sich in Carls Geruch nach schweißgetränktem Sägemehl.
»Was?«, fragte er.
»Das Fenster.«
Da sah Marshall es auch. Er wollte den Kopf wenden, um zu bestätigen, dass er es sah, doch da er dazu den Blick von dem, was er sah, hätte lösen müssen, sagte er nur: »Oh.« Durch die Jalousie an Nadines vorderem Fenster sah man vor einem hellen Hintergrund Nadines nackte Silhouette. Sie probierte Kleider an. Marshall schaute ein paar Minuten schweigend zu. Ihre Brüste fielen aus einem BH wie Wackelpeter aus der Form. Sie hob die Arme und ließ ein Kleid über ihren Körper gleiten. Und noch immer, ohne den Blick abzuwenden, fragte Marshall: »Weiß sie's?«
»Ich dachte immer, sie weiß es, sie tut es für mich, aber jetzt bin ich mir nicht mehr sicher.«
»Macht sie das jeden Abend?«
»Nein, nur ab und zu, wenn sie neue Ware bekommt.«
»Kaum zu glauben, dass man durch einen Sechsmillimeterspalt alle fünf Zentimeter so gut sehen kann. Eine bemerkenswerte Frau. Nicht mein Typ, aber gut gebaut. Sie sollten sich nicht so quälen.«
»Sie haben sich auch nicht weggedreht«, sagte Carl.
»Das hab ich wohl nicht geschafft. Da, jetzt kommt sie raus.«
»Schnell!«, rief Carl, »machen Sie das Rollo zu!«

18.41 Da läuft Nadine!

18.42 Ich dachte schon, Nadine will barfuß zu Tradios Männerfreund, aber sie ist mit Karacho an ihm vorbei.

Jetzt rennen Mose und Howard über meinen Rasen, und Arthur hat den Rasenmäher mitten auf der Straße stehen gelassen. Die wollen mich nur neugierig machen, aber ich lasse mich nicht aus dem Haus locken. Ich kann nichts sehen.

Verda nahm alle Kraft zusammen, und mit der Schubkraft ihrer zwei kleinen Hunde, die ihre Knie besprangen, stemmte sie sich hoch und lehnte sich mit dem Rücken an die Haustür. Kraftlos schlug sie nach ihren Hunden. »Gott sieht alles«, sagte sie voller Verzweiflung und Frustration. Sie betrachtete ihren Laden, betrachtete die Verheerungen unter den Figuren und ihre eigene Blut- und Urinspur, die sich zwischen ihnen hindurchzog. *Die* Bescherung muss ich nicht selbst beseitigen, dachte sie. Die Tür wird schwer aufgehen, wenn meine Leiche davor liegt. Ihr Herz baumelte in der Brusthöhle wie ein toter Vogel an einer Schnur. Furchtbar, wie ich rieche.
Ich bin bereit, an einen besseren Ort zu gehen, bereit, diesen Körper, dieses alte Haus, diese Straße zu verlassen. Ich verstehe nicht, warum niemand nach mir sehen kommt. Nicht einmal ein Anruf. Wo ist mein toter Mann, meine Mutter, mein Vater, mein Jesus, mein kleines verschwundenes Hündchen Woisderknochen? Warum muss ich so kämpfen? Warum können meine Süßen nicht mit mir kommen? »Meine Süßen, meine Süßen!«, rief sie, und die Hunde krochen ihr mit heraushängenden Zungen von der Größe eines Säuglingsohrläppchens in den feuchten Schoß und legten ihr die Pfoten an die Brust. Sie streichelte sie, schloss die Finger um ihre Hälse und hob sie hoch. Als sie nach Luft zu schnappen und mit den Pfoten zu rudern begannen, erkannte Verda, dass sie das vor ein paar Minuten

noch nicht gekonnt hätte. Ihre Kräfte kehrten zurück. Ihr Arm tat nicht mehr so weh. Sie setzte die Hunde auf den Boden, und sie flitzten davon wie Wassertropfen in einer heißen Pfanne. Verda stützte sich mit den Händen ab und versuchte sich hochzustemmen, aber ihre Beine waren noch zu schwer. Sie würde warten. Sie würde erst noch mehr Kraft schöpfen, würde warten, bis sich mehr Kraft angesammelt hatte. Und in der Zwischenzeit würde sie überlegen, was sie tun würde, wenn sie hochkam. Ob sie ihre Töchter anrufen und ihnen sagen sollte, dass sie tot sei – aber sie war ja nicht tot, also würde sie ihnen nur sagen können, dass sie eigentlich tot sein müsste, es aber nicht ihnen zu verdanken sei, dass sie noch lebe –, ob sie nach gegenüber gehen und Effie eine Ohrfeige versetzen oder ob sie ihre zerbrochenen Figuren mit fünfundzwanzig Prozent Rabatt verkaufen sollte. Sie konnte sich nichts Angenehmeres vorstellen als ihrer besten Freundin eine zu schmieren, aber sie fürchtete, nicht genug Kraft im Arm zu haben. Vielleicht hob sie sich das besser für später auf.

Verda nahm ein Auge, das neben ihrer Hüfte am Boden lag, und formte mit den Fingerspitzen eine bewegliche Augenhöhle. Das Auge sah sie vorwurfsvoll an. Auf der ganzen Welt gab es keinen Ort, an dem sie es hätte verstauen, wegwerfen oder verstecken können, ohne dass es sie ansah. Da kam ihr eine Idee. Sie löste mit der Zunge ihre Prothese mit sechs Backenzähnen vom Gaumen und spuckte sie in ihren Schoß. Die Hunde schnappten gierig danach. Dann ließen ihre Fingerspitzen das Auge in den offenen Mund fallen. Seine Beschaffenheit versetzte sie um fast siebzig Jahre zurück. Das Auge schmeckte wie eine Murmel. Sie schob das glatte Glas über ihre noch immer geschmeidige Zunge und drückte das Auge mit kleinen Stößen ihrer Zungenspitze in ihre Gaumenhöhle, bis es sich feucht darin festgesogen hatte. Nach dieser Meisterleistung, die ihr das Gefühl gab, sie hätte das Auge in ihre eigene Form gepresst, schnippte sie es über das prothesenlose Zahnfleisch, so dass es nur noch in den dunklen Tunnel ihres Halses hinabsehen konnte. Sie musste gegen den Drang zu schlucken ankämpfen. Ihr Hunger bettelte um das Auge. Ich bin halb verhungert, dachte sie. Das einzig Essbare in Reichweite waren ihre Hunde. Sie rief nach ihnen. Vielleicht konnten sie ihr etwas zu essen bringen. Beißdie und Jatutsie nahmen ihre Anweisungen mit leicht schräg gelegtem Kopf entgegen, brachten aber nur eine Socke und eine Gummi-Minniemaus aus der Küche. Ich befinde mich mitten in einer Hungersnot, schloss Verda. Es sind nicht mehr nur die Afrikaner. Gott sucht mich heim.

Sie warf sich mit dem Rücken gegen die Tür und stemmte sich mit aller frisch angesammelten Kraft dagegen, bis sie von neuem zusammenbrach. Kurz bevor sie einschlief, fiel ihr ein, dass die Tür ja nach innen aufging. Ihre Hunde winselten kurz, schmiegten sich dann in ihre Achselhöhlen und waren ebenfalls bald eingeschlafen.

18.43 Man übergeht mich.

Mrs Haygood half Mazelles Mann vom Boden auf. Sie bemerkte seine Unschlüssigkeit. »Ich hatte immer Angst«, sagte sie. »Aber das Einzige, wovor ich jetzt noch Angst habe, ist, dass du ihnen verzeihst. Vielleicht wollte ich's wachsen lassen, bis es eines Tages so ungeheuerlich ist, dass du ihnen nicht mehr verzeihen kannst.«

Sie saßen auf dem steinigen Bett, ohne zu sprechen, eine Stunde, zwei Stunden, wie manchmal im Garten, wenn sie Unkraut gejätet hatten.

»Ich muss mich bei einem Hund entschuldigen«, sagte Mazelles Mann schließlich. Sie stiegen aufs Bett, kletterten auf das Kopfteil und den Bettpfosten und hangelten sich ins Freie. Der Hund wich vor ihnen zurück. Mazelles Mann sah ihm in die Augen und sagte: »Es tut mir Leid.« Der Hund drehte sich unbehaglich um und trottete über die Straße davon. Ein paarmal schaute er noch zurück. Mrs Haygood führte Mazelles Mann an ihr Schlafzimmerfenster.

»Er schläft immer noch«, sagte sie. »Du bist stärker als er.«

»Ich hab zu lange Schweinerümpfe geschleppt. Geh jetzt rein, mach die Schlafzimmertür zu und warte im Laden auf mich. Ich komm gleich wieder.«

»Ganz bestimmt? Du suchst nicht nach Mazelle?«

»Mazelle wird wohl zu einem von den Kindern gehen. Sie hat mich schon vor Jahren durch die Kinder ersetzt. Sie wird schon zurechtkommen.«

»Aber ich mach mir Sorgen um dich. Was hast du vor?«

»Ich muss noch eine letzte Last schleppen, dann bin ich frei.«

»Ich meine, mit mir. Was ist mit uns?«

»Hilfst du mir? Machst du bitte die Tür zum Schlafzimmer deines Mannes zu?«

»Für dich schneide ich ihm auch die Kehle durch. Im Ernst.«

»Warte auf mich. Mach die Tür zu.«

»Und wenn er aufwacht?«

»Dann werfen wir ihn den Hunden hier in der Gegend zum Fraß vor.«

Mazelles Mann betrat sein Haus durch die Hintertür. Der Karton mit den schwarzen Plastikmülltüten stand in der

Küche unter der Spüle. Das Haus erschien ihm plötzlich stiller denn je. Die Bücher machten kein Geräusch. Wie sacht die Vergangenheit auf die Stille herabschwebte. Er betrachtete das gemachte Bett in der Küchenecke und dachte daran, dass er in der vergangenen Nacht zum letzten Mal darin geschlafen hatte. Ein Bett würde es trotzdem bleiben. Er steuerte auf die beiden vorderen Räume zu, doch dann überlegte er es sich anders. Alles, was sich jenseits der Tür befand, gehörte Mazelle, und er wollte die Falltür zur Zisterne nicht von dieser Seite aus sehen. So viel Fleisch, so viele Bücher hatte er geschleppt, um die Kinder eines anderen Mannes großzuziehen. Seltsam, dass seine Liebe zu ihnen davon unberührt blieb. Er wusste, dass sie immer einen unbedarften, aber gutmütigen Lastesel in ihm gesehen hatten, aber er wusste auch, dass sie ihn respektierten. Einer seiner Söhne liebte ihn aufrichtig, und seine Töchter suchten noch immer Trost in seinen Armen.

Er hatte keine Angst, dass seine Kinder sich von ihm abwenden würden. Sie hatten ihn stets als ihren Vater akzeptiert und würden es auch weiterhin tun. In gewisser Weise waren sie die Betrogenen, und um ihretwillen schwang er sich den Karton mit den Mülltüten auf die Hüfte und schob sich damit zur Tür hinaus. Und während er im Garten durch die lockere Erde schritt, streckte ein Gedanke frisch und lebendig den Kopf hervor: Vielleicht hatte er mehr gewonnen als verloren.

Mrs Haygood öffnete leise die Ladentür und ließ ihn ein. Sie schlossen die Tür wieder, und keiner von beiden bemerkte, wie Aura gegenüber von der Veranda fiel. Sie sahen nicht, dass Nadine als Erste bei ihr war, dann Arthur, dann Mose und Howard.

Als Effie sich in den Kreis der Umstehenden drängte, schob Nadine sie zurück und sagte: »Schnell, Effie, lauf nach Hause und ruf die 911 an. Ruf immer wieder an, so lange, bis sie hier sind. Beeil dich!«

18.47 Ich habe die 911 angerufen und Bescheid gesagt. Ich weiß nicht, ob ich mich da noch weiter hineinziehen lassen soll. Sie stehen alle um Aura herum, soweit ich es von hier aus sehen kann. Aura braucht das wohl, sie muss immer im Scheinwerferlicht stehen.

18.49 Ich habe noch einmal die 911 angerufen. In meinem Telefon ist so ein merkwürdiges Summen.

An der Wand über Mrs Postlethwaites Sessel hing eine gerahmte Schwarz-weiß-Fotografie, ein Art-déco-Akt von Hart. Die Gestalt der Frau beschrieb einen großen Kreis, Arme und Beine umrissen eine dünne Mondsichel. Das schräg einfallende Licht betonte die Rundung der Hüften, die Oberarme, die Linie der Brüste, den Hals. Der Ausdruck auf dem Teil des Gesichts, der im Dunkeln lag, stand für Mrs Postlethwaite außer Frage: Die Frau fürchtete herabzustürzen.
Mr Postlethwaite sah das Bild an, während seine Frau in ihrem Sessel zur Kugel erstarrte. Es war, als hätten sie jahrelang nicht mehr miteinander geredet. Er stand am Fenster und ließ den Blick von einem Gegenstand im Raum zum nächsten wandern, betrachtete alles außer seiner Frau. Die Frisierkommode, die er am Camp Bowie Boulevard ersteigert hatte. Seine Frau hatte Grabwespennester an der Rückseite des Spiegels entdeckt, als er damit nach Hause gekommen war. Den Aschenbecher dort habe ich

auf einem Flohmarkt an der Eighth Avenue gefunden, dachte er. Er ist heute wesentlich mehr wert als damals. Manche Dinge sind mehr wert, als sie wert sind. Vielleicht fährt sie heute Abend allein ins Einkaufszentrum. Alles in diesem Zimmer gehört uns.
Er wandte sich Mrs Postlethwaite zu. »Ich werde es zugeben. Ich werde zugeben, dass ich sie belästigt habe, wenn sie sich dann mit dir aussöhnt. Mit mir braucht sie sich nicht auszusöhnen. Ich sage ihr, dass es mir Leid tut. Ich sage ihr, dass ich seit damals nie mehr ein Kind angerührt habe. Ich werde sie finden und ihr sagen, dass sie Recht hatte, dass ich damals Hilfe gebraucht hätte, aber dass jetzt alles in Ordnung ist. Ich gebe alles zu, und du und sie, ihr kommt wieder zusammen. Ich bin sicher, es gibt eine Möglichkeit, sie zu finden.«
»Aber du hast sie doch nicht angerührt«, sagte Mrs Postlethwaite.
»Ich geb's trotzdem zu. Ich werde sagen, dass ihre Erinnerung stimmt. Ich habe nichts zu verlieren, sie hält mich so oder so für einen Kinderschänder. Dann hättest wenigstens du sie wieder. Mich würde sie wahrscheinlich gar nicht sehen wollen, also kannst du ihr sagen, was du willst. Sag ihr, du bleibst aus Mitleid bei mir. Sag ihr, es tut dir Leid, dass du meine Lügen geglaubt hast. Sag ihr, ich wollte euch beide nicht verlieren, deshalb habe ich gelogen. Sag ihr, ich hab gelogen, damit du bei mir bleibst, ich hatte Angst, allein zu sein.«
»Aber du hast sie doch nicht angerührt. Du darfst das nicht zugeben. Du hast dir nichts vorzuwerfen. Ihre Erinnerung stimmt nicht.«
»Es macht mir nichts aus. Ich geb's zu.«
»Nein. Das lass ich nicht zu. Dann streite ich es ab.«
»Ich hacke mir beide Hände ab, um ihr zu beweisen, dass es mir Leid tut.

Um zu beweisen, dass ich meine Hände nie wieder gebrauchen werde.«
»Nein. Hör auf.«
»Ich –«
»Hör auf. Da sind Stimmen draußen.«

18.50 Da geht Tradio. Er ist an dem Rasenmäher vorbeigerannt, ohne einen Gedanken an sein Versprechen zu verschwenden. Irgendjemand sollte Marshall sagen, dass seine Frau im Vorgarten liegt.

»Aura, Liebes, wir drehen dich um«, sagte Arthur.
»Sie hat sich den Ellenbogen aufgeschlagen«, stellte Mose fest. Er und Howard standen hinter Nadine, noch schwer atmend vom Herausklettern aus den Wannen und ihrem Lauf durch zwei Gärten.
»Wir haben einen Krankenwagen gerufen, Aura. Er wird gleich kommen«, sagte Nadine.
»Ich glaube nicht, dass sie dich hören kann«, meinte Mose.
»Drehen wir sie um.«
»Man sollte sie wohl besser nicht bewegen«, sagte Howard.
»Sie ist von der Veranda gestürzt«, erklärte Nadine. »Hat das jemand gesehen?« Sie zog den dünnen Nachthemdstoff über ihren Brustansatz.
»Hoffentlich verliert sie das Baby nicht«, flüsterte Arthur.
»Das was?«, fragte Nadine.
»Die Arme ist schwanger.«
Howard bestätigte das.
»Aber das hätte sie mir doch gesagt.«

»Sie braucht ja nicht für alles Ihr Okay, Nadine«, erwiderte Arthur. »Ich hab's schon meilenweit gesehen.«

»Ich war nun mal nie schwanger«, rief Nadine schrill.

»Ich auch nicht«, rief Arthur zurück.

»Sie bewegt sich.«

»Aura, Liebes, ich bin's, Mose.« Er ließ sich neben ihrem Kopf auf ein Knie nieder. »Kann ich Sie herumdrehen?«

Ein Wassertropfen klatschte auf Auras gerötete Wange. Erst dachte Mose, er hätte auf sie gespuckt, doch dann spürte er selbst einen Tropfen auf dem Rücken. Eine dunkle, brodelnde Wolkenmasse, die sich im Nordwesten bis zum Horizont erstreckte, hatte eine Bresche in den blauen Himmel geschlagen. In ihren Falten schimmerte ein grünes Licht.

Als Tradio auf Radio KRLD die Tornadowarnung für den Raum Fort Worth hörte, stemmte er sich vom Küchentisch hoch. Es war wohl besser, wenn Arthur Effies Rasen später zu Ende mähte. Er öffnete die Haustür, und als Erstes fiel sein Blick auf den Rasenmäher, der mitten auf der Straße stand. Dann sah er die Leute, die sich um eine liegende Gestalt drängten. Da wusste er, dass Effie in einem Eifersuchtsanfall Arthur ermordet hatte, dass sie auf offener Straße auf ihn geschossen hatte und er in Auras Vorgarten getaumelt und gestorben war. Er hätte Effies Rasen selbst mähen sollen, aber Arthur hatte darauf bestanden, dass er sich ausruhte. Was er für das Geräusch des Rasenmähers auf dem Asphalt gehalten hatte, war, wie er jetzt erkannte, sein Herz, das gegen die Lunge hämmerte, das Flattern schwacher Herzklappen. Als er schließlich auf Auras Rasen stolperte und hinter der breiten Fläche von Howards Rücken Pastetenvögelchens sprachlose Miene sah, da wusste er, dass er zusammenbrechen würde. Und da er nicht allein sterben wollte, warf er sich in die kniende Gruppe, wobei er Mose umstieß und in voller Länge neben Aura landete, die durch die Wucht des Aufpralls herumrollte, die Hüften gegen den aufgewühlten Himmel schleuderte und einen Schrei ausstieß, als der Kopf des Babys durchzukommen versuchte.

18.52 Siehe meinen Eintrag vom 11. August 1975, wo ich im Einzelnen beschreibe, wie mein Mann gestorben ist und wie mein Sohn (jetzt nicht mehr mein Sohn) mich behandelt hat. Und deshalb ist der Sohn meines Sohnes auch nicht mein Enkel, sondern eine Möglichkeit, an meine Sachen heranzukommen. Während meiner Beerdigung muss jemand hier im Haus bleiben und auf die Sachen aufpassen, Diebe lesen ja oft die Todesanzeigen. Und so viel ist klar: Mein Sohn kann lesen.

Carl schrie vor Schreck auf und zog Marshall in seiner Angst, ertappt worden zu sein, vom Fenster weg und durch das dunkle Haus zu den Resten seiner Küche. Er war überzeugt, Nadine habe sie gesehen und komme herübergestürmt, um an seine Tür zu hämmern und ihn als einen Perversen zu beschimpfen.

»Schnell, unter den Tisch!«, zischte er Marshall zu.

»Aber ich bin über zwei Meter groß. Ich kann nicht unter den Tisch.«

»Dann ducken Sie sich hinter den Kühlschrank.«

»Ich seh keinen Kühlschrank. Sie kann uns doch nicht sehen.«

»Aber hören. Seien Sie still!«

»Sie kann uns gar nicht gesehen haben.« Marshall stand mit hängenden Armen da, und sein Kopf berührte den

Schiffsrumpf. Er hörte Carl schwer atmen. »Sie brauchen keine Angst zu haben«, sagte er leise.
Sie warteten schweigend. Minuten verstrichen.
»Allmählich müsste sie hier sein«, flüsterte Carl.
»Ich glaube, Sie können wieder unterm Tisch vorkommen«, sagte Marshall. »Ich stoß mir hier dauernd den Kopf an. Können Sie Licht machen?«
Carl tat wie geheißen.
»Sie weiß also nichts von dem Boot?«, fragte Marshall.
»Nein, natürlich nicht.«
»Warum nicht?«
»Ich wollte sie nicht überrumpeln.«
»Dann hätten Sie ihr das Boot zeigen sollen, bevor Sie losfahren.«
»Ich hab versucht, sie mit dem Gedanken an die Karibik vertraut zu machen. Ich dachte, wenn sie das Boot sieht und ich ihr sage, dass ich es für sie baue ...«
Marshall legte die Hände flach an die glatten Planken und begann den ausgestrakten Rumpf entlangzugehen. »Wie kriegen Sie sie hier raus?«, fragte er im Gehen.
»Ich sage ihr, dass ich sie liebe.«
»Ich meine das Boot.«
»Ach so. Das Haus ist nur noch eine Eierschale. Ich schneide ein paar wichtige Dollen heraus, dann fallen die Wände ab. Danach kann ich das Dach zersägen und das Boot rausholen. Jetzt, wo's so weit ist, mag ich die Arbeit kaum beenden.«
»Sie sind nur nervös. Teufel, wenn Sie das Boot für mich gebaut hätten, ich würde mitkommen.«
»Nett, dass Sie das sagen.«
»Nadine ist eine wunderbare Frau, und damit meine ich nicht nur das, was wir vorhin von ihr gesehen haben. Sie ist offen und ehrlich, sie arbeitet hart, und meine Frau bewundert immer, wie sie angezogen ist.«

»Was glauben Sie, wie es kommt, dass man sich eine Idee oder die Art, wie man etwas macht, so in den Kopf setzt, dass man sich so auf eine einzige Person fixiert, auf ein einziges Boot, wo es doch so viele andere Möglichkeiten auf der Welt gibt? Es muss doch Hunderte von anderen Frauen geben, die ich lieben könnte. Ich sag's nicht gern, aber Nadine ist schließlich nicht die schönste Frau der Welt. Wahrscheinlich gibt es Tausende von Frauen, die schon auf Holzbooten in der Karibik leben. Ich hätte ja erst mal hinfahren können.«

»Ich weiß nicht. Ich liebe meine Frau. Ich möchte fünf kleine Töchter, die alle genauso aussehen wie sie. Sie weckt den Wunsch in mir, klüger und freundlicher zu sein. Ohne sie hätte ich mein Leben vor dem Fernseher verbracht. Sie wissen ja nicht, ob Nadine Sie nicht braucht. Sie führt dieses alte Kleidergeschäft schon so lange, und Verwandte, die sie hier halten würden, hat sie, soviel ich weiß, nicht. Geben Sie sich noch nicht geschlagen. Ich frage mich, wo sie hingerannt ist, hier ist sie ja nicht aufgetaucht.«

»Lassen Sie mich erst aus der Tür sehen, bevor Sie rausgehen.«

18.54 Eine Menge Leute in Auras Vorgarten, ein richtiges Straßenfest.

»Liegt er noch im Bett, Mrs Haygood?«, fragte Mazelles Mann. Der dunkelnde Himmel hatte den Spielzeugladen in ein friedliches Umbrabraun getaucht. Die Regale und Vitrinen, obwohl staubfrei, wirkten matt und trübe, als wäre der Raum ausgeschimpft worden.

»Er schläft noch. Wo fangen wir an? Es sind Messer da, aber Ersticken wäre besser. Wenn du ihn festhältst, drücke ich ihm das Kissen auf den Kopf. Oder sind die Plastiktüten dafür gedacht?«
»Dazu ist es zu spät«, erwiderte Mazelles Mann, »vierunddreißig Jahre und vier Kinder zu spät. Hättest du ihn nur damals umgebracht, gleich nachdem du dahinter gekommen bist.«
»Was dann?« Sie legte die Hände an ihren eigenen Hals.
»Wir könnten ihn auch verstümmeln.«
»Nein.«
»Warum nicht? Er hat uns beide betrogen. Er hat uns beiden etwas genommen.«
»Er ist der Vater meiner Kinder.«
»Ist er nicht.«
»Doch, schon. Und ich will, dass die Kinder kommen und mit ihm reden. Damit sie sehen, was ich war. Damit er sieht, was er versäumt hat. Ich habe gute Kinder.«
»Wozu sind wir dann hier?«
Mazelles Mann zeigte auf das Schild neben der bronzefarbenen Registrierkasse. WER MIT DEM MEISTEN SPIELZEUG STIRBT, GEWINNT. »Was glaubst du, was das alles wert ist?«, fragte er.
»Das ist seine Altersversorgung. Er schätzt es auf eine knappe halbe Million. Das hat er mir natürlich nicht gesagt, aber wenn er einen guten Kauf macht, prahlt er damit und kann sich's nicht verkneifen, mir zu sagen, was er daran verdient.«
»Seine Kinder hätten mit all den Sachen spielen sollen. Eine Schande ist das, wenn ein erwachsener Mann so scharf auf Spielzeug ist. Wir werden dafür sorgen, dass Mr Haygood verliert, wenn er stirbt. Weißt du, welche von den Sachen besonders wertvoll sind?«
»Die Märklin-Schiffe. Das Ives-Spielzeug. Das weiß ich.«

»Wenn ich die Plastiksäcke aufhalte, kannst du sie dann leise hineinlegen?«
»Ja.«
»Wir verkaufen ein paar von den Sachen und richten Konten für die Kinder ein. Den Rest nehmen wir beide als Wiedergutmachung. Wir finden schon einen Garten, wo die Erde tiefer ist als hier. Ich muss dir etwas sagen, Mrs Haygood: Ich hab mir im Garten oft deine Beine angesehen.«
»Das hab ich mir schon gedacht.« Sie reichte ihm einen Arcade-Möbelwagen.
»Weiß sonst noch jemand davon«, fragte er, »außer uns vieren?«
»Er hat Howard jeden Monat sieben Dollar fünfzig gezahlt, mehr als dreißig Jahre lang. Und vor Nadine hat er immer Angst gehabt.«
»Haben sie ihn erpresst?«
»Howard wahrscheinlich. Und Nadine könnte ebenfalls Bescheid wissen, fürchtet er, einfach deshalb, weil sie keine Angst vor ihm hat, im Gegensatz zu allen anderen. Aber ich glaub nicht, dass sie's weiß.«
»Woher weißt du das alles? Ich meine, was Mr Haygood denkt.«
»Er hält mich für dumm.«
»Wenn er aufwacht, wird er sehen, dass du's nicht bist. Pack einfach alles ein, wir fahren dann den Wagen vors Haus.«
»In unserem neuen Garten hätte ich gern Kräuter«, sagte sie.
»Ich dachte an – nimm das kleine Flugzeug da – eine Ziegeleinfassung und Trittsteine aus Schiefer.«
»Hast du je etwas mehr geliebt als deinen Garten?«, fragte sie und dachte dabei an die Zeit, die er mit ihr verbracht hatte.

»Meine Kinder liebe ich mehr.« Er legte behutsam einen Hubley-Schlitten in den Sack. »Aber nicht so gleichmäßig. Und nichts, was ich liebe, hat mir meine Mühe so reichlich vergolten wie der Garten.«

»Mir geht's genauso«, sagte Mrs Haygood.

»Ich hol einen neuen Sack.«

»Es fangt an zu regnen.«

»Diese ganzen alten gusseisernen Spielzeugautos. Ihre Gummireifen haben alle einen Platten.«

»Was war das?«, flüsterte Mrs Haygood. Sie erstarrte mitten in der Bewegung, die Arme voller Spielzeug. »Hast du das gehört?«

»Da hat jemand geschrien.«

Mr Haygood hörte den Schrei ebenfalls, wälzte sich unruhig herum und zuckte zusammen, als die Spitze seines Penis sich von seiner Unterhose löste, an der sie festgeklebt war.

18.55 Alle nehmen, nehmen, nehmen von Effie, aber wenn Effie etwas will, wenn Effie etwas braucht, dann heißt es *Schotten dicht.* Ich denke so oft an meinen armen kleinen Bruder, der mit fünfunddreißig erfahren hat, dass er nur einen Lungenflügel und das Herz auf der falschen Seite hat. Von dem Tag bis zu seinem Tod waren es nur noch vierzehn Jahre. Der Mensch wird *aus gutem Grund* mit zwei Nieren geboren!!! Inzwischen haben sie Aura herumgedreht, und ihre bewusste Stelle bietet sich den lüsternen Blicken von Mose, diesem verkommenen alten Indianer und sogar Tradios Männerfreund dar (der wahrscheinlich aus wissenschaftlichem Interesse hinschaut). Sie sehen alle aus, als würde gleich ein Zug aus Auras Tunnel kommen. Ihr Kopf liegt in Nadines Schoß, und Tradio liegt ausgestreckt neben ihr, mit dem Arm über ihrem Busen! Ein bemerkenswertes Schauspiel, da versucht Effie gar nicht erst mitzuhalten. Hunde tun es, warum nicht auch wir.

»Sie hat nichts drunter an«, sagte Howard, doch bevor Mose auch nur aufschauen konnte, hatte Tradio ihn schon umgestoßen. Er konnte gerade noch verhindern, dass er auf Auras Gesicht fiel, und prallte auf den Sainte-Augustine-Rasen, rollte seitwärts und blieb von trockenem Grasschnitt bedeckt liegen. Das Gras roch nach Lebensmitteltüten. Durch den Aufprall war ihm Schleim aus der Nase getreten. Er fuhr sich mit dem Ärmel über die Oberlippe, und während er sich auf die Knie hochstemmte, kam ihm der Gedanke, dass sich Hemden und Jacken mit an den Ärmeln angenähten Frotteetaschentüchern im Winter gut verkaufen würden. Als er sich umdrehte, um zu sehen, wer ihn zu Fall gebracht hatte, hörte er Arthur Tradios Namen quieken, dann sah er Tradio neben Aura liegen, und dann kam Aura zu sich und stieß einen Schrei aus. Der nächste Regentropfen fiel ihm auf den Handrücken.

»Stehen Sie auf, Sie Flegel!«, schrie Nadine Tradio an.

»Tradio? Tradio!« Arthur kniete neben ihm nieder.

»Er ist bewusstlos«, sagte Howard.

»Er hat sich an die Brust gefasst«, sagte Arthur. »Jemand muss einen Krankenwagen rufen!«

»Schon geschehen«, beschied ihn Mose.

Howard schob Arthur beiseite.

»Nicht anfassen!«, rief Arthur.

»Sie müssen ihn wieder beleben«, sagte Nadine. »Alles in Ordnung, Aura, Liebes?«

Howard schob seine riesige Hand in Tradios Kragen, schaute zur Seite, als würde er zwischen den Polstern eines Sofas nach einem Schlüssel tasten, und sah dann wieder Arthur an. »Der Puls ist noch zu spüren, Kleiner. Wir lassen ihn besser so liegen, bis der Krankenwagen kommt.« Er erhob sich wieder und stieg über Auras Grübchenknie hinweg. »Das Baby kommt«, konstatierte er nüchtern.

Aura klappte die Knie zusammen und starrte Howard zornig an. Tradio lag auf ihrem Arm, doch mit der anderen Hand zog sie den Saum ihres Hemdes über ihre Scham. Dann verdeckte Nadines Gesicht den Himmel.

»Alles in Ordnung, Aura, Liebes?«, fragte Nadine noch einmal.

»Wir sind krank!«, rief Aura.

»Warum haben Sie denn niemandem gesagt, dass Sie schwanger sind?«

»Wir sind doch nicht schwanger!«

»Schon gut, Schätzchen. Liegen Sie still. Wir haben einen Krankenwagen gerufen.«

»Au, au, au!«, schrie Aura und streckte ruckartig die Beine aus, die fast ebenso schnell wieder an ihren Bauch zurückschnellten.

»Da kommt mehr von dem Baby«, sagte Howard.

Mose und Arthur traten zu ihm zwischen Auras Beine, stützten die Hände auf die Knie und beugten sich vor.

»Schafft diesen Menschen weg!«, rief Aura und rollte Tradio mit der Hebelwirkung eines kräftigen Rucks mit dem Unterarm auf den Rücken.

»Wo bleibt nur der verdammte Krankenwagen?«, schrie Nadine.

»Legen Sie Ihre Jacke da hin, Arthur«, sagte Mose.

»Wohin?«

»Zwischen ihre Beine, so halb unter sie.«

»Man sollte ein paar Handtücher und eine Schere holen«, meinte Howard und verschränkte die Arme über der Brust.

»Arthur, knien Sie sich zwischen ihre Knie und helfen Sie ihr«, sagte Nadine. »Sie können das am besten. Wir alle vertrauen Ihnen.«
Aura hob den Kopf von Nadines Schoß und fragte Arthur: »Kriegen wir wirklich ein Kind?«
Er sah auf sie hinab. »Ja, Schätzchen«, sagte er, und zu Howard gewandt: »Sehen Sie noch mal nach Tradio.« Er fing an zu weinen, als er seine Jacke unter Auras feuchtem, grasverklebtem Hinterteil zurechtschob.
»Ich hol Decken«, sagte Mose und wandte sich zum Gehen. Ich bin gut in Form für einen alten Mann, dachte er. Ich kann noch rennen. Und das tat er auch und hinterließ dabei eine krümelige Spur aus trockenem Gras. Er spürte die drohenden Wolken über sich und zuckte zusammen, als ihm einige dicke Regentropfen auf den Nacken klatschten, konzentrierte sich aber weiter auf jeden seiner Schritte, hob den Fuß über den Bordstein, sprang über einen breiten Riss im Asphalt, rannte statt über den höckerigen Bürgersteig über den Rasen von Tradios und seinem eigenen Vorgarten, fasste die Stufen zu seiner Vorderveranda ins Auge, als benutzte er sie zum ersten Mal, und schätzte die Länge seines ausgestreckten Armes ab, damit er den Türknauf nicht verfehlte. Trotzdem musste er sich in der Tür noch einmal zu Nadines Vorderveranda umdrehen, um zu sehen, ob nicht ihre Mutter dort saß und ihn laufen sah. Seltsam, dachte er, dass die Sehnsucht, geliebt zu werden, nicht mit den Füßen, der Fähigkeit zu rennen altert. Er zog die Decke von seinem Bett und riss eine Schublade auf, griff sich eine Schere und raffte dann eine offen stehende Schweinsledertasche an sich. Dann erst hörte er den eindringlichen Ton seines Wetterradios, das Heulen einer Tornadowarnung. Die Verhaltensmaßregeln konnte er nicht mehr abwarten. Er zwang sich, nicht zu Nadines Veranda hinüberzusehen, als er wieder aus der Tür trat,

und der Gedanke kam ihm, dass Auras Kind ja ein Teil von Nadines Mutter war. Dann sah er Carl und Marshall aus Carls Tür schauen und forderte sie im Laufen mit einer Handbewegung auf, ihm zu folgen.

18.59 Mose rennt auf sein Haus zu, irgendwie schuldbewusst. Läuft schnell für einen alten Mann. Wahrscheinlich ist alles an ihm in Aufruhr. Jetzt sind auch die Postlethwaites bei Aura. Sie müssen unbedingt wissen, was da los ist, mein Wort darauf. Sie hören sich jeden Klatsch an, aber von sich selbst erzählen sie nie etwas. Stumm wie die Fische, wenn es um Familienangelegenheiten geht. Aber wenigstens hat sie nicht mehr ihre Waffe, den Stock. Blauer Fleck an meinem Bein. Kurz bevor mein Mann gestorben ist, als ich diese ganzen Untersuchungen hatte, sind meine Knie dick angeschwollen und man konnte die Ähnlichkeit mit meiner Schwester Saravette sehen, die immer ziemlich korpulent war. Zu Weihnachten hat sie mir einmal Nüsse geschickt, obwohl sie wusste, dass ich schlechte Zähne habe. Sieht ihr ähnlich. Schon wieder Mose. Und da gehen Marshall und dieser Tischler, mitten durch meinen Garten. Marshall ist mit zwei großen Schritten durch. Ganz wild und besorgt schauen sie drein. Gut, dass heute nicht Samstag ist, das wäre schlecht fürs Geschäft. Alle werden krank. Ich habe getan, was ich konnte. Ich habe meinem Sohn nie gesagt, was sein Vater getan hat, also kann er mir nicht dafür danken, obwohl ich es verdient hätte. Viel Schreierei jetzt.

Dem Hund Selber war unter der Veranda schon beim Anblick so vieler rennender Menschen unbehaglich geworden. Als dann der erste Windstoß durch das verwitterte Gitter fegte, verspürte er das Bedürfnis nach einem Bau, einem Loch in der Erde, einem besseren Versteck. Als er den Schrei hörte, sprang er auf, um seiner Angst zu entkommen, und ein Zypressenbrett schlug ihm auf den Kopf.

19.04 Man beachte die Zeit. Eine Viertelstunde ist vergangen, seit ich 911 gewählt habe, und der Krankenwagen ist immer noch nicht da. Man zahlt seine Steuern, aber wenn man Dienstleistungen in Anspruch nehmen will, dann heißt es *Schotten dicht*. Nadines Mutter hat gesagt, wenn ich jemals Nadine oder sonst jemandem von dem Kind erzähle, macht sie publik, dass es von meinem Mann ist (siehe mein Eintrag vom 19. Dezember 1963). Ich habe meinen Mann nicht darauf angesprochen, weil er es sowieso abgestritten hätte. Aber da Nadines Mutter nie aus dieser Straße weggekommen ist, frage ich mich, wer ihr das Kind sonst hätte machen können. Höchstens dieser Große Indianer, und von dem wollte nicht einmal Nadines Mutter etwas wissen. Sie hat ihn mir gegenüber ständig schlecht gemacht. Ich habe meinem Mann nie Vorwürfe gemacht, ich habe einfach damit gelebt und dafür gesorgt, dass mein Sohn nichts davon erfährt, und was ist der Dank? Seit fünfunddreißig Jahren hängt jetzt dieses Damoklesschwert über mir, dieses Schließfach mit den Briefen, die Nadines Mutter an ihre Anwälte geschrieben hat, für den Fall, dass ich Nadine von dem Kind erzähle, was ich aber ohnehin nicht tun würde, sonst fordert es womöglich Unterhalt von mir, weil es ja von meinem Mann ist. Sonst bekommt es womöglich meine Sachen, obwohl ich sexuell nicht beteiligt war. Mein Sohn hasst mich, und dabei weiß er gar nicht, was sein Vater getan hat. Ich will es mir natürlich nicht mit Nadine verderben, wenn das mit dem Verhältnis und dem Kind auf anderen Wegen bekannt werden sollte. Nadines Mutter hat ihrem Anwalt Anweisung gegeben, Nadine den Schlüssel zu dem Schließfach auszuhändigen, falls irgendwelche Testaments-, Erbschafts- oder Vermögensfragen auftauchen sollten. Ich verstehe nicht, warum die Leute nicht einsehen, dass meine Sachen mir gehören.

19.10 Jetzt wird heftig gestritten, aber ich kann nichts hören. Draußen ist Wind aufgekommen. Dicke Regentropfen. Was für Nasenlöcher dieser Große Indianer hat! Wenn ich eine Katze wäre, würde ich denken, eine Maus versteckt sich darin. Alle außer Tradio, der anscheinend ein Schläfchen hält, interessieren sich brennend für Aura, wenn auch nicht so brennend, dass sie nicht hin und wieder zu mir herübersehen würden. Ich werde mein Haus nicht ungeschützt lassen. Mrs Postlethwaites Ohrläppchen sind dick und hart wie alter Kaugummi unter der Tischplatte.

Mr Postlethwaite stand hinter Nadine und Aura und versuchte sie mit weit ausgebreiteter Jacke vor dem Regen zu schützen. Die erste Schindel, die losgerissen wurde, kam von Verdas Haus, trudelte über Tradios Lastwagen und schlitterte auf die Straße. Marshall kam, wie es schien, mit drei großen Schritten von irgendwo weit her geeilt. Die anderen traten zur Seite, um ihn durchzulassen. Er wartete darauf, dass Aura etwas sagte.
»Wir kriegen ein Kind«, sagte sie. »Wir haben's nicht ge-

wusst.« Dann betrachtete sie forschend Marshalls Mund und überlegte, wo ihr eigener Knochen sein konnte, packte ihren Mann am Kragen und schrie ihm ins Gesicht.
»Es ist so weit!«, schrie Arthur zurück.
»Wir müssen sie ins Krankenhaus bringen«, rief Marshall.
»Nein, jetzt nicht, Daddy«, sagte Nadine. »Es ist zu spät.«
»Können wir sie nicht wenigstens ins Haus schaffen?«
»Lass uns, wo wir sind«, stöhnte Aura. »Wir sind absichtlich hier herausgekommen.«
»Ich bring Effie um«, sagte Nadine. »Carl, geh zu ihr und sag ihr, sie soll noch mal anrufen.«
»Helfen Sie mir die Decke hochhalten Mrs Postlethwaite«, rief Mose. »Das schüttet ja richtig. Im Radio kam auch eine Tornadowarnung.«
»Beim nächsten Mal kräftig pressen, Aura«, rief Arthur.
»Kann sich jemand um Tradio kümmern? Er wird ja ganz nass.«
Howard wandte den Blick vom Himmel und sagte: »Ich nehm ihn mit.« Er wuchtete sich Tradio mit einem einzigen Schwung auf den Rücken und trug ihn zu sich nach Hause. Nur Mose sah, wie er ihn in seinem Vorgarten ins Gras legte und dann eine Badewanne über ihn stülpte. Mose wunderte sich nicht darüber, er wunderte sich erst, als Howard eine zweite Wanne über sich selbst stülpte, so dass die vier Klauenfüße wie in Leichenstarre aufragten. Blätter peitschten durch die Luft. Ein Vogel taumelte vorbei. Dachschindeln gruben sich ins Gras.
»Sie muss sich beeilen«, warnte Mose.
Durch das Toben von Wind und Regen glaubte Mr Postlethwaite weit weg eine Sirene zu hören. Er war sich fast sicher, dass sie seinetwegen kam.
Mazelles Mann und Mrs Haygood traten vor die Tür, jeder mit zwei großen Müllsäcken in den Händen.
»Bring sie schon mal ins Auto, Mrs Haygood«, sagte Ma-

zelles Mann. »Ich seh nach, was da drüben los ist.« Er zog den Kopf zwischen die abfallenden Schultern und lief zu Aura hinüber. Ein Ast, kurz, aber dick, traf ihn im Rücken, und er wäre fast gestürzt. Noch ehe er eine Frage stellen konnte, sah er den Kopf des Babys in Arthurs Hände gleiten.

»Es ist da!«, schrie Arthur. »Ich hab das Köpfchen. Jetzt noch mal pressen, Aura!«

Erkenntnis pulsierte durch Moses Kopf. Er hielt die Decke über Aura und dem Baby straff gespannt. Trotzdem sickerte Wasser durch die Wolle und tropfte auf sie hinab. Jetzt ist kein Platz mehr für Gedanken an die Vergangenheit, dachte er. Jetzt geht es nur noch um die nächsten Minuten. Das Baby muss kommen, und wir müssen hier weg. Von Mrs Martins altem Haus sprangen Schindeln ab. Die Luft um sie herum war grün wie abgestandenes Wasser in einem Aquarium. Die Decke zerrte an Moses geballten Fäusten wie ein Tier, das sich loszureißen versucht. »Mach schnell, Aura, Liebes!«, rief er.

Marshall und Nadine kauerten, die Köpfe dicht beieinander, über Auras Oberkörper und atmeten ihren verbrauchten Atem ein.

»Wir frieren immer mehr«, sagte Aura. »Noch nie haben wir so gefroren.«

Ein kurzer, greller Lichtstrahl, eine Glühbirne, die dicht vor den Augen aller durchbrannte, und noch ehe sich ihre Rückenwirbel aufeinander pressen konnten, zerriss ein Donnerschlag die Luft. Der Atem wurde aus Mrs Postlethwaites Körper gesogen, und sie schrie: »Wo ist mein Baby?« Sie und Mose fielen auf die Knie, ohne die Decke loszulassen.

»Das war nur ein Blitz«, rief Mazelles Mann ihr zu. »Das war nur der Donner.« Er hatte den Satz noch nicht beendet, als Verdas Haustür aus den Angeln gerissen wur-

de, die Stufen hinunterholperte und in Tradios Garten rutschte.
Aura konzentrierte sich, sog Nadines und Marshalls letzten Atemzug ein und machte dem Sturm zusätzlichen Druck. Arthur drehte das Baby ein wenig, und dann lag es komplett in seinen steifen Händen. »Da ist es!«, rief er. »Da ist es!«
Mose und Mrs Postlethwaite überließen die Decke dem Wind. Mose nahm seine Schere und schnitt die Nabelschnur durch, die Mrs Postlethwaite ihm hinhielt. Dann stülpte er die Schweinsledertasche um und klemmte mit der Schließe die Nabelschnur ab.
»Wir müssen hier weg«, rief Mazelles Mann. »In den Häusern sind wir nicht sicher. Helfen Sie mir, Marshall.« Sie hoben Aura hoch, Marshall unter den Achseln, Mazelles Mann an den Beinen. »Alle mir nach!«, rief er.
»Das Baby!«, schrie Aura.
»Ich hab sie«, sagte Arthur. »Ich bin direkt hinter Ihnen.«
»Wohin gehen wir denn?«, rief Marshall, als sie die Straße überquerten.
Aura konzentrierte sich darauf, wieder zu Atem zu kommen, und wartete, bis ihr Blick sich klärte.
»Zu mir«, gab Mazelles Mann barsch zurück. »Ich hab einen Keller.«
Mrs Haygood saß im Auto, wartete im Auto, überzeugt, dass der Sturm Mr Haygood sei, begriff jedoch schlagartig, als sich alle in Richtung auf Mazelles Haus in Bewegung setzten. Sie rutschte auf den Fahrersitz hinüber und ließ den Motor an. Sie sah, wie Mazelles Mann Auras Schenkel umklammert hielt und mit dem Fuß die Haustür aufstieß. Ein Stück von einem Lattenzaun schrammte über die Windschutzscheibe und nahm die Scheibenwischer mit. Mrs Haygood fuhr rückwärts bis ans Ende der Einfahrt und schoss dann mit aufheulendem Motor über den

Bordstein und in ihren Garten. Als sie anhielt, ragte der vordere Teil des Wagens über das mannsgroße Loch in der Decke der Zisterne. Beim Aussteigen sah sie, dass die Radkappen bis oben im Matsch standen. Zu Fluchtzwecken war der Wagen nicht mehr zu gebrauchen. Sie zog sich die Schuhe aus, nahm sie fest in die Hand und rannte los.

19.13 Kann nichts sehen, weil ich unterm Ladentisch sitze. Lautes Motorengeräusch. Dieser Tischler hat an meine Tür gehämmert, aber ich habe ihn nicht hereingelassen. Plötzlich sehr dunkel. Laute Geräusche. Ich bin nicht versichert. Die Stadt hat keine Blitzableiter an unseren Häusern anbringen lassen. Wenn mein Haus das übersteht, dann schließe ich eine Versicherung ab. Ich muss auf die Toilette. Meine Topfpflanzen wehen wie wild hin und her.

Mazelles Mann führte die anderen in die Zisterne hinunter.
»Seid vorsichtig mit uns«, sagte Aura.
»So nass war ich in meinem ganzen Leben noch nicht«, verkündete Nadine.
»Bringt das Baby!«, rief Aura.
»Hier, Nadine, nehmen Sie's«, sagte Arthur laut. Er reichte Nadine Auras Tochter, die er in seine Jacke gewickelt hatte. »Ich muss nach Tradio sehen.« Er schrie jetzt, obwohl sie bereits auf der Treppe standen. Der Sturm vibrierte zwischen ihnen.
»Gehen Sie nicht da raus, Arthur«, bat Nadine, doch Arthur war schon durch die Klappe. Sie sah, wie er nach dem Knauf der Fliegentür griff, ihn langsam drehte und dann,

als der Wind die Tür erfasste, hinausgezogen wurde, gefolgt von einem Dutzend flatternder Bücher. Carl legte den Arm um ihre Schultern, griff an ihr vorbei und zog die Klappe zu.
»Kommen Sie, Nadine«, sagte er, »bringen Sie das Baby nach unten.«
»Ich seh nichts.«
»Gehen Sie einfach runter, bis es nicht mehr weitergeht. Es ist nicht weit.«
Aus dem Dunkel rief Aura herauf: »Wo ist unser Baby?«
»Ich komme, Aura, Liebes, ich hab sie.«
»Alle mal stehen bleiben«, sagte Mose. »Ich hab ein Feuerzeug.«
Erst blitzten nur Funken, doch beim zweiten Mal stieg eine kleine Flamme auf. »Feuer«, sagte Mose.
Aura lag am Fuß der Treppe, neben sich Marshall und Mazelles Mann. Die Postlethwaites saßen auf dem Kalksteinboden neben dem Bett und hielten einander umarmt. Mrs Haygood stand allein in der Mitte des Raumes. Nadine beugte sich zu Aura hinunter und legte ihr das Baby in die Arme. Als sie sich wieder aufrichtete, war sie bis zur Taille fast nackt. Der zarte Stoff des alten Nachthemdes hing in Fetzen an ihr herab. Carl zog sein Flanellhemd aus und legte es ihr um.
Selbst in der Zisterne flackerte die Flamme von Moses Feuerzeug noch im Luftzug. Unter dem Auto floss ein braunes Rinnsal, das sich durch das Loch in der Decke auf das Bett ergoss, sonst aber war der Boden weitgehend trocken.
»Wir sollten uns alle an die Wand setzen«, sagte Nadine. »Da sind wir sicherer.«
Mazelles Mann verließ Aura und trat zu Mrs Haygood.
»Ich mach das Feuerzeug jetzt aus«, sagte Mose. »Ich weiß nicht, wie viel Benzin noch drin ist.«

Eine Weile sprach niemand, und sie lauschten dem Wind, der durch das Fahrgestell von Mazelles Auto fegte.

»Arthur ist wieder rausgegangen«, sagte Nadine. »Ich wollte ihn zurückhalten, aber er hat nicht auf mich gehört. Er ist zu Howard, um Tradio zu helfen.«

»Da wird er ihn nicht finden«, sagte Mose. »Tradio und Howard liegen unter zwei Badewannen im Vorgarten. Als dieser verfluchte Indianer unter die gusseiserne Wanne gekrochen ist, da wusste ich, dass das Wetter ganz übel wird.«

»Was ist mit Effie?«, fragte Mrs Postlethwaite.

»Sie ist in ihrem Haus«, erwiderte Carl. »Sie hat nicht aufgemacht. Ich hab sie unterm Ladentisch hocken sehen, aber sie ist nicht an die Tür gekommen.«

»Typisch Effie«, sagte Nadine. »Hat jemand Verda gesehen?«

»Ich glaub, sie ist bei ihrer Tochter. Ich hab sie heute den ganzen Tag noch nicht gesehen«, erwiderte Mose.

»Was ist mit Ihrem Mann, Mrs Haygood?«, fragte Nadine.

Mrs Haygood gab keine Antwort.

»Na, er wird schon zurechtkommen«, sagte Nadine schließlich.

»Ich weiß nicht, wo meine Tochter ist«, ließ Mrs Postlethwaite sich vernehmen.

»Und was ist mit Mazelle?«, fragte Aura.

»Sie ist zu einem von den Kindern«, antwortete Mazelles Mann.

»Ich wusste gar nicht, dass Sie einen Keller haben«, sagte Mose.

»Ich auch nicht.«

Der Wagen über ihnen schaukelte, als wäre etwas Schweres dagegengeprallt. Der Hund Selber lag zitternd unterm Bett und knurrte in die Dunkelheit.

»O Gott, hier drin ist ein Tier«, sagte Aura. »Es riecht unser Baby.«

Die Postlethwaites krochen auf allen vieren über den Boden, bis sie mit den Köpfen an die Steinwand stießen. Mose ließ sein Feuerzeug wieder aufflammen und ging langsam im Raum umher. Er entdeckte die zweite Treppe auf der anderen Seite und Mrs Haygood in den Armen von Mazelles Mann, aber kein knurrendes Tier.

»Es muss unterm Bett sein«, sagte er.

Wasser tropfte vom Bettvolant und bildete schwach reflektierende Pfützen, jede mit einer kleinen Flamme in der Mitte.

»Vielleicht eine Beutelratte«, sagte Mr Postlethwaite.

Carl erhob sich.

»Nicht, Carl«, sagte Nadine.

»Beutelratten knurren nicht«, gab er zurück. »Geben Sie mir das Feuerzeug.«

Die Flamme flackerte einen Moment, als Mose es ihm gab. Carl kniete sich ans Fußende des Bettes.

»Passen Sie auf, Mann«, sagte Mr Postlethwaite. »Egal, was es ist: Es hat Angst.«

Carl hob den dünnen, eingestaubten Volant, der so alt war wie Nadines zerfetztes Nachthemd, hielt das Feuerzeug näher an den Boden und spähte unters Bett.

Das Baby schrie zum ersten Mal, ein schwaches Gurgeln wie von Wasser, das einen Abfluss hinunterfließt.

»Komm her«, flüsterte Carl.

»Was ist es?«, fragte Mrs Postlethwaite.

»Komm«, wiederholte Carl.

Der Hund Selber sah die Hände, die ihn sooft gefüttert hatten, und kroch dem zurückweichenden Licht und den Händen nach. Dann saß er da, verunsichert durch so viele Menschen so nahe bei ihm, und knurrte und winselte abwechselnd.

»Ach, Gott sei Dank«, sagte Nadine. »Das ist dieser herrenlose Hund. Gut, dass er nicht draußen im Sturm ist.«

Bei diesen Worten drehte Carl sich zu ihr um und hielt das Licht hoch. Er konnte seine Angst nicht mehr bezwingen und sagte: »Ich liebe dich.«

19.16 Ich lebe jetzt schon siebzehn Jahre länger als mein Mann. Alle Lampen im Haus sind aus. Ich bin in die Küche gekrochen und habe die Taschenlampe geholt, die Verda mir nicht geliehen, sondern geschenkt hat. Über dem Herd kommt Wasser durch die Decke. Bin ans vordere Fenster zurückgekrochen. Zu dunkel, um etwas zu sehen, außer wenn es blitzt. Ich glaube, Teile von anderen Häusern beschädigen mein Haus. Aber die sind bestimmt versichert.

»Ist es nicht süß?«, fragte Aura.
»Soll ich hinaufgehen und Handtücher oder Decken holen?«, wandte sich Mazelles Mann an sie.
»Nein, wir möchten nicht, dass irgendjemand den Keller verlässt, bis das Unwetter vorbei ist«, antwortete sie. »Dem Baby geht's gut. Sieh nur, Marshall, wir waren zu zweit, und jetzt sind wir zu dritt. Carl, würden Sie bitte mal mit dem Feuerzeug herkommen, damit wir unser Baby sehen können?« Carl hielt die Flamme dicht an das Gesicht des Babys. Alle rückten näher.
»Ein kleines Wunder«, sagte Mrs Postlethwaite.
»Wir haben sie so lieb.« Aura fing an zu weinen. »Wir sind so froh, dass Sie alle da waren. Ich glaube, sie wollte, dass die ganze Straße dabei ist, wenn sie auf die Welt kommt.«
»Marshall«, sagte Mose, »Sie müssen ihr einen kleinen Hühnerknochen besorgen.«

»Ja, aber erst, wenn sie älter ist.« Er lächelte.
»Jetzt sind es nicht mehr nur wir beide«, sagte Aura. »Sie hat uns alle in ihr Leben einbezogen.«
»Wann ist in der Worth Row eigentlich zum letzten Mal ein Kind geboren worden?«, fragte Nadine. »Das muss viele Jahre her sein. Vorsicht mit dem Feuerzeug, Carl.«
»Meine Tochter ist neunzehnhundertneunundvierzig geboren«, sagte Mrs Postlethwaite, »aber da haben wir noch nicht hier gewohnt.«
»Und unsere Jüngste ist neunzehnhundertvierundsechzig geboren«, ergänzte Mazelles Mann.
»Und Sie, Aura, wann sind Sie geboren?«, wollte Mose wissen.
»Neunzehnhunderteinundfünfzig. Aber Nadine fragt nach Leuten, die hier in der Row geboren sind, Mose.«
»Neunzehnhunderteinundfünfzig bin ich nach Paris«, sagte Nadine. »Damals dachten alle, ich sei schwanger. Das hat natürlich nicht gestimmt, aber wenn ich wirklich ein Kind bekommen hätte, dann wäre es jetzt so alt wie Sie, Aura.«
»Dann wäre das Baby Ihre Enkelin«, sagte Aura.
Mose bedeckte sein Gesicht mit den Händen. »Ich bin ganz durcheinander«, sagte er.
Nadine tätschelte ihm die Schulter. Der Wagen über ihnen schwankte.
»Wie das stürmt!«, sagte Mr Postlethwaite. »Hoffentlich ist nach dem Unwetter noch etwas übrig. Wir hatten alle unsere Uhren auf dem hohen Bord.«
»Es wird immer lauter«, meinte Aura.
Sie lauschten dem Toben des Windes und sahen zu dem schaukelnden Fahrwerk des Wagens auf. Das Feuerzeug erlosch.
»Das war eine gute Idee, den Wagen über das Loch zu stellen«, sagte Mazelles Mann zu Mrs Haygood.

»Wohin führt eigentlich die andere Treppe?«, wollte Nadine wissen. »Können wir da irgendwohin, wo wir sicherer sind?«
»Sie führt in mein Haus hinauf«, erklärte Mrs Haygood.
»Wissen Sie, Mrs Haygood«, wandte Nadine sich an sie, »ich habe Effie nie ein Wort von ihren Tratschereien geglaubt. Sie hat behauptet, Sie und Mazelles Mann würden immer gleichzeitig weggehen.«
»Weil wir weggeschickt wurden«, sagte Mazelles Mann. »Mrs Haygood war treu, und ich war treu. Bis heute waren wir nie zusammen hier in der Zisterne.«
»Entschuldigen Sie«, sagte Nadine, »ich wollte nicht neugierig sein. Ich war nur so erschrocken, dass Effie womöglich Recht haben könnte. Ich hätte wissen müssen, dass sie das alles erfunden hat.«
»Das hat sie nicht. Mr Haygood und Mazelle hatten das Verhältnis, aber die Verliebten waren wir, Mrs Haygood und ich.«
»Ich bin ganz durcheinander«, wiederholte Mose.
»Ich spüre Wasser«, sagte Mr Postlethwaite.
»Da kommt immer mehr herein«, sagte Carl. »Wir setzen uns besser auf die Stufen. Wenn der Raum hier eine Zisterne ist, dann ist er dazu gedacht, Wasser aufzufangen.«
»Bald brauchen wir ein Boot«, scherzte Nadine.
»Ich liebe dich«, sagte Carl noch einmal.
»Du solltest das nicht immer wieder sagen.«
»Ich hab's doch erst zweimal gesagt.«
»Oh, jetzt spüren wir das Wasser auch«, quiekte Aura. »Helft uns auf die Treppe.«
Nadine nahm das Baby, und Marshall, Mose und Carl halfen Aura auf. Sie bewegten sich geschlossen zur Treppe hinüber und setzten sich zu je zweien auf die Stufen.
»Wie werden Sie das Baby nennen, Aura?«, fragte Mrs Postlethwaite.

»Meiner Mutter hat der Name Winnow so gut gefallen«, sagte Nadine.
»Das wissen wir noch nicht«, sagte Aura. »Wir haben noch nicht darüber nachgedacht.«
Selber winselte unbehaglich. Er sprang auf das Bett und bellte in den Wind. Ein Kalksteinbrocken, doppelt so schwer wie er, fiel auf das Bett herab. Die Schockwelle in der Matratze warf Selber in die Luft, wo er sich in der Dunkelheit verlor. Als er wieder auf der schaukelnden Erde landete, wusste er, dass die Welt nicht mehr dieselbe war. Er sprang vom Bett in das fünfzehn Zentimeter tiefe Wasser und kroch zu den zehn Menschen in der Nische zwischen dem letzten Treppenabsatz und der Falltür hinüber.
»Hat er jemanden gebissen?«, erkundigte sich Nadine.
»Ich glaube, er hat nur Angst«, sagte Carl.
»Wir kommen nie durch die Büchermassen durch, wenn Mazelles Haus über uns einstürzt«, sagte Mrs Postlethwaite.
»Wir können ja durch Mr Haygoods Laden hinaus«, meinte Mrs Haygood.
»Dann müssen wir vielleicht schwimmen«, sagte Carl. »Der Hund hat einen ganz nassen Bauch.«
»Ich höre immer noch keine Feuerwehr- oder Polizeisirenen«, sagte Mose.
»Bei dem Lärm könnten wir sie wahrscheinlich sowieso nicht hören, selbst wenn sie direkt vor dem Haus wären.«
»Die haben bestimmt alle Hände voll zu tun«, meinte Mazelles Mann.
Aura nahm Marshalls Hand und legte sie auf den Hinterkopf des Babys. Er konnte zwar weder seine Frau noch seine Tochter sehen, aber er spürte, wie das Baby trank. Er hielt den Kopf des Kindes. Seine Hand fühlte sich an, als

würden tausend Volt durch sie hindurchgejagt. Er begann zu zittern.
»Ist ja gut«, sagte Aura. »Wir haben dir ja gesagt, dass es so sein würde.«

19.19 Meine Zunge passt nicht mehr in meinen Mund, und alle meine Haare streben voneinander weg. Dieses Gefühl ist jetzt viel stärker als noch vor einer Weile.

Verda kam zu sich, als das Dach ihrer Veranda weggerissen wurde. Ihre Hunde sprangen davon, als hätte sie selbst den Lärm gemacht. Sie versuchte sie durch das Dunkel zurückzulocken. »Kommt her zu Frauchen«, sagte sie, »draußen ist ein schlimmes Unwetter.« Doch Beißdie und Jatutsie rührten sich nicht von der Stelle. Durch die Türöffnung zerrte der Wind an Verdas Bluse. Das Innere ihres Hauses erschien ihr unnatürlich still, leer wie ihr Magen. Der Lärm, den Wind und Regen machten, war gewaltig, aber nicht bedrückend. Sie hörte, wie Schindeln und Zierleisten weggerissen wurden, aber es fiel ihr nicht schwer, sich mit der Zerstörung abzufinden. Was drinnen ist, zählt, dachte sie. Ich werde an Jesus denken und an alles, was Er für mich getan hat. Und jetzt denke ich an meine Hunde. Wieder rief sie nach ihnen, rief sie zu sich, wollte sie bei sich haben, wenn sie starb. Ein Blitz zeigte ihr, dass sie sich unter der Hummel-Vitrine verkrochen hatten. Die Hunde bellten sie an, schrille Schreie des Verrats. »Ihr braucht doch keine Angst vor mir zu haben, ihr undankbaren kleinen ...«, rief Verda, aber sie konnte den Satz nicht beenden. »Kommt einfach her«, stöhnte sie schließlich, und da sprangen ihr erst Beißdie und dann Jatutsie in den Schoß. »Ich hab euch doch so lieb«, heulte sie, »ich will doch nur euer Bestes.« Sie klemmte sich die Hunde unter den Arm und rutschte von der Tür fort den halben Meter zum Fenster hin. Im Licht der Blitze sah sie ihr Verandadach wie einen großen toten Vogel auf Tradios Rasen liegen. Auf der Straße trieben ein paar weiße Kunststoffgartenstühle einen Mann vor sich her. In keinem der Häuser brannte Licht. Der Wind rüttelte dicht vor ihrer Nase an der Fensterscheibe und wischte sie für einen Moment trocken, ehe der nächste Regenschwall dagegen prasselte. »Das ist das Ende der Welt«, flüsterte sie den Hunden zu. »Wir können nirgends mehr hin. Das war's, worauf wir uns vorzubereiten hatten.« Sie seufzte. In dem allgemeinen Getöse hörten die Hunde Verdas Magen knurren und knurrten zurück. Verda musste kichern. »Ihr Dummerchen«, sagte sie.

Sie schaute zu Effies dunklem Haus hinüber. Effie hat keine Doppelfenster, dachte sie, sie war immer neidisch auf mich, wegen meines Mannes und meiner Doppelfenster. Neidisch, weil ich nicht nur ein Kind habe, sondern zwei. Wie kommt es, dass ich mich schlecht fühle, weil sie neidisch auf mich ist? Ich habe doch vergleichsweise nicht viel. Mein Mann ist auch tot, und die Erinnerung an ihn ist von Effies Mund befleckt. Wenn sie etwas bei mir kauft, gehe ich mit dem Preis zu stark herunter, weil es mir Leid tut, dass sie so neidisch ist. Bestimmt hat sie ein Bankkonto so groß wie Fort Worth und lässt nur aus Knausrigkeit keine Doppelfenster einbauen. Sobald ich kann, sollte ich hinübergehen und nach ihr sehen. Stur, stur, stur. Wenn sie wenigstens einen Hund oder auch nur eine Katze hätte, die ihr Gesellschaft leistet, aber sie scheut ja schon die Kosten für eine Dose Katzenfutter. Und wie sie ihre Kunden behandelt! Ich gebe ihr keine Schuld am Tod ihres Mannes, im Gegensatz zu vielen anderen, ihren Sohn eingeschlossen. Aber ihr Sohn ist sowieso ein Nichtsnutz. Mein Mann hat ihn nicht in die Nähe unserer Töchter gelassen – so großartige Männer haben sie dann allerdings auch nicht geheiratet. Nachdem ich ihn in Effies Mund erwischt hatte, kamen mir all diese schrecklichen Gedanken, dass sie es vielleicht schon seit Jahren treiben und dass Effies Sohn von ihm ist und er deshalb nicht will, dass er mit unseren Mädchen geht, aber das waren nur schreckliche Gedanken. Effie hat sich erst, als ihr Mann tot war, an ihn herangemacht. Sie hat nie zwei Exemplare von etwas haben wollen, keine zwei Teller, keine zwei Figuren, keine zwei Männer. Wenn sie eins hatte, war sie zufrieden, außer als es um ihre Nieren ging.

Auf der anderen Straßenseite schien sich ein Blitz in den Fenstern von Mrs Martins leer stehendem Haus verfangen zu haben. »Oh, es brennt!«, sagte Verda zu ihren Hunden. Hungersnot, Überschwemmung und Feuer, dachte sie. Das erinnerte sie wieder daran, dass das Ende der Welt gekommen war, und sie legte sich unter dem Fenster an die Fußleiste und lauschte dem Stöhnen des dunklen Hauses, dem Schwanken des alten Holzes, so wie es hundert Jahre zuvor geschwankt hatte, als es noch Teil eines lebenden Baumes gewesen war.

19.20 Mein Anwalt mag ja denken, ich bin von gestern, aber er weiß nicht, dass ich die ganze Nacht aufgeblieben bin. Meine Zunge ist immer noch zu groß. Meine Haare sind unrettbar versengt. Das Telefon funktioniert mal wieder nicht, aber ich habe meine 89 Cent Grundgebühr bezahlt, falls die Ursache hier im Haus liegt. Komische Schatten an den Wänden im Laden. Jeder Dieb weiß, dass ein Unwetter die ideale Gelegenheit für einen Einbruch ist.

Mazelles Mann tastete durch das Dunkel und fand Mrs Haygoods Brust. Als einzige Reaktion legte sie die Wange an seine Schulter. Sie saßen auf der untersten Stufe von Mr Haygoods Treppe, die Füße in der wässrigen Erde ihres brodelnden Gartens.

»Der halbe Garten wird in das Loch gespült«, flüsterte sie Mazelles Mann zu.

»Wir legen einen neuen Garten an«, sagte er. Sie waren durch Wasser gewatet, um auf die andere Seite der Zisterne zu gelangen. Er knöpfte die obere Hälfte ihrer Bluse auf, und seine Hand glitt über ihre straffe, nasse Haut in das feuchte BH-Körbchen. Ihre Brüste waren kleiner, als er gedacht hatte.

»Deine Hände sind so warm«, flüsterte sie. »Ich hab Angst, er kommt hier herunter. Inzwischen ist er bestimmt wach und hat den leeren Laden gesehen.«

»Ich kann nicht anders«, sagte Mazelles Mann.

»Das sollst du auch gar nicht«, erwiderte sie. »Ich setz mich weiter rauf.«

»Ja, setz dich weiter rauf.«

»Alles in Ordnung mit Ihnen beiden da drüben?«, rief Nadine.

»Alles in Ordnung«, antwortete Mrs Haygood.

»Das ist das Unwetter«, flüsterte Mazelles Mann Mrs Haygood ins Ohr.

»Mir wär's lieber, ich wär's.« Sie sank auf die Stufen zurück.

»Du bist es auch.« Er schob sich auf sie. »Wir hätten es längst merken müssen.«

»Es war meine Schuld. Aber wir hatten ja den Garten.«
»Und jetzt haben wir das«, sagte er. »Ja, jetzt haben wir auch das.« »Ist er das?«, ächzte er.
»Es ist der Sturm«, erwiderte sie.

19.23 Weit weg höre ich Sirenen. Das bedeutet, dass das Unwetter bald vorbei ist. Mein Haus steht noch. Dass ich meinen Sohn damals angerufen habe, war ein Versehen. Ich hatte eine Telefonnummer auf einen Zettel geschrieben, und da ich nicht mehr wusste, wem sie gehört, habe ich sie gewählt, und als mein Sohn sich gemeldet hat, habe ich aufgelegt. Seine Stimme klang noch genau wie früher.

Nach der Arbeit fuhr Steve nach Hause, zog sich um und ging in Luby's Cafeteria, wo er einen LuAnn-Teller bestellte: Hühnerfilet, zwei Gemüsesorten und mehrere Brotsorten für weniger als fünf Dollar. Die Zündhölzer an der Kasse gab es gratis. Beim Essen rechnete er aus, dass er, wenn er an eintausendachthundert Tagen auf diese Mahlzeiten verzichtete, der Bank das alte Haus abkaufen und seine Würde retten konnte.
Er parkte drei Blocks entfernt, steckte die Zündhölzer in die Innentasche seines Mantels, zog sich eine Baseballmütze tief in die Stirn und trat in den peitschenden Regen hinaus. Das Unwetter bot die perfekte Deckung, und wenn ihn jemand so nass sah, würde er sich schwer tun, ihn im trockenen Zustand zu identifizieren. Er beschloss, das Haus durch die Hintertür zu betreten, und ging deshalb die Gleise entlang zur Worth Row, kletterte über den Zaun der Postlethwaites und schlüpfte durch die Lücke in Au-

ras Zaun. In Mrs Martins Haus angelangt, sackte er an der Küchenwand zusammen, froh, im Trockenen zu sein. Fast eine halbe Stunde saß er dort, bis das Schlimmste vorüber war, und hörte zu, wie das Haus auseinander fiel, sah zu, wie das Wasser an den Wänden herunterrann. Er strich fünfzehn Zündhölzer an, ließ sie zwischen seinen Fingern abbrennen und warf sie im letzten Moment auf den Boden. Alle erloschen wirkungslos zu seinen Füßen. Schließlich stand er auf und dachte, okay, was soll's, so wichtig ist mir mein Job auch wieder nicht, dass ich deshalb zum Brandstifter werden müsste. Seine Knie gaben nach, als der Blitz zuckte, und er warf sich in dem überwältigenden Licht und Getöse zu Boden. Ein Angstschrei drängte sich durch seinen Mund, den er nur dadurch zurückhalten konnte, dass er die Hände vors Gesicht schlug. Als er, noch immer auf Knien hin und her schwankend, wieder aufblickte, sah er mehrere kleine Feuer, jedes an einer Steckdose. Er zog seinen nassen Mantel aus und schlug auf die Flamme ein, die ihm am nächsten war, schlug eine zweite und eine dritte aus und überließ den Mantel dann der vierten. Die gegenüberliegende Wand brannte bereits lichterloh. Feuer huschte über die alte Tapete. »Ich muss gehen«, rief er dem alten Haus zu und stieß mit dem Fuß die Haustür auf. Von Auras Gartenmöbeln getrieben, rannte er durch ein Gewirr von Rohren und Leitungen davon.

19.26 Ich bin gerade zu meinem Seitenfenster hinübergekrochen, und da habe ich gesehen, dass Mrs Martins Haus von außen ein tropfnasser Lappen ist und von innen abbrennt. Das war dieser Blitz, derselbe, von dem mir die Zunge angeschwollen ist.

19.28 Ich sehe es brennen.

19.29 Jetzt werde ich viel besser in Auras Seitenfenster schauen können.

»Klingt's nicht, als würde es nachlassen?«, fragte Mose.
»Ich höre immer noch Sachen herunterfallen«, sagte Mrs Postlethwaite.
»Bevor das Unwetter vorbei ist«, sagte Mr Postlethwaite, »sollen Sie es alle wissen: Ich habe meine Tochter belästigt.«
»Das ist nicht wahr«, versetzte seine Frau schroff.
»Deshalb ist sie die ganzen Jahre nicht mehr nach Hause gekommen. Weil ich sie angefasst habe.«
»Aber das stimmt doch gar nicht«, sagte Mrs Postlethwaite. »Warum sagst du so etwas? Sie ist die Einzige, die meint, sich daran zu erinnern. Er sagt das nur meinetwegen. Damit sie wieder nach Hause kommt. Er war ein guter Vater.«
Sie saßen Schulter an Hüfte auf den Stufen.
Schließlich sagte Mose: »Ich glaube, das geht uns nichts an, Mr Postlethwaite.«
»Meine Tochter soll wissen, dass ich es zugegeben habe. Wenn jemand von Ihnen Kontakt zu ihr hat, kann er's ihr sagen. Sagen Sie ihr, sie soll zu ihrer Mutter zurückkommen. Ich werde dann nicht mehr hier sein. Wir machen eine Versteigerung. Wir verkaufen die ganze Ware.«
»Du hast wohl den Verstand verloren«, sagte Mrs Postlethwaite.
»Keiner von uns weiß, wo Ihre Tochter ist, Mr Postlethwaite«, schaltete Nadine sich ein.

»Vielleicht weiß es Howard«, sagte Mose. »Howard weiß alles.«
»Was weiß er?«, fragte Carl.
»Er hat gewusst, dass Mr Haygood und Mazelle ein Verhältnis hatten.«
»Pssst«, machte Nadine.
»Sie können uns nicht hören«, sagte Mose. »Sie sitzen drüben auf der anderen Seite.«
»Ich dachte, Mrs Haygood und Mazelles Mann sind die Verliebten«, meldete sich Marshall zu Wort. Seine Lippen kamen ihm irgendwie unkoordiniert und ungewöhnlich schlaff vor, und dann fiel ihm ein, dass sein Knochen weg war. Er hatte ihn erst ein einziges Mal verloren, bei einem Autounfall.
»Howard sagt etwas anderes«, sagte Mose. »Er hat dreißig Jahre lang jeden Monat Bestechungsgelder von Mr Haygood und Mazelle bekommen.«
»Er hat sie erpresst?«, fragte Nadine.
»Er will, dass die Zahlungen nach seinem Tod auf mich übergehen.«
»Stirbt er denn bald?«, fragte Carl.
»Ich weiß nicht.«
»War's das, worüber du den ganzen Tag mit ihm geredet hast?«, wollte Nadine wissen.
»Zum Teil.«
»Zum Teil«, wiederholte Nadine. »Mose, beim Grab meiner Mutter: worüber noch?«
Mose spürte, wie seine Haut sich vom Körper löste, eine lockere Hülle um seine Muskeln, Knochen und Eingeweide bildete. Er dachte, wenn er aufstünde und losliefe, würde seine Haut sich nach der falschen Körperseite rollen und er würde nicht mehr sehen, sprechen oder auch nur ohne Schweinerei den Darm entleeren können, seine Ellenbogen würden ihm aus Bauch und Rücken hervor-

stehen, sein Knie würde im Hodensack hängen. Wie dumm Nadines Mutter gewesen war, wie unfair sie ihn all die Jahre behandelt hatte. Wie schön sie gewesen war. Wie sehr er sie geliebt hatte. Und jetzt erinnerte ihn außer Nadine auch Aura an ihre Gestalt, ihren Charakter. Und dann, ganz plötzlich, nach fast achtzig Jahren, erfand er eine Methode zur Verschleierung der Wahrheit. Statt schlecht zu lügen, konnte er ja einfach eine persönliche Schwäche oder ein Fehlverhalten zeigen und damit die Aufmerksamkeit der anderen ablenken.

»Howard möchte Radios reparieren lernen«, sagte er, »aber ich kann's ihm nicht beibringen. Ich repariere sie ja nicht direkt, ich tausche nur Teile aus. Ich schlachte alte Radios aus und verwende die Einzelteile, oder ich setze neue Teile in ein kaputtes Radio ein, bis es wieder funktioniert.«

»Das macht ein Chirurg doch auch«, sagte Carl.

»Auf die Art habe ich zwei neue Knie bekommen«, sagte Mrs Postlethwaite. »Ich brauche nicht mal mehr einen Stock.«

»Wisst ihr, was das Letzte war, was ich zu Howard gesagt habe?«, fragte Mose. »Er wollte wissen, was er tun kann, um sein Verhalten wieder gutzumachen, und ich hab ihm gesagt, er soll auf seinem Führerschein unterschreiben, dass er seine Organe spendet, wenn er stirbt.«

»Aber er ist doch so alt«, wandte Aura ein. »Was sind seine Organe da noch wert?«

»Stimmt«, sagte Marshall.

»Was hat er denn noch getan, Mose? Noch nie hast du so etwas Schlimmes zu jemandem gesagt«, meinte Nadine.

»O Gott«, sagte Mose.

»Mose!«

»Ich weiß nicht, was ich sagen soll.«

»Mose!«

»Ich hab einen gelassen.«
»Mose!«
Wieder eine fehlgeschlagene Erfindung, dachte Mose. Ich will nicht der Einzige sein, der Bescheid weiß. Dieser verfluchte alte Indianer. Er hatte Recht: Die Last ist zu schwer. Doch wenn er es sagte, würden alle wissen, dass Nadines Mutter ihn verschmäht hatte, dass sie nicht alle Männer abgewiesen hatte, nur ihn. Na ja, dachte er, sie ist tot, es kann ihr nichts mehr ausmachen. Und Nadine hat eine Schwester verdient. Ich werde dann nicht mehr so wichtig für sie sein. Sie wird nicht mehr auf mich angewiesen sein. Sie wird sich an Marshall wenden, wenn sie Hilfe braucht, weil er ihr Schwager ist, weil er zur Familie gehört. Ich werde meine jetzige Lebensweise aufgeben, dann sind sie glücklicher.
»Was machst du denn für ein Geräusch, Mose?«, fragte Nadine. »Wenn es nur nicht so dunkel wäre. Ich kann dein Gesicht gar nicht sehen.« Sie streckte die Hand aus und fand zwei Stufen weiter oben sein Knie.
»Was für ein Geräusch?«
»Du stöhnst, Mose. Ist dir schlecht?«
»Es wird nie mehr so sein wie früher«, sagte Mose. Er schwieg einen Moment, und das Pfeifen des Windes füllte die Pause. »Nadine, Liebes, Howard hat mir erzählt, dass er und deine Mutter zusammen ein Kind hatten, und dass deine Mutter das Baby in dem Jahr bekommen hat, als du in Paris warst, und das Baby wurde ein Edna-Gladney-Baby, und dieses Baby ist Aura, also ist ihr Kind deine Nichte, nicht deine Enkeltochter, und deine Mutter hat uns beide hintergangen.«
Ein Augenblick verstrich, dann noch einer, und dann hörte man in der Zisterne ein leises Weinen wie plätscherndes Wasser. Es war Carl.
»Warum weinen Sie?«, fragte Mrs Postlethwaite.

Marshall erklärte es ihr. »Er hat aus seinem Haus ein Boot gebaut, in dem er Nadine mitnehmen wollte, weil er sie liebt. Und jetzt denkt er wahrscheinlich, sie kommt nicht mit, weil sie hier Verwandte hat.«

19.30 Haus brennt noch. Ich habe mir einmal an einer Zigarette, die mein Mann auf dem Küchentisch liegen gelassen hatte, böse den Finger verbrannt. Aber er ist nicht an Lungenkrebs gestorben.

Tradio kam langsam wieder zu sich. Der Abfluss der Badewanne war direkt über seinem Gesicht. Wasser tropfte ihm in die Augen. Er zog den Kopf weg und stieß gegen das Gusseisen, doch der Schmerz war harmlos im Vergleich zu den Schmerzen in Schulter und Brust. Er hob den Arm, der nicht wehtat, und fühlte, woran er sich gestoßen hatte. Sein ganzer Körper war von trockenem Laub bedeckt. Seine Hand berührte das kühle Porzellan, tastete aufwärts, glitt über den Wannenboden und auf der anderen Seite wieder hinab. Es war vollkommen dunkel. Ich bin lebendig begraben, dachte er. Ich habe weder etwas vom Krankenwagen und der Klinik noch von der Leichenhalle und meiner eigenen Beerdigung mitbekommen, und jetzt wache ich im Sarg aus dem Koma auf. Von neuem legte er die Hand an die Decke seiner Gruft und drückte mit aller Kraft dagegen. Sie gab keinen Millimeter nach. Er versuchte sich auf die Seite zu drehen, aber seine Brust schmerzte. Was für ein Sarg zum Teufel war das? Nicht einmal einen richtigen Sarg haben sie für mich besorgt. Ich liege in einer Art billiger Metallkiste mit dem Rücken im

Dreck. Und dabei habe ich vor fünf Jahren eine Grabstätte und einen 2000-Dollar-Sarg gekauft, verdammt noch mal, um meiner Tochter nicht zur Last zu fallen. Ich hätte gedacht, Arthur würde mich wenigstens mit Anstand unter die Erde bringen. Tradio ließ seine Hand die schmerzende Brust hinab und über seine Hose wandern. Ich hab nicht mal einen Anzug an, dachte er. Wasser tropfte ihm ins Ohr, und er tastete nach dem offenen Abfluss. Eine Art Leitung oder Röhre. Ich höre den Wind darüber wehen. Anscheinend reicht sie bis an die Oberfläche, damit die Gase entweichen können. Nicht einmal einbalsamiert haben sie mich, verflucht noch mal.

19.32 Das Feuer frisst sich von Mrs Martins Küche in ihr Schlafzimmer vor. Als Nächstes ist das Esszimmer dran. Ich habe nie dort gegessen. Man isst nicht in den Restaurants, die in nächster Nähe liegen. Sie wollte mir ihr Haus verkaufen – ein Glück, dass ich es nicht gekauft habe. Meinem Mann hat ihr Essen geschmeckt. Jetzt ist sie tot, und ich kann ihr nicht sagen, dass ihr Haus abbrennt.

Mr Haygood wachte auf, als ein Mülleimer durch die Scheibe des Schlafzimmerfensters flog. Im ersten Moment war er wütend auf Mrs Haygood. Bestimmt hatte sie in der Küche etwas fallen gelassen. Außerdem hatte sie ihn nicht zur üblichen Zeit geweckt. Es war bereits dunkel draußen, und jetzt würde er in der Nacht nicht schlafen können. Doch als er sich die Decke von den Beinen zog, fielen Glasscherben zu Boden. Etwas tropfte von seiner Nasenspitze. Er fasste sich an die Stirn und stellte fest, dass er blutete. Der Wind wehte ungehindert durchs Haus. Er verstand nicht, warum Mrs Haygood ihn nicht geweckt hatte, als es dunkel wurde. Er rief nach ihr. Er rief ein zweites Mal. »Ich hab mich geschnitten«, setzte er hinzu. Er schrie es noch einmal, aber noch immer kam sie nicht, diese nichtsnutzige Person. Er rannte in die Küche, überzeugt, sie am Tisch so in ein Gartenbuch vertieft vorzufinden, dass sie ihn gar nicht bemerkte. Doch die Küche war leer. Er drückte sich ein Papiertuch an die Stirn und betrachtete dann das Blut auf dem Tuch. Auch in Mazelles Haus war es dunkel. Ihr Auto stand zwischen den beiden Häusern im Garten. Er ging zum Telefon, um sie anzurufen, aber die Leitung war tot. Der Wind schraubte sich um ihn herum. Irgendwo muss noch ein anderes Fenster oder eine Tür offen sein, dachte er. »Mrs Haygood!«, rief er von neuem und ging durch den hereinwehenden Regen an dem zerbrochenen Fenster vorbei. Er öffnete die Tür zum Laden, doch der Wind schlug sie wieder zu. Er zog fester daran, und dann sah er, dass die Haustür aus den Angeln gerissen war. Sein Laden war ein einziges Chaos, Papiere überall, Kartons auf dem Boden. Wasser tropfte von der Decke und rann vom Lichtkabel herab. Dann sah er, dass seine Regale und Vitrinen leer waren. Auch auf dem Boden lag kein Spielzeug. Es war weg. Einen Moment lang dachte er, der Sturm hätte es aus dem Raum gesogen, aber die Buddy-L-Trucks wären dafür zu schwer und die meisten der Vitrinen waren verschlossen gewesen. Er war bestohlen worden. Mrs Haygood war weg. Er trat zur Registrierkasse, darauf gefasst, seine Frau erschlagen auf dem Boden dahinter vorzufinden.

19.35 Ich habe noch einmal versucht, 911 anzurufen, aber ich kann die Tasten drücken, so fest ich will, es meldet sich niemand. Anscheinend kommen alle anderen in Fort Worth vor Effie dran.

19.37 Der Wind treibt das Feuer mitten durchs Haus, macht die Türen auf und komplimentiert es von einem Zimmer ins andere. Jetzt bemerke ich auch diesen scheußlichen Rauchgeruch. Hoffentlich muss ich nicht meinen Wasserschlauch herausholen.

Obwohl Howard sich die größte Wanne ausgesucht hatte, konnte er sich darunter kaum bewegen. Er wusste, dass ein schlimmes Unwetter im Anzug war. Nur wenige Minuten nachdem er die Wanne über sich gestülpt hatte, hörte er bereits Gegenstände dagegenschlagen. Wasser strömte durch den Abfluss, spülte über sein Gesicht und versickerte im Gras. Aber das störte ihn nicht. Es war nicht das erste Mal, dass er nass wurde. Seit Jahren hatte er sich nicht mehr so geborgen gefühlt. Draußen tobte der Sturm, doch alles, was er davon mitbekam, war kühles Wasser und hin und wieder ein Schlag gegen seinen gusseisernen Kokon. Er verschränkte die Hände und legte sie als Kissen unter seine Wange. Das Baby hatte sein Geständnis unterbrochen. Eines musste er Mose noch erzählen, eine Sache, an der er schuld und auch wieder nicht schuld war. Aber die Nacht ist noch jung, sagte er sich. Das Unwetter wird vorübergehen, und wenn Mose es überlebt, wird er mich zu Ende anhören. Zweimal hatte Howard das Stampfen rennender Füße in seinem Vorgarten gespürt, doch gehört hatte er über dem Toben von Wind und Regen nichts. Seltsam, wie viel stärker er sich jetzt fühlte als am Morgen.

Nach dem Unwetter würde es alles Mögliche zu bergen geben. Seltsam, wie leicht es jetzt war einzuschlafen.

19.40 Regen lässt nach. Niemand auf der Straße. Mrs Martins Haus ist nicht mehr zu retten. Verda hat das große Schauspiel verpasst. Alle schauen aus ihren Fenstern und unternehmen nichts gegen das Feuer.

19.43 Wenn das Feuer nur weiter weg wäre. Jemand sollte kommen und es löschen.

»Dem alten Lügner darf man nichts glauben«, sagte Carl und wischte sich die Nase.
»Nadine?«, fragte Aura, ohne zu wissen, was sie fragen wollte.
»Ich kann nicht glauben, was du da gesagt hast, Mose«, sagte Nadine.
»Ich bin nur der Überbringer der Nachricht«, beeilte sich Mose zu versichern.
»Und ich bin ein Edna-Gladney-Baby«, sagte Aura. »In welchem Monat sind Sie aus Paris zurückgekommen, Nadine?«
»Im Dezember.«
»Ich bin im September geboren.«
»In jeder Lüge steckt ein Körnchen Wahrheit«, sagte Nadine.
»Möchten Sie denn nicht meine Schwester sein?«, fragte Aura.
»Aura, Liebes, darum geht es doch nicht. Es ist einfach unmöglich. Warum hätte Momma mir so etwas verschweigen sollen?«

»Howard meint, weil sie sich geschämt hat. Sie war ja nicht verheiratet. Sie hat gedacht, du würdest dann nichts mehr von ihr wissen wollen«, erklärte Mose. »Howard glaubt sogar, dass sie es war, die Aura das Haus hier in der Row besorgt hat.«

»Aber meine Eltern ...«, begann Aura und verstummte wieder.

»Das Baby hat auch irgendwie Ähnlichkeit mit –«, begann Marshall.

»Seien Sie still«, fuhr Nadine ihn an.

»Mit Howard, wollte ich sagen.«

»Dann ist Howard also mein leiblicher Vater«, sagte Aura nachdenklich. »Marshall, jetzt haben wir an einem einzigen Tag eine Tochter, eine Schwester, eine Schwägerin, einen Vater und einen Schwiegervater bekommen. Das ist die größte Familie, zu der wir je gehört haben. O Nadine, hoffentlich stimmt das alles.«

»Howard sagt das doch nur, weil er außer uns der Einzige ist, der damals schon in der Row gewohnt hat.«

»Effie war auch schon da, Nadine«, sagte Mose.

»Na, bitte«, gab Nadine zurück, »die alte Klatschbase hätte so ein Geheimnis doch nie die ganzen Jahre für sich behalten können. Momma hätte es Effie doch unmöglich verheimlichen können, wenn sie ein Kind bekommen hätte.«

»Howard sagt, deine Mutter hatte etwas gegen Effie in der Hand.«

»Aber Momma ist tot. Da hätte Effie doch schon vor Jahren reden können.«

»Vielleicht denkt sie, Howard weiß, was Ihre Mutter gewusst hat«, meinte Mrs Postlethwaite.

»Puh, ist das alles kompliziert!«, sagte Aura. »Aber was uns betrifft, Nadine, wir würden uns riesig freuen, wenn du unsere Schwester wärst.«

»Wir wären nur Halbschwestern.«

»Wir wollen ja nichts von dir. Wir wollen nur, dass wir Schwestern sind, eine komplette Garnitur.«

»Würdest du Howard denn zum Vater haben wollen?«

»Er hat uns einmal besucht und hat nichts von unseren Sachen schlecht gemacht.«

»Ich kann's nicht fassen, dass jetzt auf einmal alle meine Mutter durch den Schmutz ziehen, nur weil jemand so etwas gesagt hat. Es gibt doch keine Beweise. Man kann sie jetzt, wo sie tot ist, doch nicht einfach ganz anders hinstellen. Sie kann sich ja nicht mehr dazu äußern.«

»Sie würde sowieso alles abstreiten«, sagte Mrs Postlethwaite.

»Damals waren auch noch andere Nachbarn da, nicht nur Effie«, beharrte Nadine.

»Anfang der fünfziger Jahre gab es in der Row eine ziemliche Fluktuation, Nadine«, sagte Mose. »Deine Mutter wurde von allen respektiert, da konnten sie so ein Geheimnis schon ein paar Jahre für sich behalten. Wahrscheinlich sind sie inzwischen alle tot.«

»Wie sind Sie denn zu Ihrem Haus gekommen, Aura?«, fragte Carl.

»Unsere Eltern haben's uns hinterlassen. Das kam uns immer komisch vor, weil wir das Haus erst so lange nach ihrem Tod bekommen haben.«

»Auras Haus hat deiner Mutter nicht gehört, nicht wahr?«, wandte Carl sich an Nadine.

»Natürlich nicht.«

»So ein Haus hätte eine Menge Geld gekostet«, sagte Carl.

»Du könntest ja ihre Kontoauszüge durchsehen«, meinte Aura.

»Von den letzten dreißig Jahren? Momma hat alle Belege weggeworfen, falls einmal eine Buchprüfung kommt.«

»Vielleicht war das Finanzamt nicht der einzige Grund«, vermutete Mrs Postlethwaite.

»Jetzt aber genug mit diesen Spekulationen«, sagte Nadine.
»Howard schien sich ziemlich sicher zu sein, Nadine«, sagte Mose. »Außerdem kränkst du Aura. Die Sache macht mir genauso zu schaffen wie dir, Liebes.«
Von der anderen Seite der Zisterne rief Mazelles Mann herüber: »Würden Sie bitte weiterreden? Wir kommen jetzt zu Ihnen rüber und gehen Ihren Stimmen nach.«
»Wir sind hier!«, rief Mose.
Man hörte Wasser schwappen, als Mrs Haygood und Mazelles Mann am Bett vorbei zu der voll besetzten Treppe hinüberwateten.
»Klingt, als würde es allmählich nachlassen«, sagte Mazelles Mann. »Wir beide, Mrs Haygood und ich, Dorothy und ich, wir möchten uns von Ihnen allen verabschieden. Wir gehen weg.«
»Sie gehen weg?«, fragte Nadine, als sei das eine persönliche Beleidigung.
»Aber warum denn?«, wollte Mrs Postlethwaite wissen.
»Ich gehe auch weg«, sagte Mr Postlethwaite.
»Nein!«, schrie Mrs Postlethwaite.
»Wir werden niemandem Bescheid geben können, wo wir sind«, sagte Mrs Haygood. »Es war schön, Sie alle kennen gelernt zu haben. Sie waren gute Nachbarn.«
»Ich muss auch hier raus«, erklärte Nadine. »Ich muss mit Effie und Howard reden.«
»Ich würde Aura und das Baby gern ins Krankenhaus bringen«, sagte Marshall.
»Keine Sorge, uns geht's gut, Marshall.«
Carl fragte: »Will denn niemand mein Boot sehen?«

19.45 Ich seh mir das brennende Haus nicht mehr an. Es kann brennen und krachen und platzen, so viel es will, das interessiert mich nicht mehr. Ich hab es schließlich nicht angezündet, und ich finanziere mit meinen Steuern die Feuerwehr. Nur um den alten Hund mache ich mir Sorgen.

Nachdem Arthur jeden Winkel von Howards Haus abgesucht hatte, rannte er durch den Sturm zurück und prallte fast gegen seinen Rasenmäher, der im Eiltempo die Straße hinab auf Tradios Haus zurollte. Weder Howard noch Tradio waren zu finden. Wo konnten sie nur sein? Die Autos standen alle noch da, und ein Krankenwagen konnte in der kurzen Zeit, die er in Mazelles Haus gewesen war, nicht angekommen und wieder abgefahren sein. Er trat wieder in den peitschenden Regen hinaus und schrie Tradios Namen in den Wind. Seine Stimme wurde hoch- und fortgeweht, wurde ihm tief aus der Kehle gerissen, noch ehe sie überhaupt bis zu den Lippen gelangt war. Ich werde nicht weinen, sagte er zu sich selbst. Ich habe etwas falsch gemacht, und ich muss herausfinden was. Er hatte gesehen, wie Howard sich Tradio auf den Rücken geladen hatte, aber dann hatte das Baby ihn abgelenkt. Bis zum Krankenhaus konnte Howard Tradio nicht getragen haben. Es war zu weit bis dorthin, drei oder vier Kilometer. Er ging in Tradios Schlafzimmer zurück, legte die Hände auf die zerknüllten Laken und rollte sich auf dem Bett zusammen. Sieben oder acht Minuten vergingen, bis ihm Effie einfiel. Er ist bei Effie, dachte er. Howard hat ihn zu Effie gebracht, das war näher. Oder zumindest weiß sie, wo er ist. Sie lässt ihn ja nicht aus den Augen. Arthur war schon halb über die Straße, als ihn ein drei auf dreieinhalb Meter großes Stück der Seitenverkleidung von Carls Haus auf den nassen Asphalt warf. Bei dem Versuch, sich zu bewegen, bohrten sich ihm mehrere Reihen Nägel ins Fleisch. Das Gewicht, das auf ihm lastete, war zwar erträglich, verhinderte aber jede Bewegung. Er blieb so still wie möglich liegen und hoffte, der Sturm würde das Holz wieder mitnehmen. Er wusste nicht, was er mehr fürchtete, mit dem Hausteil davonzufliegen oder plötzlich von ihm weggerissen zu werden. Einer der Nägel hatte seine Wange durchbohrt, und um sich abzulenken, berührte er mit der Zunge mehrmals die rostige Spitze.

19.47 Sie sind alle aus Mazelles Haus geströmt wie Leute aus dem Kino, und dann haben sie das Feuer gesehen, als sei es das erste Mal in ihrem Leben, dass sie ein Feuer sehen. Im Feuerschein kann ich erkennen, was für Gesichter sie machen. Sie haben gedacht, wir hätten eine Überschwemmung, dabei brennt es. Ich habe es zuerst gesehen. Es ist mein Feuer. Jetzt haben sie sich endlich entschlossen, es zu löschen. Aura bleibt als Einzige in Mazelles Vorgarten zurück, alle anderen haben zu tun. Sie hält etwas im Arm. Wahrscheinlich hat Mazelle alle zu sich eingeladen, bis das Unwetter vorbei ist, nur Effie nicht. Es ist jetzt völlig windstill draußen, und die Flammen steigen senkrecht auf, als gäbe es nichts anderes auf der Welt. Mose benutzt meinen Wasserschlauch und *mein Wasser.* Der Hund will unter Mrs Martins Veranda, aber dieser Tischler lässt ihn nicht.

Keine seiner Reparaturen, keine seiner Erfindungen und Erkenntnisse hatte Mose so viel Befriedigung verschafft wie der Augenblick, als er den Daumen halb über die

Schlauchöffnung schob, damit der Wasserstrahl weiter ins Feuer reichte. Ich hätte löschen sollen, dachte er, ich hätte Feuerwehrmann werden sollen. Ich hätte Menschen retten, Häuser retten, Möbel retten sollen. Ich hätte mich in Gefahr begeben sollen, anstatt ein Leben lang über Kleinigkeiten zu grübeln, zum Beispiel über eine bessere Methode, sich die Schuhe zu schnüren. Ich hätte gegen etwas kämpfen sollen, das sich wehren kann. Ich hätte das Unwetter mit einem Mülltonnendeckel zurückdrängen sollen. Er ging näher an das Feuer heran, lenkte den Wasserstrahl in ein Fenster. Ascheteilchen schwebten ihm um die Ohren, und durch das Sainte-Augustine-Gras wirbelten kleine Flammenblätter. Der Rauch schmeckte nach Schlamm, nach Grundfischen. Ein Feuer zu bekämpfen war viel schöner als über die Frauen nachzudenken, während man eine Schraube wieder in das Loch drehte, das sie vor fünfzig Jahren gebohrt hatte. Andere Silhouetten waren neben ihm, lehnten sich in den Rauch, zogen sich wieder zurück, aber sie waren ohne Bedeutung, hatten nichts mit ihm und seinem Schlauch zu tun, seinem Daumen, der sich ins Feuer drückte.

19.51 Da kommt Mr Haygood und will auch etwas von dem Spaß haben. Er hat seine Frau am Arm gepackt und will sie retten. Mazelles Mann hat jetzt auch einen Schlauch und Mr Postlethwaite ebenfalls, aber Marshall und Nadine sind nirgends zu sehen. Sie sollten besser in meinem Blickfeld bleiben.

Nadine zog Carls Hemd aus und begann damit auf die Flammen im Gras einzuschlagen, die sich zu Marshalls und Auras Haus vorarbeiteten. Von Zeit zu Zeit glühte ein Fetzen ihres Nachthemdes auf oder fing Feuer, und dann presste sie den Stoff in der Hand zusammen, als würde sie Rosenblätter zerdrücken. Die Hitze saß ihr in den Haaren und hatte sich zwischen ihren Brüsten eingenistet. Das Gras rauchte durch ihre nackten Zehen. Wieder und wieder schlug sie darauf ein und verfluchte den hellen Lichtstreifen, der sich zwischen ihren Lidern verfangen hatte.

Da ist das Geld also geblieben, dachte sie, in Auras Haus. Bevor ich nach Paris ging, war bei uns alles in Ordnung, und als ich wiederkam, waren wir arm. Ich dachte, mein Aufenthalt in Paris sei schuld daran, dabei war es eines von diesen schmalbrüstigen Häusern hier. Wirklich geglaubt habe ich es nicht, Momma hat es mir eingeredet. Sie hat nie gesagt, dass sie Hilfe braucht, aber es hat an allen Ecken und Enden gefehlt bei uns. Ich dachte, das Leben ist nun mal schwer, und dabei sind wir die ganzen Jahre für unser eigenes und noch ein anderes Leben aufgekommen. Alles hätte viel leichter sein können. Es hätte so leicht sein können wie jetzt. Sie wäre schon zurechtgekommen. Mein Leben wäre ganz anders verlaufen. Nadine richtete sich auf, und ihre Brüste schaukelten zwischen den versengten Seidenfetzen. »Alle hier herüber!«, rief sie. »Rettet Auras Haus! Rettet das Haus meiner kleinen Schwester!« Sie lief zu Mose und zog ihn am Hemdzipfel von dem Fenster weg. »Auf die andere Seite!«, rief sie. »Wir müssen Auras Haus retten. Hier ist nichts mehr zu machen.«

»Ich seh nichts!«, rief Mose zurück. »Ich seh nichts!«

»Carl, du nimmst Moses Schlauch, Mose, du hältst diesen verrückten Hund fest. Setz dich hier in den Garten und halt ihn fest.«

»Okay, Nadine, ich lass ihn nicht los.« Er drückte den Hund an sich und rieb sich mit der anderen Hand die Augen.

»Du hast dir die Brust verbrannt, Nadine«, sagte Carl. »Bleib du hier, wir spritzen Auras Haus nass. Wir retten es.« Er zog sein Unterhemd aus und warf es ihr zu.

Nadine fing das Hemd auf und kniete neben Mose und dem Hund nieder.

»Ich hab Rauch in die Augen gekriegt, Nadine«, sagte Mose. »Tut mir Leid, dass ich das alles gesagt habe. Ich hätte es nicht weitererzählen sollen.«

Nadine zog sich das Hemd über den Kopf und zuckte zusammen, als es über ihre Brust streifte. »Mose«, sagte sie, »ich liebe alte Sachen. Ich kann's nicht mit ansehen, wenn etwas Altes verloren geht.«

»Brennt die Veranda auch schon, Nadine?«

»Sie ist nicht mehr zu retten, Mose, das ganze Haus ist nicht mehr zu retten. Das Café der armen alten Mrs Martin brennt ab. All die Leute, die in dem alten Haus gewohnt haben – jetzt haben sie keine Bleibe mehr.«

»Ich bin zu nahe ans Feuer gekommen, Nadine.«

»Ich kümmere mich um dich, lieber Mose. Hier sind wir in Sicherheit. Bestimmt kommt auch bald die Feuerwehr.«

»Können sie Auras Haus retten, Nadine?«

»Ja.«

»Und Effies Haus?«

»Die Flammen steigen jetzt senkrecht auf, Mose, da kann nichts mehr passieren.«

»Warum hat deine Mutter ihn geliebt, Nadine?«

»Ich weiß es nicht, Mose.«

»Wär das schön, wenn Aura meine Tochter wäre. Wär das schön, wenn ihr beide, du und Aura, meine Töchter wärt und das Baby meine Enkeltochter, wär das schön, wenn Marshall zum Reden zu mir käme, wenn er euch Mädchen nicht versteht. Wär das schön, wenn ich die Erinnerungen hätte, die Howard so wenig bedeuten.«

»Nicht weinen, Mose.«

»Ich weine nicht, ich hab nur Rauch in den Augen. Ich hab über alles nachgedacht. Ich fühl mich schrecklich. Was machen wir denn jetzt, Nadine?«

»Sei einfach still, Mose.«

»Ist gut, Nadine.«

19.53 Mose und Nadine schauen dauernd zu mir herüber, obwohl nebenan ein Haus brennt. So scheußlich hat sie sich noch nie herausgeputzt.

19.54 Aura hält ein lebendiges Baby im Arm!

»Wo warst du denn? Irgendjemand hat alles mitgenommen. Wir sind bestohlen worden. Alles ist weg. Warum hast du mich nicht geweckt? Wo warst du?«

»Wovon redest du?«, sagte Mrs Haygood. »Lass meinen Arm los.«

»Wir sind bestohlen worden, dumme Gans! Wo warst du denn die ganze Zeit?«

»Ich hab mich vor dem Unwetter versteckt.«

»Wo?«

»In Mazelles Haus.«

»Hast du bei uns im Haus jemanden gesehen?«

»Nein.«

»Jedenfalls ist alles weg.«

»Was meinst du mit ›alles‹? Mich?«

»Mein Spielzeug. Was haben wir denn sonst? Mein Spielzeug«.

»Hast du nichts gehört?«
»Ich hab geschlafen, das weißt du doch.«
»Hilfst du löschen?«
»Verstehst du denn nicht? Herr im Himmel! Wir haben nichts mehr, nichts mehr!«
»Hast du die Polizei gerufen?«
»Das Telefon ist tot.«
»Lass meinen Arm los.«
Er warf ihn gegen ihren Körper, als gehörte er nicht zu ihr.
»Schaff deinen Hintern nach Hause.«
»Nein. Ich helfe löschen.«
»Ich hol die Polizei. Wenn ich zurückkomme, bist du zu Hause.« Mrs Haygood gab keine Antwort. Er wandte sich zu seinem Auto um und merkte dann, dass die Straße durch Trümmer blockiert war. »Ich lauf zur Kreuzung und halte einen Polizeiwagen an. Vielleicht funktionieren ja auch die Telefone an dem Laden dort.«
Sie nickte, und er stolperte aus dem Feuerschein fort die Straße hinunter. Mich siehst du nicht wieder, dachte sie. Es kam ihr vor, als sei die Vergangenheit immer überwältigend groß gewesen und nun mit einem Schlag klein und unbedeutend geworden. Jetzt ragte die Zukunft groß und unumgänglich vor ihr auf. Sie sah sich nach Mazelles Mann um, der zwischen den Häusern aus dem Rauch hervorkam. Marshall hing wie eine schmale Teppichrolle über seiner Schulter. Sein Leben lang hat Mazelles Mann schwere Lasten geschleppt, dachte Mrs Haygood, als Vorbereitung auf diesen Moment.

19.55 Mr Haygood hat den Schauplatz verlassen. Sie haben sich vor dem Rauch jetzt alle auf meinen Rasen geflüchtet. Der Rauch beschädigt mein Haus. Eine Badewanne von diesem Alten Indianer kriecht verkehrt herum durchs Gras. Man hört wieder Sirenen. Ich würde meine Sachen ja nach draußen bringen, wenn ich nicht wüsste, dass sich dann alle darum prügeln würden.

»Jetzt sind wir alle zusammen«, flüsterte Aura ihrem Baby zu. »Wir sind einbezogen. Wir sind weder dick noch dünn. Wir sind eine Familie. Wir sind genau richtig. So viele Einzelteile sind zusammengekommen und bilden jetzt ein normales Ganzes. Wir müssen miteinander reden, bis zu dem Tag, an dem wir sterben. Jetzt ist uns nicht mehr zu heiß. Sieh nur, wie wunderbar braun wir vom Mondlicht werden. Du bist eine Mondpastete, und wir essen dich auf.« Aura saß zwischen Schindeln und Blättern auf Mazelles Rasen. Sie zog Arthurs Jacke enger um das Baby, drückte es fest an sich, rollte sich herum und federte durch die schiere Straffheit ihrer Haut in die Senkrechte. Sie wollte gerade sagen, dass das Haus nicht wichtig sei, dass alle zurücktreten sollten, als Marshall über der Schulter von Mazelles Mann hängend aus dem Rauch auftauchte. Seine Fingerspitzen schleiften durchs Gras. Das ist nicht in Ordnung, dachte Aura. Sie rief seinen Namen, als hätte er etwas falsch gemacht, als hätte er eine zu geringe Meinung von sich. Immer hatte sie ihn davon zu überzeugen versucht, dass er mehr wert war, als er glaubte. Wegen der Schmerzen zwischen ihren Beinen konnte sie nur kleine Schritte machen. Sie stieg vom Bordstein herunter und steuerte auf dem kürzesten Weg auf Marshall zu, über ein Stück der Seitenverkleidung eines Hauses hinweg, das mitten auf der Straße lag. Marshall lag jetzt zwischen ihren Nachbarn am Boden, so wie sie selbst einige Stunden zuvor. Er sah aus, als hätte man die Luft aus ihm herausgelassen, als hätte auch er ein Kind zur Welt gebracht. Als sie die Straße überquerte, hatte sie ein Schreien gehört, aber offensichtlich war es nicht von ihm gekommen, denn er lag mit offenem Mund und geschlossenen Augen still da. Aura legte ihm das Baby auf die Brust und begann mit Mund-zu-Mund-Beatmung.

»Er ist direkt vor mir zusammengeklappt«, sagte Mazelles Mann. »Ich konnte ihn vor lauter Rauch kaum sehen.« Dann gestattete er sich ein Husten.

Aura hatte kaum angefangen, hatte erst einen einzigen Atemstoß in die schlaffe Hülle seines Körpers gesandt, da blies Marshall schon zurück. Er roch nach Rauch und Knochen. Das Baby hob und senkte sich auf seiner Brust.

»Da soll doch einer ...«, sagte Mr Postlethwaite.

Aura wandte sich Mazelles Mann zu. »Danke, dass Sie ihn aus dem Rauch herausgetragen haben.«

»Gott sei Dank«, sagte Nadine. Sie nahm das Neugeborene hoch und hielt es in den Armen, während Aura sich um ihren Mann kümmerte.

»Liegen Sie still, Marshall«, sagte Carl. »Ihr Haus ist gerettet. Ich helfe Ihnen die Schäden reparieren, falls welche entstanden sind. Wir werden die alten Häuser alle wieder instand setzen.«

»Aura, Liebes«, sagte Nadine, »ich bring das Baby zu Effie, damit es aus dem Rauch herauskommt.«

Aura nickte. Sie legte eine Hand an Marshalls Hals, die andere an seine Schläfe. Dann beugte sie sich zu ihm hinunter und flüsterte ihm ins Ohr: »Wir sind überhaupt nicht müde. Wir sind genau richtig.«

19.59 Endlich biegt ein Feuerwehrauto in unsere Straße ein. Effie, die Retterin in der Not. Vielleicht kriegen sie diese Leute von meinem Rasen herunter. Nadine kommt auf meine Tür zu, bestimmt weil sie meinen Rat braucht.

20.00 Nadine klopft an die Tür.

20.01 Sie klopft immer noch.

20.02 Nadine tritt mit dem Fuß gegen die Tür!

Nadine betrat Effies Laden mit einem großen Schritt, der sich unmittelbar an ihren letzten Fußtritt anschloss. Sie war in ein Nachthemd aus Rauch gehüllt, und das Baby schrie. Sie rief: »Kommen Sie hinter dem Ladentisch vor, Effie, auf der Stelle!«
»Sie wissen wirklich immer, wo ich bin, Nadine, meine Liebe.«
»Weil Sie sich immer an derselben Stelle verstecken, Effie!«
»Möchten Sie sich etwas ansehen?«
»Ich komme nicht zum Einkaufen, Effie. Hatten Sie vor, in Ihrem Haus zu verbrennen? Warum sind Sie nicht herausgekommen und haben uns geholfen?«
»Ich weiß auch nicht, Nadine. Ich hab die 911 angerufen, und jetzt ist die Feuerwehr da. Bei mir hat sich's angehört, als würde durch jedes Fenster jemand einsteigen. Ich musste auf meine Sachen aufpassen. Ich glaube, Mazelles Mann und Mrs Haygood haben ein Verhältnis miteinander.«
»Da könnten Sie Recht haben, Effie.«
»Tatsächlich?« Effie legte Block und Bleistift auf den Ladentisch und trat zu Nadine und dem Baby. »Was haben Sie denn da?«
»Das ist Auras Baby. Was wissen Sie darüber, dass Aura meine Schwester ist, Effie?«

»Wie bitte? Augenblick, das muss ich aufschreiben.« Sie zog sich hinter den Ladentisch zurück. Nadine stand im Feuerschein, dann im Schatten, dann wieder im Feuerschein, als die Feuerwehrleute am Fenster vorbeigingen.

»Was wissen Sie darüber, dass meine Momma vor fünfunddreißig Jahren, während ich in Paris war, ein Kind bekommen hat?«

»Wieso sollte ich etwas darüber wissen?«

»Weil Sie und Howard die Einzigen sind, die damals schon hier gewohnt haben. Momma war zu der Zeit noch nicht so dick, Sie hätten es also merken müssen, wenn sie schwanger war. Warum haben Sie mir nichts davon gesagt? Warum haben Sie's mir nicht wenigstens nach ihrem Tod gesagt?«

»Wie haben Sie davon erfahren?«, fragte Effie.

»Durch Mose.«

»Und Sie haben das Schließfach noch nicht geöffnet?«

»Welches Schließfach?«

»Können Sie das Baby nicht zum Schweigen bringen?«

»Effie!«

»Aura will meine Sachen, nicht wahr? Ihre Mutter hat sie doch nur hergebracht, damit sie meine Sachen bekommt. Was mein Mann getan hat, geht mich nichts an. Ich war sexuell nicht daran beteiligt. Meine Sachen gehören mir. Kann ich mal sehen, ob das Baby meinem Mann ähnlich sieht?«

»Wieso sollte Auras und Marshalls Baby Ihrem Mann ähnlich sehen?«

»Weil mein Mann Auras Vater war.«

»Wie bitte?«

»Es ist alles in dem Schließfach, Sie werden sehen.«

»In welchem Schließfach?«

»Das Ihre Mutter Ihnen hinterlassen hat, für den Fall, dass ich Ihnen irgendwann von ihrer Schwangerschaft erzähle.«

»Aber es gibt kein Schließfach.«
»Die Anwälte Ihrer Mutter haben Anweisung, Ihnen den Schlüssel auszuhändigen, sobald Sie das mit dem Kind erfahren.«
»Meine Mutter hatte nie einen Anwalt.«
»Sie haben auch nichts von dem Kind gewusst, Nadine«, sagte Effie.
»Und was hatte Ihr Mann mit der ganzen Sache zu tun?«
»Er war der Vater von dem Kind.«
»Das ist nicht wahr.«
»Doch!«, rief Effie. »Warum fragen Sie überhaupt, wenn Sie sowieso alles besser wissen?«
»Es war Howard, Effie. Howard ist der Vater. Er hat es ja schon zugegeben.«
»Ihre Mutter hat mir gesagt, es war mein Mann. Wieso hätte sie von diesem alten Indianer ein Kind bekommen sollen? Mein Mann war ein sehr gut aussehender Mann.«
»Hat er die Affäre auch gestanden?«
»Ich hab ihn nie danach gefragt.«
»Warum denn nicht, um Gottes willen?«
»Ich wusste, dass Ihre Mutter hinter ihm her war. Alle Frauen in der Row waren hinter ihm her. Aber er ist bis zu seinem Tod bei mir geblieben. Ihre Mutter hat gesagt, sie nimmt ihn mir weg, wenn ich sie verrate. Sie war sehr hübsch.«
»Eine andere Frau hat Ihnen gesagt, dass sie ein Verhältnis mit Ihrem Mann hat, und Sie haben ihn nicht zur Rede gestellt?«
»Er wusste, dass ich es wusste.«
»Woher?«
»Ich hab ihn von da an schlecht behandelt. Von dem Tag an.«
»Effie, Momma hat doch nur behauptet, das Kind sei von Ihrem Mann, damit Sie mir nichts davon sagen. Es gibt

kein Schließfach. Momma hatte nicht einmal ein Bankkonto, geschweige denn einen Anwalt. Howard hat zugegeben, dass er Auras Vater ist. Er hat es Mose heute gesagt. Sie haben Ihren Mann ohne jeden Grund schlecht behandelt. Jeder wusste doch, dass er Sie liebt, Effie. Verstanden hat das zwar keiner, aber gewusst haben's alle. Sie hätten ihn zur Rede stellen müssen.«

»Er hätte es ja doch geleugnet.«

»Natürlich hätte er das«, sagte Nadine.

»Wenn er es nicht geleugnet hätte, dann wäre er nach gegenüber zu Ihnen und Ihrer Mutter gezogen.«

»Effie, Sie haben ihn achtzehn Jahre lang schlecht behandelt, von 1951 bis zu seinem Tod. War das der Grund? Damals, als er krank war? Ich meine, war das der Grund, warum Sie im letzten Moment Nein gesagt haben?«

»Was mir gehört, gehört mir.«

»Also haben Sie nicht nur Ihren Mann, sondern auch Ihren Sohn verloren, nur weil Sie sich nicht zu fragen getraut haben, ob Sie kompromittiert worden sind?«

»Mein Mann hat mich betrogen.«

»Nein, Effie. Sie haben sich selbst betrogen.«

»Wenn Aura Ihre Schwester ist, dann ist sie meine Stieftocher, und das Baby da ist mein Stiefenkelkind.«

»Beide haben keinerlei Anspruch auf Ihre Sachen, Effie. Sie haben nichts zu befürchten.«

»Kann ich das Baby mal halten?«

20.10 Sie löschen das Feuer.

»Du bist ein alter Mann, und du hast einen jungen Mann aus einem brennenden Haus getragen«, sagte Mrs Haygood.

Mazelles Mann straffte sich. So wie es aussah, würde Marshall bald wieder wohlauf sein. »Es war die leichteste Last, die ich je getragen habe«, sagte er. »Außerdem hab ich ihn nur aus dem Rauch getragen.« Er sah sie an. »Ist alles in Ordnung?«

»Wir sollten jetzt gehen. Ich hab ihn gesehen. Während du mit dem Feuer beschäftigt warst. Er weiß, dass sein Spielzeug weg ist.«

»Hat er's gefunden?«

»Nein, er ist die Straße hinuntergerannt. Seit dreißig Jahren hab ich ihn nicht mehr rennen sehen. Er will einen Polizeiwagen anhalten oder probieren, ob die Telefone an dem Laden unten funktionieren.«

»Gut. Es wird Zeit für uns. Bist du so weit?«

»Ich bin so weit.«

»Willst du ein paar Kleider mitnehmen?«

»Nein, ich nehm nichts mit. Aber der Wagen sitzt fest. Als ich ihn über das Loch in der Zisterne gefahren habe, ist er im Schlamm stecken geblieben.«

»Können wir nicht Mr Haygoods Wagen nehmen?«

»Doch, aber die Straße ist blockiert.«

Mazelles Mann betrachtete die Äste und das Stück Hausverkleidung. »Da ist nichts dabei, was zu schwer für mich wäre. Pack das Spielzeug schon mal aus meinem Auto in deins, ich mache inzwischen die Durchfahrt frei.«

»Da kommt die Feuerwehr. Meinst du, die können uns verhaften?«, fragte Mrs Haygood.

»Ich glaube, die haben andere Sorgen.«

»Ich komm mir vor, als würde mich die ganze Welt beobachten«, sagte sie. »So ein Gefühl hatte ich noch nie. Heute Abend habe ich Ehebruch begangen. Kein Wunder, dass

Mr Haygood es all die Jahre getan hat. Es ist so schön. Ich dachte, wir könnten vielleicht nach Neuengland gehen. Rosen gedeihen dort so gut.«

»Aber die Saison ist kurz«, wandte Mazelles Mann ein.

»Im Winter können wir ja dann Samenkataloge wälzen.«

»Vielleicht ein kleines Gewächshaus nach Süden, für Sämlinge«, ergänzte er.

»Es lag nicht nur an dir. Ich möchte, dass du das weißt. Wir sind beide unfruchtbar. Wir sind beide Sommergewächse.«

»Wenn du die Sachen holst, mach ich die Straße frei.«

»Ich hol die Sachen.«

»Ich mach die Straße frei.«

20.11 Ich habe es die ganze Zeit gewusst. Effie hat es gewusst.

Arthur hörte Schritte näher kommen (im selben Rhythmus wie künstliches Hufgetrappel im Radio) und wappnete sich, so gut er konnte. Rauch war unter das Holz gedrungen und er vernahm auch das Tosen des Feuers. In dem schmalen Spalt zwischen der Seitenverkleidung und dem Asphalt sah er auf der Straße platt gedrückte Blätter, Kieselsteine, einen Zweig und dann Auras nackte Füße. Ihre Zehen waren wie reife Trauben gebündelt. Sie näherte sich in kleinen Hüpfern, und als sie auf das Holz sprang, verschwanden ihre Füße. Die Nägel in Arthurs Fleisch wurden für einen Augenblick herausgezogen und dann, als Aura weiterging, wieder hineingetrieben. Er schrie. Als Aura direkt über ihm war und ihr volles Gewicht auf ihm lastete, kam der Schrei, den er ausstoßen wollte, nur noch als kraftloser Hauch aus seinem Mund, und als sie das andere Ende der Seitenverkleidung erreichte, fuhren die Nägel ein zweites Mal heraus und wieder hinein. Da wurde er ohnmächtig.

Als Mazelles Mann die Verkleidung am Rand hochhob, entdeckte er zu seiner Überraschung, dass Arthur zwischen zwei Pfosten an der Unterseite klebte. Er schlief entweder, oder er war tot. Fast sah es aus, als wollte er sich verstecken.

»Arthur?«, sagte er.

Alles Blut strömte Arthur in den Kopf, und er kam wieder zu sich. Seine Augen rollten wild zu Mazelles Mann hinüber.

»Sind Sie eingeklemmt?«

Um zu nicken, musste Arthur den Kopf um den Nagel in seiner Wange drehen.

»Okay, ich leg Sie wieder hin, mit der richtigen Seite nach oben.«

»Ich habe Tradio verloren«, murmelte Arthur.

»Können Sie sich überhaupt bewegen?«

»Ich will nicht.«

»Wie viele Nägel sind es denn?«

»Viele.« Es war eine ungeheure Erleichterung, auf statt unter der Verkleidung zu liegen.

Feuerwehrleute zogen Schläuche die Straße herauf. Mazelles Mann drehte sich zu den anderen um. Aura saß über Marshall gebeugt, Mose hielt den Hund fest, Carl stand an einem von Effies Fenstern, Hände und Gesicht zwischen die Eisenstäbe gedrückt.

»Carl!«, rief Mazelles Mann.

Carl fuhr herum, als hätte ihn jemand gezwickt.

»Ich brauche Hilfe.«

Jetzt, da die Seitenverkleidung umgedreht war, erkannte Carl, dass es sich um einen Teil seines Hauses handelte,

das dünne Sperrholz, durch das er die schwere Zypressenverschalung ersetzt hatte. Doch die formlose Masse zwischen den Pfosten erkannte er nicht. Erst als er herangekommen war, sah er, dass es ein Mensch war. »Was zum Teufel ...?«, fragte er.
»Er hat sich selbst an die Wand genagelt«, erklärte Mazelles Mann.
»Was hat er denn in meinem Haus gemacht?«, fragte Carl.
»Das Haus ist zu mir gekommen«, brachte Arthur mühsam hervor.
Carl ging ein paar Schritte die Straße hinunter, um einen Blick auf sein Haus zu werfen. Die Veranda war weg. Der Giebel um das Bugspriet herum war weg. Der Bug des Bootes war deutlich zu sehen. Carl lief in Verdas Vorgarten. Alle vier Wände seines Hauses waren weg. Das Dach war vorne und hinten auf einer Breite von drei Metern ebenfalls weggeweht worden, der Rest war auf Kabine und Deck seiner schönen Yacht herabgestürzt.
»Carl!«, rief Mazelles Mann.
»Ich komme!« Carl rannte zur Straßenmitte zurück. »Das stammt von meinem Haus«, sagte er. »Die Nägel stehen nur ungefähr einen Zentimeter aus dem Sperrholz vor.« Er kauerte sich neben Arthur. »Also, ich könnte eine Zange holen und jeden Nagel einzeln zwischen Ihrer Haut und dem Sperrholz abzwicken, aber das würde wahrscheinlich mehr wehtun, als wenn Sie sich selbst von den Nägeln wegziehen. Sie sitzen nicht so tief im Fleisch, wie Sie vielleicht denken. Wenn ich mich auf die Pfosten links und rechts von Ihnen stelle, können Sie sich dann hochstemmen?«
»Ich weiß nicht.« Arthur legte die freie Hand an sein Gesicht.
»Soll ich Sie mit einem Ruck losreißen?«, erbot sich Mazelles Mann.

»Nein, nein«, flüsterte Arthur, »ich mach's lieber selbst.« Er schob die gespreizten Finger links und rechts der Wunde zwischen seine Wange und das Holz und hob die Wange langsam von dem Nagel ab. Es blutete überraschend wenig.

»Das war's«, sagte Carl. »Wie ein Fisch.«

Ein Feuerwehrmann war zu ihnen getreten. »Was ist mit ihm?«

»Er hat Nägel im Fleisch«, antwortete Mazelles Mann, die Hände auf den Knien.

»Wir haben schon einen Krankenwagen gerufen, für den Mann mit der Rauchvergiftung, aber es kann eine Weile dauern. Jede Menge Anrufe heute. Ich muss zurück, den Kollegen helfen.«

»Ja, gehen Sie nur, wir bleiben bei ihm.«

Arthur hob seinen Arm von einem Nagel ab, der ihm im Bizeps steckte, dann von einem zweiten in der losen Haut des Ellenbogens. Er stemmte den Oberkörper hoch und drei Nägel flutschten ihm nacheinander aus der Seite. Keiner war bis zu den Rippen vorgedrungen. Arthur hielt einen Moment inne, atmete heftig gegen seine Angst und die Schmerzen an und wartete darauf, dass sein Mut wiederkehrte. »Hat jemand Tradio gesehen?«, fragte er.

»Howard hat ihn mitgenommen«, erwiderte Carl.

»Mose sagt, Howard hat Tradio unter eine Badewanne gelegt«, sagte Mazelles Mann.

Sie sahen zu Howards Vorgarten hinüber. Zwei von den alten Wannen lagen verkehrt herum im Gras.

»Ich bring diesen alten Indianer um.« Arthurs Stimme überschlug sich fast.

»Vielleicht war er da am sichersten«, gab Carl zu bedenken. »Sie sehen ja, was mit Ihnen passiert ist.«

»Ich hab einen Nagel in der Hüfte, aber mir fehlt die He-

belkraft«, sagte Arthur. »Carl, fassen Sie mich um die Mitte und ziehen Sie kräftig.«
»Ich werde Sie aber nicht schonen. Ich werde richtig fest ziehen. Wir wollen ja keine halben Sachen machen.«
»Ich bin bereit.«
Carl zog.
»Au, au, au!«, stammelte Arthur.
Carl ließ Arthurs Hüfte auf den Pfosten herab. »Sie sind ja ein Fliegengewicht«, sagte er.
»Der saß tief. In meinem Knöchel ist noch einer, aber das mach ich selbst.« Er umfasste seinen Fuß und hob ihn von dem Nagel ab. Carl half ihm von der Seitenverkleidung herunter.
Dann standen die drei Männer im Scheinwerferlicht eines Autos. Es war Mrs Haygoods Auto. Kaum war Arthur befreit, zog Mazelles Mann das Holz von der Straße. »Nicht dass jemand einen Platten bekommt«, erklärte er. Dann ging er um den Wagen herum auf die Beifahrerseite und stieg ein. Dann stieg er wieder aus. »Müssen Sie ins Krankenhaus, Arthur?«
»Es tut noch weh, aber es geht. Ich mach mir eher Sorgen um Tradio. Ich glaube, er hatte einen Herzanfall.«
Mrs Haygood stieg ebenfalls aus, ohne den Motor abzustellen, und lief zu Aura und Marshall hinüber. »Wir können Sie ins Krankenhaus bringen, Aura, Sie und Marshall.«
»Wir warten auf den Krankenwagen. Die Feuerwehrleute haben schon einen gerufen«, sagte Aura. »Aber vielen Dank trotzdem. Gehen Sie wirklich für immer weg, Mrs Haygood?«
»Ich hoffe es.«
»Wir hätten Ihnen bessere Nachbarn sein müssen«, sagte Aura. »Wir wussten ja, dass Sie nicht glücklich sind.«
»Aber jetzt ist alles gut«, sagte Mrs Haygood.

Marshall lag ausgestreckt zwischen ihnen im Gras und atmete pfeifend, aber ungehindert. Er hielt sich am glatt polierten, knolligen Knöchel seiner Frau fest. Über ihm, hinter seiner Frau und Mrs Haygood, jagten die Wolken davon und gaben ein helles, mondbeschienenes Firmament frei, das den Hintergrund für die Rauchspiralen und Ascheteilchen des Feuers bildete. Marshall öffnete den Mund, um auch den Rauch aus seinem Innern zum Himmel aufsteigen zu lassen.
»Heben Sie die zuerst hoch«, hörte er jemanden weit weg sagen.

20.12 Effie hat es gewusst.

20.13 Effie hat es gewusst.

In Verdas Traum waren alle Figuren aus ihrem Laden lebendig. Sie unterhielten sich flüsternd und bewegten sich gemessenen Schrittes auf sie zu, immer zwei und zwei: Jack und Jill, George und Martha, Putte und Putte, Scotchterrier- und siamesische Katzenpärchen, die Campbell's-Suppen-Kinder, Jimmy und Rosalynn, Dick und Doof, Salz- und Pfefferstreuer zu Hunderten. Sie scharten sich um ihren ausgestreckt daliegenden Körper, fassten sich an den Händen oder Pfoten und stimmten mit kreisrunden rubinroten Mündern einen kehligen Klagegesang an. Es dauerte nicht lange, und Verda war eine von ihnen, wurde zu Porzellan und Farbe, und der Klagegesang kam von ihren eigenen glasierten Lippen. Ihr alter Körper lag gekrümmt und unansehnlich vor ihr. Sie sah auf ihre neuen

Arme aus gebranntem Ton hinab. Sie waren faltenfrei. In der linken Hand hielt sie die glatte, haarlose Pfote eines Schäferhundes, in der rechten eine Hand von gleicher Beschaffenheit wie ihre, die ihre Finger drückte. Verda blickte auf und sah ihren längst verstorbenen Mann, dessen kreidebleiches, schuldbewusstes Gesicht jetzt rosig war und errötete. Die Knöpfe an seinem Mantel waren riesengroß. Und obwohl er ein trauriges Lied sang, sah man, wie glücklich er war, sie neben sich zu haben. Gläserne Freudentränen sprangen ihr aus den Augen, und sie sang stolz von ihrem Tod und von dem Leben, das sie geführt hatte.

20.14 Warum war er dann so schuldbewusst? Ich habe mehr Van-Briggle-Stücke als jeder andere Laden in der Row.

20.15 Ich würde nie von hier wegziehen, denn mein Haus ist abbezahlt. Es wäre auf mich zurückgefallen, wenn ich ihm Vorwürfe gemacht hätte.

Tradios Zorn geriet ins Stocken, als ein neuer Schmerz seine Brust umklammerte. Diesmal nimmst du dein Nitroglyzerin, dachte er. Er fasste in die Hosentasche und fand dort das Fläschchen, ein paar Münzen und seine Autoschlüssel. Er legte sich die Tablette unter die Zunge und fragte sich, warum man ihn mit seinen Haus- und Autoschlüsseln in der Tasche begraben hatte. Er fragte sich, wer seine Radiosendung jetzt machte. Er fragte sich, was seine Tochter sagen würde, wenn sie erfuhr, dass er das Haus und das Geschäft Arthur hinterlassen hatte. Er begriff noch immer nicht, warum man ihn so schnell begraben hatte. Er hatte noch dieselben Kleider an, in denen er gestorben war. Er war kein Jude, er war eine Rundfunkberühmtheit. Vielleicht hatte ihn irgendeine grauenvolle ansteckende Krankheit dahingerafft, und man durfte ihn nicht berühren. Aber warum hat man mich dann nicht verbrannt?, dachte er. Er fragte sich, ob er neben Alice begraben war. Es hätte ihm nichts ausgemacht. Es war sogar ein tröstlicher Gedanke. Hoffentlich würde Arthur eines Tages auf seiner anderen Seite begraben werden.

Als der Sturm zu einem Vibrieren und Summen abflaute, tropfte bald auch kein Wasser mehr herab. Es war ganz still. Das Nitroglyzerin begann zu wirken. Der Schmerz ließ nach. Er hatte schon öfter solche Anfälle gehabt und alle überstanden. Das Letzte, woran er sich erinnerte, war, dass er geglaubt hatte, Arthur sei erschossen worden. Er war zu ihm gerannt, hatte aber nicht Arthur auf dem Boden liegend vorgefunden, sondern Aura, die gerade ein Kind bekam. Aber da war er auch schon ohnmächtig geworden. Er hatte zu sterben geglaubt. An das Fallen erinnerte er sich, nicht aber an den Aufprall. Er hatte sich zwischen seine alten Nachbarn geworfen. Ich bin im selben Augenblick gestorben, in dem das Kind geboren wurde, dachte er. Also mussten sie mich begraben, ob ich tot war oder nicht. Es war eine seltsame Berechnung Gottes.

Er hielt das Auge an die Abflussöffnung und konnte einen einzelnen Stern erkennen, der ab und zu verdeckt wurde. Man hatte ihn also unter einem Baum begraben. Von Zeit zu Zeit wehte ein Zweig oder ein Blatt vor den Stern. Er fragte sich, ob eine Grabstätte unter einem Baum teurer war. Wenigstens, dachte er, ist die Aussicht gut und es gibt Schatten. Gut, dass ich mich nie vor Ungeziefer gegrault habe wie Arthur. Gut, dass ich nicht an Klaustrophobie leide. Für einen Sarg ist dieser hier ziemlich geräumig. Das ist der schönste Stern, den ich je gesehen habe, und er gehört mir. Wenn ich Glück habe, befinde ich mich unter der Umlaufbahn des Mondes. Dann wird es hier ein bisschen heller. Er nahm Rauchgeruch wahr, und als der Rauch dichter wurde, verschwand sein Stern. O Gott, sie verbrennen die Leichen. Ich war unter den Ersten, die der Epidemie zum Opfer gefallen sind. Vielleicht sind alle in der Row, alle, die ich gekannt habe, tot. Aber ich bin nicht tot. Es ist eine Art todesähnlicher Schlaf. Sie machen einen furchtbaren Fehler. Er hörte Stimmen, dann Rufe, dann Sirenen. Er legte den Mund an die Öffnung, formte mit den Händen einen Trichter und rief: »Hier! Hier drunter! Ich lebe noch!« Und dann konnte er nicht widerstehen und fing an zu brüllen. *»Buuuuuuh!«*, tönte es aus dem Abfluss. »BUUUUUUH!«

20.16 Menschen machen Fehler. Ich werfe niemandem seine Fehler vor.

Howard erwachte mit dem unverkennbaren Geruch von Hundescheiße in der Nase. Irgendwie hatte er die trockene Haut eines alten Hundehaufens aufgerissen. Anscheinend lag er darauf. Der Gestank hing schwer in seinen Nasenlöchern, als wären seine Stirnhöhlen randvoll mit Exkrementen. Ich muss hier raus, dachte er. Seine Hände waren ihm unter dem Gesicht eingeschlafen. Das Porzellan schien näher als zuvor, beengender. Es gelang ihm kaum, sich so weit zu drehen, dass er die Hände an den kühlen Wannenboden legen konnte. Er schob. Die Wanne rührte sich nicht von der Stelle. Er schob noch einmal, spannte den ganzen Körper an. Die Wanne hob sich einen Zentimeter und rutschte drei Zentimeter vorwärts. Seine Ellenbogen waren zu dicht am Bauch, als dass er genug Hebelwirkung hätte erzielen können. Er bog die Füße durch und versuchte die Wanne mit den Knien hochzustemmen, aber sie schlingerte auch jetzt nur ein kleines Stück vorwärts. Er fluchte, als hätte er es mit einem Balken zu tun, der sich nicht von einem alten Haus lösen wollte. Er wand und drehte sich, bis er auf dem Bauch lag, und spürte dabei, wie sich der Hundehaufen auf ihm verschmierte. Das Luftholen wurde schwerer, und der Geruch war jetzt in seinem Mund, überzog seine Zunge wie mit einem Film. Er schob die Knie so weit nach vorn, wie es ihm möglich war, stemmte die Hände in die feuchte Erde, und die Wanne hob sich auf seinem breiten Rücken, aber er selbst kam nicht weiter hoch. Wenn ich es bis zum Bordstein schaffe, kann ich sie von mir herunterrollen, dachte er und begann vorwärts zu kriechen, Zentimeter um Zentimeter, mit kurzen Verschnaufpausen. Der Kot folgte ihm. Er spürte ihn an der Kniescheibe, der Hüfte, unter dem Gürtel. Er spürte, wie er durch den Stoff seines Hemdes drang, seine Haut beschmutzte. Er hing ihm an einer Schnur um den Hals und lastete mit dem Gewicht einer gusseisernen Badewanne auf seinem Leben, und so kroch Howard dahin wie ein riesenhafter, panzerbewehrter Käfer, der niemals sterben würde, weil niemand ihm nahe genug käme, um ihn zu töten.

20.17 Eine Badewanne von diesem Großen Indianer kriecht verkehrt herum durchs Gras. Mose hat meinen Hund. Könnte ein sehr wertvoller Hund sein. Die Feuerwehrmänner haben beim Löschen meinen ganzen Rasen zertrampelt. Ohne den Rauch könnte ich Auras Haus jetzt sehr gut sehen. Es würde mich nicht wundern, wenn sich herausstellen würde, dass sie das Feuer gelegt hat, damit sie mich besser beobachten kann mit ihren neugierigen Augen. Immer noch viel Gerenne draußen. Verdas Veranda liegt in Tradios Vorgarten. Das wird sie einiges kosten. Mrs Haygood hat ihr Auto mitten auf der Straße mit eingeschaltetem Licht stehen gelassen. Sehr gefährlich. Dunkler jetzt, wo das Feuer aus ist. Mehrere Leute stehen in einer Gruppe vor meinem Haus. Einige auch bei diesem alten Indianer drüben. Ihre Gesichter ganz dunkel. Könnte weiß Gott wer sein. Ich fand diese Badewannen schon immer sehr diebstahlsanfällig. Viele Schatten.

Der Hund Selber war den Menschen noch nie so nahe gewesen. Ihr Geruch hatte ihn in der Enge des Baus überwältigt und hilflos gemacht. Seine Nase war davon krumm und schief geworden. Um nicht zu ersticken, hatte er nur noch die Schnauze zwischen den Hinterbeinen vergraben können. Als sie den Bau verließen, war er entkommen, nur um von neuem über die Straße gehetzt und angegriffen zu werden. Seine eigene Behausung war zu heiß, zu hell. Sie verließ die Erdoberfläche, raste gen Himmel. Er versuchte in die Luft zu springen und ihr zu folgen, aber man hielt ihn fest. Und im nächsten Moment war die Veranda weg, das Loch im Gitter zum Himmel aufgestiegen, der Geruch der Erde völlig verändert, sein Fell brüchig und schwarz, die Sterne in Wasser schwimmend. Binnen Sekunden roch alles auf der Welt gleich. Er kauerte sich unter den Arm des Menschen und kratzte sich die Augen.

20.22 Ich habe gerade versucht, meinen Anwalt zu Hause anzurufen, wegen der Anschuldigungen, die demnächst vermutlich gegen mich erhoben werden, aber das Telefon geht immer noch nicht. Nadine hat behauptet, mein Mann sei kein Ehebrecher gewesen. So etwas hätte ich nie getan. Als Tochter meines Mannes könnte Aura mir in mancher Hinsicht behilflich sein. Das wäre sogar ihre Pflicht.

20.24 Sie haben eine Badewanne umgedreht und einen Mann darunter gefunden. Die andere Wanne ist inzwischen schon fast auf der Straße angelangt. Noch nie habe ich gesehen, dass sich eine Badewanne auch nur einen Zentimeter von der Stelle bewegt.

Arthur, Carl und Mazelles Mann zwängten die Finger unter den Porzellanrand der umgedrehten Wanne und kippten sie, als Arthur bis drei zählte, auf die Seite. Da lag Tradio, von nassen Blättern bedeckt, die Lippen noch zum *Buuh* gespitzt.

»O Tradio!«, rief Arthur und warf sich auf ihn. »Ich hab dich überall gesucht!«

»Wo war ich?« Tradio blinzelte zu der hypnotisierenden Menge der Sterne auf, die ihm jetzt zur Verfügung standen.

»Howard hat dich unter eine von seinen Wannen gelegt, zum Schutz vor dem Unwetter«, erklärte Carl.

»Also hat man mich nicht lebendig begraben.«

Arthur stemmte sich von Tradios Brust hoch und begann die Blätter beiseite zu fegen. »Jedenfalls nicht sehr tief«, sagte er. »Was macht dein Herz?«

»Ich hab eine Tablette genommen, jetzt geht's wieder. Ich hab gedacht, du hättest mich begraben, Arthur.«

»Möchtest du dich aufsetzen?«

»Nein, ich bleib noch ein paar Minuten so liegen. Ich hab gedacht, ich bin begraben. Ich hab die brennenden Leichen gerochen. Du hast mich gar nicht einbalsamieren lassen.«
»Nein, Tradio. Das war Mrs Martins Haus. Es ist abgebrannt. Die Feuerwehrleute haben das Feuer gerade gelöscht.«
»Ich dachte, Effie hätte dich in einem Eifersuchtsanfall erschossen.«
»Nein, nein, es war wegen Aura. Sie hat ein kleines Mädchen zur Welt gebracht. Ich hab dabei geholfen, und du bist mitten hineingeplatzt. Dann kam das Unwetter. Es war ein schreckliches Unwetter. Howard hat dich unter die Wanne gelegt, damit du geschützt bist, ich hab's nur nicht gewusst. Sobald das Baby in Sicherheit war, bin ich los, um dich zu suchen. Ich hab überall nachgesehen. Ich muss x-mal an dir vorbeigelaufen sein. Aber jetzt hab ich dich ja gefunden, und dir geht's wieder gut.«
»Es war richtig, dass du dich erst um das Baby gekümmert hast«, beruhigte Tradio ihn.
»Ich weiß, Tradio.«
»Ich bin ein alter Mann.«
»Ja.«
»Ich hab mich gefreut, als ich dachte, du hättest mich unter einem Baum begraben.«
»Ich fang gleich an zu weinen, Arthur.«
»Wenn ich sterbe, Pastetenvögelchen, begräbst du mich dann bitte neben Alice?«
»Natürlich, Tradio. Aber lass uns jetzt nicht mehr davon reden.«
»Und wenn du willst, kannst du später auf meine andere Seite. Wenn deine Zeit gekommen ist.«
»Ich sterbe, wenn du stirbst«, heulte Arthur.
»Jetzt hab ich alle traurig gemacht«, sagte Tradio.
»Sie haben ihn zum Weinen gebracht«, sagte Carl. »Wie

schaffen Sie das nur, dass jemand so für Sie empfindet?«
Mazelles Mann beugte sich hinab und legte Arthur und Tradio die Hand auf die Schulter. »Ich gehe jetzt, wenn Sie mich nicht mehr brauchen. Arthur, vielleicht sollten Sie Ihre Tetanusimpfung auffrischen lassen.«
»Ja, mach ich, danke.«
Einen Moment lang dachte Tradio, Mazelles Mann hätte eine scherzhafte Anspielung auf homosexuelle Kontakte gemacht, doch Arthur hatte es überhaupt nicht so aufgefasst. »Wieso, was ist passiert?«, fragte Tradio.
»Mein Haus ist auf ihn draufgefallen«, erklärte Carl. »Er hat ein paar Stichwunden.«
»Was?«
»Aber nicht schlimm«, sagte Arthur. »Wir gehen zusammen zur Unfallstation. Mach dir keine Sorgen. Meine Mutter hat immer gesagt, alle unsere Sorgen sind vergebens, außer der letzten. Also können wir uns genauso gut keine Sorgen machen, denn es sieht ganz so aus, als wär's nicht die letzte.«
»Du hast ein Loch im Gesicht, Arthur«, sagte Tradio.
»Ich glaub, da kann ich bald durchpfeifen. Aber das Loch im Knöchel, das tut weh. Da scheint eine Sehne verletzt zu sein.«
»Das tut mir furchtbar Leid«, sagte Carl.
»Sie konnten ja nicht wissen, dass Ihr Haus auf mich drauffallen würde«, beruhigte ihn Arthur.
»Ich hab alles gute Holz von den Wänden abgemacht und es durch billiges, leichteres Sperrholz ersetzt. Hoffentlich haben meine Wände sonst niemanden in Fort Worth verletzt oder getötet. Sie sind alle weg. Wenn Sie mich nicht mehr brauchen, geh ich nach Hause und seh mir das mal genauer an.«
»Nein, nein, gehen Sie nur«, sagte Arthur. »Wir kommen schon zurecht. Der Krankenwagen ist unterwegs. Wir blei-

ben so lange hier sitzen und sehen der Feuerwehr zu.«
»Ist sonst alles okay?«, wandte sich Tradio an Arthur.
»Ich glaub schon. Ich glaube, wir haben's alle gut überstanden. Marshall liegt noch in Effies Vorgarten, aber Aura und Mose kümmern sich um ihn.«
»Bei Effie ist auch alles in Ordnung?«
»Ich glaub schon.«
»Wo ist Howard? Ich muss mich bei ihm bedanken.«

20.25 Ich weiß nicht, wieso Aura auf Nadines Sachen scharf sein sollte, meine sind doch viel besser. Nadine sagt, ich hätte meinen Mann verurteilt, ohne ihn angeklagt zu haben. Aber wenigstens habe ich ihn nie auf ein Podest gestellt, ohne ihn anzuklagen, wie sie es mit ihrer Mutter gemacht hat. Dauernd hieß es, wie wunderbar Nadines Mutter dies gemacht hat und jenes gemacht hat, nie »Nadines Mutter war eine heimtückische Schlampe«. Wenn mein Mann keinen Ehebruch begangen hat, warum habe ich dann, um es ihm heimzuzahlen, den Mann meiner besten Freundin verführt? Das war nach dem Tod meines Mannes, als ich noch so wütend auf ihn war.

20.29 Sie haben mir das Telefon gesperrt, nur weil ich die Rechnung ein paar Tage zu spät bezahlt habe.

20.30 Dieser Tischler hat den Schauplatz verlassen. Nadine hat das Baby mit zu sich genommen. Mein Baby!

Mrs Postlethwaite sah die Badewanne schwankend die Straße entlangkriechen, weg vom erlöschenden Schein des

Feuers, als hätte sie sich schwere Verbrennungen zugezogen. Mr und Mrs Postlethwaite langten in einer Phase des Stillstands bei der Wanne an. Es schien unmöglich, dass die gusseiserne Masse je ihre Trägheit überwinden könnte, und so begannen sie daran zu zweifeln, dass sie Sie überhaupt in Bewegung gesehen hatten. Das Licht und ihre vom Rauch gereizten Augen hatten sie getäuscht. Die Wanne war an drei Seiten hellgrün gestrichen, die einst der Wand zugekehrte Seite war weiß. Farbschuppen ringelten sich von den vier Kugel- und Klauenfüßen weg und gaben rostige Planeten frei, nach denen die Klauen griffen. Plötzlich hob sich die Wanne, ächzte und fiel nach vorn. Die Postlethwaites wichen zurück und sahen sich nach Hilfe um, aber alle waren beschäftigt und hatten nichts gesehen. Sie näherten sich der Wanne wieder, die Hände dicht am Körper, und versuchten durch den Abfluss zu schauen. Es war zu dunkel, um etwas zu sehen, aber sie hörten das schwere Atmen eines zu Tode erschöpften Tieres. Der Geruch von Hundekot stieg ihnen in die Nasenlöcher und setzte sich wie ein Insekt dort fest.

»Howard?«, fragte Mr Postlethwaite aufs Geratewohl.

»Wir heben die Wanne von Ihnen herunter«, sagte Mrs Postlethwaite.

»Lassen Sie mich in Ruhe!«, brüllte Howard. Seine Stimme stieg wie entweichender Dampf aus dem Abfluss auf.

»Aber die ist zu schwer für Sie«, sagte Mr Postlethwaite.

Mrs Postlethwaite formte mit den Händen einen Trichter und rief: »Sie sind eingeklemmt!«

»Nein«, antwortete Howard. »Gehen Sie weg.«

»Howard!«, bat Mrs Postlethwaite.

»Wenn Sie die Hände hier drunterschieben, brech ich sie Ihnen ab.«

»Lassen Sie ihn.« Mose hatte den herrenlosen Hund losgelassen und war zu Mr und Mrs Postlethwaite getreten.

»Lassen Sie ihn da drunter liegen.«
»Ach, Mose«, flüsterte Mrs Postlethwaite.
Mr Postlethwaite schob die Finger unter den Rand der Wanne, und Mrs Postlethwaite folgte seinem Beispiel. Mose fasste zwei der Klauenfüße, und während die Postlethwaites hoben, zog er. Die Wanne löste sich vom Boden, blieb aber nach ein paar Zentimetern stehen. Sie war zu schwer. Da drängte sich einer der Feuerwehrmänner zwischen die Postlethwaites, und gemeinsam rollten sie die Wanne auf die Seite. Howard aber fiel nicht heraus. Er saß zwischen den Wannenwänden fest, die Handflächen nach außen gekehrt, als wollte er einen Angreifer abwehren. Mose ging um die Wanne herum zu dem Feuerwehrmann und den Postlethwaites.
»Alles in Ordnung?«, fragte der Feuerwehrmann.
Howard gab keine Antwort. Er atmete noch immer schwer.
»Können Sie da raus? Kommen Sie, ich helfe Ihnen«, sagte der Feuerwehrmann.
»Nein, nein«, stöhnte Howard. Er drehte seine Schultern und Hüften und kam schließlich unter Krümmen und Winden wie eingeschlossene Lava herausgeschlittert. Mrs Postlethwaite beugte sich zu ihm hinunter und legte ihm die Hand auf die Schulter. Er schlug nach ihrem Arm und schob sie weg. »Ich bin keinem von Ihnen etwas schuldig«, sagte er.
Mose kniete neben ihm nieder. »Sie verstehen nicht. Sie haben uns doch schon etwas gegeben. Wir haben Sie gerettet. Sie haben uns etwas gegeben, das Sie nicht mehr zurückholen können. Wir werden immer die Genugtuung haben, Sie gerettet zu haben.«
Howard richtete sich auf. Er wusste, dass alle den Hundekot rochen. Als er die besorgten Gesichter der Postlethwaites sah, hätte er die beiden am liebsten erwürgt. »Wie

hat's Ihnen gefallen«, fragte er Mr Postlethwaite, »Ihre kleine Tochter zu betatschen?«
Da trat Mrs Postlethwaite vor und schlug ihn, schlug ihn mit der flachen Hand so heftig ins Gesicht, dass er rückwärts über die Wanne fiel. Und als er auf dem Boden aufprallte und zu lachen anfing, ging sie von neuem auf ihn los, doch Mr Postlethwaite fasste sie um die Taille und hielt sie an sich gedrückt, bis sie zu zappeln aufhörte.
»Das ist das Schlimmste daran«, sagte er.
»Mistkerl, schmieriger!«, schrie sie Howard an.
»Gehen wir«, sagte Mr Postlethwaite.
»Das ist unsere Familie!«, weinte sie.
»Ja«, sagte Mr Postlethwaite.
»Ich will nicht, dass er dir wehtut.«
»Er kann mir gar nichtwehtun. Der Schaden ist schon angerichtet. Wehtun können einem nur die, die man liebt. Und Howard liebe ich nicht.«
Sie wandten sich ab. »Ich bin's, die dir wehtut«, sagte Mrs Postlethwaite.
»Aber nur, weil du nichts weißt.«
»Ich will nichts wissen. Ich will nur nach Hause.«
»Ich glaube nicht, dass ich hier wohnen bleiben kann«, sagte er.

20.31 Ich komme kaum noch mit. Sie haben noch einen unter einer Badewanne gefunden. Ich dachte, er sei tot, aber als er aufstand, hat Mrs Postlethwaite ihm eine Ohrfeige versetzt, also lebt er wohl noch. Sah aus wie dieser Große Indianer. Jetzt weiß er, wie es ist, von Mrs Postlethwaite geschlagen zu werden, so wie ich es weiß, seit sie damals mit ihrem Stock auf mich losgegangen ist. Die Feuerwehrleute gehen über die heiße Asche und spritzen sie nass.

Viel übel riechender Rauch. Riecht wie die alte Mrs Martin unter den Achseln. Mose hat den Hund losgelassen, aber der Hund ist bei Aura und Marshall geblieben, die immer noch mein Gras zerdrücken. Wenn ich nicht hinschaue, sehen alle zu mir her. Mazelles Mann ist zu Mrs Haygood ins Auto gestiegen. Ziemlich dreist.

»Oh, sie hat ihn geschlagen«, sagte Mrs Haygood. »Mrs Postlethwaite hat Howard geschlagen.«
Mazelles Mann legte den Sicherheitsgurt an und schaute durch die Windschutzscheibe. Er sah, wie Mr und Mrs Postlethwaite sich abwandten. »Hältst du's aus, nicht zu wissen, was da los ist?«, fragte er Mrs Haygood.
»Ich glaube schon.«
»Dann sollten wir jetzt fahren.« Er sah auf Mrs Haygoods Beine und Füße hinab. Sie waren voller Matsch.
»Der Matsch hat mir die Schuhe ausgezogen«, erklärte sie.
»Fahr vorsichtig«, sagte er. »Einen Platten können wir jetzt nicht gebrauchen.«
»Kann ich das Licht anlassen?«
»Aber sicher.«
»Damit ich ihn überfahren kann, wenn ich ihn sehe.«
»In den Schindeln dort stecken Nägel«, warnte er sie.
Sie fuhr langsam und vorsichtig bis zu Carls Haus. »Der Sturm hat ein Boot aus Carls Haus gemacht. Er steht drunter.«
»Hältst du's aus, nicht zu wissen, was da los ist?«
Mrs Haygood riss das Steuer herum, um einem weiteren Stück Hausverkleidung und einem Zaunpfahl auszuweichen. Die Scheinwerfer erfassten Nadine, die mit dem Baby im Arm auf ihrer Veranda stand. Und noch einmal musste Mrs Haygood am Lenkrad kurbeln, um sich zwi-

schen dem Feuerwehrauto und dem Bordstein an der Ecke durchzuzwängen.
»Gut machst du das«, sagte Mazelles Mann.
»Links oder rechts?«, fragte sie.
»Du entscheidest.«
»Ich weiß nicht, ob ich das kann.«
Die rotierenden roten Lichter des Feuerwehrwagens beleuchteten eine glänzende, von Blättern übersäte und scheinbar verlassene Straße. Mazelles Mann beugte sich zur Windschutzscheibe vor. »Hier ist es frei«, sagte er.
Sie ließ den Fuß auf der Bremse. Zwischen ihren Zehen trocknete der Matsch.
»Hast du etwas vergessen?«, fragte er sie.
»Nein, ich hab nur so lange auf diesen Moment gewartet, und jetzt ist das Warten vorbei.«
Er sagte: »Bis heute wusste ich nicht, dass ich das tun würde.«
»Komisch, an diesem einen Nachmittag hast du mein ganzes Leben eingeholt, und jetzt sind wir zusammen an diesem Punkt angelangt.«
»Ich glaube, wir müssen nach links.«
»Da geht's zum Wal-Mart.«
»Da geht's nach Vermont.«

20.35 Ich war gerade auf meiner Veranda draußen und habe Aura gesagt, dass meine Sachen mir gehören. Sie hatte offensichtlich schon auf meine Entscheidung gewartet. Nadine hat mich das Baby nicht einmal halten lassen, und jetzt stellt sie es auf ihrer Veranda zur Schau. Die roten Lichter von diesem Feuerwehrwagen beleuchten Nadines Haus, so wie es seit Jahr und Tag aussieht. Mazelles Mann und Mrs Haygood haben ihr langjähriges Verhältnis publik gemacht und sind vor versammelter Gemeinde zusammen weggefahren. Mein Mann war nicht so mutig. Die Geschichte wird über ihn urteilen. Wenn Aura nicht sein Kind der Liebe war, warum hat Nadines Mutter dann bis nach seinem Tod gewartet, um Aura in der Row unterzubringen? Sieht diesem Alten Indianer ähnlich, ein weißes Kind für sich zu beanspruchen. Dieser Große Indianer hat im Gegensatz zu meinem Mann nie ein schlechtes Gewissen erkennen lassen.

»Warum weinen Sie denn, Sie alter Narr?«, fragte Howard.
»Ich weine nicht«, sagte Mose, »ich hab nur Rauch in den Augen. Ich kann kaum was sehen.«
Howard lag mit dem Rücken im Gras, die Beine über den Wannenrand gespreizt.
»Das war übel, was Sie da gemacht haben«, sagte Mose.
»Die hat ganz schön hingelangt, was? Aber ich hab nicht zurückgeschlagen. Was mich betrifft, sind wir quitt. Dem Kerl stand es die ganzen Jahre ins Gesicht geschrieben, was er getan hat.«
»Das sind die traurigsten Leute, die ich je gesehen habe, sie sind verletzbar, und Sie haben auf ihnen herumgehackt, weil sie Ihnen geholfen haben, als Sie selbst verletzbar waren.«
»Ich hab ihnen gesagt, sie sollen das lassen. Ich habe ihre Hilfe nicht gebraucht. Aber reden wir nicht mehr von ihnen. Ich muss Ihnen etwas anderes sagen.« Howard kam auf die Füße.
»Ich will nichts mehr hören.«
»Das ist das Letzte.«
»Sie können mir das nicht aufbürden. Ich kann's nicht tragen. Ich hab Nadine gesagt, was Sie mir erzählt haben.

Und Aura auch. Ihre Geheimnisse sind keine Geheimnisse mehr.«

»Den da drüben habe ich heute gerettet.« Howard zeigte auf Tradio und Arthur, die ein Stück entfernt in seinem Vorgarten saßen. Sie sahen herüber, und Tradio winkte schwach. Auch Aura beobachtete Howard. Marshall hob den Kopf aus dem Gras. Mose rieb sich mit den Fäusten die Augen und setzte sich auf die Wanne.

»Okay, wir hören«, rief er plötzlich. »Was gibt es denn so gottverdammt Wichtiges?«

Howard knöpfte sein Hemd auf und zog es aus. Der Gestank war unerträglich. Er beugte sich vor und flüsterte Mose etwas ins Ohr. »Ich bin gar kein Indianer«, flüsterte er.

»Er sagt, er ist kein Indianer«, rief Mose laut.

Einer der Feuerwehrmänner unterbrach seine Arbeit für einen Moment. Effie öffnete ihre Tür ein wenig weiter. Nadine kam auf ihrer Veranda näher heran. Howard stürzte davon und hielt sich das Hemd vors Gesicht, als er in sein dunkles Haus rannte.

20.40 Mose und dieser Große Indianer haben offensichtlich über mich und meine Situation geredet, denn sie haben mehrmals ganz ungeniert zu mir herübergeschaut, und dann hat Mose etwas in meine Richtung geschrien, und dieser Große Indianer ist weggerannt, und da habe ich ihm *Lügner, Lügner* nachgerufen, und er hat sein Gesicht bedeckt.

Unter Carls Boot stand fünfzehn Zentimeter hoch das Wasser, umschlossen vom steinernen Fundament des Hauses. Holzstücke, Sägespäne und Konstruktionszeichnungen schwammen unter dem Rumpf. Die vier Wände des Hauses waren umgekippt, das Boot aber, schwer und träge, saß inmitten der Trümmer fest auf seinen Kielklötzen und Stützen. Die Fahne, die Carl am Bugspriet befestigt hatte, war zerfetzt, doch das Spriet selbst hatte nur ein paar Kratzer abbekommen. Die Veranda und der Giebel waren um das Spriet herum weggebrochen. Carl watete durchs Wasser und untersuchte die Gänge auf Schäden, inspizierte Ruder und Schraube, das Heckbord und die Augen im Bug, die jetzt ungehindert auf die Straße blickten. Die einzigen noch erkennbaren Teile seines Hauses waren die schweren Küchengeräte, die Badezimmereinrichtung und das Stück Dach, das auf die Kajüte gestürzt war, als die Hauswände wegflogen.
Carl schaute nach oben und sah, dass alle Blätter an den Bäumen ringsum durch Lichter ersetzt worden waren. An jeder Zweigspitze hing ein Stern. Der Mond schmiegte sich wie ein Vogelnest zwischen die Äste. Carl trat von seinem Boot zurück, erst in den Garten, dann weiter hinaus, über den Bürgersteig, an dem Feuerwehrauto vorbei und in die Hemphill Street. Zum ersten Mal seit zwei Jahren sah er das Strak des Rumpfes, die sanft fließenden Linien von Bug und Yachtheck. Das Boot war so groß wie ein Haus und vermutlich schwerer, sah aber aus, als könnte es sich jeden Moment in die Lüfte erheben. Die weißen Überwasserteile spiegelten sowohl den Mond als auch die blinkenden roten Lichter des Feuerwehrautos wider. Carl ging zurück, lehnte eine Leiter an die Plicht und stieg an Bord. Das Regenwasser war größtenteils durch die Speigatts abgeflossen, ein wenig aber war durch den offenen Niedergang geronnen und hatte sich in der Bilge gesammelt. Carl

schaltete die batteriebetriebene Bilgenpumpe ein und lauschte, wie das Wasser in den See unter dem Boot plätscherte. Irgendwann werde ich dieses Geräusch wieder hören, dachte er, aber dann wird Salzwasser in Salzwasser fließen. Sein Hausdach lagerte auf mehreren Relingstützen und der Seereling. Es zu entfernen würde nicht allzu schwierig sein. Carl stand in der Plicht, fasste die leicht gebogene laminierte Ruderpinne und suchte den Horizont über den Schindeln ab. Dort, wo die Sonne aufgehen würde, stand Nadine, noch immer in seinem Hemd. Plötzlich fror er. Seltsam, wie schmal die gemäßigte Zone zwischen einem heißen Feuer und einem kalten Herbst war. Er fing an zu zittern. Er ging nach unten, um sich ein Hemd anzuziehen, und als er das Licht anmachte, wurde ihm bewusst, dass er die einzige voll funktionsfähige Behausung in der Straße besaß. Er zündete den kleinen Propangasofen an, kämmte sich den Rauch aus den Haaren, vertauschte seine nassen, rußigen Kleider gegen trockene, und dann schloss er die Niedergangsluke, damit es in der Kajüte warm wurde, und begab sich auf Freiersfüße. Er legte eine Planke vom Fundament des Hauses zur zweiten Leitersprosse, damit Nadine, wenn sie zurückkämen, nicht nass wurde.

All das tat er in dem Bewusstsein, dass er dies Nadine nie antragen würde. Wieder trat er von seinem Boot zurück, betrachtete wohlgefällig das warme, weiche Licht, das aus den Fensteröffnungen drang, kämpfte sich durch das Trümmerfeld zwischen seinem und Nadines Haus und langte auf ihrer Veranda an, als sei er soeben aus Zypern in Fort Worth eingelaufen.

Nadine stand mit einer Decke um die Schultern und dem Baby im Arm vor ihm. »Wenn du einen Moment wartest, gebe ich dir dein Hemd zurück.«

»Ich brauch's nicht.«

»Doch, ich geh rein und zieh mich um.«

»Ich will es jetzt nicht haben«, sagte Carl. »Du könntest es wenigstens waschen, bevor du's mir zurückgibst. Ich würde dir etwas, das ich mir von dir leihe, auch nicht schmutzig zurückgeben. Wie geht's dem Baby?«

»Bestens. Ich versuche die ganze Zeit, eine Ähnlichkeit mit Momma zu entdecken.«

Carl hob den Ärmel von Arthurs Jacke und schaute darunter. »Klein«, sagte er.

»Ein Schatz.« Nadine deckte den Kopf des Babys wieder zu. Dann sah sie Carl gerade in die Augen. »Dein Haus ist weg.«

»Nein, nicht weg. Es ist jetzt ein Boot. Ich wohne jetzt auf meinem Boot.«

»Ich kann's noch gar nicht fassen, dass wir heute zwei von unseren alten Häusern verloren haben. Und bei Verda ist die Veranda abgerissen. Sie wird sich furchtbar aufregen, wenn sie nach Hause kommt. Gerade hab ich Mrs Haygood und Mazelles Mann zusammen wegfahren sehen. Ich glaube, die kommen nicht wieder.«

»Ich geh auch weg, Nadine.«

»Was? So etwas darfst du nicht sagen, Carl. Nimm das sofort zurück. Alles entgleitet mir. Heute Abend habe ich meine Mutter verloren. Ich dachte, sie ist seit Jahren tot, aber wirklich gestorben ist sie erst heute. Ich habe nie gewusst, wer sie war.«

»Vielleicht stimmt es ja gar nicht, was Howard Mose erzählt hat.«

»Ich habe mit Effie geredet. Sie sagt, es stimmt. Sie ist zwar verwirrt, aber das einzig Wichtige hat sie mir bestätigt, nämlich dass Momma außer mir noch ein anderes Kind hatte. Irgendwo habe ich eine Schwester, ob es nun Aura ist oder nicht – es wäre mir lieber, sie wär's. Es spielt also keine Rolle.«

»Ich finde, Aura sieht dir überhaupt nicht ähnlich. Ich wollte es in der Zisterne nicht sagen, aber sie sieht auch Howard überhaupt nicht ähnlich.«

»Warum willst du denn weg, Carl? Du bist Tischler, da könntest du dein Haus doch wieder aufbauen.«

»Nadine, die Wahrheit ist: Ich bin selbst schuld, dass das Haus eingestürzt ist. Ich habe es von innen her zerlegt und das Boot daraus gebaut. Es war nur noch eine Eierschale. Deswegen ist es weggeweht worden.«

»Das Haus hat allen gehört, die vor dir darin gewohnt haben, nicht nur dir. Es hat Fort Worth gehört. Und jetzt ist es ein für alle Mal verloren. Es war eine historische Landmarke, Carl.«

»Dann ist es jetzt eben eine historische Wassermarke.«

»Das ist nicht komisch, Carl. Ich habe mein Leben lang gearbeitet, um dieser Straße zum Erfolg zu verhelfen. Und meine Mutter auch. Wenn du mich wirklich lieben würdest, dann wüsstest du, wie wichtig mir diese alten Sachen sind.«

»Ich bin kein Antiquitätenhändler, Nadine. Aber es regt mich auf, wenn du meine Gefühle in Frage stellst. Ich kann dich auch lieben, ohne dich zu verstehen. Ich weiß nicht, warum du all die alten Sachen um dich haben musst. Für mich sind sie einfach nur gebraucht. Anderer Leute abgelegte Kleider. Es ist, als wollte man etwas ersetzen, was man nie besessen hat. Du trägst die Kleider anderer Menschen, und vor allem trägst du das Leben eines anderen Menschen. Aber du bist etwas Neues, Nadine. Wie das Baby. Wie mein Boot. Es besteht aus altem Material, aber es ist neu. Du solltest die ganzen alten Klamotten zerschneiden und dir ein Kleid nähen, das dir passt. Ich hab mal gehört, wie du von der Qualität alter Sachen geredet hast und dass es so etwas heute nicht mehr gibt, aber – halt dem Baby die Ohren zu – das ist Scheiße. Wenn man etwas Qualitätvolles besitzen will, muss man es selbst machen. Man kann es nicht kaufen. Ein Bild, das jemand anderer gemalt hat, kann man nicht besitzen. Man muss sich sein eigenes Leben aufbauen, Nadine. Hör auf, das Leben deiner Mutter zu leben.«

»Du willst doch nur mit mir schmusen, mir an die Brust fassen.«

»Ich will dir auch an die Zehen fassen und an die Stirn und an die Handrücken. Du wirst nicht erreichen, dass ich mich dafür schäme, dich zu lieben.«

»Du bist heute ja ein wahrer Born der Weisheit. Du hast dir das anscheinend alles genau überlegt.«

»Mach dich nicht lustig über mich, Nadine. Ich weiß, dass ich kein großer Redner bin. Aber ich hab darüber nachgedacht, seit ich angefangen habe, das Boot zu bauen. Tag für Tag. Das Boot ist mein Herz, und es ist jetzt für alle sichtbar, also habe ich wenig zu verlieren, wenn ich offen mit dir rede. Du musst doch gewusst haben, was ich für dich empfinde. Ich hab versucht, es geheim zu halten, aber es ist mir nicht gelungen. Und du hast mir wahrhaftig nicht gerade Mut gemacht. Da habe ich eben meine ganze Liebe in das Boot gelegt und es so berührt, wie ich dich berühren würde. Das Boot bist du für mich. Trotzdem gehe ich weg. Es wird demnächst abgeholt. Am Golf unten werde ich den Mast einsetzen und die Segel anschlagen, und dann fahre ich los. Mit meinen handwerklichen Fähigkeiten kann ich ab und zu in einem Hafen arbeiten, aber vor allem will ich zwischen den Inseln herumsegeln und schöne Sachen sehen und Leute kennen lernen, die anders sind als ich. Ich hab so was noch nie gemacht, aber ich riskiere es, und ich glaube, es wird mir gefallen.«

»Du hast ja eine ziemlich hohe Meinung von dir.«

»Nein. Sieh mich doch an. Vielleicht zum fünfhundertsten Mal stehe ich hier auf deiner Veranda und versuche rauszukriegen, ob du mich magst. Ich habe überhaupt keinen Stolz mehr. Du hast hier alles in der Hand, wie immer.«

»Ich muss los, da kommt der Krankenwagen. Ich muss Aura das Baby zurückbringen.«

»Okay«, sagte Carl, »geh nur.«

»Es ist unfair von dir, mir das alles auf einmal aufzubürden.«

»Ich repariere dir dein Haus, bevor ich fahre.«

20.44 Ich war gerade draußen, um mein Haus zu inspizieren, und da habe ich gesehen, dass die ganze Farbe geschmolzen ist. Ich habe einen von den Feuerwehrmännern gefragt, was er zu tun gedenkt, aber er hat mich nur blöde angeglotzt.

20.47 Mein Sohn wird meine Aufzeichnungen gegen mich verwenden. Er hat schon einmal versucht, mich in die Psychiatrie (man sieht, ich *kann* das Wort richtig schreiben) einzuweisen, ein offener Versuch, an meine Sachen heranzukommen. Er wird sagen, ich hätte seinen Vater nicht so behandeln dürfen, als er starb.

20.49 Ich vergaß zu erwähnen, dass Marshall und Aura immer noch in meinem Garten sind und dass Tradio und sein Männerfreund nebenan im Gras liegen. Die denken alle, ich hätte nichts Eiligeres zu tun als hinauszugehen und ihre Neugier zu befriedigen. Es könnte sein, dass ich mehr von meiner Medizin genommen habe, als ich soll, denn das Samstagsfach in meiner Pillenschachtel ist leer, und es ist noch nicht Samstag. Die Row ist ein Chaos, und dabei ist morgen unser großer Verkaufstag. Jetzt steht ein

Krankenwagen unten an der Straße. Ich kann das Kennzeichen nicht lesen, werde aber eine genaue Beschreibung des Fahrers festhalten. Möglicherweise hat mein Sohn sie geschickt, damit sie mich ins Krankenhaus bringen. Aber diesmal mache ich die Tür nicht auf. Jedes Mal wenn ich aus dem Haus gehe, erwarte ich, dass mich gleich jemand packt. Ich habe nicht gern Angst.

Aura sah Howard in sein Haus laufen und dachte, wir sind also keine Halbindianerin, und das Baby ist keine Viertelindianerin. Das war schade, denn sie war seit jeher eine Befürworterin der Rassenmischung. Während der kurzen Zeitspanne, in der sie ein Halbblut gewesen war, hatte sie sogar geglaubt, eine Erklärung für die Bräunungsfreudigkeit ihrer Haut gefunden zu haben. Vielleicht verleugnete Howard ja sein indianisches Blut, weil es ihm peinlich war, einer Minderheit anzugehören. Sie würde ihn ebenfalls einbeziehen müssen.

»So ein Unwetter bringt alles ganz schön durcheinander, nicht wahr, Schatz?«, sagte sie zu Marshall. »Kannst du wieder normal atmen?«

»Mir ist so heiß da drinnen«, hustete er.

Sie streckte sich neben ihm aus und legte den Arm um ihn.

»Wo ist das Baby?«, fragte er.

»Bei Nadine. Sie hat es mit auf ihre Veranda genommen, damit es keinen Rauch einatmet.«

»Wir brauchen jetzt ein größeres Haus.«

»Nicht sprechen. Aus deinem Mund kommt Rauch.«

Aura legte die Fingerspitzen an seine Lippen, und Marshall schloss die Augen. »In dem neuen Haus könnten wir in jedem Zimmer einen Thermostaten haben«, murmelte er.

»Pssst«, machte sie. »Wir haben darüber nachgedacht, dass wir jetzt eine Garnitur sind: Messer, Gabel und Löffel. Wir lassen die Initialen unserer Tochter auf einen Löffel gravieren, den sie dann eines Tages ihrem Kind gibt, das ihn später seinem Kind gibt, und immer so weiter, bis irgendwann keiner mehr weiß, von wem der Löffel stammt und wessen Monogramm darauf ist. Wir selbst sind bis dahin mit allem um uns herum verschmolzen und darin aufgegangen. Wir fühlen uns so froh und geborgen, wenn wir uns das vorstellen.

Ein wunderbarer Tag war das heute: Wir haben ein Kind bekommen, und wir persönlich haben sieben Pfund abgenommen, und du hast unser Haus vorm Abbrennen gerettet und bist nicht gestorben. Wenn wir aus dem Krankenhaus zurückkommen, machen wir dir einen frischen Schwung Hühnerflügel und uns selbst ein Schinkensteak, und dann stehen wir in der Küche und essen und füttern das Baby. Das wird schön! Es macht schrecklich hungrig, ein Kind zu kriegen.«

Einer der Feuerwehrmänner brachte Marshall eine kleine Sauerstoffflasche mit einer durchsichtigen Maske. Marshall hielt sich den Behälter so über den Brustkorb, wie er als Baby sein Fläschchen gehalten hatte. Der Sauerstoff war kühl und süß. Es war, als würde man an einem frischen Knochen saugen. Er sah zu seiner Frau auf, die ihm zulächelte, und fragte sich, wie sie es fertig brachte, alles mit solchem Gleichmut hinzunehmen. Sie hatte soeben überraschend ein Kind bekommen, sie hatte beinahe ihren Mann verloren, sie hatte erfahren, dass sie eine Halbschwester hatte, dass ihr leiblicher Vater in derselben Straße wohnte wie sie, dass ihre Mutter sie hierhergebracht hatte und dass ihr Vater kein Indianer war. Wie wurde sie mit so vielen Unwahrscheinlichkeiten und Unsicherheiten fertig? Sie ist so kompakt, so gut gerüstet für das Ende der

Welt. Und ich mache mir Sorgen, dass ich die Feuerwehrleute behindere, dass sie umständlich um mich herumgehen müssen, wenn ich hier so im Gras liege. Ich bin zu groß, und ich habe keine Alternative.

»Ich bin zu groß«, sagte er durch die Maske zu Aura.

»Fängst du wieder damit an?«, erwiderte sie. »Du bist genau richtig. Aber falls es dich beruhigt: Wir sind uns ziemlich sicher, dass du von jetzt an kleiner wirst. Das ist eines der Wunder des Alterns. Sieh mal, da kommt der Krankenwagen, endlich. Was hältst du davon, wenn wir das Hündchen hier adoptieren?«

20.55 Ich komm nicht raus, habe ich ihnen durchs geschlossene Fenster zugerufen. Dreimal habe ich es gerufen, und schließlich haben sie statt meiner Marshall mitgenommen. Ich habe schon immer gewusst, dass er verrückt ist. Sie leuchten ihm mit einer Taschenlampe in die Augen und versuchen ihn auf eine Trage zu legen, aber er hängt hinten und vorne herunter. Nadine überwacht natürlich alles. Mein Baby! Nadine sieht grauenhaft aus in dieser Aufmachung, spielt die Obdachlose. Aura watschelt herum wie ein Pinguin, und mehr Hirn hat sie auch nicht. Mein Sohn wird bei Effies Beerdigung ganz schön überrascht sein, wenn er erfährt, dass er eine Schwester hat, die die Hälfte kassiert! Jemand sollte während der Beerdigung auf meine Sachen aufpassen, Diebe lesen ja oft die Todesanzeigen.

21.00 Mr Haygood zieht einen Polizisten am Arm zu seinem Haus. Der Polizist schaut höchst interessiert zu mir herüber. Vielleicht war er schon einmal bei mir. Mr Haygood würde für das, was ich weiß, möglicherweise ein hübsches Sümmchen zahlen. Und ich würde ein hübsches Sümmchen dafür zahlen, sein Gesicht zu sehen, wenn ich es ihm sage.

»Sie haben die Haustür offen gelassen«, konstatierte der Polizist.
»Die Angeln sind herausgerissen, und zu stehlen gibt es hier sowieso nichts mehr«, sagte Mr Haygood.
Sie betraten den Spielzeugladen. Der Polizist ließ den Strahl seiner Taschenlampe von einer leeren Vitrine zur anderen wandern.
»Sie sehen, es ist alles weg. Ein schwerer Einbruch. Das Spielzeug war fast eine halbe Million wert.« Mr Haygood ging weiter ins Haus hinein. »Wo ist nur meine gottverdammte Frau?« Er ging wieder hinaus und sah über die dunkle Straße zu Effie hinüber. Keine der Silhouetten dort sah nach seiner Frau aus. Da merkte er, dass auch sein Auto weg war. Was zum Teufel ...?
»Gehen wir zum Streifenwagen zurück, damit ich ein Protokoll aufnehmen kann«, sagte der Polizist. »Hier haben wir nicht genug Licht.«
»Ein Protokoll?«, fragte Mr Haygood teilnahmslos. »Können Sie nicht ein paar Kriminalbeamte rufen wegen der Fingerabdrücke?«
»Erst muss ich ein Protokoll aufnehmen, dann können wir sehen, ob jemand frei ist.«
»Mein Auto ist auch weg«, sagte Mr Haygood.
»Meinen Sie, es ist auch gestohlen worden?«
»Nein, nach dem Einbruch war es noch da. Meine Frau muss damit unterwegs sein. Würde ihr ähnlich sehen, Leute ins Krankenhaus zu fahren, obwohl sie weiß, dass ich bestohlen worden bin.«

»Soll ich Ihnen die Stufen hinunterhelfen?«
»Nein, Sir. Wir treffen uns dann am Streifenwagen. Ich will noch meine Nachbarn fragen, ob sie etwas gesehen haben.«
Mr Haygood wartete, bis der Polizist ein gutes Stück den Bürgersteig hinunter war, dann bog er in Mazelles Garten ein und stieg die Stufen zu ihrer Veranda hinauf. Auch bei ihr stand die Tür offen. Von der Schwelle aus rief er ihren Namen in die stockdunklen Räume. Sein Atem ging stoßweise. Er ging hinein und kickte ein Buch über den Boden. Er hörte es rutschen und dann irgendwo hinunterfallen. Als er von der Tür wegtrat, um das spärliche Licht von draußen hereinzulassen, sah er, dass Mazelles Stuhl umgestürzt, der Teppich zurückgeschlagen und die Falltür zur Zisterne geöffnet war. Er rief nicht noch einmal nach Mazelle, sondern schloss die Klappe und brachte Teppich und Stuhl wieder an ihren Platz. Dann hastete er nach Hause zurück, fand eine nur schwach leuchtende Taschenlampe, riss die Falltür auf und stieg nervös und unsicher hinab. Am meisten überraschte ihn das Wasser.
»Wie?«, fragte er laut. Er richtete die Taschenlampe auf die kalksteinbeschwerte Matratze und zur Decke hinauf und sah die Unterseite von Mazelles Wagen. Sie hatte die Zisterne zu zerstören versucht. Da wusste er, dass sie die Spielsachen gestohlen hatte. Wer hätte es sonst tun sollen? Wer sonst empfand so viel für ihn? Sie hatte das Leben mit ihrem Mann nicht mehr ertragen und das Einzige mitgenommen, was ihn, Mr Haygood, veranlassen würde, ihr zu folgen. Eine Welle unendlicher Erleichterung schwappte durch ihn hindurch. Er würde seine Sachen wiederbekommen. Sie wollte ihm nur Angst einjagen. Sie war eifersüchtig. Eigentlich war es gar nicht nötig, die Polizei einzuschalten. Es war eine Familienangelegenheit. Er hoffte nur, sie hatte jedes Teil in Luftpolsterfolie verpackt. Um

die gusseisernen Sachen machte er sich keine Sorgen, aber das Blechspielzeug bekam leicht Kratzer. Er würde dem Polizisten sagen, es sei alles ein großes Missverständnis gewesen. Er schloss die Falltür wieder und zog den Teppich darüber.
Vielleicht konnte er das alles hinter sich bringen, ohne dass Mrs Haygood etwas davon erfuhr. Er hatte sein kleines Geheimnis vierunddreißig Jahre lang gewahrt und hegte deshalb wenig Zweifel an seinem Geschick und ihrer Dummheit. Einige Punkte waren allerdings noch unklar: Ob Mazelles Mann die offene Falltür gesehen hatte, wie das Loch in der Decke der Zisterne zu schließen war, wie er Mazelle, sein Auto und das Spielzeug wieder finden sollte.
Es überraschte ihn und schmeichelte ihm, wie sehr Mazelle ihn liebte, so sehr, dass sie all diese Unannehmlichkeiten auf sich nahm. Er war zwar ein alter Mann, aber er hatte immer noch ein großes Ding. Verdammt, es würde eine Menge Ärger geben, aber er hatte immer gewusst, dass es eines Tages so kommen würde, dass Mazelle ihr Zisternenleben eines Tages zu ihrem wahren Leben würde machen wollen. Er würde dem Polizisten sagen, Mrs Haygood habe die Sachen genommen, es handle sich lediglich um einen Ehestreit, der ohne Polizei beigelegt werden könne. Das würde ihn überzeugen. Während er den Bürgersteig hinabging, erwog er die Möglichkeit, das Zisternendach zu reparieren, bevor Mazelles Wagen abgeschleppt wurde. Er würde ein paar Säcke Portland-Zement und dicke Bretter als Streben benötigen. Jedenfalls gab es eine Menge zu überlegen. Er konnte sich gar nicht vorstellen, was Mazelle so aufgebracht hatte, was sie so wütend gemacht hatte, dass sie versucht hatte, die Zisterne mit ihrem Wagen zum Einsturz zu bringen. Zwischen den Badewannen in Howards Vorgarten glaubte er Mrs

Haygood zu sehen. Aber erst musste er diesen lästigen Polizisten loswerden.

21.04 Dieser eine gut aussehende Feuerwehrmann hat, als er den Schlauch aufgerollt hat, einen Moment Pause gemacht, um die Lalique-Sachen in meinem Fenster zu bewundern. Vielleicht kommt seine Frau einmal als Kundin zu mir. Ich habe ihm gesagt, dass das Lalique nur noch dieses Wochenende zum jetzigen Preis zu haben ist.

21.06 Marshall wird weggebracht. Nadine hat das Baby endlich Aura zurückgegeben. Diese Aura sieht meinem Mann überhaupt nicht ähnlich. Niemand sieht irgendjemandem ähnlich.

»Na, Sie sind mir ja mal ein gut aussehender junger Mann«, sagte Tradio.

»Nun lass den Sanitäter mal seine Arbeit machen«, sagte Arthur zu ihm.

»Aber er ist ein so hübscher Junge«, beharrte Tradio.

»Das hat meine Mutter auch immer gesagt«, sagte der Sanitäter. »Würden Sie jetzt bitte einen Moment still sein, damit ich Sie abhören kann?«

Nadine beugte sich ebenfalls vor. Ihre Decke umhüllte jetzt Kopf und Körper. »Was macht sein Herz?«, fragte sie Arthur.

»Du siehst aus wie der Leibhaftige, Nadine«, sagte Tradio. »Kommst du mich holen?«

»Pssst«, machte Arthur. »Hast du das gehört, Nadine? Das war seine Radiostimme. Es geht ihm wieder gut.«

»Trotzdem«, sagte der Sanitäter. »Wir nehmen ihn besser mit. Ihn und den Mann mit der Rauchvergiftung. Ihre Stichverletzungen sollten auch behandelt werden, Sir, aber wir können nur die beiden akuten Fälle im Krankenwagen mitnehmen. Ich habe einen zweiten Wagen angefordert, der wird bald hier sein, dann können Sie und die Wöchnerin nachkommen.«

»Ich kann nicht mit Tradio mit?«, fragte Arthur.

»Nein, Sir. Wir bringen zuerst die dringenderen Fälle ins Krankenhaus. Sie können hinter uns herfahren, wenn Sie Auto fahren können, aber der zweite Krankenwagen wird gleich hier sein. Ich würde Ihnen raten, so lange zu warten. Die Frau mit dem Baby sagt, sie kennt Sie?«

»Ich hab dem Baby auf die Welt geholfen«, schnaubte Arthur. »Ich kenne sie so gut, wie nur je ein Schwuler sie kennen wird.«

»Und was ist Ihre sexuelle Orientierung?«, fragte Tradio den Sanitäter.

»Tradio!«, wies Nadine ihn zurecht.

»Arthur merkt so was, aber ich muss immer noch fragen.«

Der Sanitäter sah auf und lächelte. »Ich bin so normal wie ein Dollarschein.«

»Wissen Sie«, sagte Arthur, »die wird man irgendwann aus dem Verkehr ziehen.«

Der Sanitäter lachte.

»Sieh dir das an, Tradio. Ein normaler Sanitäter, der sich nicht scheut, mit zwei Schwulen herumzualbern.«

»Hören Sie auf damit, Arthur«, sagte Nadine.

»Ich bin so froh, dass ich nicht lebendig begraben bin«, sagte Tradio. »Obwohl – irgendwie war es sehr friedlich.«

»Warst du das, der da so gebrüllt hat?«, fragte Arthur.

»Könnte sein. Ich dachte, eine Seuche ist ausgebrochen, und die ganze Menschheit ist verloren.«

»Wie bitte?«, fragte Nadine.

»Er scheint zu phantasieren«, sagte Arthur.
»Tu ich nicht. Es ist irgendwie mehr. Ich bin zufrieden. Und das muss ich auch sein. Ich bin ein aufgeblasener, schwuler, alter Trödler, der seine Frau fünfundzwanzig Jahre lang geliebt und lange genug gelebt hat, um seinem Pastetenvögelchen davon zu erzählen. Aber ich hab sie nie betrogen, Nadine. Und dich hab ich auch nie betrogen, Arthur.«
»Weißt du was?«, fragte Arthur. »Von jetzt an werde ich zweimal täglich eine Badewanne über dich stülpen.«
»Ich hab mich heute bei Effie entschuldigt, Arthur, das hab ich dir ja gesagt, du wolltest ja ihren Rasen für mich mähen. Danach hab ich mich besser gefühlt. Sie konnte nichts dafür, dass sie mich geliebt hat. Ich glaube nicht, dass ich mir für das Leben, das ich führe, die Hölle einhandle.«
»Ich empfinde nur eine tiefe Zuneigung zu Ihnen, Tradio«, flüsterte Nadine.
Tradio lächelte und schloss die Augen. »Ich glaube, ich komme in den Himmel. Ganz bestimmt.«
»Aber erst einmal kommen Sie ins Krankenhaus«, sagte der Sanitäter. »Okay, wir heben Sie jetzt auf die Trage.«
»So ein hübsches Gesicht.«
»Okay, bei drei hochheben. Eins, zwei, drei.«
»Klingt meine Stimme, als ob sie vom Himmel käme?«, fragte Tradio, als er weggetragen wurde.

21.07 Der Krankenwagen fährt rückwärts, tut-tut, rückwärts die Straße hinauf.

21.08 Dieser Große Indianer hat eine Petroleumlampe angezündet. Er geht zu schnell durch sein Haus.

21.09 Sie laden Marshall und Tradio ein. Ein seltsames Paar.

21.10 Mein Bleistift ist stumpf.

21.12 In der anderen Hand hat er auch etwas. Sehr verdächtig und auch ziemlich gefährlich, mit einem offenen Feuer und vielleicht einer Schere durchs Haus zu laufen. Ich weiß, dass er Pornohefte da drüben hat.

Als sich die Türen schlossen und der Krankenwagen langsam die Row hinunterzurollen begann, faltete Tradio die Hände über dem Herzen und flüsterte Marshall zu: »Waren Sie schon mal live in einer Rundfunksendung?«
Marshall schüttelte den Kopf. Er hatte noch die Sauerstoffmaske auf dem Gesicht. Noch nie hatte er neben einem homosexuellen Mann gelegen.
»Man redet und redet, und man hat nicht die leiseste Ahnung, ob einem jemand zuhört.« Marshall lüftete die Maske ein wenig und setzte zum Sprechen an, doch Tradio brachte ihn mit einem »Pst« zum Schweigen und sagte: »Das ist das Wunder des Radios.«
»Ich wollte sagen«, sagte Marshall, »dass Ihre Hörer Sie doch anrufen.«
»Das stimmt, aber zuerst muss immer ich sprechen. Mir ist gerade klar geworden, dass ich die ganzen Jahre über eine Menge Vertrauen aufgebracht habe.«
»Es heißt, Sie würden nicht mit lesbischen Frauen ins Bett gehen«, sagte Marshall.
»Die würden nicht mit mir ins Bett gehen, das kommt der Wahrheit wohl näher.«
»Dann versteh ich die ganze Aufregung nicht. Mit mir

würden sie auch nicht ins Bett gehen.« Marshall begann wieder pfeifend zu atmen: »Tiii hiii.«
»Tiii hiii«, antwortete Tradio, »tiii hiii hiii.«
Der Krankenwagen wendete und alle Insassen machten sich bereit, die Row zu verlassen.

21.14 Es ist eine Pistole, so groß wie ein Stiefel. Mein Mann hat mir schon gesagt, dass er Pistolen da drüben hat. Ich habe die Pornohefte in seinem Müll gefunden. Ich habe sie an Jim Evans verkauft, der sie mit zu den Cattle Barns nimmt und sehr gut daran verdient. Nur in eines habe ich einmal hineingeschaut.

Aura, Nadine, Mose und Arthur standen auf der Straße und sahen dem Krankenwagen nach.
»Bald geht's ihnen wieder gut, ganz bestimmt«, sagte Nadine.
Arthur hatte das Gewicht auf sein linkes Bein verlagert. Wenn er auf beiden Füßen zu stehen versuchte, drohte sein Knöchel umzuknicken. »Jetzt, wo Tradio weg ist, tun meine Stiche viel mehr weh«, sagte er.
»Wenn dieser zweite Krankenwagen nicht bald kommt, bring ich Sie selbst ins Krankenhaus«, sagte Nadine. »Sie und Aura und das Baby. Tut mir Leid, wie ich mich benommen habe, Aura. Ich hätte nicht das Geringste dagegen, wenn du meine Schwester wärst. Ich weiß nicht mit Sicherheit, ob du's bist, aber ich hätte nichts dagegen.«
»Wir würden dir deine Mutter nicht wegnehmen, Nadine. Und wenn sie uns das Haus gekauft hat, dann geben wir's dir zurück.«

»Ich will es nicht haben. Wenn Momma das Haus für dich gekauft hat, dann von ihrem Geld, nicht von meinem.«

»Vielleicht hätte ich nichts sagen sollen«, meinte Mose. »Ich hab mich von diesem Mistkerl zum Kurier machen lassen.«

»Schon gut, lieber Mose.«

»Ja«, ergänzte Aura. »Es ist gut, dass wir's wissen.«

»Und ich dachte immer, ich bin ganz allein auf der Welt«, sagte Nadine.

»Dabei sind wir alle miteinander verwandt«, sagte Aura. »Meint ihr, Howard hat gewusst, dass wir heute ein Kind bekommen? Wir selbst haben's nicht gewusst.«

»Jedenfalls hat er gewusst, dass ein schlimmes Unwetter bevorsteht«, sagte Mose.

»Was war das, was er da gesagt hat? Dass er gar kein Indianer ist?«, fragte Arthur.

»Ich weiß auch nicht.« Mose seufzte. »Er hat mich ganz fertig gemacht. Ich hab heute an überhaupt nichts Neues gedacht. Nur an alten Kram, der mich nichts angeht.«

»Für mich ist das alles neu«, sagte Nadine. »Die Vergangenheit ist etwas ganz anderes, als ich dachte. Meine eigene Mutter ist jetzt ein anderer Mensch als an dem Tag, an dem sie gestorben ist.«

»Ich geh jetzt da rüber und setz mich auf den Bordstein«, sagte Arthur.

»Wir auch«, schloss Aura sich an.

»Ich seh mal nach Howard«, seufzte Mose.

»Sag ihm, ich will ihn nachher sprechen«, trug Nadine ihm auf. »Hier, Aura, nimm meine Decke für dich und das Baby.«

»Hast du das gehört? Jetzt haben wir eine große Schwester«, sagte Aura zu dem Baby.

21.16 Hin und her, hin und her.

21.17 Da kommt Mr Haygood. Er hält immer seine Hosen fest, als wollte sie ihm jemand wegnehmen.

Auf Howards Schild stand noch immer »Geöffnet«, und so ging Mose einfach hinein. Glöckchen klingelten. Aus dem hinteren Teil des Hauses drang Licht.
»Howard?«, rief Mose.
»Ich bin nicht da«, sagte Howard. Mose hörte seine Schritte und sah seinen Schatten in der Tür.
»Ich wollte Ihnen nur sagen, dass es den Mädchen nichts ausmacht. Aura hat sich nicht allzu sehr aufgeregt. Bei Nadine mag es etwas anders sein, aber sie kommt schon drüber weg. Ihre Enkelin scheint gesund zu sein.«
Howard blieb in der Tür zwischen Laden und Schlafzimmer stehen. Er hielt die Lampe in der einen und die Pistole in der anderen Hand. Um nicht auf die Pistole schauen zu müssen, sah Mose sich in dem schwachen Licht im Laden um. Vitrinen mit indianischen Artefakten standen da, Kartons mit Türknäufen, Schrankbeschlägen, Fliegentürangeln und Buntglasfenstern, die wie Malerleinwände aufeinander gestapelt waren. Dutzende von Lampenfassungen hingen von der Decke, bis auf eine alle glühbirnenlos. Effie war hier, dachte Mose. Vor seinen Füßen stand eine Holzkiste mit verchromten Wasserhähnen.
»Ich bin froh, dass Sie gekommen sind«, sagte Howard. »Ich brauche einen Zeugen. Ich werde die letzte der indianischen Verwüstungen in Texas anrichten. Ich bringe mich um.«
»Aber Sie haben doch gesagt, Sie sind gar kein Indianer.«

»Stimmt.« Howard hüstelte. »Ich bringe mich um, weil ich mich für einen ausgegeben habe.«
»Dann ist es aber keine Verwüstung. Dann ist da nur ein alter Mann, der sich das Leben nimmt.«
»Trotzdem.«
»Dass sich einer umbringt, der sein Leben lang sein indianisches Erbe verleugnet hat, ich meine, ein Indianer, der sich für einen Weißen ausgegeben hat, das könnte man ja noch verstehen. Aber sich für einen Indianer auszugeben ist doch keine Verbesserung. Ich weiß noch, wie schlecht wir die Indianer in den dreißiger und vierziger Jahren behandelt haben. Wieso sollte man sich umbringen, weil man sich ein Leben lang als Angehöriger einer Minderheit ausgegeben hat? Und wieso sollte man sich überhaupt als Angehöriger einer Minderheit ausgeben?«
»Als ich ein Kind war«, sagte Howard, »waren alle anderen Kinder um mich herum Indianer. Sie wollten nicht, dass ich dazugehöre. Und deswegen habe ich später jedem, den ich kennen gelernt habe, gesagt, ich sei Indianer. Das war meine Art, es ihnen heimzuzahlen. Und wenn man jedem sagt, man sei Indianer, dann wird man auch als Indianer gesehen. Und irgendwann sieht man sich selbst so. Das führt einen dann an verschiedene Orte, Orte, an denen ein Indianer sich aufhalten könnte, Orte, an denen ich gewesen bin.«
»Aber Sie sind kein Indianer.«
»Nein. Meine Mutter war Irin, mein Vater irgendwas anderes.«
»Also gibt es auch keinen Hund auf Ihrem Weg?«
»Ich heiße Roberts mit Familiennamen. Old Grubbs hat mir den indianischen Namen gegeben, als ich von ihm weg bin.«
»Haben Sie Ihren Organspenderausweis unterschrieben? Schießen Sie bloß nicht in ein transplantierbares Organ.«

»Wo soll ich dann reinschießen?«
»In den Kopf. Köpfe werden nicht transplantiert. Aber passen Sie auf, dass Ihre Augen nichts abkriegen.«
»Gut, dann schieß ich mich in den Kopf.«
»Vielleicht warten Sie noch, bis der Krankenwagen kommt«, schlug Mose vor. »Dann können die Ihre Leiche gleich mit ins Krankenhaus nehmen, und die Organe wären noch frisch.«
»Der Krankenwagen ist aber schon weg.«
»Es kommt noch einer, für Aura. Da können Sie mitfahren.«

21.18 Die Feuerwehrleute rücken ab. Mrs Martins Haus ist weg, bis auf die hintere Wand. Die Küchentür steht weit offen. Badewanne und Toilette liegen direkt im Blickfeld. Ich habe einen Bärenhunger.

21.20 Mr Haygood steht auf der Straße und redet mit Nadine, Aura und Tradios Männerfreund. Keiner von ihnen hat es für nötig befunden, vom Bordstein aufzustehen, als er kam. Sie sehen aus wie die drei Affen: nichts hören, nichts sehen, nichts sagen. Ich werde wohl die Wahrheit sagen müssen.

»Ich glaube, sie ist weg«, sagte Nadine zu Mr Haygood.
»Aber sie war doch hier und hat löschen geholfen. Ich hab ihr gesagt, sie soll nach Hause gehen.«
»Sie ist mit Mazelles Mann weggefahren«, sagte Nadine.
»In Ihrem Auto.«
»Aber das geht uns nichts an«, sagte Arthur.

»Meine Spielsachen sind verschwunden«, stammelte Mr Haygood. »Hat jemand von Ihnen meine Spielsachen gesehen? Haben Sie Mazelle gesehen?«
»Mr Haygood, fairerweise müssen wir Ihnen sagen, dass wir alle während des Unwetters in Ihrer Zisterne waren und dort das Schlimmste überstanden haben.«
»Ich habe Mazelle weggehen sehen«, sagte Effie. Alle drehten sich zu ihr um, als folgten sie einer Choreographie.
»Halten Sie sich da raus«, warnte Nadine sie.
»Nichts hören, nichts sehen, nichts sagen, Nadine«, gab Effie zurück. »Ich habe Mazelle heute Nachmittag weglaufen sehen. Wahrscheinlich hat sie herausgekriegt, was Sie jetzt herauskriegen, Mr Haygood. Ist Ihnen nie aufgefallen, dass Mazelles Mann und Ihre Frau die Row immer kurz nacheinander verlassen? Ich weiß seit Monaten, dass sie ein Verhältnis miteinander haben. Mit einem so dummen Mann kann man kein Mitleid haben. Aura, glauben Sie bloß nicht, dass Sie jetzt jeden Samstagabend ein Gratisessen bei Effie kriegen, nur weil sie die Tochter meines Mannes sind.«
»Wie bitte?«, fragte Aura.
»Effie, Sie gehen jetzt sofort wieder hinein«, sagte Nadine.
»Sie sitzen auf meinem Bordstein«, entgegnete Effie.
Nadine stand auf. »Sofort.«
»Ich habe keine Angst mehr vor Ihnen, Nadine. Und Ihre Mutter ist tot. Sie haben nichts mehr gegen mich in der Hand. Ich habe zugegeben, was mein Mann getan hat. Und wenn Aura tatsächlich Anspruch auf einige von meinen Sachen hat, dann wird sie einen guten Anwalt und viel Geduld brauchen, denn der Rechtsstreit kann sich über Jahre hinziehen. Bis dahin bin ich längst tot. Aber ob tot oder lebendig: Ich gewinne den Prozess.«
»Sie sind verwirrt, Effie«, sagte Nadine. »Aura, meine

Mutter hat Effie gesagt, das Kind sei von Effies Mann, damit sie niemandem von der Schwangerschaft erzählt.«
»Also weiß keiner von Ihnen, wer mein Spielzeug gestohlen hat?«, rief Mr Haygood.
»Effie weiß es«, sagte Effie. »Heute Abend hat nur ein einziges Auto die Row verlassen. So dumm kann man doch gar nicht sein!«
»Effie, meine Mutter hat Ihnen weiß Gott Unrecht getan. Aber der einzige Grund, warum Sie noch zwei Nieren haben, ist Ihr Stolz. Ihr Mann war ein guter, freundlicher Mensch. Ihr Junge wusste das, und deshalb hat er Ihnen nach dem Tod seines Vaters nie verziehen.«
»Wir verstehen kein Wort«, sagte Aura.
Mr Haygood wandte sich ab und ging langsam zu seinem Haus zurück.
Nadine sagte: »Effies Mann ist an Nierenversagen gestorben. Es war geplant, dass Effie ihm eine Niere spendet, aber im letzten Moment hat sie einen Rückzieher gemacht. Eine andere Niere war nicht so schnell zu bekommen, und er ist gestorben. Ich glaube, Effie hat das getan, weil sie gedacht hat, er hätte sie betrogen. Dabei hat sie ihn nie zur Rede gestellt.«
»O Effie«, sagte Aura, »das tut uns so Leid.«
»Nadine glaubt diesem alten Indianer mehr als mir und ihrer Mutter«, sagte Effie. »Es hat schon seinen Grund, dass ich noch meine beiden Nieren habe.«

21.28 Meine Lalique-Sachen sind ein richtiger Blickfang. Nadine ist ein Miststück.

Unter großer Anstrengung rappelte Selber sich auf, um der erdrückenden Last des Rauchs zu entkommen. Die Menschen waren alle weggegangen und hatten ihn allein im Gras zurückgelassen. Als der letzte Feuerwehrmann fort war, ging er langsam auf seine Behausung zu, konnte aber deren Geruch nicht wieder finden. Er schnaubte mehrmals, um seine Nase frei zu machen, und kam dann zu dem Schluss, dass er nie hier gewohnt hatte. Und dann erkannte er etwas Vertrautes, etwas Tröstliches und Beruhigendes: seinen Hunger. Er schaute zu den Menschen auf dem Bordstein zurück und sah die Steine werfende Frau aus ihrem Haus kommen und zu den anderen gehen. Niemand beachtete ihn.

Er war so frei wie zuvor. Er trottete den verbrannten Pfad entlang, der seltsamerweise noch immer zu dem Autoreifen mit dem Wasser darin führte. Er stieg hinein, senkte den Kopf und leckte das Wasser aus der schmalen Öffnung. Es schmeckte nach Gewitter. Seine Kehle erschien ihm stets gefährdet, wenn er trank, deshalb beeilte er sich. Das Wasser war nass und schwer aufzunehmen, aber es wirkte beruhigend. Neben dem Reifen lag ein angenagter Knochen. Er nahm ihn ins Maul, ließ ihn jedoch wieder fallen, weil er nach seiner Zunge schmeckte. Er beschloss, seine Runde zu drehen. Er ging den Pfad zurück und spürte wieder dessen seltsame Vertrautheit und merkwürdige Offenheit. Er ließ die Menschen nicht aus den Augen, während seine Füße sich von ihnen fortbewegten, und gelangte schließlich zu dem Haus an der Ecke, wo der Mann wohnte, der ihm immer etwas zu fressen gab. Die Zeit, die er dazu brauchte, war die gleiche geblieben, das Haus aber hatte sich in eine andere Zeit begeben. Dort, wo er immer an der Hintertür gekratzt hatte, war nur noch Wasser. Er rannte über die Straße und sprang über den Zaun, und wieder schlug die Erde von unten gegen seinen Körper. Die kleinen Näpfe auf der Stufe waren so leer, wie er sie am Morgen zurückgelassen hatte. Er sah zu den Fenstern auf, an denen die beiden Kleinen ihn manchmal angekläfft hatten. Er wartete auf sie. Sie kamen nicht. Er sprang über den Zaun zurück, winselte unbehaglich angesichts der frustrierenden Hartnäckigkeit, mit der die Erde ihn herumhetzte, und ging in einem langsamen Bogen durch die Gärten zu der Stelle zurück, an der sich seine Behausung hätte befinden sollen. Plötzlich stürmte etwas auf seine Nase ein. Er setzte sich in Trab. Wo, wo, wo? Ins nasse Gras gedrückt, Blut, Schleim und Fett, roh und süß. Er hoffte, niemand würde sehen, dass er etwas gefunden hatte, beugte sich hinab, nahm es vorsichtig zwischen die Vorderzähne und trug es baumelnd ins Dunkel zwischen den beiden Häusern.

21.29 Pressglas mit irisierender Oberfläche wird heute so perfekt nachgemacht, dass man es kaum vom Original unterscheiden kann. Ich habe mich von dem neuen Fiesta selbst täuschen lassen und mehrere Untertassen und eine Zuckerdose gekauft, bis ich gemerkt habe, dass man mich betrogen hat. Man hört manchmal, mit Imitationen sei viel Geld zu verdienen, aber für mich ist das verkehrte Welt.

21.32 Ich wollte gerade schreiben, dass noch niemand seine Verandabeleuchtung eingeschaltet hat, aber dann fiel mir wieder ein, dass es ja immer noch keinen Strom gibt.

21.33 Da kommt noch ein Krankenwagen! Mose ist dort drüben bei diesem Verrückten Großen Indianer. Eine sehr schöne Petroleumlampe, die er da in der Hand hat – könnte Bradley und Hubbard sein.

»Lass uns noch ins Einkaufszentrum fahren«, sagte Mrs Postlethwaite.
»Warum denn das?«, fragte er.
»Es ist Freitagabend, da hat Jocelyn Dienst. Es gefällt mir, wie sie mit den Fotos umgeht. Und sie lächelt uns immer an.«
»Aber es ist neun vorbei, da ist das Einkaufszentrum schon geschlossen. Und ich hab auch genug davon, mir anderer Leute Leben anzusehen.« Er saß auf seinem Hocker im Laden. Mrs Postlethwaite lehnte am Türpfosten zwischen Laden und Schlafzimmer. Sie flocht die Finger ineinander und bewegte die Hände wie ein Scharnier.
»Hast du Hunger? Ich könnte dir etwas machen«, bot sie an.
»Ja, ziemlich.«
»Was möchtest du denn? Wir haben Suppe und kalten Braten. Ein Schweinekotelett ist auch noch da, das könntest du essen.«
»Ich möchte weggehen«, sagte er.
»Ich weiß nicht, welche Restaurants jetzt noch geöffnet haben. Ich muss mich umziehen, meine Sachen sind ganz verraucht.«
»Du ziehst dich gar nicht mehr im Schlafzimmer um.«
»Wie bitte?«
»Früher hast du dich immer im Schlafzimmer umgezogen, wo ich dich sehen konnte. Jetzt gehst du dazu ins Bad.«
»Wieso?« Sie schwieg einen Moment. »Ich weiß gar nicht mehr, wann ... Das hab ich gar nicht gemerkt. Hab ich mich wirklich im Schlafzimmer umgezogen? Ich zieh mich gern da um, wo du willst.«

»Es ist mir egal, wo du dich umziehst.«
»Warum hast du dann davon angefangen?«
»Ich weiß auch nicht. Ich möchte weggehen. Vielleicht sollten wir den Laden verkaufen und uns ein Wohnmobil anschaffen, dann könnten wir an all die Orte fahren, die wir auf den Fotos gesehen haben.«
»Wir müssen uns nicht wie Verbrecher davonschleichen.«
»Aber es ist furchtbar, was hier passiert ist.«
»Wir kommen nicht davon los, da können wir noch so weit fahren.«
»Meinst du, sie kommt zurück und kümmert sich um uns, wenn wir alt sind?«
»Wir sind bereits alt. Ich glaube nicht, dass sie zurückkommt.«
»Und du weißt wirklich nicht, wo sie ist?«
»Ich weiß nur, wo du bist.«

21.34 Ich fahre nicht mit dem Krankenwagen mit. Sie können mich nicht mitnehmen und meine Sachen ungeschützt hier zurücklassen. Ich habe auch eine Pistole. Man kann einen Menschen auch auf andere Art umbringen als ihm eine Niere zu verweigern. Es ist 21.35, der Genauigkeit halber.

Arthur legte sich auf die Liege neben Aura. Obwohl die Liegen auf gleicher Höhe angebracht waren, überragte sie ihn. Sie hielt das Baby auf der Brust, und einer der Sanitäter hörte das Herz des Kindes ab.
Nadine stand an der offenen Tür. »Ich komme gleich morgen früh ins Krankenhaus, um zu sehen, wie es allen geht«, sagte sie.

»Wir sind bald wieder in Ordnung«, sagte Aura.

»Vielleicht lassen sie mich ja gleich wieder nach Hause«, meinte Arthur.

»Ihr Blutdruck ist ziemlich niedrig, Sir.«

»Ach, der ist immer niedrig. Außerdem hab ich ein paar Liter Blut verloren.«

»Na, das können wir ersetzen.«

»Solange Sie mir kein heterosexuelles Blut geben ...«, sagte Arthur augenzwinkernd.

»Arthur!« Und zu dem Sanitäter sagte Nadine: »Hören Sie nicht auf ihn.«

»Nein«, sagte Arthur. »Mein Leben gefällt mir, so wie es ist. Bringt mich jetzt nur nicht durcheinander.« Er wandte sich Aura zu. »Ich möchte Ihnen danken. Näher als heute werde ich dem Vatersein wohl nie kommen.«

»Ich bin etwas verwirrt«, sagte der Sanitäter.

»Wir beziehen Sie ein«, erklärte Aura und fasste nach Arthurs Hand.

»Ich bin ein bisschen kaputt, wo alle nun in Sicherheit sind«, sagte Arthur. »Wir fahren jetzt ins Krankenhaus, nicht wahr?«

»Ja, Sir.«

»Tradio und ich sind nicht versichert. Das wird uns ein Vermögen kosten.«

»Na, na, Arthur«, sagte Nadine, »denken Sie lieber daran, dass alle bald wieder wohlauf sind.«

»Ich werd's versuchen, Nadine, aber jetzt, wo Tradio so glücklich ist, hab ich das Gefühl, ich muss mir umso mehr Sorgen machen.«

»Berühren Sie Ihre Wunden nach Möglichkeit nicht«, sagte der Sanitäter und nahm Arthurs Hand von seiner Wange.

»Nadine«, sagte Aura, »sei nicht so streng mit dem armen Howard. Wenn er anders gekonnt hätte, hätte er's anders gemacht. Manche Leute werden menschlich geboren und bleiben es auch. Wir alle sind in das Wir einbezogen.«

»Na gut, wir geben ihm ein Stück von unserer Einstellung ab«, sagte Nadine. »Gratis.«

»Müssen Sie mich anschnallen?«, fragte Arthur.

»Nur eine Sicherheitsmaßnahme, Sir.«

»Aber Aura haben Sie auch nicht angeschnallt«, protestierte Arthur. Der Sanitäter legte den Finger auf die Lippen, um ihn zum Schweigen zu bringen. »Nein, im Ernst, wenn Aura nicht angeschnallt wird, will ich auch unangeschnallt fahren.«

»Ist ja gut, Arthur. Sie können uns nicht anschnallen. Wir sind zu ...« Aura stockte. »Wir sind genau richtig. Der Gurt ist zu kurz.«

»Ich bin auch genau richtig«, sagte Arthur. »Mein Gurt ist zu lang. Nadine, würden Sie bitte unsere Haustür abschließen? Ich hab sie offen gelassen.«

»Ja, natürlich. Und bei Ihnen schließe ich auch ab, Aura. Ich werde an allen Türen nachsehen.«

»Wir fahren mit einem Krankenwagen«, flüsterte Aura dem Baby zu. »Sie machen doch das Blaulicht an, nicht wahr?«, fragte sie einen der Sanitäter.

»Ja, sicher, wenn Sie möchten.«

»Wir wollen die Row ja mit Stil verlassen. Wir wollen im Krankenhaus ankommen wie jeder andere auch.«

21.36 Sie laden Aura und Tradios Männerfreund ein. Nadine gibt den Sanitätern Anweisungen, als hätte sie ihr Leben lang Medizin studiert. Das ganze Rasenwässern heute war für die Katz, so reichlich, wie es dann noch geregnet hat. Es ärgert mich so, dass man mir die Nägel an den großen Zehen entfernt hat. Ersetzen konnte man sie nicht, und seitdem sind die Zehen empfindlich und tun weh. Siehe meinen Eintrag vom 23. März vor drei Jahren, in dem ich gegen das Entfernen meiner Zehennägel protestiere, aber sie wurden trotzdem entfernt, weil sie so dick und nicht mehr zu schneiden waren. Ich musste alle meine zehenfreien Schuhe und damit eine Menge Geld wegwerfen.

21.40 Mose kommt aus dem Haus von diesem Großen Indianer. Er sieht aus wie ein alter Mann. Seine Haltung lässt einiges zu wünschen übrig. Zweifellos haben er und dieser Große Indianer beschlossen, was sie mit mir machen werden. Sie stecken mit Nadine unter einer Decke. Schneide dem Skorpion den Kopf ab, und er sticht dich nicht. Mose ist zwischen den Badewannen stehen geblieben und hält sich die Ohren zu. Komisches Verhalten für einen Mann, der sowieso schwerhörig ist.

Mit einem Kurslineal legte Carl, von der Kompassrose auf der Seekarte ausgehend, die Etappen einer Kreuzfahrt von Miami zu den Bahamas fest. Die erste – über den Golfstrom nach West End, Grand Bahama – würde wahrscheinlich einen guten Tag in Anspruch nehmen, je nach Gezeiten und Wind. Arbeiteten die beiden gegeneinander, würde eine starke Kabbelung aufkommen, so hatte er es zumindest gelesen. Wenn alles gut ging, konnte er an Weihnachten in Puerto Rico sein. Er rollte die Karte zusammen und legte sie in das Rack über sich, zu den Hunderten anderer Karten, die er im Lauf der Jahre gesammelt hatte, lange bevor er überhaupt angefangen hatte, das Boot zu bauen.
Nadines Problem ist, dass sie kein Ziel hat, dachte er, kei-

ne über den Tag hinausreichenden Pläne. Man wartet nicht darauf, dass ein Schiff kommt, man baut es selbst und segelt damit fort. Er war sich der Richtigkeit dieser Philosophie so sicher, dass er gar nicht verstehen konnte, weshalb Nadine sich so aufgeregt hatte, als er sie ihr darlegte. Was hatte man davon, Jahr für Jahr zu Hause zu sitzen? Hin und wieder musste man sein Leben gegen ein anderes vertauschen. Er selbst war beim Militär gewesen, hatte auf einer Farm, als Koch und als Zimmermann gearbeitet, dann hatte er tischlern gelernt und war schließlich Bootsbauer geworden. Und jetzt würde er die Kunst der Seefahrt erlernen.

Er nahm ein zerlesenes Exemplar von Chapmans Schiffshandbuch herunter, dessen ausgefranste Leinenecken wie Katzenohren aussahen, und schlug das Kapitel über Tauwerk auf. Das Lesezeichen, das darin steckte, war ein Stück Sechs-Millimeter-Nylonleine, an der so viele Knoten ausprobiert worden waren, dass sie geschmeidig war wie Haut. Er machte rasch hintereinander ein Palstek, einen Kreuzknoten und legte einen Webeleinstek um sein Handgelenk. Dann flocht er die Enden der Leine auf und machte einen Kurzspleiß, der weit stärker war als jeder Knoten. Der einzige Nachteil war, dass man ihn nicht über eine Scheibe oder durch einen Block laufen lassen konnte, weil die Leine durch das Spleißen fast doppelt so dick wurde.

Wenn der Kompass nicht funktionierte, konnte man abends den Vögeln in Richtung Land folgen. Bei Sturm bestand die Möglichkeit, eine Fock behelfsmäßig als Treisegel zu takeln. Wurde das Frischwasser knapp, sammelte man in einem wasserdichten Sonnensegel Regenwasser. Ein provisorisches Ruder ließ sich aus Kojenborden, Rollen und Leine zusammenbasteln. Bei schwerem Wetter war es oft ratsam, beizudrehen, statt zu versuchen, schneller voranzukommen. Oberste Pflicht des Kapitäns war es, für Gesundheit und Sicherheit der Besatzung zu sorgen. Erwies es sich als unumgänglich, das Schiff aufzugeben, war für Vorbereitungen keine Zeit mehr. Zum ersten Mal in seinem Leben hatte Carl das Gefühl, es nicht allein zu schaffen. Einen bitteren Moment lang schämte er sich, aber das ging schnell vorbei. Er war nie ein Mensch gewesen, der sich seine Gefühle übel nahm. Das wäre so gewesen, als würde sich seine linke Hand mit der rechten streiten. Er musste beide Hände frei haben, um die Welt zu formen. Er dachte daran, sich eine Tasse Tee zu machen, dachte, das könnte ein Neuanfang sein, doch auf dem Weg zur Kombüse blieb er an dem kleinen Schapp mit der Nationalflagge und den anderen Fahnen stehen. Auch seine Hausflagge war darin, die er für den Tag aufbewahrte, an dem er den Mast einsetzen würde. Auf weißem, von roten Sternen eingerahmtem Grund prangte als blaue Welle Nadines Name. Die Flagge war dreieckig, und die Buchstaben wurden zur Spitze hin kleiner, als würden sie in einen Flaschenhals gefüllt. Oder sich aus einem herauszwängen. Er hatte sich ein Flaschenschiff gebaut, und der Sturm hatte die Flasche zerschlagen, so dass das Boot kein Wunder mehr war. Es war nichts weiter als ein Holzsplitter, der so lange schwimmen würde, bis er unterging. Er war ein Narr gewesen, zu glauben, das Werk seiner Hände könnte etwas so Starkes und Gleichmütiges wie Nadines Herz ins Wanken bringen. Ein Narr, zu glauben, ihr Glück hänge von seinem ab, nur weil seines von ihrem abhing. Am Morgen, das wusste er, würden Hunderte von Leuten draußen stehen und sein Boot betrachten und sich fragen, wie und warum. Es würde leicht sein zu erklären, dass er ein altes Haus zerstört hatte, um ein neues Boot zu bauen. Schwerer würde es sein zuzugeben, dass er es getan hatte, um sich vor einer unerwiderten Liebe zu retten. Er hatte sein Haus zerstört, um nicht mehr dort wohnen und sich für den Rest seines Lebens sehnen zu müssen, hatte ein Boot gebaut, um ein Fluchtfahrzeug zu haben. Carl stieg den Niedergang hinauf, kletterte auf das herabgestürzte Dach und befestigte seine Hausflagge an dem alten kupfernen Blitzableiter, der wie der Stoßzahn eines Narwals gekrümmt war.

21.43 Krankenwagen fährt ab. Jetzt sind nur noch Nadine und Mose draußen. Ich bin sehr ungehalten über den Zustand meines Hauses und die Frage, wer die Instandsetzung bezahlen soll. Das Haus ist mein Alterssitz und muss für den Rest meines Lebens halten, der allerdings ziemlich kurz sein dürfte, wenn man die Nachbarn lässt, wie sie wollen. Meine Pistole ist viel schwerer als mein Bleistift.

21.45 Mose und Nadine halten in Howards Garten eine Besprechung ab. Wahrscheinlich denken sie, die Luft ist rein, jetzt, wo sie die Straße entvölkert haben und die Telefone nicht mehr funktionieren. Sie umarmt ihn, zweifellos um das Abkommen zu besiegeln. Schamlos – sie ist dreißig Jahre jünger als er und trägt *keinen* BH. Die Kugeln hat noch mein Mann in die Pistole getan, also weiß ich, dass sie vorschriftsmäßig geladen ist. Ich schreibe das alles auf als Beweis. Sie sind zu dritt, aber ich habe sechs Kugeln, und ich werde mich nicht dort verstecken, wo ich mich sonst immer verstecke.

»Hast du einen Schuss gehört?«, fragte Mose und nahm die Hände von den Ohren.
»Nein«, sagte Nadine.

»Ich auch nicht.«
»Warum?«
»Weil Howard sich erschießen wollte. Ich hab ihn allein gelassen, damit er's tun kann, bevor der Krankenwagen abfährt. Aber der ist jetzt weg, und ich hab keinen Schuss gehört, also hat er sich's wohl anders überlegt.«
Plötzlich knickten ihre Knie ein, und sie fielen ins Gras. Der Schuss dröhnte in ihren Ohren.
»O Gott, Mose, jetzt hat er sich erschossen.«
»Zu spät. Jetzt müssen wir einen anderen Krankenwagen rufen, um seine gespendeten Organe zu retten.«
»Ich kann's nicht fassen, dass du ihn allein gelassen hast, Mose. Komm mit.«
»Er wollte ja nicht, dass ich ihn erschieße, er wollte sich selbst erschießen.«
Nadine ließ ihre Decke auf den Verandaboden fallen und öffnete die Haustür. Howard hockte hinter dem Ladentisch und zielte auf sie.
»Alles in Ordnung?«, fragte Nadine.
»Nehmen Sie die Pistole runter«, befahl Mose.
»Wer schießt da auf mich?«, fragte Howard.
»Sie selbst, Sie verdammter Idiot«, antwortete Mose.
»Nein, ich bin nicht verletzt.« Er stand auf und breitete die Arme aus. Die Lampe warf seinen Schatten an die Wand. Er sah Nadine an. »Ich dachte, Sie wollen mich umbringen.«
»Warum sollte ich Sie umbringen? Das war doch eine Sache zwischen Ihnen und meiner Mutter. Ich halte zwar nicht viel von Ihnen, aber ich habe nicht die geringste Absicht, Sie umzubringen.«
»Jammerschade«, sagte Mose.
»Dann war's nebenan«, meinte Howard.
»Carl?«, fragte Mose. »Hat Carl eine Pistole?«
»O Gott«, flüsterte Nadine.

»Nein«, sagte Howard, »diese verrückte alte Weiße. Vielleicht will die mich umbringen.«
»Der Schuss könnte tatsächlich von Effie gekommen sein. Gehen wir, Mose«, kommandierte Nadine.
Mose durchquerte den Laden und nahm Howard die Pistole ab. »Soll ich Sie erschießen, hm?«
»Ja.«
»Tja, Howard, für so was bin ich nicht der Richtige.« Mose knallte die Tür hinter sich zu.
Sie gingen langsam auf Effies Haus zu und hielten dabei nach dem verräterischen Auge zwischen den Lamellen des heruntergelassenen Rollos Ausschau. Nadine klopfte an. »Effie, ist alles in Ordnung bei Ihnen?« Mose stand mit Howards Pistole in der Hand neben ihr.
»Gehen Sie weg!«, rief Effie.
»Ist was passiert, Effie? Wir haben einen Schuss gehört. Machen Sie die Tür auf, aber dalli!«
»Sie wollen mich umbringen.«
»Sie wissen genau, dass das nicht stimmt, Effie. Wenn wir das wollten, hätten wir's längst getan.«
»Dieser Große Indianer hat eine Pistole.«
»Die hab ich jetzt, Effie«, brüllte Mose. »Ich hab sie in der Hand.«
»Ich hätte nicht gedacht, dass Sie der Killer sind, mein lieber Mose«, rief Effie.
»Bin ich auch nicht, Effie. Hier, ich leg sie weg. Ich hab sie eben Howard abgenommen, damit er sich nicht erschießt.«
»Machen Sie die Tür auf, Effie, auf der Stelle!«
»Gleich, Nadine. Schreien Sie mich bitte nicht so an. Ich hab mein Geschirr zerschossen.«
Effie schloss die Tür auf und trat zurück. Auf dem Boden lagen eine Pistole und eine Taschenlampe, die Keramikscherben beleuchtete.

»Was in aller Welt ...?«, fragte Nadine.

»Die Pistole von meinem Mann ist losgegangen und hat ein ganzes Herbstlaub-Service zerschossen. Die Teekanne ist kaputt und das Sahnekännchen und acht Essteller. Der Pfefferstreuer ist in tausend Stücke zersprungen. Ich hab die Pistole von meinem Mann fallen gelassen, und da ist sie losgegangen. Sie ist sehr schwer, Nadine. Vor zwei Wochen hätte ich das Service verkaufen können, wenn die Kundin nicht ihr Scheckbuch vergessen hätte.«

»Was wollten Sie denn mit der Pistole, Effie?«, fragte Nadine.

»Es war so dunkel, Nadine. Ich bin eine alte Frau und ganz allein. Ich weiß doch, dass jeder an meine Sachen will.«

»Also, wir gehen jetzt. Schließen Sie die Tür hinter uns ab und legen Sie sich ins Bett. Bald ist der Strom wieder da, und morgen früh komm ich nach Ihnen sehen.«

»Mein Mann fehlt mir so, Nadine.«

»Ich weiß, Effie. Legen Sie sich jetzt schlafen.«

»Mein Haus ist geschmolzen.«

»Nur die Farbe, Effie.«

21.55 Nadine war gerade da und hat mir geraten, ins Bett zu gehen. Das war auch das Letzte, was sie zu diesem Cowboy-Schauspieler gesagt haben, bevor sie mit dem Seil über ihn hergefallen sind. Misstrauisch sein kostet nichts. Sie haben die Pistole von meinem Mann mitgenommen. Jetzt habe ich nur noch Block und Bleistift zu meinem Schutz. Ich gehe schlafen, wann ich will. In Fort Worth fängt der Westen an. Ich schreibe mit einem weißen Bleistift. Noch lange nach meinem Tod werden meine Notizblöcke die Wahrheit sagen. Nadine ist undurchschaubar. Ein richtiger Charlie Chan, man weiß nie, was sie im

Schilde führt. Wachsamkeit macht sich bezahlt. Die Pennys, die man auf die Bank bringt, vermehren sich. Wenn ich das zerbrochene Herbstlaub in einen Karton packe und als Wertpaket meiner Schwester schicke, müsste ich noch einen kleinen Profit machen. Dieser Große Indianer hat seine Petroleumlampe ausgemacht. Bei mir stauen sich die Anrufe, weil das Telefon nicht geht. Ohne Telefon kann man kein Geschäft führen. Die Ohren klingen mir noch von dem Schuss. Er ist ganz nahe an meinem ungeschützten Kopf vorbeigegangen. Es war sehr laut für so eine alte Kugel. Ich werde eine Woche lang damit beschäftigt sein, das Herbstlaub-Geschirr aufzufegen. Mose sehr gut aussehend im Dunkeln. Er hat die Gelegenheit, eine alte Dame umzubringen, nicht genutzt, wie viele andere Männer es getan hätten. Er und Nadine drehen jetzt ihre Runde. Ich habe es so satt, dass die Leute ständig über Effie reden. Ich habe die beiden vor Auras Haus fotografiert, das ich jetzt besser sehen kann. Ich glaube, sie haben das Blitzlicht bemerkt. Wahrscheinlich wird das Bild nichts, und dann dürfte es äußerst schwierig werden, die Verschwörung zu beweisen. Ich bin der Mittelpunkt ihrer kleinen Welt. Na ja, es ist ja ganz schön zu wissen, dass man gebraucht wird. Ohne mich und meine Sachen würde diese Straße vor Langeweile sterben. Vor langer Zeit und oft genug habe ich zu meinem Mann gesagt, dass es einmal so kommen wird. Dann hat er immer gefragt, dass es *wie* kommen wird? Und dann hat er »Effie« gesagt.

Mose schob sich die beiden Pistolen mit dem Lauf in den Hosenbund und war überrascht, wie unbequem das war. Er ging mit Nadine durch Auras dunkle Zimmer zur Hintertür und schloss sie ab.

»Ich bin immer ganz perplex, wenn ich diese alten Häuser sehe, Mose. Alle genau gleich. Irgendwie vergesse ich das immer wieder. Ich komme in dein Haus oder in Auras oder in eins von den anderen, und jedes Mal kommt es mir vor, als hätte jemand meine Sachen hinausgeworfen und neue Sachen hineingestellt. Ich hab dann das Gefühl, mein altes Leben ist ausgelöscht und ich selbst bin vielleicht auch nicht mehr da. Geht es dir auch manchmal so, Mose?«

»Du bist voller Wehmut, Nadine. Du bist ein wehmütiger Mensch.«

»Noch so einen Sturm werden diese alten Häuser kaum überstehen. Zwei von den zwölfen haben wir heute verloren, Mose. Das von der alten Mrs Martin ist ganz weg, und aus Carls Haus ist ein Boot geworden.«

Sie traten wieder auf Auras Veranda hinaus und schlossen die Haustür ab. Der Riegel machte ein Geräusch wie ein knackender Knöchel.

»Es sind doch nur Häuser, Nadine. Komm, wir sehen mal nach den Postlethwaites. Howard hat diese üble Sache wieder aufs Tapet gebracht, als sie ihm aus der Wanne herausgeholfen haben. Mr Postlethwaite hat ausgesehen, als hätte jemand auf ihn geschossen. Hätte Mrs Postlethwaite Howard nicht geschlagen, dann hätte ich's getan.«

»Sie hat ihn geschlagen?«

»Ja, toll war das.«

»Was ist heute nur in den Mann gefahren, Mose, dass er so viele alte Kränkungen und Gemeinheiten ausgraben muss?«

»Nostalgie«, sagte Mose. »Sein Leben war voller Gift und Galle, und das hat sich so dick um ihn herum angesammelt, dass er allmählich darauf ausrutscht.«

»Meinst du, er ist nicht mehr ganz richtig im Kopf? Er

merkt es nicht mal mehr, wenn ihm Essensreste im Gesicht kleben.«

»Ich glaube, er hat ein furchtbar einsames Leben geführt. Aber er hat es so gewollt. So wie er es darstellt, wäre deine Mutter bereit gewesen, mit ihm zusammenzuleben. Er sagt, er war derjenige, der nicht gewollt hat.«

»Wenn das stimmt, dann muss es eine Art Krankheit gewesen sein, Mose. Sie muss ihm hörig gewesen sein. Es war so dumm von ihr, nicht dich zu lieben, das muss ich wirklich sagen.«

Sie stiegen die Stufen zu den Postlethwaites hinauf und klopften an die Tür. Als Mrs Postlethwaite aufmachte, bog sich die Flamme der Kerze, die sie in der Hand hielt, seitwärts, als wäre sie angeleint.

»Wir wollten nur überall nachsehen, ob alles in Ordnung ist, Mrs Postlethwaite«, sagte Nadine.

»Hoffentlich kommt der Strom bald wieder«, sagte Mrs Postlethwaite, »ich würde gern den Fernseher anmachen. Aber sonst ist alles in Ordnung, Nadine. Jeder sagt, Fernsehen ist schlecht, ich weiß, aber uns tut es gut. Es lenkt ihn ab.«

»Wie geht es Mr Postlethwaite?«, fragte Nadine.

»Er will weg von hie, und ich kann ihn nicht davon abbringen. Er will alles verkaufen und ein Wohnmobil anschaffen.«

Mose kreuzte die Arme und legte die Hände auf die Pistolengriffe.

»Wird hier irgendwo geplündert, Mose?«, fragte Mrs Postlethwaite.

»Nein, nein.« Er ließ die Pistolen los, wusste dann aber nicht, wohin mit seinen Händen. Außer auf den Pistolengriffen schien es keinen bequemen Platz für sie zu geben.

»Es tut mir so Leid, was Howard gesagt hat.«

Mrs Postlethwaite zog die Tür dicht an ihr Gesicht. »Was

Mr Postlethwaite heute in der Zisterne gesagt hat, stimmt alles nicht.«

»Das sind Ihre Familienangelegenheiten«, sagte Nadine. »Für mich war Mr Postlethwaite immer ein guter Nachbar und ein reeller Antiquitätenhändler. Ich hoffe, Sie gehen nicht weg. Sie würden der Row sehr fehlen, alle beide.«

»Vielleicht könnten Sie ein Wohnmobil mieten«, schlug Mose vor. »Dann könnten Sie's erst mal ausprobieren, ehe Sie alles verkaufen.«

»Ich weiß nicht«, sagte Mrs Postlethwaite. »Wir sind so alt, Mose. Ich hab schon Angst, wenn wir bloß von hier ins Einkaufszentrum fahren. Er sieht nachts nicht gut. Aber das ist unser Problem. Ist Aura mit dem Baby im Krankenhaus?«

»Ja, und Marshall und Tradio auch«, sagte Nadine. »Ich glaube, wir haben's alle überstanden. Jetzt sehen wir noch nach Mr Haygood. Morgen sieht alles anders aus, Mrs Postlethwaite. Schlafen Sie sich erst mal richtig aus.«

»Danke, dass Sie gekommen sind«, sagte Mrs Postlethwaite.

Mose wartete auf der Veranda, bis er den Riegel einrasten hörte. Als sie zur Straße gingen, sagte er zu Nadine: »Ich habe auch ein Geständnis zu machen, Nadine. Ich habe einen Stand in dem neuen Antikmarkt gemietet.«

»Ach, Mose!«

»Es kostet nur fünfundsiebzig Dollar im Monat, und ich kann ein Schild anbringen, auf dem steht, dass ich Uhren und Radios repariere. Wenn ich ein oder zwei Uhren pro Monat verkaufe, hole ich die Miete wieder herein, und das Ganze wäre auch eine gute Reklame für die Row.«

»Aber dort sind deine Sachen doch unbeaufsichtigt, Mose.«

»Man kann abschließbare Vitrinen mieten und die Händler haben einen Wachdienst organisiert.«

»Musst du da auch mitmachen?«

»Ja, aber nur einen Tag im Monat. Es sind so viele, dass jeden Tag fünf oder sechs gleichzeitig Dienst haben. Es ist eine Art Genossenschaft. Und ich dachte, wenn ich dran bin, kann ich auch andere Händler kennen lernen.«

»Ich kann's nicht fassen, dass du die Row aufgibst und in einen Antikmarkt gehst, Mose. Ich kann's nicht fassen, dass du andere deine Sachen verkaufen lässt.«

»Es ist doch nur ein Tag im Monat, Nadine. Ich dachte, ich könnte den Sonntag nehmen, da habe ich sowieso geschlossen.«

»Die wollen doch bestimmt Prozente.«

»Nein, nur die Monatsmiete.«

»Dass du deinen Grundsätzen so untreu wirst, Mose! Wieder ein Stück Paradies, das verloren geht.«

»Der Vertrag läuft nur über drei Monate. Wenn ich kein einziges Radio verkaufe, habe ich zweihundertfünfzig Dollar und drei Sonntage verloren, mehr nicht. Es ist nur ein Experiment.«

»Für zweihundertfünfzig Dollar könntest du eine Menge Werbung für deinen Laden hier machen.«

»Nadine, ich kenne die Zukunft so wenig, wie ich die Vergangenheit gekannt habe. Ich hab zu deiner Mutter gehalten, und was hatte ich davon? Und ich bin stur genug, auch zu dir zu halten. Ich werde diese Straße nie verlassen. Ich bin zu alt und habe zu lange so gelebt, um mir jetzt noch einzugestehen, dass das falsch war. Ich kann nicht glauben, dass deine Mutter dumm war. Nur weil sie mich nicht geliebt hat, war sie noch lange nicht dumm. Und ich bin deswegen auch nicht dumm, denke ich. Es war einfach so. Nun mach dir mal keine Sorgen um meine Loyalität. Ich will mir nur meinen Lebensunterhalt verdienen.«

»Ich kann's nicht fassen, wie du mit mir redest, Mose.«

»Ach, Nadine, ich mein's doch nicht böse. Einer von uns beiden muss doch irgendwelche Pläne machen. Du tust,

als würde die Straße von der Erdoberfläche verschwinden, wenn sie sich nur ein kleines bisschen verändert und nicht mehr so ist wie an dem Tag, als deine Mutter gestorben ist. Die Straße ist nicht deine Mutter, Nadine. Deine Mutter ist tot. Niemandem tut es mehr weh als mir, das auszusprechen.«
»Du steckst dir zwei Pistolen in den Hosenbund, und schon hältst du dich für allwissend, Mose.«
»Na, ich bin nun mal ein ganzes Stück älter als du, ich bin der alte Freund deiner Mutter.«
»Ich seh jetzt mal nach Mr Haygood. Du kannst mitkommen, wenn du willst.«
Mr Haygoods Tür hing nur noch halb in den Angeln. Mose und Nadine gingen einfach hinein und riefen nach ihm. Sie fuhren zusammen, als er plötzlich aus dem Dunkel zu ihren Füßen auftauchte, so lautlos kam er aus der Zisterne herauf.
»Mr Haygood«, sagte Nadine leise.
»Sie ist weg und hat mein ganzes Spielzeug mitgenommen«, sagte er. »Erst dachte ich, Mazelle war's, aber es war Mrs Haygood. Nur sie wusste, wo die Schlüssel zu meinen Vitrinen waren. Sie hat's getan, während ich geschlafen habe. Was wollen Sie?«
»Wir wollten nur sehen, ob alles in Ordnung ist, Mr Haygood«, sagte Nadine.
»Wie lange wissen Sie's schon?«
»Was?«
»Das von Mazelle und mir. Wahrscheinlich hat's die ganze Nachbarschaft gewusst. Aber wie hat meine Frau es erfahren?«
»Mr Haygood«, sagte Mose, »das geht uns nichts an. Wir wussten überhaupt nichts. Nur Sie und Howard wussten davon. Er hat versucht, mich da hineinzuziehen, aber ich wollte nicht.«

»Howard hat geredet?«
»Ich weiß nicht, wie Mazelles Mann und Ihre Frau es erfahren haben. Von mir jedenfalls nicht. Ich wollte nichts damit zu tun haben. Aber sie wussten von der Zisterne, denn als das Unwetter kam, haben sie uns hinuntergeführt. Wenn Howard es Ihrer Frau gesagt hätte, dann hätte er mich bestimmt nicht aufgefordert, die Bestechungsgelder zu übernehmen. Wahrscheinlich haben sie's selbst herausgefunden, Ihre Frau und Mazelles Mann.«
»Aber Ihnen hat Howard es gesagt? Heute?«, fragte Mr Haygood.
»Ja. Ist das wahr, Mr Haygood? Es geht mich ja nichts an, aber haben Sie sich wirklich dreißig Jahre lang in der Zisterne mit Mazelle getroffen?«
»Es kommt mir vor, als wären's nur ein paar Wochen gewesen. Sie können mich aus der Zeitungsanzeige herausnehmen, Nadine. Ich habe nichts mehr zu verkaufen.«
»Ist sonst alles in Ordnung, Mr Haygood?«, fragte Nadine. »Ihre Schuhe sind ganz nass.«
»Man hat mir etwas weggenommen, aber ich kriege es wieder. Und Sie beide haben Ihre Nasen ja endlich so tief in meinen Arsch gesteckt, wie Sie's immer wollten. Keiner von Ihnen hat jetzt noch einen Grund, mein Grundstück zu betreten. Ich mähe meinen verdammten Rasen, wann es mir passt.«
»Komm, Mose«, sagte Nadine. »Ich sehe, er ist noch ganz der Alte.«
»Moment noch, Mose«, sagte Mr Haygood. »Wieso wollte Howard denn, dass ab jetzt Sie mich erpressen?«
»Er glaubt, er stirbt bald, und da wollte er mir etwas schenken.«
Mr Haygood stand in der Tür und blinzelte auf Mose im Vorgarten hinab. »Sie wissen ja überhaupt nicht, wie es ist,

eine Frau zu haben, Mose. Denken Sie bloß nicht, Sie seien ein besserer Mensch als ich.«

»Ich werde versuchen, überhaupt nicht an Sie zu denken, Mr Haygood.«

»Sie alter Mistkerl«, schimpfte Nadine. Dann drehte sie sich um, nahm Mose in die Arme und küsste ihn kräftig auf den Mund. Sie strich ihm über den Rücken und kniff ihn in sein schlaffes Hinterteil. Mose machte sich los, und Nadine sah zu Mr Haygood auf. »Er hat sogar eine, die fünfundzwanzig Jahre jünger ist als er. Was sagen Sie dazu? Komm, Mose.« Sie fasste ihn am Arm und zog ihn zu Mazelles Haus. Mr Haygoods Tür knallte hinter ihnen zu und krachte dann zu Boden.

22.10 Nadine hat Mose vor Mr Haygoods Haus geküsst, und ich konnte meine Kamera nicht schnell genug weiterspulen. Alle verfügbaren Männer hat sie sich gegrapscht. Mose stolpert hinter ihr her wie eine angeschossene Ente. Jetzt gehen sie in Mazelles leeres Haus, um sich weiteren Perversitäten hinzugeben. Wenn Nadine weiße Unterhosen anhat, sollte sie sie nicht mit ihrer Binde verwechseln.

22.13 Von Zeit zu Zeit muss ich die Hand auf die Hüfte legen, um zu sehen, ob meine Niere noch da ist, und dann fällt mir wieder ein, dass man eine Niere ja nicht unbemerkt stehlen kann.

»Ich schwör's dir, Mose, es ist, als befände ich mich in einem anderen Leben, wenn ich durch die Zimmer hier gehe, oder als hätte ich überhaupt nie gelebt.«

Sie schlossen Mazelles Hintertür ab und tasteten sich zwischen den vielen Büchern zurück. Ihre Fingerspitzen zählten die Buchrücken.
»Das hättest du nicht tun dürfen, Nadine. Ich kam mir vor, als würde ich meine eigene Tochter küssen.«
»Ich wollte nicht, dass er so von dir redet.«
»Vorsicht, fall nicht in das verdammte Loch.«
»Hat Howard wirklich gesagt, das mit den beiden hat sich über dreißig Jahre hingezogen?«
»Ja. Bei fünfzehn Dollar pro Monat macht das zirka sechstausend Dollar.«
»Wie bitte?«
»Er hat von Mazelle und Mr Haygood dreißig Jahre lang fünfzehn Dollar im Monat erpresst.«
»Fünfzehn Dollar?«
»Das war vor dreißig Jahren ganz schön viel.«
»Komisch, dass er bei der Inflation nicht den Preis erhöht hat.«
»Wahrscheinlich dachte er, die Ware verliert mit den Jahren an Wert.«
»Das ist so schrecklich, Mose. In der ganzen Zeit haben Mazelles Mann und Mrs Haygood den Garten bestellt, während die beiden sich zwei Meter darunter die Hörner abgestoßen haben.«
»Und jetzt ist der Boden ausgelaugt«, sagte Mose. Er zog die Haustur zu, die er dazu über die Schwelle heben musste. Die obere Türangel war gebrochen. Noch zweimal drückte er gegen die Tür, um sicherzugehen, dass das Schloss hielt.
»Ich habe Mazelles Mann und Mrs Haygood wegfahren sehen. Ich glaube nicht, dass sie wiederkommen, du?«
»Jedenfalls nicht mit dem Spielzeug. Und Mazelle wird wohl auch nicht so bald wiederkommen, so wie sie ausgesehen hat, als sie weg ist. Als wüsste sie nicht mehr, wie man rennt – ein einziges Geholper und Gestolper.«

»Wahrscheinlich um all den Leuten, die sie getäuscht hat, nicht mehr begegnen zu müssen.«
»Ja«, sagte Mose.
»Wie Momma.«
»Ja. Und jetzt sehen wir uns an und fragen uns warum.«
»Meinst du, sie war erleichtert, als sie gestorben ist, Mose? Da brauchte sie nicht mehr zu lügen.«
»Was für eine Frage, Nadine! Ich stelle mir vor, der Tod hat sie überrascht wie die meisten Menschen. Wahrscheinlich ist man dann ganz perplex, weil man nie etwas anderes gekannt hat als das Lebendigsein. Froh ist man vielleicht nach einer langen Krankheit. Du bildest dir zu viel ein, wenn du glaubst, sie hätte an dich gedacht, als sie gestorben ist, Nadine, Liebes. Du denkst immer durch sie an dich, und sie hat dich noch darin bestärkt, ich weiß. Ich ertappe mich selbst manchmal dabei, weil ich sie auch geliebt habe. Aber jetzt müssen wir anfangen, an Nadine und Mose zu denken.«
»Ich weiß überhaupt nichts mehr, Mose. Ich weiß nicht mehr, was ich denken soll, ich weiß nicht mehr wohin.«
»Eins nach dem anderen, Nadine. Schließen wir erst mal bei Tradio ab. Und dann sehen wir nach, ob Verda da ist. Wenn du überhaupt nichts mehr weißt, schlägt das vielleicht demnächst ins Gegenteil um.«
»Aber das ist doch Unsinn, Mose. Ich sag es noch einmal: Es war dumm von meiner Mutter, dich nicht zu lieben.«
»Weißt du, Nadine, irgendwie macht sie das für mich nicht weniger liebenswert. Wahrscheinlich geht es Carl mit dir genauso.«
Nadine schob Tradios Haustür auf, und sie gingen durch die mit Möbeln voll gestopften Räume, durch ein Gewirr von Gerüchen: Lack, Wachs und Öl.
»Diese alten Möbel riechen wie alte Leute«, sagte Nadine.

»Ich dachte eigentlich nicht, dass ich wie ein Schreibtisch rieche«, antwortete Mose.
»Doch. Wir alle riechen nach altem Holz und nach dem, was übrig bleibt, wenn die Flüssigkeit in der Möbelpolitur verdunstet ist. Aber das ist nicht schlimm. Besser, als wenn man nach alten Kleidern riecht, nach Staub und Moder und Mäusedreck.«
»Das wär vielleicht eine Idee für eine Erfindung«, sagte Mose. »Wir könnten Kölnischwasser in Flaschen füllen und es ›Mahagonischrank‹ oder ›Altes Sideboard‹ oder ›Kirschkommode‹ nennen.«
»Oder ›Nachttisch‹«, sagte Nadine.
»›Nachttisch‹.«
Die Hintertür war angelehnt. Nadine machte sie zu und schloss sie ab. Das alte Linoleum unter ihren Füßen knackte und spiegelte die Mondsichel wider.
»›Mond über Linoleum‹«, sagte Nadine.
»›Mond über Linoleum‹.«
»Komisch«, sagte Nadine, »der Küchentisch steht bei uns allen an der gleichen Stelle.«
»Woanders ist auch kaum Platz dafür.«
»Aber wir alle sitzen hier jeden Morgen und Abend, und das Licht kommt genau gleich durchs Fenster, und der Herd hinter uns ist warm, und die Bilder hängen in derselben Entfernung an der Wand. Das ist so vertraut und beruhigend. Ich glaube, ich verstehe jetzt, warum Aura immer ›wir‹ sagt. Arthur hält das Haus ja wirklich tadellos sauber. Hast du mal seine Pastetenvogel-Sammlung gesehen? Sie ist hier im Schlafzimmer. Man sieht sie jetzt schlecht, aber er hat Dutzende davon auf dem Bord da, und alle sperren sie die Schnäbel zum Himmel auf und wollen gefüttert werden.«
»Das kommt mir vor, als würde man Würmer in die Pastete tun.«

»Ich hab es Arthur nie gesagt, weil er sie so gern hat, aber für mich ist ein Pastetenvogel ein Symbol unerfüllter Wünsche: Man will und will, und nie bekommt man, was man möchte.«

»Vielleicht hat Arthur dir nur nicht gesagt, dass sie für ihn das Gleiche bedeuten und dass er sie deshalb sammelt. Vielleicht will er ihnen ja was Gutes tun und bringt sie zusammen, damit sie nicht mehr so hungrig sind.«

»Meine Mutter war so dumm, Mose.«

»Es tut mir gut, wenn du das sagst, Nadine, aber bitte sag es nie wieder. Ich bin stolz darauf, deine Mutter geliebt zu haben, auch jetzt noch, wo ich mir keinerlei Illusionen mehr darüber mache, dass sie mich auch geliebt haben könnte. Ich glaube, es war keine vergebliche Mühe meinerseits.«

»Und du hast Momma nicht einfach geliebt, weil sie eine Frau war, wegen Sex?«

»Ach, nein, Nadine, das glaub ich nicht. Ich wollte alles an ihr, ihren Körper und ihr ganzes Wesen.«

»Aber wär's dir nicht lieber gewesen, sie hätte dich auch geliebt?«

»Natürlich, Nadine. Es hat mir das Herz gebrochen. Aber wenigstens weiß ich, dass ich das Meine getan habe.«

»Ich fang nicht wieder davon an, Mose.«

Sie schlossen Tradios Haustür ab. Als sie auf der Veranda standen, flammte gegenüber ein Blitzlicht auf. Einen Moment lang war die Straße aus Zukunft und Vergangenheit herausgelöst.

»Das muss Effie doch ein Vermögen kosten, die ganzen Filme entwickeln zu lassen«, sagte Mose.

»Ich glaube nicht, dass sie einen Film einlegt. Nur das Blitzlicht geht los.« Sie stiegen langsam zu Verdas Haustür hinauf, und Mose drehte den Knauf, bis er den entschiedenen Widerstand des Riegels spürte. Über ihnen, dort, wo das Verandadach weggerissen war, klaffte ein dreieckiges Loch in der Hauswand und gab den Blick auf den Dachbo-

den frei. Sie sahen Kartons, ein Dreirad, das Fußende eines Kinderbettchens, einen alten Staubsauger.
»Sie war den ganzen Tag nicht da«, sagte Mose.
»Das wird eine böse Überraschung für sie werden. Aber Verda ist nicht unterzukriegen. Wahrscheinlich übernachtet sie bei ihrer Tochter.«
»Was machst du jetzt, Nadine?«
»Bei mir scheinen nur ein paar Schindeln zu fehlen. Carl hat gesagt, er repariert mir mein Haus.«
Sie gingen über den Rasen zu Moses Verandastufen, blieben stehen und betrachteten das Boot auf der anderen Straßenseite.
»Ich meine, ob du auch weggehst«, sagte Mose.
Sie nahm seine Hand. »Wenn ich weggehen würde, Mose, dann würde ich eines Tages zurückkommen und du wärst nicht mehr da. Ich weiß nicht, ob ich das ertragen könnte.«
»Ist das nicht seltsam? Ich kann's kaum glauben, aber es ist wahr. Plötzlich bin ich ein alter Mann. Aber wenn du Glück hast, Nadine, dann kommst du eines Tages zurück und bist auch nicht mehr da.«

22.22 Mose und Nadine haben Mazelles und Tradios Haus durchwühlt. Moses Taschen sind ganz ausgebeult. Aber er kommt nicht ungeschoren davon, denn ich habe reichlich fotografisches Beweismaterial. Verdas Tür war zum Glück abgeschlossen, aber sie hat sowieso nichts, was sich zu stehlen lohnt.

22.23 Dieser herrenlose Hund hat gerade an meinen Wacholder gepinkelt.

»Wer war das?«, fragte Mr Postlethwaite.
»Mose und Nadine«, sagte Mrs Postlethwaite. »Sie haben kurz vorbeigeschaut, um zu sehen, wie's uns geht.«
»Ich tu ihnen Leid.«
»Du tust dir selbst Leid.«
»Wenn wir nur Abstand zwischen uns und der Straße hier gewinnen könnten. Wenn wir sie nur finden könnten.«
»Sie ist mir nicht mehr wichtig. Nur du bist mir wichtig. Ich glaube dir. Ich habe vollstes Vertrauen zu dir.«
»Irgendwie ist das nicht genug.«
»Es ist alles, was ich habe. Es muss genug sein. Es ist genug für Gott.«

22.24 Mose und Nadine sind in ihre Häuser gegangen und sichten jetzt wahrscheinlich ihre Beute. Was ich alles gesehen habe! Der Himmel bezieht sich wieder, es fängt wieder an zu regnen. Wir hatten nur eine kurze Verschnaufpause. Mrs Martins Haus raucht an manchen Stellen noch. Aber sonst ist die Straße durch das Wasser zur Ruhe gekommen. Ich glaube, ich schlafe wieder in Kleidern, für alle Fälle. Sicherheitshalber zähle ich noch meine Tageseinnahmen. Die Straße ist ziemlich einsam.

Es gab vieles, was Selber nicht wusste, aber als unwissend hatte er sich nie empfunden. Alles, was er nicht verstand, war einfach nur Geräusch. Etwas in seiner Nase veranlasste ihn, das Bein zu heben, und dann gab es nur eines, worum er sich bemühen musste: genug Urin zurückzubehalten, um den heranwehenden Duft, den nächsten Busch zu bedienen. An der Ecke standen ein kleiner Baum und ein

Hydrant, die regelmäßig seine Aufmerksamkeit forderten, die nach Umherstreifen und Vordringen rochen, nach bevorstehendem Zusammenbruch. Er benetzte beide, und die Krallen seines Hinterbeins kratzten vorsichtig an Rinde und Rost. Er bellte einmal, mit geschlossenem Maul und schwingenden Lefzen. Weit weg ertönte ein Warnton. Sein Rückenfell sträubte sich zu einer Welle der Unsicherheit, und er wandte sich zur Straße zurück. Obwohl es wieder zu regnen anfing, fühlte sich die Erde so federnd an wie eh und je, überglücklich geradezu. Er sprang über das Rinnsal, das den Bordstein entlangfloss, und der Boden sprang ihm nach. Doch mit vollem Magen fühlte er sich der Anstrengung, verfolgt zu werden, gewachsen. Er pinkelte an Mazelles Indischen Flieder, an einen Japanischen Schneeball bei den Haygoods und hinterließ die letzten Tropfen an einer Breitblättrigen Kalmie unter Auras Gartenwasserhahn. Das führte ihn auf den Pfad zu seiner Behausung, die in den Himmel gefallen war. Er setzte sich, und das Fell an seinen Hinterbeinen berührte das aschebedeckte Gras. Das Verlangen nach seinem verschwundenen Heim ließ ihn gähnen. Als sein Maul sich wieder schloss, spürte er den Geschmack von Fressen auf der Zunge, den der Regen dorthin getragen hatte. Er lag darauf wie ein Pfeil, der über die Straße wies. Ein alter Mann saß auf seinen Verandastufen und aß.

Mose war durch sein Haus gegangen und hatte eine Überschwemmung vorgefunden. Alle Fenster waren während des Unwetters offen gewesen. Seine Regen-Alarmanlage hatte wegen des Stromausfalls nicht funktioniert. Er machte sich ein Sandwich und setzte sich auf die graue Farbe, das gesprungene Holz, die oberste Stufe vor seiner Haustür und schaute zu, wie seine Schuhe dunkler wurden. Die Schmerzen in seinen Augen ließen allmählich nach. Du hast den Tod ihrer Mutter überlebt, dachte er, du überlebst

es auch, wenn Nadine weggeht. Er hob die Ferse, senkte sie wieder, hob die Zehen. Das Bohnensandwich auf seinem Teller war kalt und trocken, der Teller auf seinen Knien hart. Wie wäre es, überlegte er, wenn ich Sensorknöpfe an meinen Schuhsohlen anbringen würde, vorn, hinten und an den Seiten, und wenn man auftritt, spielen sie eine Melodie, jeder Knopf eine Note? Ein guter Tänzer könnte dann ganze Lieder spielen. Das wäre doch etwas viel Interessanteres als Steppschuhe. Er hatte gerade begonnen, eine Liste der benötigten Teile zusammenzustellen, als der Hund, der nicht weit von ihm in seinem Garten saß, ihn angähnte. Mose nahm das Sandwich vom Teller, und er und der Hund hatten gleichzeitig den einen klaren Gedanken: Gib es dem Hund. Mose brach eine Ecke von dem Sandwich ab, überzeugte sich, dass Bohnen zwischen den Scheiben waren, und warf sie dem Hund zu. Er sah sie durch den Himmel fallen, und hier schieden sich ihrer beider Geister, denn der Hund sah die Erde hochspringen, um den Happen aufzufangen, wobei sie ihn glücklicherweise mitnahm. Gemeinsam aßen sie das Sandwich auf, und Mose stellte den Teller auf die Veranda. »Wir sind Mitglieder im Club der blanken Teller, was, Junge?«
Der Hund sah zu ihm auf. Er war es nicht gewohnt, dass man mit ihm redete, aber allmählich lernte er die Sprache. Mose trug den Teller ins Haus und brachte einen tiefgefrorenen Suppenknochen mit heraus. Er warf ihn ins Gras, wo er im Regen glitzerte. Der Hund nahm ihn auf, ließ ihn fallen, nahm ihn wieder auf, wich ein paar Schritte zurück, drehte sich zu den Resten des Martin-Hauses um, ging zur Seite, ließ den Knochen schließlich zwischen seine Vorderpfoten fallen und begann ihn abzulecken. Mose stieg die Stufen hinunter, Ferse, Spitze, Ferse, Spitze, do, re, mi, fa, wandte sich um und ging langsam zum Haus zurück. Und dann trat er mit einem einzigen geläufigen Akkord ein

Loch in das Gitter unter seiner Veranda. Er beschloss, sich nicht mehr nach dem Hund umzudrehen, beschloss, zu Bett zu gehen, Schlaf zu finden, einen Traum zu erfinden, einen Traum aus allen Ersatzteilen seiner Vergangenheit, die ohne Bedeutung waren.

22.27 Die Stille in meinem Telefon ist sehr tief, als würde jemand lauschen. Ich habe viele Male Hallo gesagt, aber es kommt keine Antwort. Der Monteur war letztes Mal sehr verärgert, als ich mein Telefon gekocht hatte, um die ganzen Bakterien abzutöten, aber er hat mir nichts berechnet, denn er hatte noch einen Apparat für alte Damen übrig. Aber was mache ich, wenn das neue Telefon auch infiziert ist? Ich weiß keine andere Methode, elektrische Geräte wieder in Ordnung zu bringen, als sie zu kochen. Ich gehöre nicht zu den Leuten, die Sachen auf den Boden knallen, um sie zu reparieren.

22.32 Ich hatte heute null Verkäufe, aber die Tageskasse stimmt. Samstags geht das Geschäft immer besser.

22.33 Auf der Hemphill Street fahren jetzt mehr Autos vorbei. Ich brauche gar nicht erst aus dem Fenster zu sehen, um das zu wissen, denn die Scheinwerfer wandern in meinem Schlafzimmer über die Decke und die Wände, ohne meine Erlaubnis. Ich habe oft Angst, sie könnten etwas beschädigen.

Da das Telefon noch nicht funktionierte und der Strom noch nicht wieder da war, überraschte es Nadine, dass das

Wasser lief. Dort draußen musste es ein ganzes Universum von Ursache und Wirkung geben, von dem sie keine Ahnung hatte. Sie zog Carls Unterhemd aus, schlüpfte aus dem zerfetzten Nachthemd und sah sich nackt im Spiegel, in Abständen, immer wenn ein Auto vorbeifuhr. Ihr Gesicht war geschwärzt, und auf dem Bauch und in den Leistenbeugen hatte sie dunkle Schmierer. Ihr ganzer Körper wirkte wie eine Kohlezeichnung, das Werk eines Studenten, eine Zweiminutenstudie von unsicherer Hand, das Schamhaar mit vier schnellen Strichen hingeworfen, Kniescheiben und Brüste mit feuchtem Daumen verwischt. Bevor das nächste Auto kam, ging sie unter die Dusche. Der Geruch von Mrs Martins brennendem Haus flammte wieder auf, und das Schampoo fiel in verkohlten Klumpen zwischen ihre Füße. Ihr Körper war ihr seit zwanzig Jahren nicht mehr vertraut. Ihre Haut war so unberechenbar wie ein Kleid im Wind, und sie konnte sie kaum niederhalten, um Unschicklichkeit und Peinlichkeit zu vermeiden. Sie strich mit der Seife darüber wie mit einer Fusselbürste. Zum Schluss lehnte sie sich an die Wand, um sich die Füße zu waschen, und entsann sich, dass sie als junge Frau wie ein Storch in derselben Dusche gestanden und die Wirbel der Hautrillen an den Unterseiten ihrer Zehen studiert hatte. Es war ein weiter Weg, den sie zurückgelegt hatte, nur um das Gleichgewicht zu verlieren.

Das Schlafzimmer, die Verteilung der Möbel, die Anordnung der Socken in der Schublade – nichts wirkte mehr vertraut, so als befänden sich die Sachen in einer fremden Wohnung, als sei ihr Haus abgebrannt und sie sei nur zu Gast. Die Küche war von zwei Zündflammen am Herd erhellt, eine weiß, eine blau. Nadine stand in der Mitte des Raumes, bis sie das Murmeln der Flammen und dann auch das ferne Tropfen vom Dachvorsprung hörte. Wieso hatte sie nichts vom Bau des Bootes gemerkt? Sie schaute auf ihre Füße hinab und sah, dass Schuhe daran waren, sah auch den leuchtend gelben, in der Taille gegürteten Regenmantel. Und so schloss sie die Tür ab und überquerte die Straße, strich sich das Haar glatt und steckte es mit den Klammern zurück. Der leichte Regen tropfte auf ihren Mantel und fiel ihr ins Gesicht, als stünde sie noch unter der Dusche. Carls Haustür lag in seinem Garten. Nadine stellte sich darauf und schaute hoch. Die Fahne wehte leicht im Wind. Nadine ging um das Boot herum, als könnte es auf sie herabfallen, und stolperte dabei ständig über irgendwelche Trümmer, weil sie den Blick nicht von dem Boot lösen konnte. Das Licht in den Bullaugen sah aus, als wäre es aus festem Stoff. Sie ging über die Planke und klopfte in Ermangelung einer Tür an den Zypressenrumpf. Er fühlte sich so fest an wie ein lebender Baum. Das Wasser unter ihr kräuselte sich vom Regen und spiegelte dunkel ihren zitternden Körper wider. Sie klopfte noch einmal. Sie sprach Carls Namen aus, auf eine Weise, als wäre sie allein auf weiter Flur. Er streckte den Kopf über das Süll und antwortete mit ihrem Namen. Es war so unheimlich, dass sie die Leiter fest umklammerte.

»Ich wusste nicht, ob du zu Hause bist«, sagte sie.

»Von hier oben siehst du aus, als wärst du unter Wasser.«

»Das bin ich auch gleich, wenn du mich nicht hochbittest.«

»Du hast einen Rock an«, sagte er. »Auf einem Schiff trägt man am besten Shorts oder lange Hosen.«

»Das sind meine Kleider, Carl, die hab ich nun mal gerade an. Sind sie genehm oder nicht?«

»Doch, doch, natürlich, ich hab nur gemeint ...«

»Ich komme jetzt die ersten beiden Sprossen rauf, dann gibst du mir die Hand.«

»Okay, Nadine.«

»Muss ich Käpt'n zu dir sagen?«

»Nein, Nadine.«

»Dann wär es schwieriger.«
Er nahm sie bei der Hand und führte sie die sechs Stufen des Niedergangs in die Kajüte hinab.
»Ich war noch nie auf einem Boot«, sagte sie, »außer auf einem Binnenschiff auf der Seine. Aber das war an Land vertäut. Es war viel größer als das hier.«
»Du kannst dich hier auf die Koje setzen, Nadine.«
»Diese alten Petroleumlampen sind sehr hübsch. Ich mag das Licht. Es blendet nicht. Und sie machen warm. Sehr gemütlich ist es hier, Carl. Man sieht, dass du deine ganze Handwerkskunst in die Holzarbeiten gelegt hast.«
»Ich hatte gehofft, dass es dir gefällt, Nadine. Und da ich weiß, dass du gern die Kleider wechselst, hab ich die Schapps hier gebaut.« Er stand auf und öffnete sie. »Da ist massenhaft Platz drin.«
»Du bist der unverschämteste Mensch, der mir je begegnet ist.«
»Ich weiß, Nadine.«
»Du hast unsere Beziehung so eingefädelt, dass ich nur noch entweder Nein sagen oder kapitulieren kann.«
»Kapitulieren? Dass du mir erlaubst, dich zu lieben, ist eine Kapitulation?«
»Du hast das Boot gebaut, ohne mir etwas davon zu sagen. Es ist dein Ultimatum. Du warst es, der bestimmt hat, dass ich nur zwei Jahre Zeit habe, mich zu entscheiden.«
»Ich zünde es an, wenn das nötig ist, damit du mich nimmst.«
»Sag doch nicht so was.«
»Für dich ist das, was ich mache, eine Kette von Fehlern, ich weiß, aber ich wollte, du wärst mal eine Zeit lang ich, dann würdest du sehen, dass ich nicht anders kann.«
»Es ist so warm hier drin.«
»Ich mach –«
»Nein, nein, schon gut. Es ist angenehm.«
»Wenn du mitkommst«, sagte er, »bist du trotzdem noch

in einem von den alten Häusern hier. Das Boot ist zwar nicht genauso gebaut, aber es ist aus dem gleichen Holz, den gleichen Wänden. Ich dachte, vielleicht fühlst du dich dann wohler. Die Einfassung an der Tür zum Bug und an den Kojen ist genau die gleiche wie zwischen den Zimmern in deinem Haus. Die Riegel da sind von meinen Küchenschränken. Das Holz der Rundstabdecke stammt vielleicht von genau denselben Bäumen wie deine Verandadecke. Und ich stamme auch von hier, Nadine. Du könntest mir von der Row erzählen. Ich weiß ja, wie gern du in Erinnerungen schwelgst. In jedem Hafen könntest du dich auf Post von Mose und Aura und den anderen freuen. Vielleicht besuchen sie uns auch mal.«

»Ich bring's nicht übers Herz, mein Haus zu verkaufen, Carl.«

Er setzte sich auf seine Hände, um zu verhindern, dass der Luftzug ihrer Worte sie erfasste und davonflattern ließ.

»Da sind zu viele Sachen von mir drin, als dass ich jemand anderen darin wohnen lassen könnte, jedenfalls solange ich lebe.«

»Du könntest es ja behalten. Vielleicht könnten wir jedes Jahr für ein paar Monate hierher zurückkommen, während der Hurrikansaison.«

»Es ist so warm hier. Pass auf, dass ich nicht einschlafe.«

»Möchtest du ein Kissen?«

»Es würde mir vorkommen, als würde ich alle im Stich lassen: Mose und Aura und Mrs Postlethwaite. Und wer würde dann auf Effie aufpassen?«

»Es muss nicht sein, dass du dich um mich kümmerst, Nadine, ich hätte es nur gern. Moses Segen habe ich, wenn dir das hilft. Er ist mit uns einverstanden. Und Aura hat Marshall. Und Effie ist ein allgemeines Problem, nicht dein spezielles. Ich bin der Einzige in der Straße, der keinen Ersatz für dich hat.«

Nadine sank in das Polster zurück und lehnte die Schläfe an das Schott. »Nicht dass ich Angst hätte«, sagte sie.
»Auf Martinique«, sagte er leise, »das ist eine Insel in der Karibik, da wird Französisch gesprochen wie in Paris.«
»Ich habe schon so lange nicht mehr Französisch gesprochen, Carl. Als ich aus Paris zurückkam, hat Momma gesagt, sie hätte mich so vermisst.«
»Jetzt vermisst sie dich nicht mehr, Nadine.«
»Aber ich vermisse sie. Wenn ich einschlafe, musst du mich wecken. Ich hab noch ein paar von den Kleidern, die ich in Paris getragen habe. Sie riechen nach Mottenkugeln.«
»Wir können sie an die Falls hängen und den Wind durchwehen lassen.«
Carl saß einen Moment lang still da, dann fasste er nach oben und drehte das Licht herunter. Fünf, zehn, fünfzehn Minuten saß er auf seiner Koje und beobachtete Nadines Schlaf. Die Hände unter seinen Schenkeln waren taub geworden. Bei Nadines erstem tiefem Atemzug schien sich das Holz ringsum plötzlich auszudehnen, mit Sauerstoff voll zu saugen. Er stand langsam auf und stieg in die Plicht hinunter. Er wollte nicht, dass sie am Morgen von Polizisten oder Gaffern gestört wurde, und so schob er die Leiter leise vom Bug fort und ließ sie ins Wasser gleiten, wo sie langsam davonschwamm und sacht an das steinerne Fundament stieß.

22.39 Ich habe wieder etwas Haarwasser von meinem Mann auf sein Kissen getan. Es hält nur ungefähr eine Woche.

22.43 Ich dachte, ich hätte eine Tür zuschlagen hören, und bin aufgestanden, um nachzuschauen, habe aber nichts gesehen.

22.57 Das Licht geht wieder. Ich bin zu Tode erschrocken. Ich musste durchs ganze Haus gehen und die Lampen und den Fernseher ausmachen. Bei Mose schrillen tausend Klingeln. Das Telefon klingt immer noch so dumpf. Eigentlich müssten die mir die nächste Rechnung erlassen. Bei den Postlethwaites brennt Licht auf der Veranda.

Mr Haygood stieg die wenigen Stufen zur Zisterne hinauf und hinunter, als würde er ein Spielzeug aufziehen. Als er schließlich das Haus verließ, konnte er die Tür nicht abschließen. Selbst das erinnerte ihn daran, dass er nichts mehr besaß. Das Haus war zwar abbezahlt, aber im Januar war die Grundsteuer fällig, und jetzt kamen noch die Sturmschäden dazu. Allein die Wasserrechnung belief sich auf fünfzehn Dollar im Monat, von den Kanalgebühren, der Strom- und der Telefonrechnung ganz zu schweigen. Die finanzielle Lage alter Menschen interessierte den Staat nicht. Zu viel wurde verlangt, zu wenig Möglichkeiten wurden dafür geboten. Das Haus war eine klägliche Reserve. Er hatte keine Kinder und musste trotzdem Steuern für die Schulen zahlen. Wenn das nicht zutiefst ungerecht war, dass ein Mann von fünfundsiebzig Schulsteuern zahlen musste, dann wusste er nicht, was ungerecht war. Dann musste man eben auf ihn verzichten. Woanders gab es bessere Möglichkeiten, und, bei Gott, er würde zu Fuß dorthin gehen, wenn es sich nicht vermeiden ließ. Aber vorher musste er sich sein rechtmäßiges Eigentum zurückholen. Er klopfte nicht an Howards Tür, er hämmerte nicht dagegen, er ging einfach hinein, und die Tür knallte gegen einen Stapel Kamineinfassungen.

»Ich will mein Geld zurück, Howard«, rief er laut.

Alle Lichter in Howards Haus gingen gleichzeitig an. Mr

Haygood musste blinzeln, und als er die Augen wieder öffnete, stand Howard vor ihm, bis zur Taille nackt.
»Welches Geld«, fragte Howard. Dann legte er wie ein Hund den Kopf schräg und sagte lächelnd: »Jetzt weiß Mose, dass es regnet.«
Mr Haygood trat einen Schritt zur Seite. »Mein Geld. Das Bestechungsgeld. Sie haben geredet.« Er stolperte über den Fuß einer Kamineinfassung, konnte sich aber gerade noch an einer Vitrine voller Artefakte festhalten und sprang rasch dahinter. Howard stand jetzt zwischen ihm und der Tür. Das Kriegsbeil, eine zweischneidige Steinaxt, hing an einer Lederschlaufe von seinem Arm zu Boden.
»Das ist längst ausgegeben«, sagte Howard. »Ich bin schließlich kein Sparkonto, von dem Sie eines Tages etwas abheben können. Sie haben ein anständiges Schweigen für das Geld bekommen, dreißig Jahre Schweigen. War doch ein guter Kauf.«
»Meine ganzen Sachen sind weg. Hätten Sie mir eine Warnung zukommen lassen, dann hätte ich mich schützen können.« Auf dem obersten Bord in der Vitrine lagen Pfeilspitzen und Faustkeile. Mr Haygood ergriff ein fünfzehn Zentimeter langes Obsidianmesser.
»Das hab ich in einem Grab in den Hügeln oberhalb von Rancho de Taos gefunden«, sagte Howard. »Es ist wahrscheinlich ein paar tausend Meilen von dort entfernt entstanden. Wenn Sie wollen, lege ich's Ihnen ins Grab. Dann ist es noch mal um die fünfhundert Meilen weitergereist. So was erforscht die Wissenschaft: Wie etwas an seine letzte Ruhestätte kommt.«
»Ein Teil von dem Geld gehört mir. Mazelles Anteil interessiert mich nicht. Sie ist weg. Ich bin nicht mehr für sie verantwortlich.«
»Überlegen Sie doch mal«, sagte Howard und machte das Licht im Laden aus. »Sie konnten dreißig Jahre lang mit

zwei Frauen schlafen. Egal, was Sie verloren haben: Das war die Sache doch wohl wert.«

»Sie glauben wohl, Sie können Ihr Spiel mit mir treiben. Sie haben sich nicht an die Vereinbarung gehalten. Ich schon, ich habe regelmäßig gezahlt. Ich will nicht das ganze Geld. Vorgestern habe ich den letzten Umschlag in Ihren Briefkasten gelegt. Einen Monatsbetrag im Voraus, wie immer. Den müssen Sie mir zurückgeben.«

»Soll das ein Witz sein?«, fragte Howard leise.

»Das soll so wenig ein Witz sein wie das Messer hier. Ich will die sieben fünfzig zurück, dann verschwinde ich.«

Howard ließ das Beil auf den Boden hinab, ließ den Stiel hinter seinem Bein geräuschlos an die Tür sinken. »Das waren keine Vorauszahlungen. Sie haben jeweils für das Schweigen des vergangenen Monats gezahlt. Ich muss Ihnen überhaupt nichts zurückgeben. Im Gegenteil: Sie schulden mir noch etwas, für die ersten beiden Tage dieses Monats.«

»Sie glauben wohl, ich hätte Angst vor Ihrer Axt, ich hätte Angst vor der Dunkelheit.«

»Sie sind ein Bleichgesicht. Sie werden immer Angst vor mir haben. Fällt Ihnen jetzt das Herz in dic Hose? Wie wärs damit: Sie haben dreißig Jahre gebraucht, um herauszufinden, dass keine von den beiden Frauen Sie wirklich will.«

Howard spürte einen Moment lang die Klinge am Hals, dann fiel er durch die Tür, die Stufen hinunter und in den Vorgarten. Und dann war Mr Haygood auf ihm und sie wälzten sich im Gras. Howard konnte nicht anders: Reflexartig streckte er die Hände aus, um die Messerhiebe abzuwehren. Schließlich stieß er Mr Haygood von sich herunter und rannte in die Mitte der Straße. Zwischen zwei Atemzügen sagte er sich, dass das reiner Instinkt sei und er damit fertig werde. Und so kämpften sie auf der Straße weiter, ohne Schreie oder Flüche, sparten ihre Kräfte für den Kampf selbst. Howard schlug Mr Haygood, um ihn noch wütender zu machen, um ihn zu verwirren. Dann fuhr die Klinge in Howards Niere und stolperte über seinen Oberarm. Er merkte, dass er die Luft aus Mr Haygoods Lunge presste, und lockerte seinen Griff ein wenig, doch da schrammte der Obsidian über sein Schlüsselbein und schnitt in die angespannten Sehnen und Muskeln seines Halses, und dann konnte er Mr Haygood ganz loslassen und den Geruch des Regenwassers wahrnehmen, das sich auf dem Asphalt sammelte, konnte ausruhen, während er dem schwächer werdenden Geräusch von Mr Haygoods Schritten lauschte, die seinen Herzschlag nachahmten.

23.07 Bei Mose hat es endlich aufgehört zu klingeln. Ich musste mir schon ein Kissen über den Kopf legen. Die Uhr auf meinem Nachttisch und meine Armbanduhr zeigen unterschiedliche Zeiten, und ich habe keine Möglichkeit herauszufinden, welche richtig geht. Das macht mich ganz ängstlich, wenn ich nicht weiß, wie spät es ist.

23.10 Ich dachte, ich höre etwas, aber es ist ganz still draußen. Dieses Auto steht immer noch vor Nadines Haus.

23.17 Wie oft höre ich etwas, das meine Nachbarn nicht hören, und wie wenig interessiert es sie, wenn ich ihnen von Schreien in der Nacht erzähle. Ohne meinen Anwalt und meine Notizblöcke würde das alles nirgendwo festgehalten.

23.31 Was ich beim Schein der Taschenlampe im Dunkeln geschrieben habe, ist kaum zu entziffern. Die Tränen sind mir gekommen, aber ich glaube, ich kann es noch korrigieren, vorausgesetzt, ich erinnere mich an alles.

Verda setzte sich auf und merkte erst dann, dass sie wach war. Beißdie und Jatutsie setzten sich mit ihr auf, glitten dann zu Boden und gähnten einander an. Ich fühle mich viel besser, dachte sie und schob zwei Finger zwischen die Lamellen der Jalousie, um hinauszusehen. Es regnete noch immer, und die Straße war ein komplettes Chaos. Zwei Männer kämpften dort miteinander, taumelten und rotierten, als würden sie aus den Wolken fallen. Und dann erblickte Verda durch den Regen hindurch die Arche Noah, genauso wie sie in ihrer Bibel abgebildet war, ein großes hölzernes Boot mit dem Dach eines Hühnerstalls. Sie stemmte sich mit beiden Händen vom Boden hoch, beugte sich dann noch einmal hinab, um die Hunde aufzunehmen, und klemmte sie sich unter die Arme. »Das ist unsere Chance«, sagte sie zu ihnen und öffnete die Tür, ließ sie weit aufschwingen. Sie ging langsam auf die Veranda hinaus und war überrascht, als sie den Regen spürte. Noch mehrere Schritte lang war sie nicht darauf gefasst. Das Verandadach war weg. Es lag in Tradios Vorgarten. Macht nichts, dachte sie. Macht nichts, ich brauche es nicht mehr. Sie sah Howard zusammenbrechen und Mr Haygood innehalten und dann weglaufen. »Sie sind ins Ende der Welt verwickelt«, flüsterte sie ihren Süßen zu. »Sie können nichts dafür.« Sie ging an Howards Leiche vorbei über die Straße, die Hunde fest an sich gedrückt. »Je ein Paar«, sagte sie zu ihnen. Die Planke war eine Versuchung, aber sie widerstand ihr. Die Hunde winselten, und sie beruhigte sie und sagte: »Tut mir Leid, meine Süßen, aber ihr müsst hier auf der Erde bleiben und euch vermehren. Ihr könnt nicht mitkommen. Frauchen geht in den Himmel.« Nach diesen Worten nahm sie alle Kraft, die sie noch hatte, zusammen, warf erst Beißdie und dann Jatutsie hoch über den Bordrand der Arche und hörte nur einen gedämpften Laut, als sie in der Plicht aufschlugen. Dann bewegte sie sich Zentimeter für Zentimeter bis an den Rand der Planke und sprang ins Wasser, das ihr aber nur bis zur Wade reichte. Sie watete zum Boot und setzte sich ins Wasser, spuckte das dritte Auge aus und lehnte sich an das schwere Eichenruder. Duftende Hobelspankringel schwammen um sie herum, und hier beschloss Verda ihren langen Tag des Sterbens, ihr Herz holperte ein letztes Mal über eine schmale Sandbank, und ihr Geist wanderte noch ein paar Augenblicke weiter und dachte an die kleinen Porzellanhände Gottes, so schmal, so zart, so klein.

23.44 Der alte Mond fehlt mir, der in mein Fenster lugt.

23.48 Etwas.

Der Hund Selber stand mit dem Knochen im Maul an der Straßenecke. Er senkte leicht den Kopf in den Regen. Der Wind trug etwas heran, das die Erde unter seinen Füßen ganz leicht rotieren ließ, und er machte einen Schritt, um das Gleichgewicht zu halten, und musste dann noch einen machen. Er setzte sich in Bewegung, in die Richtung, in die seine Mutter zuletzt gegangen war.

23.59 Geräusche.

Dank

Ich möchte den Mitarbeitern der Azle and Burleson Antique Malls danken, die es mir durch ihre Tatkraft und ihren Einsatz ermöglichen, meiner schriftstellerischen Arbeit nachzugehen. Meiner Frau danke ich dafür, dass sie mich den Satz, an dem ich gerade arbeite, immer erst beenden lässt, bevor sie mir die Hand auf die Schulter legt. Elaine Markson vertritt mein Werk und nennt mich stets bei meinem vollen Namen – beides bewirkt, dass ich mich als etwas Besonderes fühle. Marah Stets, meine Lektorin bei Scribner, hat dieses Buch zu einem besseren Buch gemacht. Den Antiquitätenhändlern, die ich über die letzten dreizehn Jahre gekannt habe, danke ich: Sie alle kommen in diesem Buch vor, und zugleich kommt keiner von ihnen darin vor. Es war mir eine große Freude, die unterschiedlichsten Teile zu neuen Menschen zusammenzufügen.

Joe Coomer

Rosinante oder die Liebe zum Meer

Roman

Drei Frauen und der hässlichste Hund der Welt finden an Bord des klapprigen Hausboots *Rosinante* Unterschlupf: die Archäologin Charlotte, die gerade Witwe geworden ist, die 17-jährige Chloe, die von ihren Eltern hinausgeworfen wurde und zudem schwanger ist, und Grace, die schrullige alte Malerin, die sich seit ihrem Schlaganfall an nichts mehr erinnern kann. Doch dann holt sie auf den schwankenden Planken die Vergangenheit ein.

Wieder nimmt der Kultautor Joe Coomer sensibel und witzig die schrägen Seiten des Lebens aufs Korn.

»Ein bezaubernder und witziger Roman über den Sinn des Lebens und die Kraft der Liebe.«
Brigitte

Knaur

Daniel Wallace
Big Fish

»Ein märchenhaftes Buch über Väter und Söhne«
The Times

So einen Vater wünscht sich jeder: Einen umwerfenden Abenteurer, der mit Tieren spricht und jeden Witz der Welt kennt. Eines Tages liegt der Held dann im Sterben, und sein Sohn muss sich die Fragen stellen: Wer ist mein Vater wirklich? Aber warum sollte er die Wahrheit suchen, wenn die Phantasie noch viele Geschichten aus dem Leben des Vaters bereithält?

»Ein spinnert-schönes, üppiges Erzählwerk!«
Allegra

Knaur

Oliver Kuhn / Daniel Wiechmann

Mein schwuler Friseur

oder Wie Sie sich mit 2222 Vorurteilen über Ihre Mitmenschen lustig machen

Mit 45 Illustrationen von Steffen Haas
324 Seiten
ISBN 3-426-61768-4

Eskimos haben dreißig verschiedene Wörter für Schnee, aber kein Wort für Badehose.
Fotomodels erklären in Interviews, dass sie es in Ordnung fänden, sich nackt fotografieren zu lassen, aber nur, solange es ästhetisch ist.
Frauen machen beim Einparken die Tür auf, um besser zu sehen.
Katholiken glauben an Wunder. Sie fahren alt und gebrechlich nach Lourdes und kommen alt und gebrechlich wieder zurück.
Männer riechen vor dem Zubettgehen an ihren Socken und legen sie anschließend über die Stuhllehne.
Postbeamte sitzen hinter einem »Schalter geschlossen«-Schild und langweilen sich offenkundig, während an dem geöffneten Schalter eine endlose Schlange wartet.
Taxifahrer sprechen entweder überhaupt kein Deutsch (»Wo du wolle?«) oder haben Germanistik studiert.

7 von 2222 Vorurteilen über Männer, Frauen, Autofahrer, Berliner, Österreicher, Hunde- und Katzenbesitzer, Studenten, Polizisten, Telekom-Aktionäre und (fast) alle anderen …